Jo Segura

# Os Caçadores do Coração Perdido

Tradução
STEFFANY DIAS

paralela

Copyright © 2023 by Jo Segura

Todos os direitos reservados, incluindo o direito de reprodução total ou parcial em qualquer formato.

Publicado em acordo com o selo Berkley, da Penguin Publishing Group, divisão da Penguin Random House LLC.

A Editora Paralela é uma divisão da Editora Schwarcz S.A.

*Grafia atualizada segundo o Acordo Ortográfico da Língua Portuguesa de 1990, que entrou em vigor no Brasil em 2009.*

TÍTULO ORIGINAL Raiders of the Lost Heart
CAPA E ILUSTRAÇÃO DE CAPA Camila Gray
LETTERING Lygia Pires
PREPARAÇÃO Mariana Waquil
REVISÃO Renata Lopes Del Nero e Ingrid Romão

Dados Internacionais de Catalogação na Publicação (CIP)
(Câmara Brasileira do Livro, SP, Brasil)

Segura, Jo
   Os caçadores do coração perdido / Jo Segura ; tradução Steffany Dias. — 1ª ed. — São Paulo : Paralela, 2024.

   Título original: Raiders of the Lost Heart.
   ISBN 978-85-8439-382-4

   1. Ficção norte-americana I. Título.

24-196517                                CDD-813

Índice para catálogo sistemático:
1. Ficção : Literatura norte-americana    813

Cibele Maria Dias – Bibliotecária – CRB-8/9427

Todos os direitos desta edição reservados à
EDITORA SCHWARCZ S.A.
Rua Bandeira Paulista, 702, cj. 32
04532-002 — São Paulo — SP
Telefone: (11) 3707-3500
editoraparalela.com.br
atendimentoaoleitor@editoraparalela.com.br
facebook.com/editoraparalela
instagram.com/editoraparalela
twitter.com/editoraparalela

*Para mamãe e papai.*
*Espero que não esteja picante demais para vocês.*

# Um

Sim! Mil e uma vezes sim!

As coxas de Corrie Mejía se contraíram debaixo da antiga escrivaninha de madeira, enquanto ela apertava os braços da cadeira, feita do mesmo material. O antigo pinho mexicano rangia com a pressão, embora ela se esforçasse para manter o corpo tranquilo e tentasse controlar o rosto para dar a entender que ainda estava pensando na oferta do homem careca e de meia-idade sentado à sua frente.

Desde o dia em que decidira se tornar arqueóloga, ela esperava por esse momento. Agora que finalmente estava acontecendo, precisava se segurar com todas as forças para não pular da cadeira e aceitar o emprego sem saber nenhum detalhe — não seria a primeira vez que ela faria algo assim. Mas quem se importava com os detalhes depois de ouvir aquelas palavras incríveis e que, havia décadas, ela ansiava escutar:

"A senhorita, dra. Socorro Mejía, é a arqueóloga mais brilhante do mundo e a principal especialista no assunto, por isso nós queremos você — e somente você, pois ninguém mais estaria à altura — para participar de uma expedição com todas as despesas pagas e sem limite de gastos no México, em busca dos restos mortais do guerreiro asteca Chimalli e da faca sacrificial tecpatl, que ele roubou de Montezuma II quando fugiu de Tenochtitlán pouco antes da queda do Império Asteca."

Está bem. Não foi *bem* isso que ele disse. Foi mais algo como:

"Em nome de um investidor anônimo, estou aqui para te oferecer uma vaga em uma expedição em busca de Chimalli."

Mas no fundo dava quase na mesma — ninguém sabia mais sobre Chimalli do que Corrie. E ela era *mesmo* incrível pra caralho.

O antigo e empoeirado relógio que ela havia herdado da avó tiquetaqueava no canto de sua pequena sala em Berkeley. O espaço tinha metade do tamanho da sala dos outros membros do corpo docente. *Quando você for efetivada, terá uma sala maior*, tinham dito a ela. Engraçado, isso nunca aconteceu. Ela não teria sequer pensado nisso se esse estranho não estivesse praticamente em cima dela naquele espaço apertado, capaz de observar cada movimento, cada esforço que ela fazia para manter a compostura.

O barulho do relógio ficava mais alto a cada segundo. E a cada batida, as palavras da *abuela* de Corrie ecoavam em seus ouvidos.

*Se parece bom demais para ser verdade, tem alguma pegadinha.*

Corrie tinha sentido na pele a veracidade dessas palavras. Agora, aos trinta e cinco anos, ela já estava treinada para controlar a impulsividade. Deveria descobrir os motivos. Avaliar antes de se aventurar. Ou pelo menos perguntar um detalhe ou outro antes de dizer sim.

A questão era: por que — principalmente após todo seu esforço nos últimos oito anos para encontrar alguém que financiasse essa mesma escavação — esse *güey* que ela nunca tinha visto, de quem nunca tinha ouvido falar em toda a sua vida, viria agora oferecendo a ela o trabalho dos sonhos? A escavação com a qual ela tanto sonhava, assim, de mão beijada — e com todas as despesas pagas.

Devia ter alguma pegadinha. *Sempre* tinha uma pegadinha.

Uma batida na porta dissipou a tensão na sala, e ela pôde soltar a cadeira.

— Entre — ela disse, dando uma rápida olhada no estranho antes de girar a cadeira em direção à porta.

A professora que ela orientava, Miriam Jacobs, entrou, segurando vários livros e papéis debaixo do braço.

— Oi, dra. Mejía — ela disse, percebendo que Corrie estava acompanhada. — Eu vim para a nossa reunião sobre o planejamento do próximo semestre.

Corrie olhou para o relógio e, de fato, a reunião deveria ter começado dez minutos antes. Certo. Esses eram os detalhes nos quais ela deveria estar se concentrando no momento, já que o novo semestre começaria em algumas semanas. Ela não era o tipo de pessoa que se atrasava ou ignorava os outros. Não se concentrava demais nas próprias ideias, não achava que o tempo dela era mais valioso do que o dos outros, como alguns de seus colegas. Para falar a verdade, Corrie se orgulhava de ser pé no chão. De ser admirada pelos alunos, e não temida. Uma professora que era tão divertida em uma mesa de bar quanto na sala de aula. Uma mentora que ajudava outras jovens arqueólogas, como Miriam, a enfrentar as heranças patriarcais daquela área anteriormente dominada por homens.

Mas esse homem que ela não conhecia tinha chegado há quinze minutos e começou com *Tenho uma proposta que você vai achar muito interessante*, antes que ela pudesse dizer que tinha um compromisso marcado. Como ela podia recusar sem ao menos ouvi-lo?

— Ah, desculpa, Miri. Perdi completamente a noção do tempo. Só preciso de uns...

— A dra. Mejía não irá lecionar nenhum curso neste outono.

As palavras do estranho quase deixaram Corrie sem ar. Interessada ou não, Corrie Mejía *não* aceitava que homens falassem por ela.

— Como é que é? — indagou Corrie, virando lentamente a cabeça na direção do homem.

— A dra. Mejía vai para o México em alguns dias — esclareceu o homem, falando com Miriam como se Corrie não estivesse ali —, e ela ficará lá pelo menos até o fim do semestre. — Ele tirou os óculos e pegou um lenço do bolso, então começou a limpar as lentes como se aquele assunto não fosse nada de mais.

Como se fazer uma viagem não planejada para o *México* em alguns dias não fosse nada de mais.

— Não sei se você percebeu, mas eu ainda não aceitei — Corrie retrucou.

— Não, mas vai aceitar.

— Ah, é mesmo? Quem foi que disse? — ela cruzou os braços e se recostou na cadeira.

— A pessoa que me mandou aqui — respondeu o homem, colocando os óculos no rosto. — Eu não estaria aqui se houvesse a mínima chance de você recusar.

Corrie ficou de boca aberta, mas não conseguiu dizer nada. Pessoa? Que pessoa era essa? Vários nomes passaram por sua cabeça, mas nenhum fazia sentido. Não poderia ser nenhuma das pessoas para as quais ela havia pedido financiamento, pois não havia necessidade de manter o anonimato. E, sendo bem sincera, ela não conhecia mais ninguém que tivesse recursos financeiros para realizar algo assim, e certamente ninguém que a conhecesse o bastante para ter tanta certeza de que não havia *a mínima chance* de ela dizer não. Poucas pessoas conheciam Corrie — a *verdadeira* Corrie.

— Corrie? — Miriam perguntou, com a voz tensa de preocupação, chamando Corrie de volta para o assunto.

— Hum, ah, sim — disse ela, levantando-se e caminhando em direção à porta. — Que tal se eu te enviar um e-mail à tarde para remarcarmos a reunião?

Corrie segurou a porta aberta para Miri, que deu dois passos hesitantes para trás enquanto acenava com a cabeça e lançava um último olhar para o estranho antes de ir embora. De costas para o homem, Corrie respirou fundo e então se virou, apoiada na porta de madeira.

— Quem te mandou até aqui? — ela perguntou.

— Desculpe, dra. Mejía, mas isso é confidencial.

— Certo... Então para onde eu iria?

— Também é confidencial.

A sobrancelha dela se ergueu.

— Entendi... Como eu vou coordenar essa escavação se não sei para quem vou trabalhar nem para onde vou?

— Você vai auxiliar, não coordenar. Os detalhes específicos serão responsabilidade do arqueólogo principal.

Corrie jogou a cabeça para trás e olhou para o teto, deixando escapar uma risadinha. Ele não podia estar falando sério. Corrie jamais concordaria em ser coadjuvante em uma escavação em busca de Chimalli. Nem mesmo se o possível êxito nessa escavação finalmente pudesse incluí-la no círculo mais fechado da arqueologia, onde ela poderia ser levada mais a sério.

— Espera aí. Deixa eu ver se entendi. Não só eu não serei a líder da escavação, mas você também quer que eu concorde em fazer um trabalho sem saber quem te mandou, para quem vou trabalhar ou para onde vou, e ainda devo viajar em alguns dias? E presumo que seu nome também seja confidencial, certo?

O homem não se alterou.

Ah, tinha alguma pegadinha, com certeza. Ela riu de novo, mas dessa vez foi uma risada profunda, cheia de incredulidade e irritação. Sem hesitar, ela escancarou a porta atrás de si.

— Bem, você pode dizer para a pessoa que te mandou que ela obviamente não me conhece. Vou ter que recusar.

Ela acenou com a cabeça apontando para a porta, depois cruzou os braços. E o homem sorriu. Não tinha nada que Corrie quisesse mais do que apagar aquele sorriso do rosto dele com um tapa bem dado enquanto ele finalmente se levantava da cadeira e ia em direção à porta para sair. Mas, antes de fazer isso, ele parou na frente de Corrie, com o rosto a dois palmos do dela.

— Sinto muito que você não queira participar da descoberta dos restos mortais do seu ancestral. Quando você mudar de ideia, haverá uma passagem esperando por você no balcão da United Airlines no domingo de manhã. O voo parte às cinco da manhã.

Corrie ficou parada na porta, com os olhos arregalados, enquanto o homem caminhava pelo corredor sem olhar para trás. Com uma palavra, ele a convenceu. *Ancestral*.

Quem quer que tivesse enviado esse homem a conhecia melhor do que ela podia imaginar.

O México em agosto era ainda mais quente do que Corrie tinha esperado. Ela já tinha ido até lá várias vezes para visitar a família, passar as férias e participar de outras escavações, mas nunca havia estado no país em agosto.

Ela também nunca havia entrado em um avião após aceitar a proposta de um homem sem nome, mas o momento de questionar suas decisões já tinha passado. Houve um breve instante no aeroporto em que ela duvidou da própria sanidade — foi pouco tempo depois de se dar conta de que o homem sem nome de alguma forma tinha conseguido as informações de seu passaporte, mas isso aconteceu antes de ela embarcar. Com uma ligação rápida para o escritório administrativo do Departamento de Antropologia, confirmou que o sr. Sem Nome havia verificado os detalhes da expedição e os arranjos de viagem com antecedência. Isso, pelo menos, deixou Corrie um pouco mais confiante de que ela não estava a caminho da morte.

"Última chamada para passageiros do voo 5468 com destino a Houston", anunciou o alto-falante.

Mais uma vez, ela leu o bilhete que estava junto com a passagem para embarcar no voo 5468 com destino a Houston e com a outra passagem para o destino final em Oaxaca, México.

*Nós sabíamos que você aceitaria. Vamos te encontrar na saída do aeroporto assim que você pousar.*

Oaxaca. Havia muitas teorias sobre o local do túmulo de Chimalli, mas Oaxaca não era um deles. Com base na pesquisa de Corrie, esse não era o destino final. Não, era apenas o ponto de partida.

A maioria das pessoas achava que ele havia fugido para o sul de Tenochtitlán, para as selvas de pinheiros e carvalhos da Sierra Madre del Sur. Outros achavam que ele tinha ido para o oeste, perto do Lago de Chapala. Corrie tinha outra teoria.

A Selva Lacandona. Nos arredores do domínio asteca, não muito longe dos assentamentos abandonados dos olmecas, zapotecas e maias. A Lacandona proporcionava uma boa cobertura contra inimigos e uma abundância de flora e fauna que podia ser consumida na falta de alimentos cultivados. O terreno e as condições da selva coincidiam perfeitamente com o que Corrie acreditava serem os relatos mais confiáveis do desaparecimento de Chimalli.

E não ficava muito longe de Oaxaca.

Meio aterrorizada, meio entusiasmada, Corrie embarcou naquele avião, determinada a descobrir, pelo menos, quem é que tivera a coragem de pensar que a conhecia melhor do que ela mesma. Além disso, ela poderia desistir se as coisas parecessem suspeitas quando chegasse. A menos que tudo aquilo fosse uma artimanha para sequestrá-la. Ou coisa pior.

Ela saiu do aeroporto de Oaxaca e sentiu uma lufada de ar quente e úmido. Caminhou pela sombra, arrependida de ter escolhido vestir calça e casaco. O calor pegajoso invadia todos os cantos de sua roupa. Ela jogou as malas em um banco de concreto e depois tirou o casaco, revelando uma blusa preta justa com decote em V, enquanto procurava uma presilha para tirar o cabelo do pescoço suado. Não era exatamente a imagem profissional de arqueóloga que ela estava querendo passar, com os seios praticamente à mostra, mas era melhor do que ficar ali com o rosto vermelho, cheirando a suor.

Por quem ela estava esperando, afinal de contas? O homem sem nome? Outra pessoa? Ela leu o bilhete mais uma vez: *Vamos te encontrar*.

De repente, aquelas palavras pareciam muito mais ameaçadoras do que há algumas horas atrás. Tudo naquela história parecia uma má ideia. Ou, caramba... talvez fosse uma megapegadinha do Departamento de Antropologia da Universidade de Berkeley para parabenizá-la pela efetivação.

Embora fosse uma pegadinha bem cara. Os colegas dela não quiseram nem pagar dez dólares cada na vaquinha para comprar uma cafeteira melhor no ano anterior. No entanto, a cada minuto insuportavelmente longo que passava, as chances de que aquilo fosse uma pegadinha se tornavam mais e mais prováveis.

Quarenta e oito minutos. Em que momento ela desistiria e começaria a procurar um voo de volta para casa?

*Você foi enganada, dra. Mejía. Lembre-se... sempre tem uma pegadinha.*

Ela fechou os olhos e sentiu uma pontada de culpa por sua ingenuidade. *Nossa, que vergonha.* Ela não costumava chorar à toa. Não, *chicas* duronas não choram. Então, quando as lágrimas começaram a se formar atrás de suas pálpebras, ela as apertou com mais força.

*Sempre confirme os motivos com antecedência.* Ela se repreendeu por não seguir o conselho da avó e por agir de acordo com o velho hábito impulsivo de ir em busca de aventuras. Se ela tivesse feito mais algumas perguntas ou exigido respostas, talvez não se encontrasse sentada sozinha em um banco em Oaxaca, tentando imaginar como explicaria aquilo ao chefe do departamento. Ausentar-se por um semestre tão de repente tinha afetado seriamente o currículo do departamento. "*Não é mais uma de suas aventuras selvagens ao estilo de Lara Croft, né?*", tinha perguntado o diretor do departamento. Depois que sua última escavação resultou em uma evacuação de emergência, com a qual a universidade teve que arcar, eles tinham o direito de se preocupar. Desta vez, ela praticamente teve que implorar.

Mas admitir que fora enganada e ter que suplicar para retomar os planos de aula? Essa ideia fazia Corrie querer vomitar.

Uma hora. Ela só ia esperar uma hora antes de desistir. E, no voo de volta para casa, pensaria em como implorar.

Quando a vontade de chorar diminuiu, Corrie abriu os olhos lentamente e notou uma figura indistinta se aproximando. Piscando algumas vezes para dissipar as lágrimas, conseguiu ver um homem de óculos escuros e chapéu panamá. Não era o homem sem nome. Não, era outra pessoa.

Era alguém... familiar.

— Olha só, se não é a dra. Corrie Mejía — o homem exclamou, com uma voz distinta e amigável. Era a voz calorosa que havia compartilhado inúmeras risadas com Corrie, além de cerveja e batatas fritas com queijo no Village Pub na época da pós-graduação.

Uma voz que Corrie reconheceria em qualquer lugar.

— Ethan! — ela exclamou, saltando do banco e correndo em direção ao velho amigo. Ela ficou mais entusiasmada ainda quando ele a levantou do chão com um abraço caloroso, derrubando seu chapéu.

— O que você está fazendo aqui? — ela perguntou quando ele a pôs no chão, embora não quisesse soltá-lo, com receio de que ele sumisse no ar.

Seu velho *compadre* sorriu, exibindo rugas de expressão que não estavam lá na última vez que o viu, assim como algumas mechas grisalhas no cabelo, que antigamente era todo preto. Ela sempre achou que ele era boa-pinta — não exatamente o tipo dela, mas ainda assim bonito —, mas o tempo tinha feito bem para ele. Nossa, era tão bom vê-lo.

— Estou aqui pelo mesmo motivo que você, é claro — ele disse com uma piscadela. Como se fosse uma missão secreta.

Pensando bem, era quase verdade.

— Quer dizer que você está aqui para — ela baixou a voz num sussurro e deu uma olhada ao redor — *a escavação?*

Ele riu.

— Não é o serviço secreto, Corrie. Sim, estou aqui para — ele moveu os olhos para um lado e para o outro, e se agachou para ficar na altura dela — *a escavação.*

Era típico de Ethan fazer troça dela e de suas suspeitas. A culpa era da *abuela* Mejía e de todas as suas advertências sobre motivos e armadilhas. Mas, como há pouco menos de quinze minutos ela achava que seria sequestrada, Ethan podia caçoar dela o quanto quisesse. Mesmo assim, Corrie deu um soquinho no braço dele.

— Bom saber que você ainda tem atitude. Você vai precisar disso aqui — disse ele.

— Por que esse segredo todo? — ela perguntou.

— Estão preocupados com ladrões de escavações. Se alguém soubesse o que estamos fazendo aqui, estaríamos ferrados.

Ladrões de túmulos não eram uma novidade. Toda escavação que chamasse muita atenção tinha esse problema.

— Não, quero dizer, por que me trouxeram pra cá assim?

A sobrancelha de Ethan se arqueou.

— Hum... queríamos que fosse uma surpresa.

Uma surpresa? Ela já tinha participado de trabalhos ultrassecretos antes, mas nada tão confidencial como agora. E com certeza não escondiam as informações de arqueólogos para fazer uma "surpresinha" divertida. Mas, por outro lado, Ethan sempre teve um senso de humor interessante.

— Então para onde vamos? Os nativos não estão curiosos?

— Fica a cerca de duas horas a leste daqui. Bem imerso na selva, sem moradores de olho em nós. Todos nós ficamos em barracas, com um carregamento de comida e suprimentos semanais.

— Espera aí — disse Corrie, levantando a mão e balançando a cabeça. — Eu pensei que a escavação estivesse começando agora. Há quanto tempo você está aqui?

— Desde maio.

— *Maio?*

Não que Corrie tivesse alguma informação em que se basear, mas algo não estava se encaixando. Por que ela foi chamada só agora se eles já estavam cavando há mais de três meses?

— Achei que você soubesse. Calvin não explicou tudo quando te convidou?

*Calvin? Quem era esse tal de Calvin? Ah...*

— Aquele cara careca de óculos?

Ethan ergueu as sobrancelhas e riu.

— Caramba. É, acho que sim.

— Bem, *Calvin* não me contou merda nenhuma. Ele só disse que era uma expedição em busca de Chimalli, com um investidor anônimo, e que haveria uma passagem de avião para um destino desconhecido me esperando no aeroporto.

As sobrancelhas dele se ergueram ainda mais.

— E você *veio mesmo* pra cá com base nessa descrição? Eu ouvi falar sobre o incidente do parapente improvisado na expedição na Tailândia, mas você é mais aventureira do que eu pensava.

Corrie sacudiu a cabeça, com as palmas das mãos viradas para cima.

— Como é que é, Ethan? Foi você quem me chamou aqui.

— Hum... não — disse ele, esfregando a nuca e franzindo o cenho. — Não fui eu.

Bom. Talvez fosse *mesmo* uma pegadinha. A testa de Corrie franziu, e ela abriu a boca para fazer mais uma pergunta quando ouviu outra voz atrás dela.

— *Eu* pedi a Calvin pra chamar você.

Seu corpo inteiro ficou tenso, e ela perdeu o fôlego. Aquele timbre baixo, doce e delicioso enviou uma chama ardente indesejada por toda a sua pele. Ela conhecia aquela voz também. Mais ainda do que conhecia a de Ethan.

*Não, não, não, não, não*, ela repetiu em silêncio enquanto se virava lentamente para confirmar quem estava falando; seu estômago se retorcia com uma forte infusão de desdém e desejo.

— *Você* — ela rosnou e estreitou os olhos para o homem repugnantemente charmoso que estava ali diante dela, vestindo uma calça cargo verde militar, coturnos para trilha e uma camisa social branca para fora da calça, com as mangas arregaçadas até os cotovelos. Chegava a ser *injusto* como o tempo tinha feito bem para ele. Depois de passar incontáveis horas contemplando Ford Matthews durante as aulas, sempre ficava embasbacada com o encanto dele.

Ele também sempre a irritava *profundamente*, o que nada tinha a ver com aqueles olhos cor de esmeralda, o cabelo loiro sempre despenteado de um jeito perfeito e, claro, o físico esculpido de aproximadamente um metro e oitenta.

Ela nunca sentira tanto ódio — ou tanto tesão — por alguém.

Mas ela nunca poderia dar a ele essa satisfação ou permitir--se ser mais um entalhe na cabeceira de sua cama, que com certeza já estava cheia. Principalmente depois de tudo o que ele tinha feito com ela.

E pensar que, em algum momento, ela realmente chegou a considerar fazer isso.

Um formigamento quente percorreu seu interior com essa lembrança, até que ela rapidamente o reprimiu e deu um passo para trás, esbarrando no peito de Ethan. Ótimo. Encurralada. Estava perto demais de Ford para o seu gosto.

— É ótimo ver você também, Corrie — retrucou ele, com um sorriso malicioso e enigmático. Um sorriso que era o completo oposto da expressão de descontentamento no rosto de Corrie.

— É "dra. Mejía" — ela exigiu, com desdém.

Uma leve risada escapou do canto da boca dele. Ela queria tanto arrancar o sorrisinho daquele rosto perfeito.

— Bem, você não precisa me chamar de "dr. Matthews". Pode me chamar de Ford. Ou *chefe*, por mim tudo bem.

*Chefe?*

O queixo dela começou a cair, até que ela o segurou em um rosnado e uniu as sobrancelhas. *Presunçoso filho da...*

Ela deveria ter suspeitado que o dr. Ford Matthews seria o arqueólogo principal naquela escavação. Lá estava Ford, tirando mais uma coisa dela. Não era suficiente que ele tivesse roubado a bolsa de estudos que quase tinha sido oferecida a ela oito anos atrás, após a formatura. Agora ele também queria o projeto pelo qual ela era obcecada? Seria o nome *dele* em todos os livros de história sobre a descoberta do túmulo de Chimalli. Chimalli, o ancestral *dela*, não dele.

Ela revirou os olhos e desviou o olhar, cruzando os braços.

— Claro que sim. Inacreditável essa merda — ela resmungou baixinho.

— Já vi que você sentiu minha falta — disse ele, com aquele sarcasmo encantador.

Ford se aproximou, e ela observou o espaço entre eles diminuir. O que ele estava fazendo?

— A única coisa de que sinto falta em relação a você é a sua ausência. O que é isso? Alguma brincadeira de mau gosto? — ela rebateu, dando um passo para o lado, tentando se afastar.

— Longe disso.
Outro passo. *Mas que porr...?*
— Então o que estou fazendo aqui?
Ele inclinou a cabeça e semicerrou aqueles olhos brilhantes por trás dos óculos grossos de armação preta. *Ah, fala sério.* Não era possível que ele estivesse surpreso por ela estar confusa.
— Não é óbvio? Estamos procurando Chimalli. Achei que você pudesse querer participar, já que ele foi o tema da sua tese. E há boatos de que você andou procurando financiamento nos últimos anos... — A voz de sabe-tudo dele foi perdendo força.
Ela não estava engolindo a encenação de bom-moço. Não, o dr. Ford Matthews não a convidou por pura bondade, pensando que ela *pudesse querer participar*. Ford não fazia nada por ninguém além de si mesmo.
Ele cansou de demonstrar isso ao longo dos quatro anos da pós-graduação. Mas era mais fácil o inferno congelar — ou melhor, a selva mexicana congelar — do que Corrie se estrepar por causa dele de novo. Com ou sem Chimalli, ela não poderia trabalhar com Ford.
E *principalmente*: ela não podia trabalhar *para* Ford.
Essa percepção a trouxe de volta à realidade.
— Sabe, eu vou ter que recusar. Consegui o que precisava: a confirmação de que isso era bom demais pra ser verdade. Eu só queria que você nos tivesse poupado do trabalho dizendo a Calvin que era *você* quem me queria aqui, pra que eu pudesse ter recusado em Berkeley.
Ela então se virou para Ethan, colocando a mão no antebraço dele.
— Ethan, foi ótimo ver você. Vamos colocar o papo em dia quando você voltar para os Estados Unidos.
Com isso, Corrie girou nos calcanhares em direção às suas coisas, calculando em sua cabeça se poderia pagar por um assento de primeira classe, porque, bem, ela merecia depois disso tudo. Os drinques gratuitos fariam a despesa valer a pena.
— Corrie... — Ford começou, seguido por um barulho de soco e um grunhido. — Quero dizer, dra. Mejía, espera!

Ela parou no meio do caminho. Nunca tinha ouvido esse tremor na voz de Ford. O que era aquilo? Medo? Preocupação?

Ford Matthews estava *implorando*? Os cantos dos lábios dela se curvaram.

— Calvin não contou que era eu porque eu sabia que você não viria e... e...

As palavras ficaram presas na ponta da língua de Ford, e o sorriso de Corrie se desfez. É claro que Ford jamais admitiria ter feito algo errado. Ela deu outro passo.

— Eu preciso de você! — ele soltou.

Um pequeno e diabólico sorriso de Grinch se formou nos lábios de Corrie. Vindas dele, essas palavras tinham um sabor absurdamente apetitoso.

— Desculpa, o que foi que você disse? — ela perguntou, enquanto se virava lentamente, se esforçando para não abrir um sorriso presunçoso.

— Você ouviu — ele disse, apertando a mandíbula e colocando as mãos na cintura, bem ali, na frente dela.

Desta vez, *ela* deu alguns passos para diminuir a distância entre eles.

— Não, acho que não. Porque o Ford Matthews que *eu* conheço jamais pediria a minha ajuda. Ou pelo menos ele saberia que não deveria pedir — disse ela, imitando a postura dele, com o quadril inclinado para o lado e as mãos apoiadas na cintura.

As narinas de Ford se dilataram, e seu peito largo se encheu quando ele respirou fundo. Corrie se imaginou passando as pontas dos dedos pelo torso dele com extrema satisfação. Ah, como era penoso para Ford precisar de ajuda. Ethan resmungou algo no ouvido dele, mas Corrie só entendeu a parte final.

— Fala pra ela, por favor. — foi o que ele disse.

Após dez segundos olhando para baixo, Ford finalmente cedeu.

— Tudo bem — ele rosnou, jogando as mãos para o ar. — Eu preciso de você. As coisas começaram muito bem, e eu pensei que tinha conseguido, mas já faz três meses, e algo não está certo. Com certeza, você sabe que eu não teria mandado te chamar se tivesse outras opções.

Ele tinha razão. Ford desprezava Corrie tanto quanto ela o desprezava.

— Então você está desesperado?

Ele revirou os olhos.

— É óbvio. Mas você é a única pessoa no mundo que tem uma chance remota de poder ajudar, então aqui estamos nós. Agora, você vai me ajudar ou não? Porque, se não pegarmos a estrada logo, vai estar escuro quando chegarmos.

— O que eu ganho com isso? — ela perguntou.

— Dinheiro e fama não são suficientes pra você? — Ford disse, cruzando os braços.

Corrie começou a abrir a boca, pronta para lançar outro argumento, mas Ethan se adiantou para detê-la.

— Por que você não passa a noite lá? De manhã, mostraremos o sítio, e você pode decidir se quer ficar ou não.

— Não podemos mostrar pra onde vamos se ela não concordar em ficar — Ford protestou, baixinho.

— Não tem problema — Ethan assegurou. — Corrie é a única pessoa em quem confio mais do que em você, e ela não vai roubar nada. Eu prometo. Certo, Corrie? — ele perguntou a ela.

— É claro que não. Não pego o que não é meu. Diferente de *certas* pessoas — ela disse, enfatizando as palavras.

Ford olhou de cara feia para ela enquanto as palavras fluíam de seus lábios franzidos. Que bom. Ela queria mesmo que ele as sentisse.

— Então você topa? — Ethan perguntou.

Corrie deu uma olhada em Ford, examinando seu rosto. Apesar da cara irritada, ela notou o pânico em seus olhos. Medo de que ela realmente dissesse não.

Obviamente, o que eles estavam fazendo era importante, e ele estava com medo de perder a chance se não tivesse a ajuda dela. Para descobrir mais, valeria a pena passar uma viagem de carro e uma noite na companhia de Ford.

Pelo menos, a vista era decente.

— Tudo bem, eu topo. Mas mantenho o direito de mudar de ideia pela manhã.

Ford e Ethan deram suspiros de alívio, relaxando os ombros, e Ford caminhou em direção a Corrie. Uma onda de calor a invadiu com a proximidade dele.

— Confia em mim... Você não vai mudar de ideia — ele sussurrou em seu ouvido enquanto se abaixava para pegar as malas dela.

Seu hálito quente, com uma pitada de hortelã, fez com que ela sentisse cócegas atrás da orelha, e outro incêndio escaldante percorreu seu corpo. Mas, ao contrário da última vez, essa sensação estava centrada em suas partes íntimas.

No entanto, se havia uma pessoa no mundo em quem ela não confiava de jeito nenhum — *principalmente* em relação a suas partes íntimas — era o dr. Ford Matthews.

# Dois

Foi uma ideia ruim. Uma ideia *muito* ruim.

O vento agitava o cabelo de Corrie enquanto eles desciam pela estrada de terra. Embora estivesse preso para trás, algumas ondas rebeldes, profundas e marrons salpicadas de um tom de mel intenso dançavam no ar, roçando a pele dourada e macia de seu rosto.

A dra. Corrie Mejía era ainda mais linda do que ele se lembrava.

Pena que ela tinha ojeriza a ele. E não era culpa dela. Às vezes ele se odiava também, pelo menos nas situações em que bancava o arrogante, como tinha feito no aeroporto. Mas ele não podia evitar. Sempre que estava perto dela — e só acontecia com ela —, Ford, o Babaca, aparecia.

Ele não podia acreditar que tinha mesmo dito que ela poderia chamá-lo de *chefe*.

Que. Babaca.

Ele sacudiu a cabeça ao se lembrar disso e captou o olhar curioso de Corrie no espelho retrovisor. Um olhar que logo se tornou intenso quando aqueles lindos olhos castanhos o perfuraram como lasers. Talvez ela estivesse tentando parecer ameaçadora. Mal sabia ela, no entanto, que na mente de Ford só havia uma pergunta: como aqueles olhos o olhariam se ela estivesse deitada na cama dele? Olhando para ele como na noite que passaram juntos na biblioteca.

Será que ela pensava naquela noite também?

Esta escavação era longa *demais* para fazer um jejum forçado de sexo na selva mexicana com Corrie por perto, principalmente se ela continuasse usando roupas que marcavam cada uma de suas curvas perfeitas como a de agora.

— Quanto tempo falta? — ela perguntou, levantando a voz.

— Uns quinze minutos — ele gritou, mais alto que o vento e o barulho do motor rugindo, enquanto eles desciam a estrada de terra mais esburacada do México, ladeada por olmos mexicanos.

— Que bom. Minhas costas estão me matando — ela disse, arqueando o tronco, empinando ainda mais os seios.

Por quê? Por que a única pessoa capaz de ajudá-lo não podia parecer um ogro do pântano? Ou pelo menos não ser um espetáculo como Corrie. Ford não se importaria nem um pouco se ela rasgasse as roupas dele se a oportunidade surgisse.

Uma pequena parte dele esperava que ela mudasse de ideia, que eles entrassem em uma discussão feia assim que ele lhe mostrasse o sítio arqueológico — ou, de preferência, até antes — e, então, ela fosse embora. Por várias razões, seria melhor simplesmente dizer ao investidor que eles haviam fracassado, em vez de ter que aturar a dra. Corrie Mejía por sabe-se lá quanto tempo. Ele já sabia, por experiência própria, que eles trabalhavam muito mal juntos, se é que podia usar a expressão "trabalhar juntos". Ele não precisava, além disso, de uma frustração sexual.

Porque Ford tinha certeza de uma coisa: ele e Corrie *nunca* dormiriam juntos. Jamais. Não importava quantas vezes ele pensasse nisso. Porque ele tinha certeza de *mais uma* coisa: dormir com Corrie terminaria em desastre, e ela teria um novo motivo para odiá-lo mais do que já odiava.

Mas Ford estava desesperado. Tão desesperado que arriscaria de bom grado sentir toda a ira e fúria de Corrie Mejía se isso significasse que ele poderia salvar a própria mãe.

Uma lágrima despontou em seu olho, e ele rapidamente piscou para afastá-la, mas não antes de receber outro olhar curioso de Corrie. Ele não sabia bem como se sentia em relação a isto: Corrie o observava o tempo inteiro. Ele não sabia dizer se era desconfiança ou outra coisa, mas toda vez que a flagrava olhando para ele, sua imaginação obscena começava a vagar e aumentava a temperatura em alguns graus. As coisas já estavam ruins o bastante. Mais calor era a última coisa de que Ford precisava.

Bem, isso e outro fracasso em sua crescente lista.

O crepúsculo caiu sobre a densa selva coberta por copas, e a escuridão cobriu aquela região. Ele esperava chegar mais cedo para que pudessem mostrar o sítio a Corrie naquela mesma noite, mas agora isso ficaria para a manhã seguinte. Com esse novo acordo, porém, e a possibilidade de que ela pudesse resolver cair fora pela manhã, ele não queria entrar em todos os detalhes da escavação. Talvez Ethan confiasse nela, mas Ford dificilmente confiava em alguém desse ramo, pelo menos não até que tivessem tempo para construir uma sólida conexão. Ele tinha aceitado participar de uma escavação financiada por um completo estranho, o que era absurdo. No entanto, até o momento, o investidor, Pierre Vautour, tinha cumprido todas as promessas. Sem poupar despesas. E, apesar do relacionamento difícil com seu chefe em Yale, Ford confiava que o dr. Crawley não o teria colocado em uma roubada ao apresentá-lo ao sr. Vautour.

Mas uma coisa era certa: Corrie não confiava nele, e por isso ele não se sentia à vontade para divulgar nenhum detalhe específico até que ela concordasse em ficar. E se depois ela contratasse alguém para se infiltrar no acampamento e pegar os artefatos? Supondo que eles os encontrassem, é claro. Ele não *achava* que Corrie fosse desse tipo, mas, por outro lado, ela tinha seus motivos. As pessoas faziam coisas estranhas quando queriam se vingar.

— Chegamos — exclamou Ethan para Corrie enquanto Ford reduzia a velocidade e conduzia o jipe para o acampamento.

Várias barracas grandes delineavam o perímetro da pequena clareira na selva — algumas barracas coletivas com beliches para a equipe e para os estagiários e duas individuais que Ethan chamava de barracas de "glamping", uma para Ford e outra para Ethan —, todas construídas em estrados para protegê-los das frequentes e implacáveis pancadas de chuva. Uma tenda de refeitório maior com mesas de piquenique e uma cozinha improvisada ficava no centro do acampamento, e alguns galpões de equipamentos com cadeado ficavam do lado de fora da área principal, perto dos banheiros — embora chamá-los de banheiros fosse um exagero. Eram apenas algumas latrinas de fossa com uns chuveiros precários. Mas a fogueira era a melhor parte do acampamento. Ali fora, a equipe podia relaxar depois de um longo dia, bebendo, contando histórias e cantando. Ali, cercados pelas imponentes árvores de mogno e ceiba, abundantes palmeiras e samambaias, morcegos esvoaçantes e macacos-aranha barulhentos, eles eram uma família.

As luzes penduradas no alto das videiras das árvores já estavam acesas enquanto o resto da equipe esperava pelo jantar. Chegaram bem na hora. Mesmo com todas as criaturas e mistérios, o meio da selva não parecia tão ruim com refeições caseiras todas as noites. Na verdade, a comida de Agnes talvez desse a Corrie um motivo para ficar.

— Muito bem, chegamos. Lar, doce lar — disse Ford, estacionando o jipe e desligando o motor.

— Cadê a escavação? — perguntou Corrie, olhando ao redor.

— Temos que fazer uma trilha pra chegar lá. Fica a mais de um quilômetro daqui — respondeu Ethan.

Ela piscou os olhos algumas vezes, como se percebesse as exigências adicionais impostas aos participantes da expedição. Não querendo esperar até de manhã para esclarecer que ficaria ainda pior, Ford acrescentou:

— O terreno é traiçoeiro. Desigual e acidentado. É praticamente impossível passar com um veículo. E quando chove, o que acontece quase diariamente nesta época do ano... bem, fica um caos.

Particularmente, Ford não gostava de andar na lama e na imundície. Era tão ruim que ele sentisse falta de banhos quentes e alojamentos sem sujeira?

— Eu já participei de escavações, caso você não saiba — ela disse. — Além disso, se sujar não faz parte da diversão?

Essa pergunta retórica foi concluída com um floreio e um tom levemente sugestivo, despertando o interesse dele e enviando uma saudável onda de sangue para seu interior. *Bem, quando você coloca nesses termos...*

— Vamos te apresentar ao pessoal e depois vamos jantar — disse Ethan, fazendo Ford se afastar de seus pensamentos *poluídos*.

— E as minhas coisas?

— Vão ficar bem no jipe por enquanto. Mais tarde a gente pega — disse Ford, saindo do carro e oferecendo a mão a Corrie.

Mas ela deu um sorrisinho debochando daquela mão e saltou sem ajuda. Ele suspirou. É, ia ser assim.

— E eu aqui pensando que vocês dois tinham ido à cidade pra beber sem mim. — Lance, o assistente do sr. Vautour, emergiu dos arredores do acampamento, fazendo Ford desviar a atenção de Corrie.

Ford sorriu.

— Sem o terceiro amigo? — Eles se cumprimentaram com um aperto de mão forte. Lance estava lá para se certificar de que tudo estava indo conforme o planejado, mas eles acabaram desenvolvendo uma espécie de amizade nos últimos meses, apesar de discordarem sobre o melhor tipo de uísque.

— Quem é esta aqui? Um novo recruta? — Lance perguntou, olhando atrás de Ford e observando Corrie com curiosidade.

Merda. Ford não tinha pensado nisso. A última coisa que ele precisava era que Lance relatasse ao investidor que eles estavam empacados e pedindo reforços. Principalmente quando o tal reforço tinha sido a primeira escolha do investidor para a expedição.

— Bem, Lance, quero te apresentar a dra. Socorro Mejía, nossa amiga de faculdade.

A sobrancelha de Corrie se arqueou ao mesmo tempo que ela e Ethan lançaram olhares desconfiados para Ford.

— Ela está aqui, bem, para fazer pesquisa — disse Ford, ignorando os olhares dos dois. — Dra. Mejía, este é Lance. Ele trabalha para o investidor.

Ela ergueu a cabeça uns dois centímetros, como se compreendesse o motivo por trás da apresentação.

— Prazer — disse ela, apertando a mão dele.

— Igualmente. Que bom que vocês três mantiveram a amizade depois da faculdade.

— Ah, é. Ford, Ethan e eu éramos *melhores* amigos na pós-graduação. A gente se divertia *tanto*, não é, Ford? — ela perguntou, dando um soquinho de brincadeira no braço dele com uma força extra.

— Aham — ele murmurou, lutando contra o desejo de massagear a dor no bíceps.

— Você vai ficar por muito tempo? — Lance perguntou.

— Não tenho certeza. Nós ainda não falamos sobre isso. Foi uma viagem meio que surpresa — respondeu Corrie.

O que ela estava fazendo?

— Uma viagem surpresa para o México? Vocês, arqueólogos, com certeza vivem vidas fascinantes.

— Demais. Sério, foi *muito* fácil largar tudo pra vir pra cá, eu precisava ver o que Ford e Ethan estavam fazendo. Além disso, eu estava com tanta saudade deles — ela disse, rasgando seda. Seda *demais*.

Felizmente, não conhecendo o senso de... humor de Corrie, Lance não pareceu entender.

— Bem, vou tirar algumas fotos antes do jantar — disse ele, segurando a câmera que sempre o acompanhava —, mas espero que a gente possa conversar mais depois.

Eles esperaram um tempo, certificando-se de que Lance estava longe o suficiente, então Corrie se voltou para Ford.

— "Amigos de faculdade"?

— Olha, é complicado.

Corrie soltou uma gargalhada.

— Você está falando sobre a escavação ou sobre o status do nosso relacionamento?

Ford ficou tenso. Essa era uma maneira de interpretar a situação. Mas ouvir Corrie se referir a qualquer coisa que eles tivessem como um *relacionamento* — bom ou ruim — provocou uma sensação estranha que rugiu em seu estômago.

— Ah, para com isso — disse ele, optando por ignorar a insinuação.

Eles caminharam até o acampamento, parando para cumprimentar várias pessoas no caminho, enquanto serpenteavam por entre as árvores. Os domingos eram dias de folga, então a maior parte da equipe estava relativamente limpa, tinha tomado banho. Pelo menos Corrie não seria bombardeada com os aromas típicos de sujeira, suor e catinga que geralmente perduram no acampamento. A maior parte da equipe era composta por homens e, com apenas duas outras mulheres no acampamento — Sunny, a estagiária gentil e irritantemente alegre de Ford, e Agnes, a cozinheira de sessenta e dois anos —, o acampamento muitas vezes parecia mais uma fraternidade do que uma escavação arqueológica ultrassecreta. Todo dia, Agnes pegava no pé dos homens por causa de hábitos asquerosos. Sunny, por outro lado, não reclamava de nada. Nem dos cheiros, das caminhadas lamacentas até o sítio arqueológico ou de ter que dividir uma barraca com Agnes — puramente por escolha delas, não que ele pudesse culpá-las. Caramba, Ford agradecia aos céus por ter sua própria barraca.

E, como se tivessem combinado, Sunny saiu pulando da barraca como uma jaguatirica animada e correu direto para receber a recém-chegada. Corrie congelou ao lado de Ford ao vê-la e recuou, segundos antes de ser atacada pela bola de pura energia que era Sunshine O'Donnell.

— Ai, meu Deus, você deve ser a dra. Mejía! Ouvi falar muito de você e li todos os seus artigos — disse Sunny, apertando fervorosamente a mão de Corrie.

Ford riu consigo mesmo ao ver como ela parecia desconfortável. Não dava pra imaginar que Corrie gostasse de estar cercada de outras mulheres ou que fosse fã de personalidades muito alegres como a de Sunny. Corrie Mejía era séria demais para essas bobagens. Não, ela era motivada e focada. Apesar de Corrie ter seus momentos de amabilidade — caramba, no aeroporto, ela e Ethan agiram como se fossem praticamente melhores amigos —, ela não parecia o tipo de pessoa que tinha centenas de amigos.

Ela também não era uma pessoa que conseguia esconder bem suas verdadeiras emoções, algo que Ford sabia por experiência própria.

Enquanto Sunny divagava, sem respirar, sobre um dos artigos mais recentes de Corrie publicados na revista *Archaeology* — sem sequer dizer a Corrie seu nome — a ruga na testa de Corrie cresceu, e ela inclinou a cabeça. *Hum... isso pode não acabar bem.* Um buraco começou a se formar no estômago de Ford. Talvez ele e Ethan devessem ter dado a ela — ou, francamente, a ambas — um aviso. A Corrie, sobre a disposição, digamos, *animada* de Sunny. A Sunny, sobre a ausência disso em Corrie.

Seria melhor tê-las apresentado só *depois* que Corrie aceitasse ficar.

Ford já estava esperando. Estava esperando pela inevitável explosão de Corrie, quando ela ficasse de saco cheio de toda a loucura daquele dia. Ela abriu a boca, e ele se preparou para salvar Sunny. E então...

— Desculpa, mas não ouvi o seu nome — disse Corrie, educadamente interrompendo Sunny e sorrindo.

*Quê?* Ford lançou um olhar de esguelha para Corrie, examinando seu perfil. *Quem é essa pessoa e o que ela fez com Corrie Mejía?*

Sunny soltou a mão de Corrie e colocou o cabelo castanho-avermelhado atrás das orelhas, baixando a cabeça, constrangida.

— Ai, meu Deus, me desculpa. Sou a assistente de pesquisa do dr. Matthews, Sunshine O'Donnell, mas todo mundo me chama de Sunny. Desculpa, às vezes eu me empolgo e, quando isso acontece, falo sem parar. E quando eu soube que você estava vindo, não pude acreditar, porque você é minha heroína. Sem ofensa, dr. Matthews — ela disse, virando-se para Ford. — E é como se meu cérebro pensasse que preciso te contar tudo, porque e se eu não tiver outra chance como esta e, ai meu Deus, estou falando demais de novo, não é?

Corrie riu. Como se estivesse encantada com Sunny. A *velha* Corrie teria pouca tolerância com alguém tagarelando como Sunny durante uma palestra. Mas essa pessoa? Ford mal a reconhecia. Ele tinha que admitir, Corrie tinha uma risada incrível. O som aliviou a tensão no corpo dele. E foi bom ver um sorriso de verdade no lindo rosto dela.

— Bem, eu nunca tive uma fã. Estou surpresa que você saiba quem eu sou — disse Corrie com uma voz brincalhona.

— Meu Deus, você está brincando, né? Você é simplesmente a arqueóloga mais fodona da atualidade. Sem ofensa, dr. Matthews.

Então a tensão já não era um problema. Ford mudou de opinião ao sentir uma pontada no pescoço. Sem ofensa? Ao ouvir aquilo pela segunda vez, ele começou a pensar que talvez *devesse* se sentir ofendido.

— Tipo, você perseguiu aquele grupo de ladrões em Belize. Roubou de volta o colar de jade daqueles bandidos na Cidade do Panamá. E teve aquela vez que você escapou da onça na Amazônia...

— Que estava ferida — esclareceu Ford, e Corrie virou a cabeça em sua direção; o ódio em seu olhar era palpável. E daí? Ele também tinha ouvido aquela história.

— Tanto faz. Que. Fodona — continuou Sunny. — Você é como uma Lara Croft da vida real. E é tão gata quanto ela também — ela disse, sensualizando com um sorriso de canto e erguendo a sobrancelha.

Ford olhou para Sunny. Espera aí... ela estava... *flertando* com Corrie?

— Lara Croft não era uma *invasora* de tumbas? Não era uma de nós, os mocinhos. — Ford comentou, mais uma vez, oferecendo sua opinião não solicitada. Que coisa doida, Sunny estava agindo como se Corrie tivesse se balançado em cipós, pulado de helicópteros.

Mas talvez ela tivesse razão na parte de ela ser *gata*.

— Calma, dr. Matthews. Todos nós sabemos que você é impressionante também — Ethan brincou, dando um tapinha na cabeça de Ford.

— Sério? Então, por que *ele* não entrou na lista dos Arqueólogos Mais Fodões, apesar de ter feito mais de cinquenta escavações e ter descoberto aquele grupo de pictogramas no Arizona e um templo maia até então desconhecido na Guatemala? Ele merecia *um pouquinho* de crédito, né?

— Só estou dizendo — disse Ford, dando de ombros para Ethan — que não tenho certeza de que ser comparado a Lara Croft deve ser considerado um elogio.

Ele estava... *com inveja*? Meu Deus, ele parecia um pirralho mimado. Mais uma vez, o babaca interior estava dando as caras.

— Bem, obrigada — Corrie finalmente falou. — Estou mesmo lisonjeada, *apesar* da comparação. E não dê bola para Ford. Ele, assim como seu homônimo, não é muito fã de invasores.

As narinas de Ford se dilataram, e sua mandíbula se apertou quando ele olhou para Corrie.

— Ford? Meu Deus, você tem esse nome por causa do Harrison Ford, dr. Matthews? — Sunny perguntou, voltando sua atenção para ele.

Não era algo que ele gostasse de divulgar — o fato de que seus pais realmente o batizaram com o nome de Harrison Ford. E que a obsessão deles por Harrison e pelos filmes de Indiana Jones foram os motivos que o levaram à arqueologia. Mas pergunte a qualquer arqueólogo nascido depois de 1981 se Indiana Jones foi seu herói: ninguém diria que não.

Certo, tudo bem. Lara Croft também era bem incrível.

— Mais ou menos — disse ele, tentando rapidamente fugir do assunto. — Ei, Sunny, você se importaria de verificar com a Agnes se ela atualizou a contagem de pessoas para o jantar?

— Ah, eu falei com ela há mais ou menos uma hora...

— Por que você não checa mais uma vez?

Sunny examinou os rostos deles, um de cada vez — Ethan e Corrie olhavam para Ford, e Ford não olhava para nenhum lugar em particular —, antes de finalmente se tocar.

— Bem, acho que a gente pode bater um papo mais tarde — ela disse a Corrie.

— Ótima ideia. Não vejo a hora — Corrie respondeu, carinhosamente colocando a mão no antebraço de Sunny, que então foi fazer o que Ford pediu.

Quando Sunny estava fora do alcance de sua voz, Corrie se virou para ele.

— Bateu uma inveja?

— Ah, fala sério — ele disse com um muxoxo, revirando os olhos. — Inveja das suas aventuras imprudentes e do fato de que você quase foi morta algumas vezes? Acho que não.

Então, em outras palavras, sim, bateu uma inveja, e das fortes.

— Ah, eu não estou falando disso. Sei que você é delicado demais pra correr pelas selvas ou perseguir criminosos. Estou falando sobre você não ser o centro das atenções. Algo me diz que, até pouco tempo atrás, Sunny provavelmente olhava pra você da mesma maneira. E agora... — A voz dela se desvaneceu enquanto ela sorria, dando de ombros.

Bateu uma arrogância?

— Uau. Dois sorrisos em um dia. Desde quando você se tornou a Miss Simpatia?

— Ah, meu bem. Você percebeu — ela disse, piscando e curvando o corpo em direção ao dele. Ford apertou os lábios enquanto olhava para ela, com o único desejo de tirar aquele sorriso arrogante de seu rosto.

— Já chega, vocês dois. Sério, vocês parecem um casal de adolescentes mimados. Não cansam nunca? — Ethan perguntou, intervindo para acabar com a briga.

— Não — Corrie e Ford responderam ao mesmo tempo sem tirar os olhos semicerrados um do outro.

— Bem, estou morrendo de fome e não posso aguentar mais uma dessas brigas a menos que eu coma um pouco durante o entretenimento, então podemos dar uma pausa por, sei lá, quinze minutos?

Ethan era o racional do grupo. Uma das muitas razões pelas quais Ford o chamou para participar da expedição. E agora que Corrie tinha sido convidada, ter Ethan como árbitro era uma vantagem adicional.

— Tudo bem — Corrie respondeu, desviando o olhar. — Eu tenho que usar o banheiro mesmo. Onde fica?

— Ali. — Ethan apontou para as barracas de banheiro, ou as bbs, como eles diziam. Dizer *tenho que usar as BBs* soava muito melhor que *tenho que usar o vaso*.

Corrie assentiu, mas não sem lançar mais um olhar penetrante, e então disparou em direção às bbs. Seus fabulosos quadris balançavam a cada passo, hipnotizando Ford, praticamente fazendo com que ele esquecesse o aborrecimento de minutos atrás.

— Qual é o seu problema? — Ethan perguntou, batendo na barriga de Ford, o que o tirou do devaneio hipnótico. — Precisamos dela, lembra?

— Eu sei, eu sei — disse Ford, abaixando a cabeça, frustrado consigo mesmo. — Ela é tão... tão...

Dezenas de palavras circulavam em seu cérebro, mas nenhuma que ele quisesse dizer em voz alta.

— Sexy? — Ethan finalmente respondeu por ele.

Que ótimo. Era assim tão óbvio?

— O quê? Não. Nossa, Ethan.

Ford revirou os olhos, sorrindo com desdém.

— Ah, claro, Ford. Acredito em você — Ethan disse com uma sobrancelha erguida. — Olha, você pode admitir que está atraído por ela. Dizer que não só me dá mais certeza de que tenho razão.

O aborrecimento percorreu o corpo de Ford.

— Não é isso — disse ele, tentando voltar ao assunto em questão.

— Então você admite?

— Admito o quê?

— Que você está atraído por ela. Eu não vou contar a ela.

Sua boca se contorceu e suas narinas dilataram enquanto ele lutava para segurar as palavras. Mas o que isso tinha a ver? Ethan podia ser seu melhor amigo, mas não era da conta dele quem Ford achava atraente. No entanto, mesmo não estando presentes, os quadris inebriantes de Corrie, sua boca bonita e seus olhos celestiais o afetavam.

— Tá! É! — ele deixou escapar, jogando as mãos no ar. — Tá, ela é sexy. Pronto, você está feliz?

Um largo sorriso se formou no rosto de Ethan.

— Para falar a verdade, estou. Obrigado. Vocês dois sempre tiveram uma energia sexual bizarra na época da pós. Até você começar a namorar Addison.

— Tá, podemos não falar sobre isso, por favor? — Ford disse, esfregando a testa e ficando impaciente com a conversa. — Como eu disse, não é disso que se trata. Posso trabalhar com Corrie, se ela aceitar a oferta, o que agora eu acho que tem cinquenta por cento de chance de acontecer, apesar do fato de que, sim, eu a acho atraente. Ela é uma mulher linda, e tenho certeza de que todos neste acampamento também pensam assim, inclusive você. Sunny também. Então, não fica aí achando que decifrou o código Da Vinci, porque não é tão surpreendente assim, é?

— Não, pra mim não é — disse Ethan com o queixo erguido, certamente orgulhoso de si mesmo. — É bom finalmente ouvir você admitir depois de, o quê, doze anos?

— Você é mesmo um babaca às vezes, né?

— Com certeza. Mas você também é. Talvez seja bom pegar leve com essa hostilidade. Ela não é uma pessoa ruim quando você a conhece. E nem você.

Ah, ele a conhecia, sim. Aquela noite na biblioteca havia revelado um lado diferente de Corrie do qual ele tinha gostado bastante. Ela conseguiu derrubar os bloqueios emocionais dele. E, por sua vez, Ford suavizou as arestas endurecidas de Corrie. Pensando bem, tinha sido bastante sinérgico. Pena que ele não sabia como reviver aquilo.

E uma pena que esse lado de Corrie estivesse inacessível.

— Eu sei. Ela é tão... tão...

— Impressionante?

Essa era uma forma de descrevê-la.

— Eu ia dizer arrogante.

Ethan riu.

— Você não acha que é o sujo falando do mal lavado?

— Ei, eu nem chego perto de ser arrogante como ela.

Ethan deu um tapinha no ombro de Ford.

— Claro que não. Vocês dois... vou te contar. É hilário que os dois pensem que o problema é o outro. Não conseguem ver o quanto são parecidos.

*Parecidos? Fala sério.*

— Corrie e eu não somos nada parecidos. Eu sou fiel a fatos e regras. Ela é o tipo de pessoa que segue os instintos. Uma arqueóloga que não segue regras. E, francamente, ela é um pouco imprudente.

— Mesmo assim, você mandou chamá-la.

— Mandei, porque ela também é brilhante pra caralho. Ela pode ter seus métodos estranhos e tudo mais, mas é evidente que o que estou fazendo aqui não está funcionando.

Não que ele já tivesse trabalhado com Corrie, mas ouvira as histórias sobre a conexão espiritual que ela parecia ter com a terra. Um instinto de saber onde escavar. Uma compreensão da terra. Ninguém podia explicar, mas, quando Corrie Mejía estava em uma expedição, as coisas sempre funcionavam magicamente, mesmo que houvesse alguns percalços e escapadas selvagens no caminho.

Depois de três meses nessa escavação e encontrando pouco mais do que alguns pedaços irregulares de obsidiana, ele poderia usar uma pequena dose daquela magia Mejía. Ele não tinha dito abertamente a Ethan por que queria trazer justo Corrie para a escavação, embora presumisse que fosse óbvio. Ainda assim, as sobrancelhas de Ethan se ergueram e seu queixo caiu, como se estivesse chocado com a confissão de Ford.

— Uau. Estou bem surpreso de ouvir você admitir isso.

— Acredite ou não, Ethan, eu tenho um pouco de humildade. Viu como não sou mais arrogante que ela? — Ford sorriu, sabendo que seu amigo apreciava seu humor e que, no fundo, Ethan só queria o bem dele.

Eles viajaram o mundo juntos. Estiveram em dezenas de escavações. Eram melhores amigos, embora ultimamente Ford tivesse se fechado. Desde que toda a sua vida tinha virado de cabeça para baixo. Claro, ele poderia reconhecer sua humildade, mas não isso. Não podia admitir o medo de sentir que merecia toda a merda lançada em seu caminho nos últimos anos.

— Bem, talvez se você admitisse isso para Corrie, *talvez* ela fosse um pouco mais legal com você — disse Ethan, tirando Ford de seus pensamentos.

— Admitir o quê? Que eu não sou o mais arrogante? — Ford brincou.

— Não, seu idiota — Ethan disse, sorrindo e revirando os olhos. — Que você acha que ela é brilhante. Tenho certeza de que ela apreciaria sua aprovação.

Ford jogou a cabeça para trás.

— Minha aprovação? — Ele deu risada. — Duvido que Corrie ficaria tão impressionada assim com minha aprovação.

— Você ficaria surpreso — Ethan disse, com um tom sugestivo. Como se soubesse de algo que não estava contando a Ford. — Porque, talvez você não saiba, mas você é brilhante pra caralho também.

Ford sorriu.

— Ah, você acha que eu sou brilhante — Ford brincou, batendo os cílios. Ele nunca ousaria admitir, mas na verdade aquilo foi muito gentil e provavelmente a coisa mais legal que alguém já tinha dito a ele.

— É, está bem. Não esquece que começamos essa conversa chamando um ao outro de babaca. Agora, vamos. Estou morrendo de fome.

# Três

Mesmo que Corrie não aceitasse ficar, não seria tão ruim se, nesse meio-tempo, ela se divertisse um pouco às custas de Ford. Era fácil. Bastava ela abrir a boca e pronto! Estava declarada a guerra. Mas ele estava mesmo sendo bem infantil sobre aquele lance com a Sunny. Claro que Ford não queria que mais ninguém fosse o centro das atenções. No mundinho dele, só uma estrela podia brilhar.

Mas até mesmo a estrela mais brilhante acabava se apagando. Por isso, Corrie não ligava muito para coisas bonitas e cintilantes ou qualquer outra coisa que inevitavelmente perderia o brilho. Coisas como anéis de diamante, flores naturais, ou o amor. De qualquer maneira, era muito mais fácil viver sozinha. Não precisava prestar contas a ninguém. E ninguém a impediria de embarcar para o México com três dias de antecedência. Ninguém a criticaria por algumas estrepolias perigosas. Se ela morresse tentando escapar de uma rocha enorme enquanto atravessava um templo cheio de armadilhas, pelo menos deixaria o mundo fazendo algo que amava. Pelo menos morreria em uma aventura. Gente fresca como Ford, que nunca quebrava as regras ou se arriscava por medo de se machucar... bem, nunca entenderia.

Corrie caminhou pela pequena clareira onde estava o acampamento; o vozerio da equipe falando enquanto esperava na fila do jantar se somava aos pios e gorjeios da selva. Mesmo bem depois do anoitecer, a temperatura havia caído só um pouco. Com certeza era uma daquelas escavações em que você nunca se sente limpa: está sempre coberta de lama, suor e aquele brilho grudento. Então, como Ford conseguia parecer tão... apetitoso?

Ela sacudiu a cabeça. Por quê? Por que sua mente continuava indo para aquele lugar? Devia ser seu estômago falando. Ela deu meia-volta em direção à tenda do refeitório. Sentia um cheiro bom. Ter uma cozinheira particular era melhor do que o que acontecia na maioria das escavações, em que eles dividiam as tarefas na cozinha ou só tinham fogões portáteis individuais e pacotes de comida desidratada. Se ela nunca mais tivesse que comer outro pacote de ovos mexidos em pó com "bacon" desidratado na vida, morreria feliz.

Ela caminhou até a tenda, pegou uma bandeja e entrou na fila. Pegou um pãozinho, um pouco de manteiga, uma pequena salada verde e uma tigela farta de ensopado de carne.

— Você fez tudo isso aqui? — Corrie perguntou à cozinheira, que lhe entregava a tigela.

— Com certeza. Só tem comida de verdade aqui. Nada daquela porcaria congelada ou pré-pronta — disse a cozinheira, de cabeça erguida. — Você deve ser a dra. Mejía.

— Corrie. — Ela estendeu a mão para um aperto.

— Agnes. Acho que vamos dividir o beliche, né?

— Ah. Bem, eu, ah... eu não sei.

Corrie deu uma olhada no acampamento, só agora percebendo a proporção de pessoas para a quantidade de barracas. *Nossa, que droga.*

— Bom, se você prefere ficar com aqueles tagarelas imbecis, com todos aqueles peidos e arrotos, fica a seu critério — disse Agnes, apontando para o restante do grupo: todos homens, com exceção delas duas e de Sunny. Não que ela se importasse de dividir o espaço com homens, mas era uma mulher de trinta e cinco anos que gostava de ter privacidade. Ela não queria morar nem com um gato, muito menos com outras pessoas.

— Não, quero dizer que ainda não discutimos essa questão da acomodação. E, pra falar a verdade, nem sei se vou ficar.

— Não vai ficar? Então, por que o dr. Matthews me fez estourar meu orçamento comprando esse café jamaicano em grãos?

Agnes pegou uma prancheta e olhou para o que parecia ser um formulário de pedido.

— Disse que *precisávamos* dele — ela murmurou, virando-se de costas e revisando o formulário.

Um calor se espalhou pela pele de Corrie. Ele se lembrava. Ele se lembrava do amor dela por café jamaicano.

Ela era obrigada a admitir que ele não parecia ser uma pessoa atenciosa. Não, Ford Matthews sempre agia por conveniência. Talvez fosse isso mesmo — ele estava tentando bajular Corrie para que ela aceitasse participar da escavação. *Viu só? Nós até pedimos seu café favorito especialmente pra você, porque sua presença aqui é muuuuito importante pra nós.*

E aí, já era! O nome de Ford seria associado a uma das maiores descobertas do século e tudo o que Corrie conseguiria seria uma robusta xícara do suave e delicioso café jamaicano.

Mas, por outro lado, aquela longa noite que eles passaram juntos na biblioteca tomando café da garrafa térmica dela estava gravada na mente de Corrie, mesmo depois de todos aqueles anos. Talvez estivesse gravada na dele também. Ela ainda podia imaginar aqueles lábios pressionados contra a pequena tampa de plástico vermelha de sua garrafa térmica. Ou pelo menos parecia pequena nas mãos *dele*. Os lábios de Ford, tocando o mesmo lugar onde os dela tinham tocado, saboreando o café como ela saboreava aqueles olhos cor de esmeralda fixos nela por trás dos óculos. Ela se lembrava de como o gemido baixo na garganta dele havia atiçado o fogo crescente dentro dela, enquanto o café cremoso, forte e ácido, preenchia seu paladar. E como ele havia lambido as poucas gotas que grudaram em seu lábio inferior antes de limpar a boca com as costas da mão e devolver o copo para Corrie, roçando os dedos levemente nos dela.

Pois é, ela havia pensado naquela noite muitas vezes, principalmente considerando o fato de que alguns dias depois ela o viu grudado na cara de Addison Crawley, filha do famoso professor de Yale dr. Richard Crawley — que depois se tornaria chefe de Ford, mas deveria ter sido chefe de Corrie.

Ela se voltou para as mesas, procurando por Ford.

Lá estava.

Ele rapidamente desviou o olhar quando ela o viu, mas era óbvio que ele a estava observando, e isso causou outro formigamento nela, desta vez na barriga.

Tudo bem... talvez ela não fosse se esforçar *tanto* para deixá-lo irritado. Afinal, talvez ele estivesse tentando também.

— Dra. Mejía! Aqui! — Sunny gritou de onde estava sentada, agitando os braços freneticamente no ar.

*Deus do céu. Respira fundo.*

Ford estava certo: antigamente, Corrie nunca teria sido uma candidata a Miss Simpatia. Mas, ao contrário de Ford, que simplesmente ganhava as coisas com o charme (e, pelo visto, dormindo com as pessoas certas), Corrie teve que *aprender* a ser agradável. E quando ela começou a trabalhar como professora, bem, percebeu que alunos entusiasmados são alunos *empenhados*. Depois de conhecer seus alunos e orientar colegas mais jovens e ver que eles compartilhavam de sua paixão, bem, isso tornou toda a experiência ainda melhor. Às vezes, esses alunos e colegas até se tornavam seus amigos. Como Miri.

Além disso, como era mesmo o ditado? "Com mel se matam mais abelhas"?

Humm... ou seria "se apanham"?

Oito anos atrás, Sunny teria esgotado a paciência de Corrie. Mas, agora, ela achava que a energia de Sunny era uma dose de ânimo em um dia nublado e péssimo.

— Dra. Mejía, aqui, guardei um lugar pra você — disse Sunny, enxotando um cara mais jovem quando Corrie se aproximou.

— Pode me chamar de Corrie.

— Pensei que, mais cedo, você tinha dito pra te chamar de "dra. Mejía" — Ford resmungou do outro lado da mesa. Recebeu um soco na costela e um resmungo sussurrado de Ethan.

— É, meus *amigos* me chamam de Corrie. Alguém vai me apresentar ao pessoal? — ela perguntou, olhando ao redor da mesa para os outros quatro rostos.

Ethan tomou as rédeas e começou a apresentar os outros estagiários de Ford e seu próprio assistente de pesquisa.

— Dra. Mejía... — começou um dos estagiários.

— Eu já disse. Por favor, me chamem de Corrie.

— Ah, ok... — ele disse, olhando para Ford como se pedisse permissão, sem ter muita certeza se pareceria rude ou ofensivo.

Ford apenas encolheu os ombros e enfiou a colher na tigela de ensopado.

— Bem, doutora... quero dizer, Corrie, você pode contar sobre aquela vez em que ficou presa na inundação e teve que construir um bote para chegar até aquela aldeia indígena na Amazônia?

Embora os arqueólogos mais conceituados do mundo não considerassem as peripécias de Corrie muito... refinadas, ela gostava de ter conquistado alguns seguidores na geração mais jovem por suas aventuras impressionantes. Ford bufou olhando para a bandeja, deixando claro a qual galera ele pertencia. Agradar Ford não era exatamente uma prioridade na lista de Corrie, mas ela também não precisava colocar lenha na fogueira ou entrar em mais uma briga com ele, principalmente na frente de uma plateia. Afinal de contas, eram alunos dele.

Mas ela não entendia por que ele estava tão azedo. Eram boas histórias. Até *ele* deveria admitir isso. E se os alunos realmente pensassem que ela era tão boa assim, teriam escolhido ir para Berkeley para estudar com ela, e não para Yale.

Mas era melhor não cutucar a fera.

— Sabe — ela desconversou —, parece que todos vocês já me conhecem. Eu gostaria de conhecer melhor cada um de vocês — disse Corrie.

Os olhos de Ford se ergueram e fixaram nos dela, como se reconhecesse que ela tinha feito aquilo por ele. *É, lembra disso da próxima vez que bancar o idiota de novo.*

Eles se revezaram, contando a Corrie sobre seus estudos. Sobre como tinham entrado na arqueologia — muitos eram fãs da franquia Indiana Jones e de *A Múmia*, como era comum. Contaram seus planos para depois da formatura. Algumas histórias engraçadas sobre as aulas de Ford renderam um sorriso cativante e algumas piadas divertidas dele. Parecia que os alunos gostavam de seu estilo de ensino e, com base em suas brincadeiras, parecia que ele também gostava deles.

O assistente de Ethan, Gabriel, falou sobre seu trabalho no Field Museum em Chicago. Diferente dos outros, ele optou por não obter um diploma formal em arqueologia e resolveu estudar história, mas isso não o impedia de se voluntariar para fazer escavações sempre que acumulasse tempo de férias suficiente. Felizmente, esta escavação era remunerada, uma cortesia de Ford, que convenceu o investidor de que precisava de Ethan, o qual, por sua vez, convenceu Ford de que precisava do assistente. Ethan e Gabriel tinham traquejo em técnicas arqueológicas, o que compensava o fato de Sunny e os outros estagiários não o terem.

Os estagiários tinham variados motivos para querer participar da escavação. Experiência. Créditos acadêmicos. Um deles, Mateo, era originário do México e queria participar de uma escavação em sua terra natal. Embora tivesse nascido e crescido nos Estados Unidos, Corrie entendia o desejo de estudar a própria cultura. Eles disseram estar aproveitando o período na escavação, na maior parte do tempo, mas após três meses com pouco ou nenhum contato com o mundo exterior e nenhum fim real à vista, a empolgação parecia estar diminuindo. As escavações eram sempre difíceis, sem exceção, principalmente as remotas como esta. Estar longe de casa. Passar o dia inteiro suado e sujo. Dormir em barracas sem acesso a água corrente. Mas o segredo em torno dessa excursão em particular adicionava uma camada extra de frustração. Eles não podiam dizer aos amigos e familiares onde estavam ou por quanto tempo ficariam ali. Não podiam falar o que tinham ou não tinham encontrado. Não, as únicas pessoas com quem podiam conversar *de fato* eram aquelas amontoadas dentro daquela barraca.

E, sabendo que uma delas era a pessoa que Corrie mais desprezava no mundo, ela não tinha certeza se estava pronta para limitar suas interações aos ali presentes.

— Como você se tornou essa especialista em Chimalli? — Mateo perguntou.

— É. O que fez você se interessar por Chimalli? — Gabriel questionou em seguida.

Corrie abriu a boca para falar, mas Ford se adiantou.

— Ah, a dra. Mejía aqui pensa que é descendente de Chimalli.

A voz dele carregava um ar de ceticismo — e uma boa dose de arrogância. Ele não acreditava nela. Poucas pessoas acreditavam, de fato, por isso ela geralmente guardava essa informação para si mesma.

Agora estava arrependida de ter contado a Ford, principalmente porque ele havia usado essa informação para atraí-la para a escavação.

— Sério? — Sunny perguntou, com os olhos arregalados, muito admirada.

— Bem, ah, sim. Meu avô traçou a história da minha família e parece que sim, eu poderia ser uma descendente de Chimalli.

— Exceto pelo fato de que todos acreditavam que Chimalli era infértil, tendo sido castrado com a mesma faca que pegou quando fugiu de Tenochtitlán — Ford sentiu a necessidade de esclarecer.

Corrie olhou feio para ele.

— É, essa é *uma* versão. Mas o relato de Diego Mendoza apresenta uma versão diferente dos acontecimentos.

— Ah, é! Você mencionou isso na sua tese, não foi? — um dos estagiários perguntou.

A tese dela? Corrie se aprumou.

— Você... você leu a minha tese?

— Todos nós lemos. É leitura obrigatória indicada pelo dr. Matthews — esclareceu Sunny. Ela lançou um olhar para Ford, que estava sentado com os cotovelos sobre a mesa e tomando um gole de água.

— O que foi? É uma boa pesquisa. Quer dizer, é praticamente um manual sobre Chimalli — ele explicou.

Isso foi... foi um elogio? Cacete. Ela pressionou os joelhos um contra o outro. O comportamento agora calmo e casual de Ford exalava certo apelo sexual, mas um elogio? Talvez *essa* fosse a maior excitação que Corrie já tinha sentido.

Claro, não havia muita documentação concreta sobre Chimalli, e ela reuniu *mesmo* quase tudo o que havia para saber sobre ele naquele único documento, mas certamente Ford não admitiu — para ninguém menos que seus próprios alunos — que ela sabia mais sobre Chimalli do que ele. Ou admitiu?

Quase sem conseguir falar após essa revelação, Corrie finalmente se voltou para os alunos.

— Bem, eu... hã, sim. Eu mencionei isso. Mas, como evidenciado por seu professor, não é um relato amplamente aceito.

— Pode nos contar um pouco mais? — Mateo perguntou.

Corrie olhou para Ford mais uma vez, como se estivesse verificando se tudo bem ela contar a história. Afinal de contas, a escavação era dele. Não que Corrie realmente sentisse que precisava da permissão dele, mas era uma cortesia profissional que até mesmo Ford merecia receber. Ainda assim foi surpreendente quando ele fez um gesto com as mãos como se dissesse: *É você quem sabe.*

— Ok. Bom... existem duas teorias principais sobre o que aconteceu com Chimalli. A primeira e mais amplamente aceita é que Chimalli era um oficial de alto escalão no exército de Montezuma II e que, para jurar sua lealdade, se permitiu ser castrado, o que significava que seu compromisso seria com ninguém menos que os deuses. Não com uma mulher. Ou com uma família. Só com os deuses. Mas, assim que os espanhóis chegaram, Chimalli se assustou e fugiu sozinho da cidade, roubando a faca, pensando que poderia trocá-la assim que estivesse longe o suficiente do império. O problema dessa teoria, na minha opinião, é que não faz sentido ele ser tão dedicado aos deuses a ponto de ser castrado, mas fugir ao primeiro sinal dos espanhóis, principalmente quando esse contato inicial não parece hostil. Não faz sentido.

— É, mas as pessoas fazem coisas estranhas quando suas vidas estão em risco — disse Ford.

Fato. Mas Corrie conhecia muitos homens, e qualquer um que fosse corajoso o suficiente para cortar fora as bolas — ou seja, nenhum deles — não teria medo de uma invasão estrangeira. *Sobretudo* se eles pensassem que tinham literalmente o apoio de deuses.

— Então qual era a versão de Mendoza? — Mateo perguntou.

A parte favorita dela.

— No relato de Mendoza, Chimalli, na verdade, se apaixonou por uma macehualtin, uma plebeia chamada Yaretzi de uma aldeia perto de Tenochtitlán, mas o relacionamento deles foi desaprovado porque Chimalli era membro dos pipiltin, a nobre classe de guerreiros. Alguns dos sumos sacerdotes descobriram e decidiram sacrificá-la como oferenda durante o festival de Panquetzaliztli. Mas, na véspera da morte programada, Chimalli a resgatou e roubou a tecpatl, a faca sacrificial. Depois que fugiram da cidade, eles tiveram um filho e viveram uma vida relativamente pacífica longe do fim dos astecas.

— Mas como eles tiveram um filho se ele foi castrado? — perguntou Sunny.

— Ele não foi castrado. De acordo com Mendoza, isso foi uma mentira que Montezuma, o segundo discípulo mais leal, espalhou como uma forma de desacreditar Chimalli ou diminuir seu valor como homem — explicou Corrie.

— Você sabe como a tecpa... tepa...
— Tecpatl — ela esclareceu.
— Isso, a tecpatl — disse um dos estagiários. — Você sabe como ela é?

Ela sacudiu a cabeça.

— Não, mas algumas tecpatls foram descobertas, então temos uma ideia geral de como ela seria. A lâmina de dois gumes provavelmente é feita de sílex, possivelmente sílex branco. E o cabo provavelmente é elaborado, possivelmente tem uma figura esculpida, como um animal feito de madeira. Talvez seja adornado com um mosaico de pedaços de conchas ou pedras preciosas como turquesa, malaquita ou madrepérola. Elas são muito bonitas, considerando para o que eram usadas. Mas tudo fazia parte da cultura deles.

— Se existem essas duas versões, então por que a maioria das pessoas não conhece a de Mendoza? Ou, melhor ainda, por que não acreditam nela?

— Porque Mendoza era um desertor do Exército espanhol em quem não se podia confiar, é por isso — respondeu Ford.

— E o único relato escrito dessa *versão* é o do próprio Mendoza, ao contrário da outra versão, que é sustentada por pinturas em Tenochtitlán e vários relatos escritos por outros espanhóis.

Mais uma vez, se intrometendo com suas opiniões não solicitadas. A sensualidade estava começando a desaparecer. Corrie revirou os olhos. Claro, havia mais apoio para a versão A e, aos olhos de muitas pessoas, a castração tornava a história mais sexy. Sabe, sexy sem a parte do sexo. Mas, apesar da ausência de amor em sua própria vida, Corrie acreditava nele. Ela *queria* que a versão de Mendoza fosse verdadeira. *Queria* que Chimalli tivesse quebrado as barreiras da regra arcaica e arriscado tudo por amor.

E que, no caminho, tivesse roubado a faca só pra mandar todos à merda.

Mas o fato é que eles não sabiam. Ninguém sabia. Então, a menos e até que ela tivesse uma prova definitiva, Corrie iria reconhecer que havia múltiplas possibilidades, mas esperava que a versão de Mendoza fosse a verdadeira.

— Você não acha que existe a possibilidade de, assim como os partidários de Montezuma ii fizeram com Chimalli, o Exército espanhol ter plantado mentiras sobre Mendoza para desacreditá-lo? — Corrie perguntou a Ford. — Porque, segundo Mendoza, ele não era um desertor. Na verdade, ele caiu em uma ravina e foi deixado para morrer até que Chimalli o encontrou e salvou sua vida. Por que outro motivo os espanhóis escreveriam sobre alguém de baixo escalão como Mendoza?

— Porque não tinham nada melhor pra fazer? — ele brincou, arrancando algumas risadas dos outros.

O sangue de Corrie começou a ferver. Típico. Assim como quando eles estavam nas aulas e ele tentava minar os argumentos dela com um comentário bobo que desviava a atenção de todos da verdadeira questão. Funcionava naquela época, e funcionou agora. E por que não? Ford tinha um charme raro. Apesar da arrogância, ele era o tipo de pessoa que conseguia chamar a atenção de qualquer um simplesmente entrando em algum lugar.

A título de exemplo: Addison Crawley.

— Que engraçadinho, Ford — Corrie disse, olhando feio para ele.

— Ah, relaxa, Corrie. Eu sei que muitas pessoas podem preferir a versão do príncipe encantado, na qual um guerreiro como Chimalli coloca tudo em risco por amor, mas fatos são fatos e, nesse caso, eles apontam para a castração.

Outra risadinha do grupo alimentou o fogo queimando sob a superfície da pele dela. Príncipe encantado, uma ova.

— Como um arqueólogo em exercício, você deveria saber que, neste estágio, não há fatos. Apenas teorias.

— Ei, só estou ressaltando o cenário mais óbvio.

O inferno estava pronto para liberar sua ira quando Ethan, o pacificador, interveio mais uma vez.

— Bem, isso foi fascinante, gente. Vamos ver se podem colocar essas habilidades de pensamento crítico para trabalhar amanhã de manhã.

Corrie estava começando a achar que Ford não merecia sua ajuda. Pelo que ela estava vendo, Ford estava mais preocupado em achar as bolas de Chimalli do que em compreender o que *de fato* aconteceu com ele.

— Você tem razão — disse Ford, batendo palmas. — Temos um grande dia amanhã, pessoal, então vamos garantir que todos estejam descansados e prontos para a trilha às oito da manhã, tá?

Os estudantes assentiram e se levantaram, se despedindo e desejando boa-noite, deixando Corrie, Ford e Ethan sozinhos à mesa. Ainda era relativamente cedo, mas se fosse como nas outras escavações em que Corrie tinha estado, a última noite após uns dias de folga era sempre a mais difícil. Era preciso parar cedo para se preparar mentalmente e descansar.

Ela só precisava mesmo de uma boa noite de descanso.

Hum.

— Então... ah, como funcionam as acomodações aqui? — ela perguntou.

— Ford não te contou? Você vai dormir na cama dele — Ethan provocou, e imediatamente recebeu um empurrão de Ford.

*Quê?*

— Quer parar com isso? — Ford ralhou com Ethan. — Vai ser demitido se não ficar quieto.

Corrie os olhou com curiosidade. Tinha alguma coisa que ela não sabia, isso era óbvio.

— Pedimos uma barraca pra você ter seu próprio espaço, supondo que fique e tudo o mais — Ford continuou, depois que seu aborrecimento com Ethan passou. — Mas nossas entregas só chegam às segundas-feiras, então ainda não está aqui. Mas você pode ficar na minha barraca hoje à noite. *Sozinha* — ele então esclareceu, olhando para Ethan. — Vou dormir com alguns dos outros caras.

— Ah. Bem, eu não quero te expulsar da sua barraca. Posso dormir com Agnes... e Sunny, talvez?

— Você não quer dormir com Agnes. Ela ronca — Ethan aconselhou.

— Como você sabe?

— Sunny nos contou, de uma maneira mais educada, dizendo *não quero mesmo falar mal de ninguém* — disse Ford, incapaz de conter um sorriso cativante.

Ele ficava bonito quando sorria. Não era aquele sorriso babacão e idiota que ele às vezes lançava para ela. Como quando ele queria deixá-la irritada. Mas em momentos genuínos:

os momentos em que Ford agia como um ser humano real que tinha sentimentos de verdade e se preocupava com outras pessoas além de si mesmo — bem, nesses momentos, Ford passava de um idiota gostoso para um homem atraente.

Ele também parecia gostar de verdade de seus alunos, um sentimento que Corrie compartilhava. Dava para ver que ele tinha um afeto especial por Sunny.

Mas Corrie não sabia o que pensar daquilo tudo. O café jamaicano, os sorrisos encantadores e a oferta de abrir mão da barraca por uma noite? Ou ele estava se esforçando para ela ficar ou talvez Ford Matthews tivesse amadurecido nos últimos anos. Corrie queria acreditar que ele poderia mudar. Afinal, ela queria acreditar que ela mesma tinha mudado desde a última vez que tinham se visto.

Talvez ela precisasse pegar leve. Pelo menos por aquela noite.

Ethan se levantou e pegou a bandeja.

— Vou deixar vocês dois resolverem isso e descansar na minha barraca sozinho. É bom ver vocês conversando civilizadamente, pelo menos. Agora, boa noite. *Adieu* — disse ele, se despedindo com uma reverência.

E deixando um silêncio constrangedor na mesa.

— Me sinto mal por invadir o seu espaço — disse Corrie finalmente, quebrando o silêncio. — Sério, não me importo de ficar com Agnes e Sunny. Além disso, é só por esta noite.

Eles eram os únicos na tenda do refeitório. Todos os outros estavam sentados perto do fogo e dividindo uma garrafa de bebida ou entrando e saindo das barracas, se preparando para dormir. Até Agnes tinha recolhido tudo, então Corrie e Ford tinham que lavar seus próprios pratos.

— Não tem problema, Corrie. Além disso, a menos que você queira dormir na barraca dos homens, teríamos que carregar uma cama vazia de uma das outras barracas, então é mais fácil assim. Vem, vamos lavar nossos pratos.

Ele se levantou e levou as duas bandejas para a área da cozinha improvisada, onde havia uma bacia de água para eles.

— Eu lavo. Você seca — disse ele, entregando a Corrie um pano de prato e arregaçando um pouco as mangas. Além dos assobios dos bugios e do canto gutural das araracangas, eles lavaram e enxugaram a louça em silêncio, acontecimento raro entre os dois. Corrie não conseguia pensar, olhando para ele sob as luzes baixas do acampamento. Para seu tamanho e suas mãos. E depois para seus antebraços. Os músculos flexionando sob sua pele a cada movimento.

Por um instante, um pouco de tinta despontou por baixo do punho das mangas arregaçadas de Ford, na parte interna de seu cotovelo. Letras em cursiva. CM.

O coração de Corrie deu um salto. CM? Como Corrie Mejía?

— São as iniciais de quem? — Corrie perguntou, com a maior indiferença possível, enquanto pegava uma das tigelas das mãos dele.

Ele olhou para o que ela estava mencionando e puxou a manga, cobrindo a tatuagem para que ela não pudesse mais ver.

— Não é nada.

*Tá, era mentira dele.* Mas falando sério. Seria possível que ele tivesse as iniciais dela tatuadas no braço? Não... claro que não. Certo?

— São as iniciais da minha mãe — ele disse, depois de alguns instantes, concentrado na espuma da água suja. Corrie franziu o rosto de vergonha, grata por ele não ter percebido. *Claro* que não eram as iniciais dela. Só a suspeita já era absurda.

— Ela... ela não está bem — continuou ele. — Foi diagnosticada com câncer alguns meses antes de eu vir pra cá. É assim que eu a mantenho aqui comigo.

A voz dele estava calma e estável. Ele não olhou para Corrie.

— Ah, desculpa, Ford. Eu não deveria ter... — Ela queria tocá-lo. Colocar os braços em volta dos ombros dele e dizer que tudo ficaria bem. Não que ela soubesse que ficaria bem. Mas queria que ele se sentisse melhor e conhecia Ford o suficiente para saber que, por mais equilibrado que parecesse, ele não estava bem.

— Tudo bem. Às vezes é difícil estar aqui, só isso — ele

disse, olhando para ela por um momento, depois voltando para os pratos. — Só poder falar com ela pelo telefone via satélite uma vez por semana. Sem saber como ela vai estar quando eu voltar.

— E o seu pai? Ele está lidando bem com isso?

Ford se deteve, segurando a lateral da bacia por um momento, olhando diretamente para a escuridão da selva.

— Ele morreu há dois anos.

Corrie fechou os olhos e silenciosamente fez uma careta. Eita. Era melhor ela calar a boca.

— Não se dê ao trabalho de se desculpar de novo. Ele não merece — Ford continuou, tensionando os lábios.

Ela se lembrava dele falando sobre seus pais naquela noite na biblioteca. Os telefonemas de domingo à noite que ele nunca perdia. A primeira vez que ele assistiu a *Os caçadores da arca perdida* com o pai. O quanto ele estava ansioso pela próxima viagem com o pai naquele verão. Pelo visto, muita coisa tinha mudado nos últimos anos. Ela tinha várias perguntas, mas claramente era bastante difícil para Ford revelar tanto quanto ele tinha revelado, então ela não disse nada. Mas por que ele estava lá se a mãe estava doente? Claro, era o trabalho dele, mas encontrar Chimalli não era a paixão de Ford como era a de Corrie. Ford provavelmente não se importava com Chimalli, para falar a verdade. Ele sempre esteve mais interessado em desenterrar cidades e estruturas perdidas, não necessariamente pessoas específicas que viviam nelas.

— Podemos falar sobre outra coisa? — ele perguntou, interrompendo os pensamentos dela.

— Claro. Sobre o que você quer falar?

— E aquela onça? É verdade que você correu mais que ela? — Ele inclinou a cabeça para ela e sorriu. O sorriso estava lá de novo. E o frio na barriga dela também.

Corrie deu risada.

— Juro que não sei como esse boato começou. Não, não era uma onça. Era um jaguarundi. Um felino, sim, mas do tamanho de um gato doméstico grande. Só que pelo jeito a coisa virou um telefone sem fio, e agora sou uma caçadora de onças. E eu não diria que corri mais que ele, eu o enganei. Ah, e respondendo ao seu ponto anterior, não, ele não estava ferido.

Ela sorriu para ele, e ele riu.

Huum. Ela gostava desse som. *Gostava* de fazê-lo rir. Quase mais do que gostava de irritá-lo.

Quem poderia imaginar?

— E a história do colar? Aquela em que você supostamente roubou *de volta* o colar de jade que tinha sido roubado do leilão?

— Ah, essa é *mais ou menos* verdade. Mas, em minha defesa, não se rouba algo que já foi roubado. E, além disso, de qualquer maneira, eu não roubei. Ainda afirmo que Bernard Sardoni me deu.

— Ele deu pra você? Ouvi dizer que você pegou no quarto dele.

— É, é verdade.

Ele inclinou a cabeça.

— E? Como você chegou a essa situação?

— Ah, eu tinha ido a esse leilão com um amigo meu, que estava responsável pelo colar, e, quando o colar desapareceu, eles o culparam. Então eu fiz algumas pesquisas, descobri que Sardoni era o provável culpado, entrei em uma festa dele alguns dias depois e, durante a festa, ele me convidou para o quarto. E enquanto estávamos lá... ele colocou o colar em mim.

Ela olhou com indiferença para Ford, que estava prestando atenção em cada palavra que ela dizia. Foi divertido. E, para falar a verdade, a vez em que ela enganou o chefe da máfia Bernard Sardoni era uma de suas histórias favoritas, embora, no dia, ela estivesse apavorada. Mas não podia deixar o amigo ser culpado pelo desaparecimento do colar.

— Espera... você... — embora ele não tivesse terminado a pergunta, era óbvio o que queria perguntar. A mesma pergunta que todos faziam: se ela tinha transado com Sardoni.

— Eca, claro que não, Ford. Eu tenho critérios, me respeita.

— Mas você *usou* sua sensualidade para entrar no quarto dele — disse ele, mais afirmando do que perguntando.

Humm... Ford estava admitindo que a achava sexy? Ela abafou o sorriso.

— Ué, de que outra forma eu conseguiria entrar no quarto dele? Como é que você acha que entrei naquela festa, afinal de contas?

Mas, sim, foi por essa razão que Sardoni a levou para o quarto. Felizmente, ela tinha um plano de fuga.

— E foi isso? Ele colocou o colar em você e disse: "Aqui está"?

— Não. Mais ou menos um minuto depois, a esposa dele invadiu o quarto com a empregada, para quem eu paguei cem dólares para dedurá-lo, e então escapei durante a confusão. Como ele tinha roubado o colar, não me denunciou à polícia.

Ford cobriu a boca para esconder o choque.

— Não. Não acredito que você fez isso. Que perigoso, Corrie. E que coragem. Talvez você seja fodona *mesmo*.

Ela sorriu e teve que virar a cabeça para evitar que ele visse como estava vermelha. Por alguma razão, o reconhecimento dele parecia uma confirmação de que todas aquelas estrepolias extravagantes tinham valido a pena. Pelo menos rendiam histórias decentes nos jantares das escavações.

— E você? Qual foi a coisa mais louca que aconteceu com você desde que se tornou o dr. Ford Matthews?

— Eu não sou aventureiro — disse ele, secando as últimas gotas do balcão improvisado.

— Ah, fala sério. Nenhum Santo Graal? Ou perseguição aos nazistas no deserto?

Ele riu.

— Não.

— E lutas de espadas e cobras? — ela brincou.

— Com certeza, não.

— Você não se diverte? — ela perguntou, puxando o braço dele de brincadeira.

E, sem querer, roçou os seios no bíceps dele. Os dois ficaram parados, cada um olhando para o lugar onde seus corpos se conectavam, mas sem fazer qualquer esforço para separá-

-los. Eles não tinham estado tão perto assim desde... aquela noite na biblioteca.

Caramba... era bom estar tão perto dele. O calor percorreu o corpo dela, e seus mamilos ficaram eriçados. Será que ele podia sentir? Ela *queria* que ele sentisse? O ritmo da respiração dele aumentou, alcançando o mesmo ritmo da dela.

Um estampido de trovão rachou o céu, tirando os dois de qualquer torpor em que estivessem e forçando seus corpos a se separarem, como se um raio tivesse atingido o ar entre eles. E, com aquele estrondo, veio uma pancada de chuva. O acampamento, antes calmo, agora estava em uma agitação total com pessoas correndo para se abrigar, recolhendo coisas.

— O jipe — disse Ford.

— As minhas coisas! — Corrie disse em seguida. Em segundos, as malas dela, colocadas no banco de trás do jipe sem capota, estariam encharcadas. Droga.

— Vamos lá — disse ele, agarrando a mão dela e correndo pela chuva torrencial.

Quando chegaram ao jipe, o cabelo de Corrie estava grudado no rosto, e a blusa, no corpo. Ainda bem que era preta. A camisa branca de Ford, por outro lado, era praticamente transparente, destacando cada volume e concavidade de seu peito e de seu abdômen perfeito.

— Aqui, pega isso — disse ele, desviando a atenção dela de seu peito e entregando a mala menor, enquanto pegava a outra. — Agora vem comigo.

Eles correram de volta pelo acampamento, seguindo as luzes da corda enquanto a chuva caía tão rápido e forte que nem conseguia penetrar no chão. Poças começaram a se formar em todo o acampamento, espirrando sempre que Corrie e Ford passavam por elas. Finalmente chegaram a uma das barracas, e Ford abriu a porta para deixá-la entrar. Lá dentro, uma tranquilidade caiu sobre ela, apesar do barulho da chuva batendo no teto.

— Estas barracas são impermeáveis, né? — ela perguntou quando Ford entrou e colocou a mala no chão do estrado de madeira.

— São. Você vai ficar bem.

Ele passou a mão pelo cabelo, sacudindo um pouco do excesso de água, enquanto ela observava o local.

O espaço era grande. Maior do que qualquer barraca em que ela já dormira. Tinha uma cama, uma cama grande de verdade em um canto com um baú ao pé. Uma mesa coberta de papéis ficava bem em frente a ela. Em outro canto, havia duas cadeiras de madeira aparentemente confortáveis com uma mesinha. E na entrada havia um banco com uma pilha de equipamentos.

— Que bacana — disse ela. Era um pouco extravagante para o gosto dela, mas, puxa, com certeza era melhor do que acordar em uma poça no meio da noite.

— A sua também vai ser assim. Se você ficar, quero dizer — ele disse.

Ela não pôde deixar de se sentir *um pouco* culpada por não ter se decidido.

— Aqui — disse ele, entregando a ela uma toalha, depois tirando os óculos para secá-los.

Ela pegou a toalha e a pressionou contra o cabelo e depois contra o peito, tentando enxugar a água.

— Aff, minhas coisas devem estar todas molhadas — disse ela, ajoelhando-se para abrir uma de suas bolsas para verificar.

— Podemos colocar tudo para secar — disse Ford, abrindo a outra bolsa. A bolsa *grande*.

*Ai, não. Aquela não.*

— Tudo bem, eu posso fazer isso — disse ela.

— Não tem problema. Eu não me importo — ele continuou abrindo, obviamente sem perceber o pânico na voz dela.

— Não, sério. Eu faço isso. — Ela começou a se levantar, observando o braço dele desaparecer dentro da bolsa. — Não, não mexe aí!

Ford tirou o braço e, junto com ele, saiu uma geringonça roxa e comprida.

— O que é isso? — ele perguntou, olhando o objeto com desconfiança.

— É... é o meu vibrador.

Ele instantaneamente largou o objeto, que caiu no chão com um baque alto.
— Meu Deus, Ford, não *quebra* — disse ela, correndo para pegá-lo do chão.
— Bem, o que isso está fazendo aí?
— Como assim? A bolsa é *minha*. Eu disse pra você não mexer.
— Ué, por que você não me avisou?
— Eu te *avisei*. Eu disse pra não mexer.
— É, mas você poderia ter dito por quê.
— É mesmo? O que eu deveria dizer? "Não mexe aí, Ford. É onde guardo meu *vibrador*"?
— Com certeza isso teria me impedido.
Ela o ligou para se certificar de que não tinha quebrado.
*Bzzzzzzzzzz.*
— Meu Deus, o que você está fazendo? — ele perguntou, levantando as mãos para cobrir os ouvidos e se afastando.
— Estou me certificando de que você não quebrou.
— *Agora?*
— É, agora. O que foi? Deveria esperar até querer usar e perceber que está quebrado? Se alguém deveria se envergonhar aqui, sou eu, não você. Cresce, Ford. É só um brinquedo erótico. Muitas mulheres usam. Homens também — ela então acrescentou, franzindo os lábios por um instante.
— É melhor eu ir — disse ele, evitando olhar na direção dela.
Interessante. Nota para Corrie: Ford ficou desconfortável com isso. Na verdade, seu desconforto deixou Corrie mais confortável com o fato de que o monstro roxo, ou Barney, como ela o chamava, estava ali, à mostra.
— Bem, tenha uma boa noite, Ford — ela disse, cruzando os braços, ainda com Barney na mão.
Ele olhou para ela uma última vez.
— Boa noite. E não usa essa coisa na minha cama.

# Quatro

Um vibrador. Ela trouxe mesmo um vibrador para uma escavação arqueológica.

Como ele ia se concentrar na escavação — caramba, como ia conseguir dormir — se sua mente ficava pensando em Corrie dando prazer a si mesma em sua cama? Em seus lençóis, onde ele provavelmente dormiria no dia seguinte.

Já era bastante ruim o fato de que a presença de Corrie o distraísse do trabalho. Ele precisava voltar a se concentrar no *objetivo principal*.

Ford precisava fazer isso pela mãe.

*Cacete!* Ele não queria pensar na mãe. Não agora, de pau duro, imaginando aquele aparelho longo e macio zumbindo pelo corpo de Corrie. E o pior? Ele não podia fazer nada em relação a isso, não quando estava dividindo a mesma barraca com três outros caras.

Era melhor procurar algum outro lugar.

Na escuridão da selva, Ford se esgueirou para fora da cama no meio da noite, confirmando que não havia mais ninguém ali fora antes de ir para o lavatório, para tomar um banho frio. Finalmente com certa privacidade, ele acariciou o pênis debaixo do jato frio, para aliviar a tensão e, assim, poder dormir um pouco. Quando voltou para a cama, entretanto, continuou sonhando com Corrie, pensando em como tinha se sentido quando ela pressionou os seios em seu braço. O fato de ela não ter se afastado... bem... Ford só podia supor o que aquilo significava. Com base na maneira como a respiração dela tinha se alterado, ele suspeitava que ela tinha gostado tanto quanto ele. Seria mesmo possível?

Quando o despertador tocou às seis e meia, ele podia jurar que tinha acabado de dormir. Ford chegou à conclusão que o convite a Corrie tinha sido um erro imenso, mesmo que fosse pelo simples fato de que a presença dela o privava de um sono tão necessário. Ele estava cometendo muitos erros. Precisava que a manhã acabasse logo. De uma forma ou de outra, resolveria seu dilema. Ou ela decidiria ir embora — uma possibilidade real depois de tudo o que acontecera — ou ela manteria o foco e se concentraria no trabalho como a Corrie que ele conheceu na pós. Aquela pessoa que não deixaria nada nem ninguém impedi-la. Aquela pessoa que era determinada e brilhante.

E a pessoa que deveria ter conseguido esse emprego, não ele. Se fosse esse o caso, talvez ela já tivesse encontrado o que procuravam e não teria passado os últimos três meses e meio brincando na terra.

Aquela Corrie. Ele precisava daquela Corrie para poder voltar para casa, para a mãe.

Com dezesseis pessoas no acampamento — bem, tecnicamente dezessete agora — e apenas quatro BBS e três chuveiros, as manhãs eram geralmente caóticas. Ford tentou dormir mais quinze minutos antes de se levantar, mas não adiantou. Então ele vestiu uma calça cargo marrom-escura, suas botas de caminhada surradas e bem gastas e uma camisa xadrez de mangas compridas, com tons de laranja, azul e branco, e saiu para encarar o dia.

Todos estavam terminando o café da manhã quando Corrie finalmente entrou na tenda, parecendo muito bem descansada e bastante alegre. Ao contrário de todas as outras pessoas no acampamento, Corrie parecia ter acabado de sair de um salão de beleza, com o cabelo em longas ondas chegando até a cintura. Mas isso não era tudo: seu rosto estava luminoso e animado. Se Ford não a conhecesse tão bem, pensaria que estava maquiada. Mas ela nunca precisou disso. Corrie tinha uma beleza natural que a maquiagem apenas esconderia. A camisa de botão branca que ela usava estava amarrada na cintura, com os botões abertos na parte superior, revelando uma blusa justa por baixo que mal cobria os seios. A blusa, acompanhada de uma calça que destacava suas curvas, levou Ford — e provavelmente todos os outros — a desviar a atenção do café da manhã para o monumento que entrava na tenda do refeitório.

*Ela só pode estar de brincadeira.*

Mas não estava. Corrie era assim, naturalmente.

Pura e simplesmente: Corrie era mesmo a última coca--cola no deserto.

E Ford gostava de coca-cola. Gostava muito.

Como uma fada, ela flutuou até Agnes, pegou uma xícara de café, uma barra de cereal e então olhou para a tigela de frutas.

*Não pega a banana. Não pega a banana.*

*Maçã.*

*Ufa.* Ford não sabia se aguentaria assistir a Corrie colocar uma banana na boca. Não depois da noite que teve.

— Como você dormiu? — Ethan perguntou quando ela se sentou à mesa.

— Muito bem — disse ela, levantando os ombros e deixando escapar um suspiro exagerado. — Sei que Ford não queria que eu curtisse muito a cama dele, mas não pude evitar — disse ela, olhando para ele por cima da caneca.

O pau dele se contraiu quando ela sustentou o olhar.

*Meu Deus. Ela usou. Usou aquilo na minha cama.*

Ter Corrie por perto de fato não era bom para seu bem--estar mental — ou sexual.

— Ford, você está ouvindo? — Ethan perguntou.

— Hum? — Ford balançou a cabeça, tentando afastar os pensamentos. O que ele tinha perdido?

— Eu disse que deveríamos sair logo — Ethan repetiu.

— Certo. Sim, claro. Vamos indo.

Ele se levantou, recolhendo a bandeja, e estava a caminho das bacias quando Corrie chegou ao seu lado.

— Ei, está tudo bem? — ela perguntou, segurando no braço dele.

Ele olhou confuso para a mão de Corrie e então para seu rosto.

— Claro que estou bem. Por que não estaria? — ele perguntou, sem saber a que ela estava se referindo.

— Bem, é que eu não... — ela se aproximou — eu não, *você sabe*, na sua cama. — Ela olhou para baixo quando disse isso, como se não estivesse claro.

— Ah, não? Mas eu pensei que você tivesse dormido "muito bem" — ele disse, com uma sobrancelha erguida.

— Eu estava te provocando. Mas eu dormi bem mesmo, então obrigada por ceder a sua cama. E obrigada pelo café — disse ela, dando a entender que sabia que o café era para ela.

Ele não pretendia usar o café como um suborno. Para falar a verdade, Ford não previra essa reviravolta ou a possibilidade de Corrie não aceitar o trabalho imediatamente. Esta escavação era o ponto culminante do trabalho da vida dela. Era tudo para ela. Ele achava que, independentemente do fato de ele ser o líder, ela agarraria a chance. O café era um bônus adicional.

Mas agora, se ela não ficasse, ter substituído todo o suprimento do acampamento teria sido um erro caro, porque aquele café custava dez vezes mais do que a porcaria que eles geralmente bebiam nas escavações. O investidor foi, sim, generoso com certas despesas, mas Ford ainda tinha um orçamento. Claro que ele gostava também e, óbvio, preferia beber um delicioso café jamaicano em vez da água ácida de grãos que eles vinham engolindo até uma semana atrás, mas ainda assim prejudicava seus resultados. E seu lucro também, se as coisas saíssem do jeito que ele esperava.

Mas, conhecendo Corrie Mejía, seria preciso mais do que alguns grãos de café para convencê-la a ficar. Ela poderia ter acordado reluzente e alegre de manhã, mas Ford estava bem ciente da natureza temporária da boa convivência entre eles. Que droga. Ele tinha feito aquilo por ela e ela iria deixá-lo na mão.

Ou melhor, deixá-lo na selva quente e pegajosa.

— Vamos acabar logo com isso para termos tempo de voltar para o aeroporto, está bem? — ele disse, voltando para a realidade da relação Mejía-Matthews e se livrando do controle que ela tinha sobre ele.

Ela piscou duas vezes, como se estivesse perplexa com a severidade dele, até que ele suspirou e foi embora. Qual era a surpresa? Ele sabia como tudo terminaria: Corrie pegaria um voo noturno de volta para os Estados Unidos, e ele ficaria ali, ponderando se devia continuar ou abandonar toda a expedição. Para falar a verdade, ele não sabia por que estavam tendo todo o esforço de mostrar a ela o local, mas, alguns instantes depois, o velho Ethan já estava na trilha, escoltando Corrie através do espesso arbusto de samambaias e bromélias.

Ford ficou para trás enquanto Ethan narrava a jornada, contando a Corrie sobre a terra, dando alertas para que tomasse cuidado e ajudando-a a passar pela selva densa e de solo irregular — como se ela precisasse daquilo. A mulher correu pelas selvas e construiu botes sem ferramentas. Com certeza, ela sabia lidar com algumas pedras e árvores caídas.

Os dois estavam rindo e brincando, colocando em dia os detalhes recentes da vida e relembrando os velhos tempos. Ford tentou abstrair a conversa deles, mas não adiantou. A risada de Corrie era distinta e inebriante. Ele tinha esquecido o quanto gostava de ouvi-la. Começava com uma explosão e depois se transformava em uma gargalhada incontrolável, até terminar com algumas sucções para recuperar o fôlego. Era uma risada de verdade, não uma daquelas risadinhas polidas. Não, a risada de Corrie era tudo menos fofa e era cem por cento ela: uma risada do tipo *eu não dou a mínima se você gosta do jeito como eu rio*. Anos atrás, Ford tinha conseguido causar algumas delas. Mas as risadas na biblioteca eram as mais memoráveis: tinham provocado vários *shh* e a ameaça de que seriam expulsos do prédio se não ficassem quietos.

Com muito trabalho, ele tinha conseguido provocar aquelas risadas. Risadas reais. E agora Corrie estava praticamente distribuindo essas risadas para tudo que Ethan dizia. Ethan era engraçado, mas não *tanto* assim.

Por que isso o incomodava tanto? Por que *tudo* em relação à presença de Corrie o afetava?

Se ao menos ele não precisasse dela...

— E *voilà*! Aqui está — Ethan anunciou quando chegaram ao local.

Não havia muita coisa para ver. Do topo da ravina, eles observaram a área de trabalho: cerca de uma dúzia de buracos quadrados medindo seis por seis espalhados pelo chão da mata limpa, cercados por uma grade para monitoramento. Pilhas de terra peneirada ficavam do lado de fora da área delimitada, descartadas após a confirmação de que o solo estava livre de artefatos. Lonas azuis cobriam a área de escavação para protegê-la da chuva e do sol implacável. Mesmo no meio da selva como estavam, o sol ainda castigava todos os dias. Era ótimo para pegar um bronzeado. Não para trabalhar no calor de trinta graus.

Ford parou ao lado de Ethan e Corrie, então anunciou para o restante da equipe atrás deles:

— É isso aí, pessoal. Podem começar.

Eles observaram e esperaram até que a equipe descesse a ravina, deixando Corrie, Ford e Ethan sozinhos no topo.

— Então... — Ford começou.

— Então...

— É aqui.

— Isso eu percebi. O que te trouxe até aqui? — perguntou Corrie.

Não era óbvio? Não era ela a especialista em Chimalli, afinal de contas?

Isso era o que ele *queria* perguntar, mas sabia que era melhor não abusar da sorte com o bom humor de Corrie naquele dia.

— A Lacandona — disse ele, como se isso fosse suficiente para explicar. — E a distância de Tenochtitlán.

— E quem encontrou este sítio específico? — ela perguntou, agachando-se e colocando as mãos na terra.

Ford e Ethan se entreolharam. *O que é que ela está fazendo?* Ah, ele já tinha ouvido essas histórias. Não somente aquelas nas quais ela perseguia uma onça e jogava conversa fora com chefes da máfia. Não, histórias sobre os métodos dela. Sobre como ela sentia a terra. Como meditava durante a pausa para o almoço. Como se deitava na terra. Algo sobre ouvir os antepassados falarem com ela ou uma merda esotérica dessas. Eles certamente não ensinaram *isso* na pós-graduação.

Algumas pessoas achavam os métodos dela estranhos. Outras achavam que era algo espiritual, e que essa espiritualidade a conduzia ao caminho certo. Ford ficava intrigado, mas também achava que ficar deitado meditando era uma grande perda de tempo. Quando ele fazia escavações, queria encontrar coisas, não falar com a terra ou com fantasmas.

— Fui eu — disse ele, ficando mais reto e mudando a postura. — E depois Ethan veio comigo para fazer o reconhecimento, cerca de um mês antes de começarmos.

Ela assentiu lentamente, como se tomasse o que ele havia dito como um conselho. Ethan olhou para Ford mais uma vez e deu de ombros. O desejo de alfinetar Corrie por causa dos pensamentos dela era latente, assim como seu desejo de implorar que ela contasse o que eles estavam fazendo de errado.

Porque, depois das primeiras semanas de aparente sucesso, eles se encontraram em um beco sem saída.

E não em um beco histórico. Isso teria sido um achado espetacular. Não... fazia mais de dois meses que eles não encontravam nada.

— Que tipo de artefatos você encontrou? — Corrie ficou de pé, esfregando as mãos sujas uma na outra e descendo para a ravina sem esperar por eles.

Em seu encalço, Ford e Ethan foram atrás.

— Hum, algumas amostras de sílex. E um pedaço de obsidiana — Ethan explicou, tentando acompanhar o passo dela.

— Onde?

— Ali — ele apontou. — E também ali e ali.

Ela continuou andando, passando pela equipe, pelas bar-

racas, pelos buracos cavados no chão. Mal parou para olhar o que eles estavam fazendo.
— Deixa eu adivinhar. Faz um tempo que não encontram nada, certo? — ela perguntou, finalmente parando no final da ravina e se curvando mais uma vez, dando a Ford uma visão direta de seu decote.
— Como você sabe? — ele perguntou, tentando não espiar. Ela ergueu o olhar, e ele rapidamente desviou os olhos.
— Porque caso contrário eu não estaria aqui.
Ele olhou para ela enquanto ela o encarava, protegendo os olhos do sol, que brilhava através de uma área aberta na copa das árvores.
— É por isso que estou aqui, não é? Porque você pensou que tinha achado o lugar certo, mas agora não está encontrando nada?
Admitir para Ethan era uma coisa, mas admitir para Corrie era outra. No entanto, ela estava certa; ela não estaria lá se eles tivessem encontrado algo. Se estivessem encontrando artefatos a torto e a direito, não haveria necessidade de chamar reforços.
— Certo. E? Qual você acha que é o problema?
— Bem — ela disse, levantando-se novamente e colocando um pedaço de terra na mão de Ford —, este não é o lugar certo.
Não. Não, não podia ser. Durante semanas, Ford havia explorado lugares. Ele tinha lido tudo o que havia sobre Chimalli, incluindo a tese de cem páginas de Corrie, *três* vezes. Cada relato descrevia o exuberante oásis em formato de cratera onde Chimalli se estabelecera, longe de Tenochtitlán. Dadas as descrições do clima quente e abafado, as chuvas fortes e as abundantes árvores da selva tropical, o sítio provavelmente estava situado nos arredores da Selva Lacandona. O antigo território maia abandonado. Um lugar fora do alcance do Império Asteca na esperança de que Montezuma II e seu exército não fossem procurá-lo. Este sítio tinha todas as características. Ford havia caminhado vários hectares na selva antes de se estabelecer ali.

E Ethan tinha concordado. Fazia sentido. *Tinha* que ser o local onde Chimalli passara seus últimos dias.

Ford riu do absurdo daquela proclamação.

— Acho que não, Corrie. Este é o lugar certo. Tenho certeza.

— Ah, é mesmo? Todas as teorias indicam a localização de Chimalli em uma cratera. Mas apenas aquele lado da ravina tem esse formato — disse ela, apontando para o local pelo qual eles haviam descido.

Ford olhou para o lado alto da ravina. Com a linha do cume inclinada para a área plana onde eles estavam, ele não podia negar que não se parecia muito com uma cratera. Mas eles também estavam em uma selva tropical onde centenas de anos de chuva geralmente afetavam o solo. E quando ele e Ethan localizaram o sítio pela primeira vez e imediatamente encontraram evidências de antigos povos mexicanos, bem, tudo fez sentido.

— Provavelmente foi alterado pela chuva — explicou ele.

— É, isso é possível, mas presta atenção no solo. — Ela apontou para a terra na mão dele. A terra solta, quase preta e quebradiça, tinha uma textura esponjosa quando pressionada entre os dedos.

— É diferente da terra do topo. Lá em cima é mais argiloso. Haveria algumas semelhanças. E não há evidências de qualquer erosão. Não é o lugar certo.

Essa. Essa era a Corrie de que ele se lembrava — a sabichona que falava *estou certa, você está errado*. Ford revirou os olhos. Ela ainda nem tinha visto os artefatos que eles encontraram ou os poços de escavação. Como se ela soubesse que eles estavam no lugar errado com base apenas em um punhado de terra. Que perda de tempo colossal.

— Ok, Corrie. Bem, obrigado por isso. Acho que devemos voltar e te levar ao aeroporto.

Ele começou a se afastar. Meu Deus, como ele podia ter pensado que isso seria uma boa ideia? Chamar Corrie? Ford podia ter colocado a tecpatl na mão dela — entregado a ela, como Bernard Sardoni fez com a joia — e ela ainda teria dito que ele estava errado. Porque era isso que Corrie fazia. Ela contestava tudo o que ele dizia. Ela era do contra, pelo menos quando o assunto era contestar o que quer que Ford acreditasse. Eles nunca concordariam porque já tinham começado em desacordo.

— Pensei que você quisesse a minha ajuda — ela exclamou atrás dele.

*Merda.* Ele se virou lentamente, e lá estava ela, toda petulante, com os braços cruzados e o quadril inclinado para o lado.

— Eu *queria* sua expertise para saber onde devemos procurar. Queria saber se você tinha alguma informação que não tínhamos sobre a profundidade ou em que pontos devemos escavar *aqui* — ele exclamou para ela.

— Bem, já te dei a minha expertise: este é o lugar errado.

Caramba, como ela era irritante. E arrogante. Como sempre foi. Expertise, *sei*!

— Não tem como você saber disso estando aqui há cinco minutos e pegando um pouco de terra.

— Então, onde está o rio?

— O rio? O que o rio tem a ver com isso?

— Mendoza alegou que Chimalli cuidou de seus ferimentos quando eles se sentaram ao lado do rio, enquanto Yaretzi cozinhava a refeição ali perto.

Ele soltou um gemido.

— De novo essa história de Mendoza.

— E nos relatos dos espanhóis, eles encontraram um homem que acreditavam ser Chimalli perto do rio. Cadê? Cadê o rio?

*Merda.* Ele se esqueceu dos espanhóis.

Ford tirou o caderno que mantinha no bolso e desdobrou o mapa enfiado entre as páginas. Examinando o papel gasto, ele procurou o rio. Lá estava. Não muito longe de alguns dos outros locais que ele circulara como possibilidades para a estação arqueológica. Lugares que ele logo descartou quando encontraram este.

Que ótimo.
Ele estava tão desesperado para começar a escavar e encontrar essas drogas de artefatos que se convenceu de que estava certo. Desespero misturado com um pouquinho de orgulho — e uma boa dose de arrogância.
Como ele podia ter sido tão preguiçoso e irresponsável? Ele não merecia ser chamado de doutor.
— Estou certa, não estou? — ela disse, absolutamente presunçosa. Era uma presunção merecida, mas a última coisa de que ele precisava era de alguém se gabando.
— Eu não te chamei aqui pra relembrar o passado, Corrie, então me poupe do seu *eu avisei*, tá?
Ela riu, mas não uma daquelas risadas inebriantes e genuínas das quais ele gostava. Não, foi uma daquelas risadas que diziam *eu te desprezo mais do que qualquer outra coisa no mundo inteiro*, que ele teve o infeliz prazer de receber infinitas vezes.
Ele também mereceu muitas delas.
Ela descruzou os braços e colocou as mãos nos quadris enquanto dava alguns passos lentos e empertigados na direção dele.
— Você não consegue dizer isso, né? Nem mesmo agora. Mesmo tendo me enganado pra eu voar milhares de quilômetros porque precisava de *mim*, você não consegue admitir quando está errado.
Ford igualou a postura de Corrie e estreitou os olhos para ela, preparando-se para a batalha.
— Já chega — Ethan começou, pronto para bancar o mediador mais uma vez.
Mas Ford não queria um árbitro. A questão não era ela ter ido para o México ou um punhado de terra. Isso tinha a ver com *eles dois* e a necessidade tão esperada de resolver esse rancor de uma década.
Ele abriu a boca para soltar várias palavras infames quando Sunny chegou correndo agitando o telefone amarelo via satélite.
— Dr. Matthews! Dr. Matthews! Você tem uma ligação! — ela gritou, a quinze metros de distância.

Regra número um do telefone via satélite: o telefone só deve ser usado para ligações do investidor e emergências, e quando se tratava do investidor, todas as ligações eram emergências. Pelo menos, era assim aos olhos do sr. Vautour. Isso significava que teria que deixar para repreender Corrie depois.

Sunny correu até onde eles estavam, sem fôlego, e entregou o telefone a Ford. Regra número dois do telefone via satélite: não demore. Com o custo das ligações, ser breve era uma necessidade. Caso contrário, um único telefonema poderia custar algumas centenas de dólares. Mais uma vez, diminuindo o orçamento inteiro. E o lucro de Ford.

Ele caminhou até ela, pegou o telefone e esperou alguns segundos até que Sunny fosse embora correndo. Regra número três: não fique escutando. Assim que ela, Ethan e Corrie estavam fora do alcance de sua voz, ele atendeu.

— Alô.
— Dr. Matthews?
— Sim?
— Aqui é o dr. Snyder do Hospital Sacred Heart. Estou ligando a respeito de sua mãe, Catherine Matthews.

O coração de Ford afundou no peito. Os médicos do Sacred Heart nunca tinham ligado antes. A mãe dele ainda estava bem o suficiente para fazer os próprios telefonemas, e a próxima ligação estava marcada para sexta-feira. Algo devia ter acontecido.

*Meu Deus... não...*

— Não se preocupe. Sua mãe está bem — continuou o dr. Snyder, e Ford soltou o ar que não sabia que estava prendendo. — Eu sei que este número é apenas para emergências, então vou ser breve. Uma vaga foi aberta no Centro de Reabilitação Lakeview. Sua mãe pode ser transferida já na quinta-feira, mas recomendo que você espere pelo menos até este sábado, depois que ela terminar a próxima rodada de tratamento aqui.

Lakeview? Ford estava tentando colocar a mãe em Lakeview desde que ela fora diagnosticada. Além de estar localizado mais perto de onde ele morava, o que significava que ele poderia visitá-la várias vezes por semana, e não apenas a cada duas semanas, como era a rotina que tinham antes de ele viajar, também oferecia o melhor atendimento para pacientes com câncer em instalações do mais alto nível.

Embora os preços também fossem do mais alto nível.

Ele esperava que, quando conseguisse uma vaga, tivesse dinheiro para pagar por ela. O dinheiro desta escavação. Embora ele estivesse sendo pago para estar ali, a menos que eles de fato encontrassem algo que valesse a pena — como a tecpatl ou os ossos de Chimalli —, não seria suficiente para pagar por Lakeview. Só então Ford receberia um belo e robusto cheque de um milhão de dólares. Um cheque que significava que a mãe poderia viver confortavelmente e, com sorte, por muito, muito mais tempo. Era incomum ser pago assim pelo trabalho em uma escavação, mas o dr. Crawley havia garantido a Ford que o sr. Vautour tinha os recursos financeiros e a obsessão por Chimalli para pagar por seu êxito.

Mas como Ford pagaria as despesas da mãe nesse meio-tempo?

— Que ótima notícia — ele conseguiu dizer. Porque, sim, por um lado, era uma notícia fantástica, e com todos os altos e baixos com seus pais nos últimos anos, qualquer notícia positiva era bem-vinda. — O que eu preciso fazer?

— Eles precisam de um depósito e, no dia da mudança, do primeiro mês pago integralmente. O seguro dela continuará a cobrir os tratamentos que ela já está fazendo, mas, como tenho certeza que você sabe, o custo de Lakeview em relação ao Sacred Heart é... significativamente maior.

Maior? Seria cômico se não fosse tão deprimente.

— Você sabe se eles aceitam cartões de crédito? — Crédito era tudo o que Ford tinha no momento.

— Tenho certeza que sim.

— Então providenciarei o pagamento hoje — disse ele ao dr. Snyder. — Você pode, por favor, pedir que eles segurem a vaga para ela?

— Claro. Olha, eu sei que é um grande sacrifício, mas sua

mãe estará sob excelente cuidado em Lakeview. Catherine tem sorte de ter um filho como você.

Sorte de ter um filho a milhares de quilômetros de distância? Um filho que estava apostando tudo em uma descoberta arqueológica que ninguém havia conseguido fazer em centenas de anos? Claro, dr. Snyder. Claro. Pelo menos, se tivesse ficado em New Haven, poderia continuar recebendo um bom salário. Mas só o salário não seria suficiente, não a longo prazo. Ford tinha gastado as economias saldando todas as dívidas do pai e custeando o apartamento da mãe e as despesas dela quando ele faleceu.

Então, quando surgiu a oportunidade de liderar essa escavação com grande potencial, ele a agarrou. Literalmente. Bem debaixo do nariz de Corrie, e ela nem sabia disso. Se ela descobrisse... bem, ela provavelmente o mataria. Este era o trabalho da sua vida. Corrie provavelmente chegaria ao ponto de dizer que era a sua vida.

Mas a vida da mãe de Ford dependia disso. Portanto, sendo o trabalho da vida dela ou não, suas necessidades superavam as de Corrie. Além disso, se ela ficasse, ainda poderia conseguir o que queria e, ao mesmo tempo, ajudá-lo a conseguir o que *ele* queria.

— Obrigado — ele respondeu ao dr. Snyder. — Preciso desligar. Diga à minha mãe que falo com ela na sexta-feira.

Assim que desligou o telefone, ele ligou para sua assistente em Connecticut, pedindo que ela fizesse o pagamento de Lakeview usando seu cartão de crédito. Ele não deveria usar a assistente para assuntos pessoais, mas estava em uma selva mexicana, e não tinha escolha. Com sorte, eles voltariam para os Estados Unidos antes que a assistente começasse a receber ligações sobre seus cartões de crédito estourados.

Ele precisava que essa escavação desse certo e, até aquele momento, a única coisa que tinha conseguido fora estragar tudo.

Ford olhou para Corrie e Ethan, que estavam agachados perto de um pequeno buraco no chão, enquanto Corrie levantava uma espátula e a traçava no ar ao longo do cume com

Ethan balançando a cabeça ao lado dela. Que ótimo. Ela estava certa. A única maneira de a escavação ter uma chance remota de ser bem-sucedida era se ele confiasse nela.

Catherine Matthews valia a pancada no ego. Ele faria qualquer coisa por ela. Ele olhou para o interior do braço, onde as iniciais da mãe estavam tatuadas em sua pele, percebendo que continuava segurando a terra que Corrie havia colocado em sua mão. Ao desdobrar os dedos, ele olhou para a terra escura, observando se os espíritos antigos podiam falar com ele, dizer o que ele estava fazendo de errado e o que ele precisava fazer para consertar.

Acima dele, um quetzal grasnou, chamando a atenção de Ford para o som, o que deixou Corrie diretamente em sua linha de visão. Corrie. Talvez a terra falasse *mesmo*. Talvez estivesse dizendo a ele que Corrie era a resposta.

Ele balançou a cabeça e a mão, soltando a terra no chão da selva e limpando a mão na calça. *Não seja ridículo. A terra não fala.* Mas, quando ele olhou para cima novamente e para ela, observando sua discussão animada com Ethan, percebeu que não podia deixá-la ir embora.

Se queria ajudar a mãe, Ford teria que engolir o orgulho e admitir — em voz alta, pela primeira vez em muito tempo — que estava errado. E para ninguém menos que Corrie Mejía.

Deixando escapar um longo suspiro, Ford começou a caminhar em direção a Corrie e Ethan. Eles estavam tão absortos na conversa que nem perceberam que Ford se aproximava até ele estar a menos de um metro de distância. E, mesmo assim, foi o barulho de um galho se quebrando debaixo do pé de Ford que chamou a atenção deles, e não o próprio Ford.

— Tudo certo? — Ethan perguntou, enquanto ele e Corrie se levantavam.

Ford assentiu. Não queria começar a falar sobre a mãe. Não tinha nem dito a Ethan que ela estava doente. Se dissesse, Ethan teria tentado convencê-lo a não participar da expedição. Na verdade, ele não havia contado a ninguém sobre a mãe. Só a Corrie.

— Sim, foi só uma ligação sobre uma atualização — ele respondeu. Não era tecnicamente uma mentira, embora ele tivesse certeza de que Ethan e Corrie entenderam que isso significava uma ligação do investidor querendo uma atualização, em vez de outra pessoa fornecendo uma atualização para Ford sobre sua mãe.

— Então... — Ford disse, olhando para Corrie — você acha que pode fazer isso? Pode ajudar?

— Tem certeza de que *quer* minha ajuda? — ela respondeu perguntando. Ela não falou de forma sarcástica. Era uma pergunta genuína.

— Tenho — foi tudo o que ele respondeu.

Corrie olhou para Ethan, depois para o sítio, enquanto Ford esperava, sem ar, pela resposta.

— Tudo bem. Eu fico.

Ele a encarou por um instante, então assentiu.

— Tudo bem, então. Vamos dizer a todos para levantarem acampamento. Terminamos por aqui.

Ford se virou e começou a caminhar em direção à equipe, então Ethan e Corrie correram para alcançá-lo.

— O que quer dizer com "terminamos por aqui"? — Ethan perguntou, a confusão estampada em seu rosto. — Você não queria a ajuda de Corrie? Você não ouviu o que ela disse? Ela vai ficar.

Ford parou e se virou para olhar para os dois.

— Eu ouvi. Mas como eu estava errado — disse ele, exagerando nas palavras — e este não é o lugar certo, precisamos arrumar o sítio e encerrar por aqui. Vai levar alguns dias para deixarmos tudo em seu estado natural, então, enquanto a equipe arruma as coisas por aqui, Corrie e eu vamos pesquisar alguns outros locais. Vou precisar de você, Ethan, para ficar aqui e comandar o desmonte. E, se tivermos sorte, talvez encontremos o sítio *certo* e possamos retomar a escavação nos próximos dias. Agora já estamos muito atrasados por causa desse... erro, então não vamos ficar aqui discutindo a minha decisão, porque ainda estou no comando e quero ter certeza de pelo menos uma decisão que tomei nos últimos três meses, entendeu?

Ethan e Corrie simplesmente assentiram. Sem palavras. Ford nunca pensou que veria o dia em que os dois ficariam sem palavras. Pena que isso aconteceu às custas dele.

— Ótimo. Que bom que concordam — disse Ford, retomando o caminho em direção ao restante da equipe.

E, com sorte, esse seria finalmente o começo das boas decisões tomadas por ele nesse desastre de escavação.

# Cinco

Corrie não conseguia acreditar. Ela não conseguia acreditar que ele tinha mesmo dito aquelas três palavras mágicas: "Eu". "Estava." "Errado."

A maioria das mulheres poderia olhar para um homem como Ford Matthews e pensar que as três melhores e mais românticas palavrinhas que ouviria da boca dele eram algo como *eu te amo*. Mas Corrie não. Para Corrie, ouvir *eu estava errado* daqueles suaves e apetitosos lábios praticamente provocava um orgasmo.

Ela não enjoaria disso.

As únicas palavras que poderiam ser mais afetuosas eram *me desculpa*. Desculpa por todas aquelas piadinhas e indiretas. Desculpa por roubar aquela bolsa de estudos que deveria ter sido sua. Desculpa por, de alguma forma, ter dado um jeito de conseguir *este* trabalho — algum contato através do dr. Crawley, sem dúvida.

E talvez até uma desculpa pela noite na biblioteca. Por enganá-la. Ela não tinha nenhuma dúvida de que ele queria beijá-la. Mais trinta segundos, e os lábios dele beijariam os dela. Com toda certeza.

Como eles beijaram os de Addison Crawley alguns dias depois, ela não tinha ideia. E caramba... como doeu.

Corrie se surpreendeu com o tanto que aquilo mexeu com ela, já que, até aquela noite, ela nunca havia considerado ter qualquer interesse em Ford Matthews. Bem, pelo menos não um interesse *sério*. O homem era muito gato, e ela tinha libido.

Apesar do ódio que ela sentia por ele, não podia negar a maneira como seu corpo reagia a ele. Mas era um interesse sexual. Interesse romântico? De um *relacionamento*? Nem morta.

Mas alguma coisa mudou naquela noite. Ela passou a enxergar Ford como alguém além de um inimigo. E, na manhã seguinte, imaginou como seria ter Ford acordando ao seu lado, ou sentado no balcão da cozinha enquanto ela preparava o café da manhã para ele. Ou talvez *ele* faria o café da manhã para *ela*. Ela com a camiseta dele cobrindo sua bunda, e então ele a puxaria para um beijo. E o bacon queimaria, porque eles estariam tão absortos um no outro que nem perceberiam a fumaça, até que o detector disparasse.

É... ele precisava se desculpar por deixar que ela imaginasse essas coisas — coisas bonitas, e ela não acreditava em coisas bonitas —, para depois jogar tudo no lixo, substituindo aquela visão por uma dele fazendo essas mesmas coisas com Addison Crawley.

— Corrie, você está bem?

A pergunta tirou Corrie do transe de raiva, e ela afrouxou a mão que segurava com força o pequeno mapa gasto que Ford tinha deixado com ela. Uau. Essa lembrança mudava o humor dela rápido. Ela olhou para Ethan, que estava na sua frente com um olhar preocupado no rosto.

Corrie deixou o corpo relaxar antes de responder.

— Sim, estou bem. Só estou preocupada. Acho que posso ter deixado o forno ligado — disse ela, forçando uma piada.

Corrie não tinha percebido o quanto seu passado com Ford ainda a afetava. Fazia *anos* que ela não pensava nele. Dois dias atrás, ela não pensaria nele nem por um decreto. Para ser sincera, estava furiosa por deixar que ele a irritasse assim. E por ter qualquer sentimento por ele depois de todo esse tempo. Por que ela não podia superar?

— Sei. Como se você já tivesse usado um forno na vida — Ethan disse, curvando o lábio. — Você está pensando em Ford, não é?

Corrie piscou várias vezes. Era... Era tão óbvio assim?

— O quê? Meu Deus, não, Ethan. Não seja ridículo — disse ela, tentando ao máximo manter a voz calma e uniforme.

— Então você não está pensando que tem alguma coisa acontecendo com ele? Porque eu estou, com certeza.

Corrie inclinou a cabeça e olhou para Ethan. Hum. Interessante.

— Como assim?

Ethan deu de ombros.

— Eu não sei... tem algo... tem algo errado. Quer dizer, nós sabemos como ele é, mas ultimamente... tem algo estranho. Desde que começamos esta escavação. Mas aquela ligação agora? A maneira como o comportamento dele mudou? Bem, nós dois sabemos que ele não é assim.

Desde que a escavação começou? Isso significava que a estranheza de Ford havia começado antes de Corrie chegar.

Então, ela não era a causa. Pelo menos, não a *única*.

Corrie examinou o local e viu Ford conversando com alguns dos membros da equipe, demonstrando como preencher os buracos. É, definitivamente havia uma rigidez maior do que o normal nele. Podia ser o estresse da escavação, de não encontrar nada. E ter que encontrar e mudar para um novo sítio certamente não ajudava muito. Mas sim... havia algo estranho naquele telefonema. Ela ficara conversando com Ethan, mas tinha observado Ford pelo canto do olho e notado a maneira como ele esfregava a testa ao falar no telefone. Ele parecia aliviado, mas preocupado. Talvez o investidor tivesse ficado frustrado com a falta de progresso. Talvez ele estivesse dizendo ao investidor que havia trazido outra pessoa para ajudar. Talvez fosse o *investidor*, e não Ford, que quisesse Corrie ali, e essa pessoa estava dizendo a Ford que ele não deveria deixá-la ir embora.

Ou talvez... talvez tivesse a ver com a mãe dele.

Será que Ethan sabia sobre ela?

— Quando foi a última vez que você viu Ford? — perguntou Corrie. — Antes desta escavação, quero dizer.

— Caramba — disse ele, levando a mão à testa como se precisasse refletir. — Talvez dois anos atrás, quando estávamos no Peru? Foi logo depois que o pai dele faleceu. Eu só consigo vê-lo de fato quando fazemos escavações juntos, mas isso não acontecia desde o Peru. Nós estávamos lá quando aconteceu.

Ah. Hum. Muita coisa para analisar aí.

— Ele já falou com você sobre isso?

— Não, nunca. Quer dizer, quase não nos falamos nesses últimos anos, pelo menos nada além de umas mensagens esporádicas. Ele não quis que eu fosse ao enterro. E rejeitou minhas inúmeras ofertas para visitá-lo. Até tentei entrar em contato com Addison para ver se ele estava bem, mas ela nunca respondeu às minhas mensagens.

Um ronco de náusea formou redemoinhos no estômago de Corrie.

— Pra ser sincero — Ethan continuou —, fiquei um pouco chocado quando ele me chamou para esta escavação. Mas, quando cheguei, ele agiu como se não estivéssemos há dois anos sem nos falar. Como se ele fosse o mesmo Ford de sempre. Mas... mas agora ele está mais reservado. Raramente fala da vida pessoal. Não que me trate como se fôssemos estranhos, mas o que é que ele tem feito fora disso aqui? — ele perguntou, gesticulando ao redor da escavação.

Interessante. Ethan *não* sabia sobre a mãe de Ford. Bem, não cabia a ela contar a ele.

Ethan finalmente relaxou os ombros, como se psicanalisar Ford fosse a tarefa mais exaustiva do dia, apesar de ter que mover toneladas de terra na selva abafada, num calor de mais de trinta graus. Francamente, não era tão surpreendente assim. Corrie também ficou exausta tentando organizar tudo o que Ethan havia dito. Fazia uma década que ela vinha tentando resolver o quebra-cabeça que era Ford.

— Você está me perguntando como se eu soubesse? — Corrie perguntou, um pouco de brincadeira. — Isso pode ser um choque pra você, Ethan, mas Ford e eu também não mantivemos contato. Talvez você devesse perguntar a alguém que esteve perto dele nos últimos dois anos.

— Bem, de acordo com Sunny, por mais fascinante que seja na sala de aula, fora dela, ele é tão interessante quanto uma caixa de pedras. Ela disse que ele nem tem fotos na sala dele. Também não menciona nenhum plano de fim de semana. Ela também tem certeza de que ele não transa há séculos. Tentei explicar que talvez seja porque ele tem namorada, mas Sunny acha que eles estão brigados.

A sobrancelha de Corrie arqueou com a menção da vida sexual de Ford. O que será que tinha acontecido com Addison?

Corrie não achava que Ford estava errado por estabelecer algum limite. De fato, ela não era tão reservada assim com os alunos. Ao contrário dele, ela tinha várias fotos nas paredes da sala. Fotos de escavações, com os amigos, com a família. E ela não hesitava em compartilhar com eles detalhes de sua vida pessoal. Não chegava a contar coisas íntimas, mas falava sobre os planos para o fim de semana e seus programas de TV favoritos. Eles souberam quando a sobrinha dela comemorou os quinze anos e quando seu irmão se casou pela segunda vez. E quando ela teve que se ausentar durante um mês no meio do trimestre quando sua mãe faleceu, eles também souberam. Um grupo de pós-graduandos até enviou um lindo arranjo de flores para o funeral.

Mas a vida sexual dela? Com certeza não. Isso era privado. Eles não precisavam saber com quem — ou com quantas pessoas — ela dormia. Não que ela tivesse vergonha da vida sexual saudável que tinha. Não, Corrie estava confortável com sua sexualidade e seus encontros casuais. Mas não era da conta deles. Simples assim.

Além disso, Corrie não gostava de expor a roupa suja. Ou, melhor, não gostava de expor o vibrador encharcado pela chuva.

— Você não acha que é um pouco inadequado que Sunny fale com você sobre a vida sexual de Ford?

— Você acha que Sunny se preocupa com o que é inadequado? — Ethan brincou com uma inclinação de cabeça e um sorriso.

— É, mas sei lá. É um pouco estranho, só isso. Sei lá, você acha que talvez ela tenha uma queda por ele ou algo assim?

— Você acha que Ford e Sunny têm algum envolvimento?
— Ethan ergueu as sobrancelhas e caiu na risada. — Acredite em mim, esse não é o caso. Ford não é o tipo dela.
*Não é o tipo dela?* Hum. Ela deu toda pinta de estar dando em cima de Corrie quando se conheceram...
— Você acha que pode falar com ele e se certificar de que ele está bem? — Ethan perguntou, pegando Corrie desprevenida.
— Eu? — Corrie perguntou, apontando o dedo para si.
— Ué, sim. Bom, ele deve confiar em você. Caso contrário, você não estaria aqui.

Corrie pensou no que Ethan estava dizendo. Apesar do passado ambíguo dos dois, era verdade. Ele jamais a chamaria se não confiasse nela. Não para algo que tinha potencial para ser tão importante. Ele também deve ter achado que ela não guardava *muito* rancor.

Mas provavelmente havia várias outras pessoas mais apropriadas para conversar com Ford sobre assuntos pessoais, e, nem entre as pessoas daquela escavação, ela era a pessoa mais indicada para isso. Se alguém ali tinha essa honra — se isso pudesse ser considerado uma honra —, era Ethan.

— Ethan, tenho certeza absoluta de que você é a melhor pessoa para essa tarefa. Além disso, Ford e eu não temos esse tipo de relação — disse Corrie, embora a palavra *relação* em referência ao que quer que ela e Ford tivessem provocasse uma estranha sensação em seu estômago.

Ethan balançou a cabeça.

— Bem, como eu disse, também não temos mais esse tipo de relacionamento. Mas eu sei que algo está acontecendo. Por exemplo, toda sexta-feira, quando encerramos o trabalho no acampamento, ele pega o telefone via satélite e vai para a barraca dele por, tipo, uma hora, e eu juro que parece que ele está chorando quando volta. E se a gente pergunta, ele diz que é alergia. Sério? Alergia só às sextas-feiras? É esquisito.

*Chorando? Só pode ser a mãe dele...* Podia ser Addison também. Talvez ele sentisse falta dela.

Outra vibração incomum percorreu a barriga de Corrie, mas essa sensação não era das melhores.

— É, acho que isso é um pouco estranho. Mas vocês são amigos há muito tempo. Se ele não fala com você sobre as coisas, duvido muito que fale comigo — explicou Corrie.

— Talvez — disse Ethan, parecendo desapontado. — Mas, por outro lado, a maioria dos momentos em que vi Ford demonstrar emoção ultimamente foram em interações com você.

Corrie deu risada.

— Talvez não seja óbvio, Ethan, mas é porque nós queremos matar um ao outro.

— É, e como é mesmo aquele ditado? "Nós enchemos o saco daqueles que mais amamos."

Corrie caiu na risada e recebeu alguns olhares dos outros que estavam a uma distância considerável. Ela queria que sua risada não fosse tão irritante. Deus sabe que ela tentou mudá-la por causa de seu irmão mais velho, Antonio, quando eles eram crianças.

— Você parece um burrito — ele a provocava, fazendo menção ao que chamava de "risada de burro", que deu origem ao apelido "Corrito Burrito". *Isso* era algo que ela não compartilhava com os alunos. Mas, de fato, a esta altura da vida, ela não podia evitar. A risada não ia sumir, e as pessoas teriam que lidar com ela.

— Acho que o ditado é "nós machucamos aqueles que mais amamos", mas, de qualquer forma, acredite em mim, não é isso. A gente não se gosta nem um pouco.

Agora, se o ditado fosse *Nós enchemos o saco de quem mais odiamos*, então Ethan poderia ter alguma razão. Porque, em toda a sua vida, ninguém poderia irritá-la com tanta vontade quanto Ford Matthews.

A expressão no rosto de Ethan ficou séria, e a atmosfera mudou.

— Você acha que poderia tentar? — ele perguntou.

— Peraí, isso está ficando estranho. Por que você está insistindo tanto? Você sabe que Ford e eu nos odiamos. Ele nunca vai se abrir comigo.

— Se odeiam? Sei. Você ainda pode ter algum rancor antigo por Ford e tudo o mais, mas nós dois sabemos que você também sente outras coisas por ele.

O queixo de Corrie caiu. Em todos aqueles anos, ela nunca havia admitido para Ethan — ou para qualquer outra pessoa, aliás — a atração que sentia por Ford. Em parte porque ela suspeitava que Ethan tivesse uma queda por ela no passado e não queria ferir seus sentimentos expressando seu amor impregnado de ódio por Ford. Ou melhor, seu desejo impregnado de ódio. Mas como nada *nunca* aconteceria entre eles, Corrie nunca teve motivos para divulgar como ela queria jogar ele na cama.

— Olha, Corrie. Não estou pedindo que você o perdoe, mas, por favor, faça isso por mim. Estou preocupado com ele. Eu sei que você acha que ele é um babaca e tal, mas na verdade ele é uma boa pessoa. E é um ótimo amigo. Eu amo o cara como se ele fosse meu irmão, e é péssimo não saber se ele está bem.

Hum. Corrie podia não confiar em Ford, mas confiava em Ethan e o respeitava. Se Ethan se importava tanto com Ford — a ponto de amá-lo como um irmão — então talvez Ford não fosse tão ruim quanto ela pensava. Talvez ele tivesse mudado *mesmo*.

— Tudo bem — disse Corrie.

— Você vai falar com ele?

— É, vou tentar. Mas não prometo nada. Existe uma possibilidade real de que ele não se abra comigo. Além disso, se for um assunto privado, não vou pressioná-lo. E não vou contar o que ele disser, só vou te avisar se ele está bem. Tudo bem?

— Obrigado — disse ele, com alívio. — Você é a melhor.

Corrie balançou a cabeça e riu.

— Não sei se sou isso tudo, mas vou ver o que posso fazer.

— Dra. Mejía! — Ford chamou. — Pronta pra ir?

Prontíssima.

# Seis

Ford se sentiu mal por deixar Ethan com o trabalho ingrato de limpar a bagunça que ele tinha feito. Bom, não totalmente. Afinal de contas, Ethan tinha ajudado a escolher aquele sítio e concordado em desconsiderar as outras buscas, assim como Ford. Eles passaram uma semana explorando antes de receberem os suprimentos e começarem as escavações. Em um mundo ideal — em um mundo *justo* —, Ford permaneceria com o restante da equipe e ajudaria na tarefa de desmontar os equipamentos e deixar o local em seu estado natural.

Mas Ford não tinha tempo para ser justo. Eles precisavam seguir com o trabalho, para resolver tudo logo, se ele quisesse conseguir o dinheiro para a mãe. Nada disso teria acontecido se o pai dele não tivesse gastado tudo que tinham comprando artefatos arqueológicos às escondidas.

"Artefatos" que eles descobriram serem falsos quando chegou a hora de fazer o inventário depois que ele morreu.

Depois de todas as conquistas de Ford como arqueólogo... lá estava seu pai, comprando tralha na internet. Ford não conseguia entender. Por que o pai havia recorrido ao eBay em vez de procurar casas de leilões certificadas e negociantes de antiguidades credenciados? Por que nunca pediu a opinião de Ford?

Para Ford, era doloroso saber que o pai não tinha confiado no conhecimento dele. E isso foi só o começo de várias outras decepções.

Ele e Corrie caminharam até o acampamento em silêncio.

Sem Ethan para aliviar a tensão, Ford tinha medo de falar demais. Não, eles precisavam chegar ao acampamento, pegar os mapas topográficos e fazer um plano. Quanto menos falassem, melhor. A última coisa de que precisava era brigar com Corrie sem ter alguém para mediar.

Mas a falta de conversa não aplacava a percepção da presença dela. Uma cacofonia na cabeça de Ford o alertava sempre que ela se aproximava. Não que ele precisasse de avisos. Seu corpo já estava mais do que ciente da proximidade do dela e reagia de forma involuntária a cada movimento que ela fazia. Ele tentou não olhar para a bunda de Corrie quando ela estava na frente dele ou para seu longo e lindo pescoço quando ela inclinou a garrafa para beber água. Ele tinha que ficar se lembrando do que importava: precisava da ajuda de Corrie para sair daquela confusão, não deveria arrumar *outra* confusão com *ela*.

De volta ao acampamento, uma equipe de homens estava armando a barraca de Corrie, batendo e martelando para colocar o estrado no lugar. Felizmente, ele os avisara pelo rádio com antecedência para que começassem, então esperava que a barraca estivesse pronta antes do anoitecer.

Seria bom recuperar o próprio espaço. Agnes tinha razão: compartilhar a barraca com os outros homens era nojento. Ford gostava de privacidade. E da possibilidade de dar um jeito caso Corrie invadisse seus sonhos novamente.

— Já voltaram? — Agnes perguntou, enquanto preparava o almoço na tenda do refeitório, com Lance revisando a papelada ao lado dela. Todos os dias, ela embalava uma refeição que era entregue à equipe no local de trabalho. Alguns dias, ela preparava uma refeição quente. Outros dias, o almoço era frio. Para hoje — um dia de poucos suprimentos —, teriam um componente novo: a comida que não duraria a semana inteira com o sistema de refrigeração insuficiente. Até que não era um sistema ruim, mas, em duas ocasiões, a comida de metade da semana tinha estragado.

— Ah, tivemos um pequeno contratempo — disse Ford,

entrando na barraca e olhando para a mesa de sanduíches de frios com alface, tomate e tudo o mais.
— Contratempo? — Lance perguntou, levantando o olhar dos papéis.
— Estamos procurando um novo sítio.
A sobrancelha de Agnes se ergueu.
— Parece mais do que um contratempo, se quer saber o que eu acho. Mas o arqueólogo aqui é você, não eu — ela disse, apontando uma faca de manteiga para Ford e balançando-a em movimentos circulares.
Normalmente, Ford apreciava as piadinhas e provocações de Agnes. Dava a sensação de que ela era uma amiga, e não uma contratada. A atitude dela de falar a verdade na lata sempre o fazia rir e instaurava um tom descontraído no acampamento. Mas hoje, não. Ford não precisava de nada nem de ninguém apontando suas falhas. Principalmente na frente de Lance.
— É algo que deva preocupar o investidor? — Lance perguntou.
*É.*
— Não, acho que não — respondeu Ford, recebendo um olhar curioso de Corrie.
— Ford acha que pode haver *vários* locais diferentes, só isso — ela acrescentou.
Agora era Ford quem lançava olhares questionadores.
— É... — Ford deixou as palavras evaporarem no ar. — Tudo bem se pegarmos alguns desses? — ele perguntou, apontando para os sanduíches. — Temos muito trabalho a fazer.
— Claro. Precisa de mais alguma coisa? — Agnes perguntou, enquanto Ford enchia um prato.
— Na verdade, você poderia fazer um pouco mais daquele café? — perguntou Corrie.
— Pode deixar. Só vou terminar aqui. Onde encontro vocês?
— Estaremos na minha barraca — respondeu Ford, notando uma leve curvatura no canto da boca de Agnes. — Trabalhando — acrescentou.

Ele foi na frente a caminho da barraca e amarrou os cantos das abas da janela por fora para deixar passar um pouco de luz. Mas, quando ele entrou, foi atingido no rosto por uma explosão de Corrie. Ela estava por toda parte, ou melhor, as coisas dela estavam em todo lugar: equipamentos estendidos para secar. Roupas penduradas em todas as superfícies. As coisas dela junto com as dele. A vida dela emaranhada na dele.

— Já vi que você se acomodou bem — disse ele.

— Caramba, desculpa — ela disse, correndo para dentro da barraca, catando suas coisas.

— Parece que sua bolsa vomitou aqui. Que bom que você decidiu não ir embora agora.

— É, ué, tudo ficou encharcado ontem à noite. Desculpa. Eu não pensei que você veria tudo assim. Só um minuto.

Corrie correu pela barraca, pegando camisetas e shorts e tudo o mais que ela tinha enfiado na bagagem. Sério, a mulher sabia fazer as malas. Parecia que ela tinha um apartamento inteiro cheio de coisas lá dentro. Ford até ajudaria, mas não parecia certo tocar nas coisas dela.

Além disso, ele aprendera a lição na noite anterior. Sabe-se lá o que encontraria hoje.

— Ah, obrigado por não me dedurar para o Lance — disse ele.

— Sem problema.

Ford deixou Corrie arrumando as coisas e caminhou até a mesa, colocando o prato de sanduíches e algumas frutas cortadas no canto. Em seguida, vasculhou as pilhas de papel que cobriam a mesa. Eles precisariam dar mais uma olhada nos mapas topográficos para descobrir onde procurar em seguida. Os mapas tinham várias áreas marcadas: lugares que ele já tinha verificado, que ele descartara sem visitar. Mas talvez Corrie percebesse algo que ele não tinha notado.

Ao encontrar os mapas certos, ele desenrolou os grandes rolos de papel sobre a mesa e puxou uma cadeira para se sentar.

E bem ali estava um sutiã preto de renda. O tecido delicado não parecia forte o suficiente para conter os seios de Corrie.

Agora mesmo, ele podia ver que ela estava usando um sutiã com muito mais sustentação do que aquela coisa de renda fina e praticamente transparente que ele estava segurando. Também não parecia que cobriria totalmente aqueles seios fartos. Não era um sutiã para escavar na selva. Ele tinha participado de tantas escavações que acabara vendo muitas coisas, inclusive todos os tipos de pessoas em variados estados de nudez — e sutiãs esportivos, ou pelo menos sutiãs de cobertura total, sem babados, eram geralmente o padrão. Não, esse era um sutiã para... *outras* atividades.

— Ah, aqui. Não esquece isso — disse Ford, caminhando até Corrie, que estava enfiando roupas na bolsa.

Ela olhou para o sutiã nas mãos de Ford e, para a surpresa dele, parecia bastante indiferente em relação a isso. Como se Ford estivesse lhe entregando um par de meias.

— Obrigada — disse ela, pegando o sutiã das mãos dele.

Mas, por algum motivo, ele teve que abrir a boca.

— Isso serve para alguma coisa? — ele perguntou. *Por quê? Por que ele perguntou aquilo?* No momento em que as palavras saíram de sua boca, ele desejou poder sugá-las de volta.

Ela inclinou a cabeça.

— Como é que é? Está julgando as minhas peças íntimas?

— Desculpa... Não é da minha conta.

— Então por que perguntou?

— Bem, quero dizer, não parece prático para o local, só isso.

— E como você sabe? Já usou sutiã, Ford?

Ele franziu a testa para ela. Era obviamente uma pergunta retórica. Ela gostava desse tipo de pergunta.

— Foi o que eu pensei — disse ela. — Você tem razão. Não é mesmo da sua conta, mas eu não sabia exatamente para onde iria e se teria a oportunidade de sair para outros lugares. E, para ser sincera, às vezes gosto de me sentir sexy, mesmo que seja só pra mim.

Ford engoliu em seco. Com força.

— Mas não se preocupe — ela continuou. — Garanto que

tem suporte suficiente. Quer que eu te mostre? — ela perguntou, segurando o sutiã na sua frente.

*Meu. Deus. Caralho.*

Mostrar? Aqui, agora? Corrie usando... *aquilo?*

O sangue percorreu o corpo dele como um incêndio varrendo uma planície seca.

— Meu Deus, Ford. Você está ficando vermelho? — ela deu uma risadinha.

Merda. Sério? Ele rapidamente colocou a mão no ouvido, era o sinal que sempre o delatava — estava quente, fervendo —, e ao mesmo tempo não conseguia tirar os olhos de Corrie.

— Já vi que estão trabalhando duro — disse Agnes, ao entrar na barraca com uma garrafa térmica e duas canecas vazias, forçando Ford a dar um passo para trás.

— Ah, só estava tentando explicar ao dr. Matthews como os sutiãs funcionam. Ele acha que este aqui não tem suporte suficiente pra mim — disse Corrie, mostrando o sutiã para Agnes.

Ford já sabia que elas nunca o deixariam em paz. Por que ele sentiu a necessidade — ou o direito — de fazer aquela pergunta? Ele não tinha a menor ideia.

— Hum — disse Agnes, inspecionando o sutiã de longe.
— Tem bastante suporte, dependendo do seu objetivo. Eu tenho um igual. Quer ver? — ela perguntou a Ford.

Agnes e Corrie riram, como se tivessem planejado a situação.

— Rá! Rá! Rá! — Ford exagerou. — Hilárias.

— Suas bochechas estão um pouco vermelhas. Está se sentindo bem? — Agnes perguntou, caminhando em direção a ele e tocando sua testa.

Mas ele deu um tapa na mão dela e recuou.

— Estou bem.

Ele estava vermelho? Sério? Como se nunca tivesse visto um sutiã na vida.

— Aqui está — Agnes disse, entregando o café e as canecas para Corrie. — Eu fiz extraforte. Agora vou deixar vocês voltarem ao... trabalho — disse ela, com uma tremidinha de ombros.

Ford caminhou até a mesa, tentando ignorar a sugestão na voz de Agnes. Por que ele foi abrir a boca? Desde quando achava que podia comentar sobre os trajes de uma mulher — ou de qualquer pessoa? Principalmente sobre roupa íntima. A mãe dele ficaria morta de vergonha.
Mais do que ele estava.
— Foi mal — disse Corrie, colocando as canecas e a garrafa térmica na mesa ao lado dos sanduíches.
— Não, sou eu quem deveria pedir desculpa. Foi totalmente inadequado da minha parte.
— É, mas minha resposta também não foi muito adequada. Eu estava tentando deixar a situação um pouco mais leve. Quero dizer, primeiro meu vibrador, agora meu sutiã? Isso aqui parece um boudoir — ela disse com uma risadinha.
Ford fechou os olhos e estremeceu. Ele não queria pensar no sutiã de Corrie *ou* no vibrador. Ou em boudoirs. Ou em qualquer outra coisa que pudesse deixá-lo corado de novo. Já seria bem difícil trabalhar ao lado dela todos os dias, principalmente em dias como este, com eles tão próximos. Pelo menos quando encontrassem outro sítio arqueológico, eles não ficariam tão juntos e ele não estaria perto o suficiente para poder sentir o cheiro de coco impregnado nela.
Esse cheiro permeava suas narinas agora que ela estava sentada na frente dele. E o intoxicava. Deixava Ford em transe.
— Desculpa — Corrie se desculpou mais uma vez. — Inadequado.
— Que tal começarmos a trabalhar?
Ela assentiu, abrindo a garrafa térmica e servindo o café, agora enchendo o ar com os aromas de café jamaicano *e* coco. Ele respirou fundo. Humm. O cheiro o fez se sentir de volta à noite na biblioteca.
Ford estava encrencado.
— Então nós estamos aqui — ele disse, apontando a localização deles no mapa e tentando se concentrar. — Os locais marcados com um X? São os que eu verifiquei pessoalmente e determinei que não estavam certos. Os locais com um ponto de interrogação? Bem, é óbvio o que isso significa.

Corrie se levantou e se inclinou sobre o mapa, tomando um gole de café. Será que ela não percebia que isso deixava seu decote ainda mais evidente? Ford não devia ficar encarando, mas não conseguia desviar o olhar.

Os olhos dele viajaram até a dobra entre os seios de Corrie, passando por seu pescoço, parando momentaneamente em seus lábios úmidos e brilhantes, até pousarem em seus olhos. Que o encaravam de volta.

*Merda.* Ele rapidamente desviou o olhar para o mapa e limpou a garganta, esperando por outra provocação intimidadora de Corrie. Quando isso não aconteceu, voltou a olhar para ela, que estava profundamente concentrada no mapa.

— Você tem uma cópia da minha tese? — ela perguntou.
— Hum, tenho. Vou procurar.

Os papéis se misturavam na mesa enquanto ele vasculhava. Talvez ele devesse se envergonhar por se basear no trabalho de outra pessoa, chegando a solicitar a tese dela como leitura obrigatória para os alunos, mas era uma ótima pesquisa. Ele podia admitir isso. Corrie era brilhante. Era um dos motivos pelos quais ele a mantivera por perto na pós-graduação. Mantenha seus inimigos por perto, certo? Não que ele visse Corrie como inimiga naquela época. Antigamente, o que eles tinham era uma competição amigável.

Mas, desde então, tudo tinha se tornado menos... amigável. E quando Ford aceitou a bolsa de Yale, bem, foi como se ele tivesse declarado guerra.

— Aqui — disse ele, segurando a cópia bem gasta da tese. Com páginas dobradas. Post-its. Notas manuscritas nas margens.

Ele tinha lido tudo de cabo a rabo, pelo menos uma dúzia de vezes. Poderia até citar algumas passagens de cor. Ele se lembrava de estar sentado no auditório na defesa da tese dela, embasbacado — escondido nos fundos, é claro, para não deixá-la irritada e arruinar a apresentação. Se o dr. Crawley tivesse visto aquela defesa, Ford jamais teria conseguido seu emprego. Naquele momento, ela mereceu o título de dra. Socorro Mejía.

Ela era o pacote completo: inteligência, beleza, valentia. Ele sentiu uma pontada no peito. Arrependimento, talvez? E se questionou se havia cometido um erro.

Ela ergueu as sobrancelhas olhando para a versão Frankenstein de seu próprio texto. É, agora ele estava envergonhado.

— Sim... talvez eu tenha lido algumas vezes — ele disse, abaixando a cabeça e esfregando a nuca.

— Pelo visto, sim.

Mais uma vez, a vergonha.

— Não tem problema. Eu li a sua tese e fiz anotações também. Bom, minhas anotações são menores e mais dispersas, mas o efeito geral esfarrapado é quase o mesmo. Um dia eu te mostro. Sabe, se um dia *eu* convidar *você* para uma escavação no Peru.

Ford estremeceu e pensou na tese que ele tinha escrito sobre a vida dos incas em Machu Picchu. Se ele ficasse sabendo que Corrie havia sido contratada para uma escavação lá, e não ele, teria sido brutal.

— Mereci essa.

— Mereceu mesmo. Mas ainda sou grata pelo convite atrasado. Se eu soubesse que você tinha vindo e encontrado Chimalli sem mim, eu teria matado você.

Ela sorriu. Meu Deus, por que ele achava isso tão sexy, apesar de ela ter feito uma piada sobre matá-lo?

— Então que bom que eu não estava cavando no lugar certo, eu acho — ele sorriu para ela, e um silêncio caiu sobre a sala enquanto eles olhavam um para o outro. Enquanto eles se encaravam.

O que estava acontecendo? Eles estavam... se dando bem? Fazendo brincadeiras divertidas? Sem desejar a morte um do outro?

Os cantos curvos da tese de Corrie vibravam por entre seus dedos delicados e esguios. Em que ela estava pensando? Ele podia ver que ela tinha algo em mente. Algo que queria perguntar a ele. Os lábios dela se contraíram, e ela mordeu o lábio inferior. Ford se esforçou para não olhar para a boca dela, mas parecia um farol implorando por sua atenção.

— Ford — ela disse, finalmente quebrando o silêncio. — Está tudo bem com você?

Não era o que ele estava esperando.

— O quê? Claro. Tudo bem.

Ele se ajeitou na cadeira.

— O que o investidor queria?

Ele inclinou a cabeça.

— Como assim? Faz alguns dias que não falo com ele.

— Então *não* foi ele quem ligou para você no telefone via satélite de manhã?

A boca dele se abriu, e então ele a fechou. Ele não queria mentir, mas também não queria entrar nesse assunto.

— Não era o investidor. Foi uma ligação sobre a minha mãe.

— Ela está bem? — Corrie perguntou, parecendo genuinamente preocupada.

— Sim, ela está bem. Está sendo transferida para outra instituição.

— Você quer falar sobre isso?

— Na verdade, não.

— Tem certeza? Você pareceu meio ausente depois daquela ligação. Às vezes ajuda desabafar um pouco. Quer dizer, talvez eu não seja a melhor pessoa pra você conversar e tudo o mais, mas talvez você possa conversar com outra pessoa sobre isso. Quem sabe ligar para Addison ou algo assim?

— Addison? — ele recuou. Addison era a última pessoa com quem ele gostaria de falar sobre tudo isso. — Por que eu ligaria pra ela?

Corrie piscou várias vezes, obviamente alheia ao que tinha acontecido.

— Eu... eu acho que presumi que você se abriria com sua namorada sobre algo assim. Mas acho que cada relacionamento é diferente.

Ford riu, mas não uma risada divertida e jovial. Não, essa

risada — ou melhor, esse escárnio — veio com um revirar de olhos e descrença.

— Já vi que você não tem me espionado. Addison e eu terminamos há dois anos.

— Ah — foi tudo o que ela disse. Três sólidos segundos se passaram antes que ela abrisse a boca novamente. — Bem, você está saindo com outra pessoa? Talvez possa falar com ela?

— Não, Corrie. Não estou.

— Quem sabe Ethan?

*Caramba. Por que ela não deixa pra lá? Será que ela não percebe que não quero falar sobre isso?*

— Eu não preciso preocupar Ethan com minhas bobagens. Estamos aqui para trabalhar.

— Não são bobagens. E acho que Ethan gostaria de conversar. Ele me disse como gostaria de ter te apoiado depois que seu pai faleceu e...

— O meu pai? Você falou com Ethan sobre meu pai? — O corpo de Ford ficou tenso.

— Só estou dizendo que obviamente tem algo incomodando você. Se não quiser falar com Ethan, pode ser útil desabafar de outra maneira.

— E como você acha que devo fazer isso? — ele perguntou, encarando Corrie com um olhar questionador.

— Bem, tipo, se você *quiser* falar comigo sobre isso, eu posso ouvir — ela disse, com um tom gentil, passando o dedo pela mesa.

— Você não acabou de dizer que não é a melhor pessoa pra conversar comigo? É, claro, Corrie. Parece uma *ótima* ideia.

— Ei, estou tentando ajudar.

— Já saquei, e obrigado, mas você não entenderia.

— Sério? Não entenderia? Você sabia que minha mãe faleceu depois de lutar contra o câncer de mama há quatro anos? Comprei uma casa a dois quarteirões dos meus pais pra poder ajudar meu pai a cuidar dela no último ano. Eu estava lá todos os dias. E depois que ela se foi... — Corrie fez uma pausa por um momento, pigarreando. — Eu também conheço esse sentimento. Sei como é quando a gente perde um dos pais. Você se sente arrasado. Perdido. E não consegue parar de se perguntar quando e se esse sentimento um dia vai passar.

— Não estou sentindo nada disso. A única coisa que sinto em relação ao meu pai é que ele era um canalha de merda. — A raiva começou a fervilhar sob a pele de Ford, e ele pôs as mãos sob a mesa para esconder os punhos fechados. Ele sentia muito por ela, mas a situação de ambos era bem diferente.

— Eu não acredito nisso.

— Corrie, estou avisando. É melhor deixar isso pra lá — ele disse, com a paciência se esgotando.

Mas ela não o obedeceu e continuou como se não o tivesse ouvido.

— Eu sei o quanto você era próximo dos seus pais...

Ford não conseguiu mais aguentar.

— É, até meu pai morrer e deixar minha mãe sem *nada*! — ele gritou, saltando na cadeira e inclinando-se sobre a mesa. — Nada, além de uma enorme montanha de dívidas. Então me diz, Corrie. Foi assim quando sua mãe morreu? Porque, se foi, adoraria saber como você lidou com *essa* situação.

Do outro lado da mesa, Corrie ficou sem palavras. Mas o que ela esperava? Que ele abrisse o coração e chorasse em seus braços? Problema dela. Quando a mãe dela morreu, eles provavelmente celebraram a vida dela. E fizeram uma cerimônia. Ela não podia entender como foi quando o pai dele morreu e ele percebeu que seu herói não passava de um egoísta covarde. Percebeu que a pessoa que ele passou a vida inteira tentando imitar agora era a única pessoa que ele odiava de fato.

— E então, Corrie? — ele continuou, com os nós dos dedos em cima dos mapas topográficos. — Você conversou com seu *namorado* sobre isso? Ele decidiu que talvez fosse um bom momento pra dizer que o relacionamento não estava funcionando? Hum? Foi assim? Vai, Corrie. Me fala. Eu quero saber se você realmente *entende* o que eu tenho passado. Se você também tem experiência em lidar com *isso*. Mas o que eu realmente quero saber é como falar sobre isso com você vai me fazer sentir melhor, porque agora eu me sinto na merda.

As lágrimas estavam prestes a escapar, mas ele nem se importava mais. Corrie já pensava o pior dele mesmo. E daí se ela visse o pior dele também?

Ainda assim, ele virou a cabeça para o outro lado.

— Tenho uma novidade, Corrie — ele disse, tendo se acalmado um pouco da explosão. — Talvez você tenha várias pessoas que se preocupam com você, com quem você pode conversar, mas a única pessoa que eu tenho está a três mil quilômetros de distância, e quer saber? Ao contrário de você, não fui morar perto dela pra poder ajudar. Eu a deixei sozinha enquanto ela está morrendo de câncer. Então, de novo, não, eu não quero mesmo falar sobre isso — ele concluiu, olhando diretamente para ela.

Ele podia sentir a vermelhidão nos olhos, que queimavam, mas não tinha como escondê-los dela, nem mesmo por trás dos óculos. Seu pulso disparou enquanto ele tentava desacelerar a respiração. Aquele comportamento calmo e confiante que ele se empenhou tanto para dominar ao longo dos anos? Aquele personagem que ele tanto tentou manter, para convencer até a si mesmo de que não era um fracasso? É, se espatifou em mil pedaços.

Corrie soltou um suspiro resignado e lançou um olhar preocupado para ele, passando a mão pela lombada da tese encadernada. Ela parecia sentir muito. Não por ter iniciado o assunto. Sentia muito por *ele*.

— Você ficaria surpreso ao saber quantas pessoas se preocupam com você. Talvez perceba isso se deixar as pessoas se aproximarem. Como alguém que também cisma em querer ser solitária, confia em mim, eu sei. — Ela levantou a tese e continuou: — Vou ficar sentada lá fora pra ler isso e pensar um pouco, mas é uma oferta permanente. Se você quiser conversar, sabe onde pode me encontrar. Isso vale enquanto estivermos aqui... e depois.

Com um sorriso retraído, Corrie saiu da barraca, deixando Ford triste. E confuso. E, sinceramente, um pouco revoltado. Como ela se atrevia a desenterrar todos os problemas dele e depois se levantar e sair? Que merda foi aquela de *estou aqui pra você*? Corrie não o conhecia. Ou pelo menos não conhecia o Ford atual.

Ninguém conhecia.

Porque Ford não falava mais com as pessoas. Não *de verdade*. Hoje em dia, Ford tinha conversas superficiais. Conversas que poderia ter tanto com amigos quanto com estranhos. Conversas reais significavam vulnerabilidade, que Ford não tinha mais coragem de mostrar. Na última vez que ele se mostrou vulnerável, se viu com Addison fazendo as malas e o abandonando, deixando para ele o pagamento total da hipoteca. Tecnicamente, era a casa dele, mas ela estava lá quando ele a comprou, sempre com a intenção de que algum dia fosse dos dois. Talvez a relutância dela de que a compra fosse realizada no nome de ambos desde o início devesse ter sido um sinal de sua falta de compromisso com o relacionamento.

E, naquela época, ele pensava estar com a vida toda estruturada. Como é que poderia se deixar ser vulnerável agora?

Ele tirou os óculos e esfregou os olhos. Não porque estivesse chorando. Não. Ele não iria chorar. Não por causa de Addison. Ou por causa do pai. Nenhum deles merecia suas lágrimas. Não mais.

Mas, enquanto ele esfregava os olhos, outra sensação o invadiu. O que era? Parecia... um alívio.

Porra. Corrie tinha razão.

Tudo o que ele vinha acumulando lá dentro. Tudo o que ele vinha guardando para si mesmo. Ele finalmente tinha conseguido soltar tudo. E, caramba, por mais que fosse terrível, era surpreendentemente bom.

Claro, ele não tinha *realmente* se aprofundado sobre o que estava acontecendo. Mas reconhecer para outra pessoa — para *si*, na verdade — que não estava bem... É, ele sentia que tudo *bem* não estar bem.

Ford desabou na cadeira e se recostou, dirigindo o olhar para o teto da barraca antes de fechar os olhos e soltar um grande suspiro. Corrie merecia um pedido de desculpas. E um obrigado.

# Sete

A situação de Ford era pior do que Corrie imaginava.

Ela não esperava tudo... aquilo. Ou nada daquilo, para falar a verdade. Quando Ethan pediu que ela falasse com Ford, Corrie pensou que talvez ele estivesse triste porque sentia falta da mãe. Ou talvez estressado com a escavação e com o fato de praticamente terem que recomeçar do zero.

Mas essa coisa toda sobre o pai dele? É, Corrie não sabia o que pensar disso. Ou de Addison.

Será que ela era uma péssima pessoa por sentir uma leve sensação de satisfação por eles não estarem mais juntos?

*Não. Não pensa assim. Você é melhor do que isso.* O homem tinha acabado de se abrir com ela, bem, da maneira dele. Não era hora de comemorar.

— Oi — disse Ford, dispersando Corrie de seus pensamentos.

Ela ergueu o olhar, sentada na plataforma coberta do lado de fora da barraca de Ford, e o viu de pé na frente dela, com os braços cruzados, encostado em uma das colunas que sustentavam a barraca. Ainda bem que as barracas eram resistentes. Não só resistiam às pancadas de chuvas, como também suportavam um corpo forte como o de Ford.

— Oi — ela respondeu.

— Olha, me desculpa por ter explodido. Sei que está tentando ajudar. É que... não é fácil pra mim falar sobre isso.

Não era exatamente o pedido de desculpas pelo qual Corrie tinha esperado por oito anos, mas ela aceitava.

— Eu entendo, Ford. Confia em mim. Eu entendo mais do que você pensa. Podemos ser diferentes em muitos, *muitos* aspectos — ela disse, com um sorrisinho amigável —, mas somos parecidos em muitos outros. Nós não gostamos de parecer fracos. Mas falar sobre seus sentimentos não faz de você um fraco. Na verdade, eu diria que é o oposto.

Ele inclinou a cabeça e sorriu. Caramba, como era sexy.

— Você é muito sábia, dra. Mejía.

— Valeu. Eu diria que tento, mas é natural — disse ela, com um sorriso divertido.

Ele riu e abaixou a cabeça, sacudindo lentamente.

— Bom, obrigado. Sério. Você é a primeira pessoa que realmente tentou conversar comigo, pelo menos nos últimos tempos. Até Ethan desistiu de tentar há muito tempo. Ou eu sou muito bom em esconder minhas emoções ou todo mundo está negando que eu possa ter sentimentos reais.

— Ford Matthews tem sentimentos? — ela perguntou, torcendo o nariz. — Brincadeira. Mas agora é sério. Disponha. Talvez pareça estranho, mas eu gosto de verdade de você do meu jeito doentio e distorcido.

— Bem, contanto que seja doentio e distorcido.

— Ei, eu diria que isso é um avanço, você não acha?

Ele sorriu mais uma vez, e isso provocou coisas estranhas dentro de Corrie.

— Não discutimos há *pelo menos* quinze minutos. É um *grande* avanço.

Corrie deu risada.

— Enorme. Acho que o fato de você ter ficado bufando aí dentro durante catorze desses quinze minutos tem algo a ver com isso.

Ele a encarou com ternura, como se fossem velhos amigos, e não rivais de longa data. Ela gostava disso. Gostava desse lado brincalhão dele.

— Dias atrás, você poderia ter imaginado isso? — ele perguntou. — Nós dois no meio do nada no México, rindo e conversando sobre nossos *sentimentos*?

— Meu Deus, não — ela disse, rindo. — Eu teria apostado todo o meu dinheiro contra essa chance.

O sorriso dele perdeu um pouco do brilho. Foi por causa da ênfase na negação dela? Ou alguma outra coisa? Que ótimo. Ela foi longe demais. *Ele vai se fechar. Ele não quer...*

— Fica mais fácil? — ele perguntou, sem explicar o contexto, com um tom sombrio.

— O que fica mais fácil?

— A sensação de perda que você teve depois que sua mãe morreu?

Será que ele... queria falar agora?

Corrie não queria perder a oportunidade de ajudá-lo a desabafar. Vai saber quando ele se abriria novamente.

— Fica. Fica mais fácil. Alguns dias são melhores que outros. Posso passar semanas sem me sentir triste. E então posso estar na rua, e algo de repente me lembra dela, e é como o dia em que ela morreu. Mas esses dias são menos frequentes agora. E você? Você sente falta do seu pai?

Ford olhou para cima; era óbvio que estava tentando manter o controle. Ele parecia prestes a chorar quando eles estavam na barraca, mas as lágrimas que ele estava segurando eram de raiva. Agora? Eram lágrimas de tristeza.

— Eu tento não sentir — ele finalmente disse. — Não quero sentir falta dele. Estou furioso por causa dos problemas que ele deixou pra minha mãe. Faz dois anos que ele se foi, mas esses sentimentos não diminuíram.

— Talvez a raiva seja mais difícil de esquecer. Talvez, se você se permitir sentir falta dele, dos momentos felizes e do pai que você amava, então, em algum momento, os outros sentimentos comecem a perder a intensidade.

Um ruído de escárnio escapou da garganta dele, e desta vez ele olhou para baixo e coçou o canto do olho por trás dos óculos. *Fingiu* coçar o olho, isso sim. Ele então passou a mão na boca e a abriu bem, deixando escapar um longo suspiro.

— Eu tomaria uma bebida agora. E você? — ele perguntou.

— Que horas são?

— Quem se importa?

Hum. Ele tinha razão. Além disso, Corrie nunca foi de recusar bebida.

— Tá. Mas pega os sanduíches. Não podemos beber de estômago vazio à uma da tarde, ou sei lá que horas são.

Ford entrou na barraca, deixando Corrie lá fora, enquanto procurava sabe-se lá o quê. Ela jogou a tese parcialmente lida no estrado ao lado dela. Tinha a sensação de que não iriam trabalhar muito hoje. Mas não pareciam ter algum prazo específico, e Ford não estava preocupado com isso, então não tinha problema. Ela ia seguir o fluxo.

Além disso, ela meio que gostava de conversar com Ford, só eles dois.

Depois de alguns minutos preenchidos pelo barulho de vidro batendo lá dentro, ele voltou com uma garrafa de bebida debaixo do braço, uma caneca em uma das mãos e o prato com os sanduíches na outra.

— O que é isso? — ela perguntou quando ele se sentou ao lado dela, colocando a comida entre eles.

— Uísque *rye*. Do meu estoque particular — disse ele, abrindo a garrafa de Rittenhouse e despejando o conteúdo na caneca vazia. — Desculpa, não tenho copos.

— Não podemos pegar na tenda do refeitório?

— E arriscar receber os olhares de julgamento de Agnes? É uma da tarde, dra. Mejía. Estamos trabalhando, lembra? — ele curvou o lábio, e Corrie teve que rir. — Primeiro o sutiã e agora a bebida? Agnes nunca nos deixaria em paz.

"Aqui", disse ele, entregando a caneca para ela depois de tomar um gole.

Corrie se lembrou da noite na biblioteca. Quando eles compartilharam a térmica de café, sussurrando um no ouvido do outro.

Ela pegou a caneca e bebeu o resto do líquido.

— Calma aí, apressadinha. Você não disse que não queria ficar bêbada?

— Só estou aquecendo a traqueia — disse ela.

Ou melhor, ela precisava de um pouco de coragem líquida.

Corrie pegou um sanduíche e deu uma grande mordida, enquanto ele enchia a caneca. — Então — ela disse entre mordidas —, me conta mais sobre seu pai.

Ele a olhou de esguelha.

— Já vi o que está tentando fazer.

— Desculpa. Achei que a bebida era pra isso. Sério, Ford. Coloca pra fora. Me conta como ele era quando você era criança.

Para surpresa dela, relaxando os ombros, Ford não se negou. Como se ela tivesse dado a ele a permissão de que precisava para falar sobre isso. Ele falou sobre o amor do pai pela arqueologia, que acabou culminando no amor de Ford pela arqueologia. Sobre a primeira escavação que fizeram juntos como voluntários no sudoeste dos Estados Unidos e das posteriores escavações na América Central e no Peru. Sobre a tradição que eles tinham de ir a vários museus de história natural nos Estados Unidos no aniversário de Ford. Às vezes a mãe ia também. Às vezes iam só os dois. Mas sempre havia um lugar novo para ver. Algum lugar novo para explorar.

Para Corrie, no entanto, havia dúvida na voz de Ford. O amor dele por arqueologia era algo que vinha dele de fato? Ele teria se tornado um arqueólogo se não fosse pelo pai?

Era difícil para Corrie imaginar que alguém que falava sobre o trabalho com tanta paixão e empolgação quanto Ford duvidasse da carreira. Para falar a verdade, a falta de autoconfiança de Ford foi uma surpresa. O que tinha acontecido com ele nos últimos anos?

Terminado o almoço havia algum tempo, eles ficaram passando a caneca de um lado para o outro conversando sobre seus currículos e comparando observações. Deram dicas um ao outro. Debateram hipóteses sobre várias civilizações antigas. Quanto mais conversavam, mais bêbados ficavam. E quanto mais bêbados ficavam, mais barulho faziam. Corrito Burrito estava à toda, mas Corrie não se importava. A risada de Ford tinha tanta... personalidade quanto a dela, e muitas vezes ele ficava sem fôlego e desabava quando achava algo particularmente hilário.

Como, por exemplo, todas as piadas péssimas e ridículas dela. Mas não era culpa de Corrie que ela ficasse extremamente engraçada depois de dividir meia garrafa de uísque.

E assim como a bebida acentuava a graça das piadas de Corrie, também suavizava as características de Ford. Ele sempre fora atraente. Isso era algo que Corrie não podia negar. Mas, até aquele momento, era um charme erótico e sensual. Do tipo *eu quero te foder com tanta força que nós dois vamos esquecer até os nossos nomes*. Agora, enquanto observava as dobras que se formavam nos cantos dos olhos dele quando ria e a forma perfeita de meia-lua daquele sorriso ou a maneira como ele passava os dedos pelos cabelos e olhava para cima, fazendo seu pomo de adão se movimentar visivelmente... Bem, agora Corrie tinha uma revelação: Ford era possivelmente o homem mais bonito que ela já tinha conhecido.

Ela gostava deste Ford. O Ford descontraído, falante e amigável. Pena que ele não fosse assim o tempo todo. Talvez eles precisassem começar todas as manhãs com uma dose de uísque. Um café da manhã reforçado.

— Tá, me fala uma coisa — Ford disse. — Algum ex-aluno já te chamou pra sair?

Ela ergueu a sobrancelha.

— Você quer dizer em um encontro?

— Existe algum outro tipo de chamar pra sair?

Ele devia estar bêbado *mesmo*.

— Na real — ela disse —, não sei se já tive o prazer. — Ela se recostou, envolvendo as mãos em volta do joelho, que estava apoiado no outro, enquanto observava este novo e acessível Ford.

— O quê? Mentira — ele disse, projetando-se para a frente e, em seguida, tomando outro gole de bebida.

— É verdade — disse ela, balançando a cabeça.

— Ah, isso é porque eles provavelmente estão intimidados por você. Quero dizer, você *é* bem intimidadora.

— É porque eu sou durona — disse Corrie, estufando o peito e franzindo os lábios.

— Isso... e outras coisas mais.

O olhar de Ford se concentrou no dela. Ele estava... flertando com ela?

Um êxtase se espalhou pela pele de Corrie e irradiou por seu corpo.

— Então já te chamaram pra sair? — ela perguntou.

— Várias vezes.

Claro que sim.

— E o que você fez? Você já...?

— Nossa, não — disse ele, chegando para trás. — Quer dizer, eu sei que são pessoas adultas e tudo, mas é uma merda quando os professores tiram vantagem dessa dinâmica de poder sobre as alunas.

— Você não disse que eram ex-alunas?

Não que isso fizesse diferença para Corrie — embora eles fossem professores em cursos de pós-graduação, namorar alunos estava fora de cogitação.

— Eram, mas isso não muda o fato de que eu não penso sobre as alunas dessa maneira, sejam elas atuais ou ex-alunas.

Corrie ficou aliviada ao saber que ela e Ford compartilhavam a mesma opinião sobre as relações entre aluno e professor.

— Mas o que eu não entendo é o que elas querem ganhar com isso — continuou ele.

Corrie riu e revirou os olhos.

— Ah, Ford, por favor, não me diz que você é tão ingênuo assim.

— Como assim?

— O que elas querem é levar *você* pra cama. Elas têm tesão no professor.

Ele inclinou a cabeça e lançou a ela um olhar inseguro.

— Hum, acho que não.

— Ah, eu acho que sim. Não finge surpresa.

— Bom, agora estou confuso.

— Confuso?

— Não entendo como é que eu fui chamado pra sair, mas você não.

— Talvez meus alunos não sejam tão desavergonhados quanto os seus — brincou Corrie. — Ou talvez você seja um daqueles professores maníacos que agitam os braços assim — disse Corrie, agitando os braços no ar — e seus feromônios sexuais flutuem pelo ar, deixando os seus alunos chapados.

Ford começou a rir.

— É, porque, como você sabe, movimentos de braço frenéticos e maníacos são minha especialidade.

— Provavelmente. Essa aparência tranquila, calma e controlada é só uma encenação.

— Ah, é, com certeza. Porque este é o meu verdadeiro eu — disse ele, agitando os braços descontroladamente no ar.

Corrito Burrito mal conseguia se controlar. Eles estavam rindo tão alto que nem notaram Ethan se aproximando, de volta de um longo dia de trabalho no campo.

— É bom ver vocês dois trabalhando duro enquanto nós estávamos debaixo do sol escaldante o dia todo. Descobriram onde deveríamos estar cavando? — Ethan perguntou, limpando a sujeira que cobria sua calça cáqui e a camiseta azul-clara.

— Hum... — Ford e Corrie se entreolharam, questionando um ao outro como deveriam responder. — Ainda não? — Ford disse, como uma pergunta, e não como um fato.

Corrie riu e Ford teve que cobrir a boca.

— Que bom que pelo menos vocês estão se dando bem — Ethan disse, com um toque de sarcasmo, mas o sentimento era sincero. Corrie lançou a ele um olhar carregado, porém, esperando que ele entendesse.

— Ah, é, somos tipo arroz e feijão — disse Ford.

— Isso tem algum duplo sentido? — Ethan franziu a testa e então seus olhos dispararam para a garrafa de uísque entre eles. — Vocês estão bêbados?

Eles se olharam novamente.

— Talvez? — Corrie respondeu.

— Vocês estão de brincadeira? Nós passamos o dia lá fora e vocês dois estavam enchendo a cara?

— Ei, não bebemos o tempo todo — protestou Ford, embora os protestos de um bêbado não fossem muito convincentes.

E, por mais hilária que fosse a situação, do ponto de vista de Ethan, provavelmente não parecia tão divertida assim. Se ao menos ele pudesse entender o avanço que ela teve com Ford. *Não tem problema, Ethan. Ainda assim foi um dia produtivo!*

— Vocês são inacreditáveis — Ethan continuou. — Uma hora, estão prontos para arrancar a cabeça um do outro, e agora isso? Sério, eu adoro as escavações na selva tanto quanto vocês, mas em algum momento gostaria de voltar pra casa. E, de preferência, quero voltar tendo realmente feito uma descoberta, não apenas fechado buracos.

Ai.

Claro, Ethan queria que ela falasse com Ford, sim, mas ela tinha que lembrar que os outros estavam lá havia muito mais tempo do que ela. Ela tinha participado de muitas escavações longas, que eram ótimas quando conseguiam encontrar coisas. Não tanto quando ficavam de mãos vazias. E, geralmente, nas escavações que ela fazia, eles sabiam onde procurar. Esta escavação? Bem, era como uma agulha no palheiro, e eles espetaram o dedo com força — e perceberam que, desde o começo, estavam procurando no palheiro errado.

— Sério, caramba, Ford — Ethan continuou, cruzando os braços. — Vamos acabar ficando sem dinheiro. E quando o investidor vier cobrando respostas sobre o que estávamos fazendo esse tempo todo, o que vamos fazer? Nos esconder numa caverna?

*Uma caverna?*

— Espera aí! — Corrie disse, levantando a mão para impedir que Ethan falasse mais alguma coisa.

Uma caverna.

— O que é... — Ford começou a dizer. Mas Corrie o interrompeu, colocando a mão na boca dele, não sem notar como os lábios dele eram macios.

— Não. Shh.

Ela estava com as mãos estendidas, como se precisasse silenciar o local. *Caverna. Caverna.*

Corrie pegou sua tese, ainda caída ao lado dela, e começou

a folhear as páginas. Procurava uma passagem dos comentários de Mendoza.

*Ali estava.* Ela achou. Ford tinha até circulado.

— Olha — disse ela, se aproximando de Ford para mostrar a ele o trecho. As coxas deles se encostaram e ela parou por um instante, sentindo o calor do corpo dele.

— Aqui — ela disse, apontando para a página e ignorando sua dificuldade de respirar. — Mendoza fala sobre o que Chimalli contou a ele a respeito da fuga da cidade. Eles caminharam por mais de três dias e depois se esconderam em uma caverna fria e úmida perto do rio por muitos dias. A caverna estava escondida por, entre aspas, "uma cortina da natureza". E quando acharam que estavam seguros, se acomodaram na cratera próxima, mas, sempre que ouviam barulho, corriam para a caverna em busca de segurança.

— É isso que estamos procurando? — Ford perguntou.

— É.

— Mas e se Mendoza estivesse errado? — Ethan perguntou. — Como Ford disse ontem à noite, a versão dele foi amplamente desconsiderada.

— É, Corrie. Quer dizer, é um saco admitir que eu quero que você esteja certa, mas também não quero ficar vagando sem rumo por sabe-se lá quantos meses — disse Ford. — Já perdemos tempo suficiente.

*Foi ele que disse, não eu.*

— Tudo bem... mas e se Mendoza estivesse certo? — perguntou Corrie. — E não vamos ficar vagando sem rumo. Temos pontos de referência específicos para procurar: o rio, uma caverna e uma depressão em forma de cratera. Aqui... — ela disse, pulando e correndo para dentro da barraca, em direção ao mapa aberto na mesa de Ford.

Ela passou a mão no papel gasto, andando ao redor da mesa para se orientar. Traçou as linhas topográficas com o dedo, procurando sua localização, quando Ford e Ethan finalmente se juntaram a ela lá dentro, não com a mesma energia. Mas parecia certo. Parecia que ela estava no caminho certo.

O cabelo de Corrie caiu em seu rosto, dificultando sua visão do mapa, e ela olhou para os homens que caminhavam em sua direção.

— Ei, Ford, você pode pegar um prendedor de cabelo pra mim no bolso com zíper na frente daquela bolsa roxa ali? — ela perguntou.

— Uhum. Já aprendi a lição de não colocar a mão na sua bolsa — disse ele.

E Ethan ergueu a sobrancelha.

— Isso também tem duplo sentido?

— Eca, Ethan — Corrie disse. — E como ousa comparar minha vagina com uma bolsa? — ela perguntou, inclinando a cabeça de forma petulante.

Ford pôs a cabeça entre as mãos.

— Meu Deus, se fôssemos colegas de trabalho de fato, seríamos todos demitidos agora. Tenho certeza de que essa conversa viola pelo menos meia dúzia de políticas de RH.

— Então ainda bem que não somos. Agora, você pode, por favor, pegar um prendedor de cabelo pra mim? Não se preocupa, o vibrador está na outra bolsa — disse Corrie, com um sorriso malicioso.

Ethan começou a rir.

— Que bom que você não mudou, Corrie.

Mal sabia ele que Barney já tinha aparecido. Mas Ford por fim fez o que ela pediu e deu uma espiada dentro da bolsa antes de colocar a mão e tirar de lá um elástico preto. Ele entregou o prendedor a Corrie com o braço estendido e, quando ela o pegou, seu dedo roçou levemente no dele.

Um lampejo brilhou nos olhos dele. O toque não tinha sido intencional, ou pelo menos ela *achava* que não. Será? Bem, ela não tinha tempo para descobrir no momento. Corrie torceu o cabelo em um coque bagunçado, prendendo-o com o elástico. O olhar de Ford passou pelo cabelo, pelo rosto e pescoço dela, que agora estava nu, até encontrar seu olhar. Algo havia mudado entre eles nas últimas horas.

— Então, no que você está pensando? — Ethan perguntou, roubando a atenção dela de Ford.

No que ela estava pensando? Estava pensando em Ford e em como seria beijá-lo.

Mas... não era isso que Ethan queria saber.

Então Corrie se voltou para o mapa.

— Tá, nós estamos aqui. E o rio está aqui — ela disse, passando o dedo indicador pela linha curva. — De acordo com o mapa, temos algumas opções em potencial. Aqui, aqui e... aqui — ela explicou, apontando para cada localização potencial no mapa.

— E aqui? — Ethan perguntou, apontando para a parte leste da Selva Lacandona.

Ela sacudiu a cabeça.

— Não, é muito longe. Mendoza passou apenas por San Lorenzo.

— É, e só temos permissão para escavar dentro desses limites — disse Ford, traçando o dedo ao longo de uma linha preta grossa que delineava os limites deles. Felizmente, os locais selecionados por Corrie ainda estavam dentro das fronteiras. — Essa é a extensão de terreno do investidor. Qualquer coisa além desta linha exigirá nova aprovação do governo e do proprietário de terras.

Ethan e Ford se inclinaram para olhar mais de perto.

— Cara... este aqui é muito longe — disse Ethan, apontando para o local mais ao norte deles. — Se for o local certo, teremos que mudar todo o acampamento. Não conseguiremos caminhar até lá todos os dias.

— Bem, este aqui não é longe. Talvez três quilômetros? Dependendo do terreno, pode levar, o quê, de quarenta e cinco minutos a uma hora? — Ford sugeriu.

— Certo... mas não saberemos até verificar, então o que vamos fazer? Vamos caminhar até lá e, se depois não for o lugar certo, vamos para o próximo e depois para o próximo? Você sabe como funciona a Lei de Murphy. O lugar certo provavelmente será o último. Levará pelo menos alguns dias se tivermos que caminhar até os três locais e voltar pra cá — Ethan disse.

— Bem, sem querer ser estraga-prazeres, mas também há uma chance de que nenhum desses seja o lugar certo. Este pode até não ser o rio correto. E, por mais que eu confie nessa teoria, Mendoza pode nem ter passado por aqui — disse Corrie.

Ela odiava admitir isso, mas era verdade. E ela não estaria fazendo seu trabalho se não apontasse a possibilidade de que toda a viagem pudesse ser um fracasso. Embora ela quisesse acreditar na versão de Mendoza, *havia* uma possibilidade real de que ele fosse um desertor mentiroso.

Ela esperava que não fosse o caso. Se fosse, significaria que sua hipótese e a conexão ancestral com Chimalli eram falsas. Mas, se ela ia tentar provar que sua teoria estava correta, poderia muito bem fazer isso com o dinheiro de outra pessoa e na propriedade de outra pessoa. Felizmente, a propriedade do investidor abrangia a maior parte da área que melhor se encaixava nos relatos de Mendoza. Mas, se o local do túmulo de Chimalli estivesse além dessas fronteiras, nenhuma escavação dentro delas faria qualquer diferença.

Ethan e Ford olharam apreensivos um para o outro.

— Por que não verificamos o local mais próximo e torcemos pra termos sorte? — ela sugeriu, sem muita certeza de quem exatamente estava tentando tranquilizar.

— Faz tempo que não dou uma dentro — disse Ford.

Corrie e Ethan ergueram as sobrancelhas, morrendo de vontade de fazer a piada óbvia.

Ford revirou os olhos e sorriu.

— Mentes sujas.

— Ah, nós estamos aqui há muito tempo — brincou Ethan.

— É, então qual é a desculpa dela? — Ford perguntou, apontando para Corrie.

— Ah, isso é fácil. Eu tenho uma mente poluída. — Ela sorriu, provocando uma risada abafada de Ethan.

Ah, a mente dela era bem poluída, sim. Ela já estava pensando em todas as maneiras de ajudar Ford a dar uma dentro. Mas será? Ele já tinha dito que não estava saindo com ninguém. Estava se referindo só a namoro? Porque, se fosse esse o caso, Corrie também não estava saindo com ninguém.

Mas isso não significava que ela estava indisponível para encontros e transas casuais. Não que fosse uma parte importante da vida de Corrie, mas ela tinha uma sólida rotatividade de caras que poderia chamar para... saciar sua sede. Alguns deles queriam mais. De vez em quando, alguém queria... um relacionamento. Constrangedor. Essa sempre foi a deixa para ela terminar com alguém. O estilo de vida de Corrie não tinha espaço para um compromisso de longo prazo. Não quando se mudava tanto por causa dos empregos, ou com as semanas e os meses que passava viajando pelo mundo.

Mas Ford era um copo cheinho d'água, e Corrie estava ficando com *muita* sede.

— Se vocês dois já acabaram... — Ford disse, usando sua voz de chefe, embora ainda em tom de brincadeira. Corrie e Ethan se posicionaram em total atenção, com uma expressão séria no rosto.

— Enfim... O que acham disso? Tem uma estrada que vai até aqui — disse ele, passando o dedo pelo mapa. — Temos um bote. E se entrarmos no rio aqui e descermos por aqui? Assim, não deve demorar mais do que um ou dois dias, no máximo, em vez dos três ou quatro que levaríamos para caminhar até lá e voltar. Verificamos cada uma dessas áreas e, se uma delas se parecer com o local, ótimo. Caso contrário, voltamos e reavaliamos.

Corrie tinha que admitir: não era uma *má* ideia, mas poderiam desperdiçar muito tempo. E sempre havia a possibilidade de o rio ter corredeiras ou outros obstáculos precários. Ao mesmo tempo, ela estava sempre pronta para uma aventura.

Ford, por outro lado, não era assim, todo mundo sabia. Ethan devia estar pensando a mesma coisa, porque também não havia respondido.

— O que foi? — ele perguntou, notando os olhares sem expressão de Corrie e Ethan. — Vocês acham que é uma ideia ridícula, não é?

— Não — respondeu Ethan. — É só... estou um pouco surpreso que você tenha sugerido algo tão... ousado.

— É, bem, deve ser o álcool. Fico mais aberto a correr riscos quando estou bêbado — disse ele, lançando um rápido olhar para Corrie com um meio sorriso que a fez se revirar por dentro mais uma vez.

Ele tinha que parar de olhar para ela daquele jeito ou ela seria obrigada a usar aquele vibrador mais tarde. Mas quem ela queria enganar? Iria usar de qualquer maneira.

— Corrie, o que você acha? — Ford perguntou.

— Olha, definitivamente economizaria tempo *se* os pontos mais próximos não forem os certos. Mas não saberemos disso até chegar lá.

Ethan sentou na beirada da mesa.

— Como isso vai funcionar logisticamente? Ainda temos pelo menos dois dias de limpeza no antigo sítio. Mesmo supondo que um desses locais seja o certo, não poderemos reunir uma equipe sólida para explorar até a próxima semana, no mínimo.

Ethan estava sendo prático, como sempre.

— Bem, nós só temos um bote, de qualquer maneira. Com capacidade para quatro a seis pessoas, no máximo — disse Ford. — Vou levar uma equipe pequena. Eu, Corrie e dois dos outros caras.

Ethan se levantou. *Droga*. Os olhos de Corrie se moveram entre os dois. Ethan não gostou do plano.

— Eu pensei que estávamos nisso juntos — disse Ethan. *Está quente aqui?*

— E estamos... nós vamos fazer juntos. Mas preciso de você no antigo sítio — disse Ford.

— Eu posso ficar e fechar a outra escavação — disse Corrie, tentando aliviar para Ethan.

— Não, eu preciso de você — disse Ford. E lá estava aquele êxtase dentro de Corrie de novo. — Você é a única que sabe o que estamos procurando. A única que *realmente* sabe. — Ele então se virou para Ethan. — Olha, cara, você sabe que eu quero você lá comigo, mas, se esperarmos, teremos que ir na próxima semana, como você disse. Não podemos nos dar ao luxo de esperar tanto tempo.

O rosto de Ethan se contorceu, mas ele se sentou de novo.

— Tudo bem, tudo bem. Mas, se eu souber que vocês estavam lutando contra guepardos, vou ficar chateado.

— Ethan, lutar contra guepardos *no México* significaria que temos problemas muito maiores — disse Corrie.

— Alto lá. — O canto da boca de Ford se contraiu. — Se alguém vai lutar contra guepardos em uma selva mexicana, é a dra. Socorro Mejía, a lenda viva.

Corrie riu e chutou o quadril de Ford enquanto ele tentava escapar com aquele sorriso sexy no rosto.

— Tá, temos um plano? — Ford perguntou. Os três olharam ao redor da mesa um para o outro e então assentiram. — Ótimo. Então temos muito trabalho a fazer.

— Quer dizer, *vocês dois* têm muito trabalho a fazer — Ethan disse —, já que tiveram uma boa tarde de lazer. *Eu* vou tomar um banho.

— Na verdade, acha que podemos fazer uma pausa? Eu quero dar uma olhada na minha barraca — Corrie disse.

— Tudo bem, que tal assim: Ethan, você me indica os melhores dois homens para acompanharem Corrie e eu. Nenhum aluno. Precisamos de profissionais, pessoas que não vão fazer um monte de perguntas ou ficar querendo aprender, pra que a gente possa fazer isso da maneira mais rápida e eficiente possível. Dois caras que consigam fazer rafting e lidar com um acampamento rudimentar por dois dias. Corrie, você dá uma olhada na sua barraca e depois talvez seja bom ver com Agnes sobre a comida. Devemos conseguir fazer isso em dois dias, mas vamos fazer as malas para três, por precaução. E enquanto vocês estiverem fazendo isso, eu vou resolver o resto. Tudo bem?

— Sim, senhor! — Ethan disse, em posição de sentido.

Ford sorriu e balançou a cabeça.

— Ridículo. Podemos revisar os detalhes na hora do jantar.

— Boa ideia, chefe — Corrie disse com uma piscadela enquanto ela e Ethan se levantavam para sair.

Ethan não perdeu tempo e correu para tentar tomar um banho antes que a fila ficasse muito longa. Mas, quando Corrie estava prestes a sair da barraca, Ford agarrou sua mão e a puxou para trás.

O ar parecia soprar entre eles, que estavam de frente um para o outro. Perto, mas não o suficiente. Mais um passo e seus corpos se conectariam como na noite anterior no refeitório.

— Obrigado — ele disse, ainda segurando a mão dela.
— Pelo quê?
— Por hoje. Por ouvir. E... por se importar.

A voz dele era suave e tímida, e seu rosto, doce e sincero. Muito diferente do Ford que horas antes estava gritando de frustração, à beira das lágrimas. Quem era esse homem? Desarmado e vulnerável. Corrie quase não o teria reconhecido como o Ford que ela conhecia se não fosse pela maneira como aqueles olhos cor de esmeralda aqueciam seu corpo.

— Bem, eu também agradeço. Por confiar em mim e por se abrir. E por acreditar em mim. Na minha opinião profissional, quero dizer. Você não tem ideia de como é difícil às vezes tentar ser levada a sério.

— De nada.

Ele a encarou por um tempo longo demais. *Excruciantemente* longo sem que os lábios dele tocassem nos dela. Ela buscou o olhar de Ford, que roçava a ponta de seu polegar nos nós dos dedos dela, até que finalmente a soltou.

— É melhor eu começar a trabalhar nisso — disse ele, limpando a garganta e se afastando.

— É. Eu... eu venho pegar minhas coisas depois.

Uma leve sensação de decepção tomou conta dela. Decepção que não tinha o direito de estar lá, para início de conversa. Algumas horas de brincadeira não deveriam ter sido suficientes para fazê-la esquecer os anos de contenda. Ah, mas era isso mesmo. Principalmente quando ela o viu ali parado, com um olhar que parecia questionar exatamente a mesma coisa.

— Sem bisbilhotar — acrescentou ela, lançando a Ford um olhar de esguelha, sacudindo o dedo.

— Não prometo nada — ele respondeu, enquanto ela descia as escadas com um sorriso bobo no rosto.

# Oito

As malas de Corrie estavam implorando para serem reviradas.
Ele queria saber o que mais ela tinha ali. Como o tipo de calcinha que ela usava. Suas calças moldavam perfeitamente seus quadris curvilíneos e redondos e sua bunda. Ela usava calcinhas simples e sem detalhes, que cobriam tudo? Ou preferia não cobrir nada usando estilo fio dental? Talvez as calcinhas combinassem com aquele sutiã dela. Preto. Rendado. Praticamente inútil. Só servia para fazê-la se sentir sexy.

*Meu Deus. Quer parar com isso, por favor? Quem está com a mente suja agora?*

Mas como ele podia parar de pensar nela depois da tarde que tiveram? Fazia anos que ele não se divertia assim, aquela sensação de contentamento que não experimentava desde... desde que o pai estava vivo. Como ela fazia aquilo? Mais um talento de Corrie Mejía: a capacidade de liberar as emoções que Ford tinha deixado havia muito tempo trancafiadas. E não era só isso. Ele *quis* contar a ela. Ele *queria* se livrar daqueles fardos. Caramba, ela era mesmo... perfeita.

Quando compartilharam aquela caneca de uísque, ele foi levado de volta àquela noite na biblioteca. Será que conseguiria beber uísque sem pensar nela agora?

Uísque? Sim.
Coco? Sim.
Café jamaicano? Sim.
Sutiãs pretos de renda e vibradores roxos?
*Para, para, para!* Ford não tinha tempo para isso. Se eles

queriam pegar o bote no dia seguinte, ele precisava planejar. Traçar uma rota. Embalar suprimentos. Criar estratégias com a equipe da expedição.

A presença de Corrie só estimularia a ereção que parecia prestes a aparecer a qualquer momento, mas ele foi sincero quando disse que não poderia mesmo explorar novos locais sem ela.

Ele ficou acordado até tarde naquela noite, planejando o curso e empacotando os suprimentos. Um total de cinco pessoas iria na caminhonete até o ponto de encontro no rio. Jon, Guillermo, Corrie e Ford fariam o trajeto. Depois Lance levaria a caminhonete de volta ao acampamento. Ele tinha se oferecido para descer o rio com eles, e Ford até teria gostado de sua companhia, mas, quando alguém provocou Lance por não saber nadar, Ford disse que ele teria que ficar para trás. Eles não podiam ter esse tipo de risco potencial caso o barco virasse ou ele caísse.

Quando chegassem ao rio, provavelmente só teriam tempo de remar até o primeiro possível sítio, aquele que ficava mais longe do acampamento. Por muitas razões, Ford esperava que esse fosse o local certo. Isso significaria não apenas que eles o teriam encontrado e poderiam começar a escavar, mas também que seu plano de rafting tinha sido a decisão certa.

Pelo menos, ele poderia ter uma aventura antes de terminar o trabalho e fazer as malas para voltar para casa.

Depois, dependendo da quantidade de luz que restasse, eles continuariam ou montariam acampamento. No dia seguinte, remariam para os outros dois locais antes de sair do rio no terceiro ponto. Seria bem ruim caminhar do rio de volta ao acampamento com todo o equipamento, por isso eles levaram pouca bagagem — o mínimo de ferramentas, quatro barracas individuais que pesavam menos de um quilo e meio cada e uma pequena bolsa à prova d'água com roupas e itens essenciais para cada um. Não seria confortável, mas conforto não era exatamente o objetivo principal.

— Tudo bem, dr. Matthews, estamos aqui. Você ainda pode

mudar de ideia — Lance disse, enquanto os outros descarregavam a caminhonete e bombeavam o bote.

— Estamos bem, Lance. Se não voltarmos em três dias, mande alguém nos procurar.

— Pode deixar.

Os quatro jogaram todos os itens desnecessários na caminhonete antes de Lance ir embora e então ficaram sozinhos.

Prontos para uma aventura.

Ford já havia praticado rafting antes, mas estava longe de ser considerado um profissional. Guillermo e Jon também, mas nunca sem guia ou instrutor. E é claro, Corrie sabia umas coisinhas sobre rafting. Havia algo que essa mulher não pudesse fazer? Ela revisou algumas técnicas. Deu algumas outras instruções. E então eles arrumaram o bote e partiram para o rio.

Ela estava uma gracinha, sentada ali, na frente dele no bote, de short cáqui e colete salva-vidas. As pernas dela tinham um brilho suave. Ford imaginava como eram macias e como seria confortável se deitar entre elas. Era o máximo que ele já tinha visto da pele dela, e foi difícil desviar o olhar.

Será que ela tinha esse efeito em todos os homens? Ele nunca tinha ouvido Corrie falar sobre um namorado. Na verdade, ele não tinha ideia se ela estava saindo com alguém. Se tivesse que dar um palpite, diria que não. No dia anterior, eles pareceram flertar algumas vezes, mas ele não tinha certeza. Ford estava tão sem prática desde que Addy tinha ido embora e todo o seu foco se transferira para a saúde da mãe que nem se lembrava de *como* flertar. Ele pensou ter sentido algo quando estava segurando a mão dela. Um magnetismo puxando os dois para mais perto. Se ele soubesse que ela estava disponível, poderia ter dado o primeiro passo. Mas se ele estivesse errado... Bem, sabendo como Corrie era, não teria sido nada legal. Então ele deixou o momento passar.

Como da última vez.

Além disso, a conversa tinha sido boa. E não apenas por ter conversado com alguém, porque fazia muito tempo que ele não fazia isso também. Mas especificamente com ela. Ele não conseguia se lembrar da última vez que tinha rido tanto.

Ou quando tinha sorrido ao falar do pai.

Ele precisava admitir: quando acordou de manhã, não sentia mais a raiva fervente normalmente presente quando pensava no pai. Não que a raiva não estivesse mais lá. Só não era tão intensa quanto nos últimos anos. Talvez a teoria de Corrie fosse verdade: permitir-se sentir falta do pai poderia ajudar a aliviar o ressentimento.

Ford esperava que aquela não fosse a única teoria assertiva de Corrie durante a viagem.

— Estamos chegando perto do primeiro local — disse Corrie, olhando para o mapa, que tinha sido dobrado e guardado em um saco plástico para que não molhasse. — Vamos parar o barco.

Eles remaram até uma margem baixa do rio e arrastaram o bote para a terra. A área ao redor deles parecia a mesma de perto do acampamento — arborizada e intocada por humanos. Esperavam que não estivesse *completamente* intocada. Seria bom se Chimalli tivesse passado um tempo ali.

Ford repassou o plano mais uma vez enquanto eles se ajeitavam no barco, tirando os coletes salva-vidas e trocando de sapatos.

— Tudo bem... vamos nos separar. A dra. Mejía e eu vamos procurar naquela encosta — disse Ford, apontando para uma ladeira íngreme a cerca de cem metros de distância. — Vocês dois procuram por uma caverna em algum lugar próximo.

— E se estiver do outro lado do rio? — Jon perguntou.

— Não estará — Corrie respondeu. — Mendoza disse que, sempre que temiam estar em perigo, corriam para a caverna. Isso significa que a caverna e a cratera estão do mesmo lado do rio.

— Como vamos saber que é a caverna? — perguntou Guillermo.

— Vocês provavelmente não vão saber — disse ela, torcendo o cabelo em um daqueles coques sensuais bagunçados, com alguns fios soltos caídos pelo pescoço. Ford queria desesperadamente afastar aqueles fios da pele irresistível daquela mulher.

— É provável que esteja bem escondida, então você pode nem perceber imediatamente. Fique de olho em qualquer formação que pareça conter uma caverna.

— Certo. E se vocês encontrarem alguma coisa, marquem o local e nos encontraremos aqui em uma hora — disse Ford, pegando um cantil de água e uma pequena mochila de ferramentas. — Usem os rádios se houver algum problema.

Ele jogou um dos rádios para Guillermo, e os quatro se separaram.

Rochas ásperas e irregulares cobriam o terreno do rio até a cratera. Era difícil imaginar Chimalli e Yaretzi atravessando aquela área todos os dias em busca de água. Mas Chimalli era um guerreiro, e os guerreiros não se intimidavam com caminhos traiçoeiros. Assim, Ford manteve a esperança de que este fosse o lugar certo.

E de que *ele* estivesse certo.

Corrie atravessava as rochas, saltando de pedra em pedra com facilidade e precisão como uma fada da selva. Não... como uma elegante gazela. Não à toa ela tinha escapado daquele jaguarundi — o que era impressionante mesmo que fosse apenas do tamanho de um grande gato doméstico.

— É melhor ter cuidado aí em cima — disse ele de onde estava, passando por rochas mais baixas e muito menores.

— Estou bem aqui. Essas coisas gigantes não vão a lugar nenhum. Você precisa ter cuidado com essas rochas menores aí. Pode muito bem quebrar um tornozelo e, sem ofensa, Ford, mas não posso carregar você.

— É, sem ofensa, Corrie, mas também não *quero* carregar você — disse ele, tentando ser divertido.

E escorregando em uma das pedras.

— Merda! — ele disse quando uma pedra rolou debaixo dele. Ford conseguiu se segurar a tempo de não bater a cabeça contra as pedras, mas ralou o antebraço ao amortecer a queda.

— Você está bem? — ela perguntou, correndo até ele.

Mas ele ergueu a mão para detê-la. Precisava manter alguma dignidade.

— Estou. — Ele pegou uma pequena pedra, como se ela fosse a culpada, e a atirou, então se levantou e sacudiu as roupas com violência. Pelo menos não tinha quebrado nada. Só tinha alguns arranhões e um ego ferido.

— Eu te disse. Essas pedrinhas...

— Tá, tá. Entendi. Tamanho importa. Rá! Rá! Rá! — Ele revirou os olhos, então virou o braço para avaliar o dano. A camada superior da pele estava enrolada para trás, expondo a carne viva por baixo. Doía, mas ele não ia reclamar disso para Corrie. Só daria mais munição para ela provocá-lo.

— Vem. É mais fácil subir por aqui — ela disse, estendendo o braço para baixo, para ele.

Caramba. Que constrangimento.

Mas Ford não estava a fim de se estrebuchar de novo, então pegou a mão de Corrie e usou as pernas para subir na rocha com ela. Mas, sem calcular direito a combinação das forças dos dois, eles tropeçaram, e Corrie quase caiu para trás da rocha. Ford passou os braços em volta da cintura dela e a puxou para evitar a queda.

E, exceto pelo fato de que o movimento a salvara, tinha sido uma péssima ideia. Porque agora, com o corpo dela pressionado contra o dele, ele não queria soltá-la. Como sempre tinha suspeitado, o corpo de Corrie era macio, e ele viu que se encaixava no seu enquanto a segurava com força. Os seios dela, com os quais ele fantasiou mais vezes do que gostaria de admitir, eram maravilhosamente robustos e estavam pressionados contra seu abdômen. Mas a coisa mais notável nela eram seus olhos e a maneira como olhavam para ele. Com esse mesmo olhar, ela o encarou vários anos atrás.

Ela agarrou a camisa dele, torcendo o tecido entre punhos apertados, com a respiração acelerada.

*Eu devo? Eu ouso?*

Um estalo saiu do rádio.

— Tudo certo? Ouvimos gritos. Câmbio — disse Guillermo.

Ela limpou a garganta e afrouxou a mão quando Ford a soltou e pegou o rádio.

— Sim, estamos bem.

— Ok. Achei melhor verificar. Câmbio, desligo.

Ford evitou contato visual enquanto eles se ajeitavam.

— É, poderia ter sido feio — disse ela.

— Viu? Não fui feito para aventuras — ele disse, limpando a calça mais uma vez para poder checar se a semiereção por baixo era perceptível. Foi salvo pelos bolsos grossos e pelas lapelas da calça cargo.

— Todas as escavações arqueológicas são aventuras. Algumas só têm um pouco mais de ação do que outras.

— Vindo de alguém que persegue ladrões e engana chefes da máfia, eu diria que isso aqui é água de salsicha pra você. — Ele inclinou a cabeça para ela e sorriu.

— Você tem razão. Por isso, vou chamar você de dr. Ford Água de Salsicha Matthews — declarou ela, como se fosse da realeza no tribunal superior.

— Incrível Mejía e Água de Salsicha Matthews. Somos uma dupla e tanto.

Corrie caiu na gargalhada com aquele diabo de risada que Ford estava aprendendo a amar.

— Ei, eu compraria esse livro. *As aventuras arqueológicas de Incrível Mejía e Água de Salsicha Matthews*. Soa bem — disse ela.

— Não faz o marketing disso ainda. Eu pelo menos gostaria de *tentar* ganhar um apelido melhor.

Bem, pelo menos agora ele não estava tão envergonhado por ter caído. Ela era boa nisso: transformar os pensamentos ruins dele em bons. Mais uma adição à lista de talentos de Corrie.

De onde estava, no ponto mais alto sobre as rochas, Ford observou ao redor. Por fim, as rochas desapareceram, mas ele ainda não conseguia imaginar Chimalli passando seus últimos dias aqui. No entanto, talvez esse fosse o objetivo. Viver sua vida em um lugar onde ninguém esperaria encontrá-lo.

— Parece o local certo pra você? — ele finalmente perguntou a Corrie.

Ela estremeceu.

— Não sei. Quero dizer, a menos que haja outra fonte de

água lá em cima, não vejo como eles poderiam fazer isso todos os dias. Ou, eu acho, não sei *por que* fariam isso todos os dias.

Droga. Ela tinha percebido também.

— Mas estamos quase lá — disse ela, olhando para a base da inclinação até a cratera. — É melhor verificarmos logo.

A encosta íngreme também parecia uma caminhada improvável no dia a dia, mas poderia ser diferente de outros ângulos. Eles começaram a subir, cavando a encosta com as mãos para se manterem de pé. Se aquele fosse o local certo — o que parecia cada vez mais improvável —, eles precisariam construir algumas escadas temporárias, porque não havia como subir e descer a colina todos os dias.

— O que você acha que vamos encontrar aqui em cima? — Ford bufou, tentando não soar muito ofegante.

— Bem... espero que haja um pequeno monte de terra e vegetação crescida, que podem ser evidências dos restos de uma casa de adobe. Mas quem sabe? Se eles tiverem vivido em uma cabana de pau a pique, pode não ter mais nada agora. Pode ter sido destruída pelo clima.

Ela deixava escapar grunhidos baixinhos enquanto continuava a subir, e ele teve que se esforçar para não olhar para sua bunda.

— É, foi o que pensamos ter acontecido no antigo sítio, pois estava bem claro que não encontraríamos uma estrutura de adobe.

Era verdade. O primeiro sítio não continha nenhum resquício de estrutura. Mas só depois de escavarem por um mês chegaram a essa conclusão.

Ford e Corrie finalmente alcançaram o topo, com o coração batendo forte em antecipação ao momento da descoberta. O interior da cratera, no entanto, provocou mais uma decepção. Ali dentro, havia árvores caídas e sujeira que havia erodido da borda. Além da falta de qualquer evidência visível de uma estrutura, com as árvores caídas seria quase impossível escavar ali sem algum equipamento bom e caro.

Ford teria que dar adeus a qualquer lucro. Mas, enquanto

ele via a cratera como uma decepção financeira, Corrie parecia estar com o coração partido.

— Droga — ela murmurou.

— Não é aqui? — Ford perguntou.

— Muito improvável. Não tenho certeza se vale a pena ir até lá para explorar.

— É... eu não quero me machucar com uma farpa. — Ele sorriu, esperando que sua piada horrível pelo menos rendesse um sorriso.

Ela riu e revirou os olhos.

— Você é tão idiota.

Ponto para ele.

— Vamos checar com Jon e Memo pra ver se eles encontraram alguma coisa — disse ela.

— Jon e quem?

— Memo. É o apelido de Guillermo. Você não sabia?

Ele piscou. Não, ele não sabia.

— Ah, eu, hã... eu esqueci.

A ruga na testa de Corrie sinalizou que ela sabia que ele estava mentindo. Mas ele não queria admitir que em três meses não tinha conhecido ninguém de fato, enquanto ela já sabia os apelidos da equipe toda.

— Tá, aqui, me dá o rádio.

Ela estendeu a mão.

— Não, eu falo. O que você quer que eu pergunte?

Ele tirou o rádio da mochila.

— Me deixa falar.

A voz dela era de impaciência.

Mas não. Esse era o trabalho dele, afinal de contas. Ele era o responsável.

— Não.

Ela estreitou os olhos para ele e se lançou para pegar o rádio, enquanto ele se contorcia para mantê-lo longe dela. Ele levantou o rádio acima da cabeça enquanto ela tentava pegar.

— Só me dá aqui.

*Zum.*

A briga fez o rádio cair da mão dele, voar e cair pela encosta em direção às rochas.

— Qual é o seu problema? — ela gritou para ele.

— *Meu* problema? Eu ainda estou no comando aqui, sabia?

Ele estremeceu no minuto em que disse essas palavras. Ele não era assim. Bem, talvez esse fosse o antigo Ford. O Ford que se achava o maioral porque tudo funcionava magicamente para ele. O. Tempo. Todo.

Quer este estágio? Claro. Que tal ingressar no programa de pós-graduação dos seus sonhos? Não será um grande problema. E essa bolsa em Yale? Nossa, sim, por favor. E, no topo de tudo, um emprego de tempo integral lecionando em Yale.

Moleza.

Ele tinha merecido. Ford era inteligente. E encantador. E tinha feito as conexões certas. Porque era assim que a vida funcionava. Quanto mais pessoas você conhecesse, melhor seria sua sorte.

Até que essas conexões deram um pé na bunda dele e o deixaram lutando com unhas e dentes para manter o que restava. Não para avançar ou para sair por cima. Apenas para manter o que tinha.

Não importava que as turmas dele fossem sempre as primeiras a lotar durante a época de matrícula e que sempre houvesse mais de dez pessoas na lista de espera. Ou que ele tivesse publicado mais de trinta artigos nos últimos oito anos. Ou mesmo que tivesse ajudado a garantir centenas de milhares de dólares em doações e financiamento por causa de seu trabalho. Não, nada disso importava mais. Ao menos não desde que Addison Crawley tinha decidido que não queria nada com ele.

Era uma pena que o dr. Richard Crawley também não quisesse mais nada com ele.

Agora ele tinha que trabalhar. Não só trabalhar. Se matar de trabalhar. Nos últimos anos, ele trabalhou mais do que nunca para manter o emprego, o que só aumentou o estresse de também ter que cuidar da mãe.

Então, por que ele estava agindo como um chefão babaca

com Corrie? Ele não fazia ideia. Ele era mesmo um otário às vezes.

— Uau, Ford — os olhos dela se arregalaram quando ela deu uma piscada exagerada. — Sabe, por um minuto, eu pensei mesmo que você tinha mudado. Mas acho que não. Acho que você é o mesmo babaca de sempre. Vejo você no bote. Por favor, não vai escorregar e quebrar a cabeça em uma pedra.

Sem esperar por uma resposta, ela desceu a encosta como uma esquiadora atravessando obstáculos em um percurso alpino, contornando as árvores.

E lá estavam eles, de volta à estaca zero.

# Nove

Eu deveria deixá-lo aqui, abandonado nessa selva de merda.
*Vamos ver se o dr. Estou no Comando vai conseguir achar Chimalli sozinho.*
Ela olhou para trás e viu Ford, cambaleando pelas pedras a caminho do bote como uma criancinha aprendendo a andar e balançou a cabeça. Ele parecia estar em forma. Tinha um bom físico para a aventura. Como conseguia ser tão desajeitado? Talvez ela *não* quisesse fazer sexo furioso com ele. Talvez nem fosse bom. Ele provavelmente era um daqueles caras que, depois que gozam, esquecem que tem outra pessoa ali. O tipo de cara que fica se olhando no espelho. E ela só se odiaria por deixá-lo vencer. Por deixá-lo pensar que tinha controle sobre ela. Porque ele com certeza *não* mandava nela.
E com certeza ele não estava no controle. Ford estaria perdido sem ela, e não só perdido ali na selva. Não, ele não teria a menor ideia de onde procurar. Se ela não tivesse mostrado os outros possíveis pontos na porcaria do mapa, poderia ter se apropriado de um deles sozinha.
Supondo que um deles fosse o local correto.
Nossa, como ela queria ter razão sobre um daqueles locais, só para esfregar na cara irritante, arrogante — e linda — de Ford que ela estava certa, ele estava errado e ele precisava dela. Talvez se alguém como o dr. Ford Matthews precisasse dela, outras pessoas começassem a levá-la um pouco mais a sério. Claro, era bom para o ego ser conhecida como durona pelos alunos, mas as comparações com Lara Croft estavam começando a

ficar maçantes. Ela estava cansada de nunca receber um convite para palestrar na conferência anual do Instituto Internacional de Arqueologia, o mais prestigioso encontro de arqueólogos do mundo. Além de alguns comitês de Mulheres na Arqueologia dos quais ela tinha participado no passado, as únicas conferências para as quais ela tinha sido convidada para falar foram na Comic-Con. Claro que era divertido. Mas não eram exatamente boas oportunidades para a consolidação da carreira.

Não, ela era a pessoa que não tinha conseguido um bom emprego depois da formatura (porque Ford roubara a vaga dela). A que tinha começado a lecionar em alguma faculdade aleatória sem renome e só foi para Berkeley depois que a *Archaeological Digest* publicou aquele artigo de dez páginas sobre uma de suas muitas escavações que tinha sido meio atrapalhada, mas que acabara com um final feliz — e inesperado. No artigo, havia algumas fotos coloridas dela de corpo inteiro, usando um short curto e uma regata decotada. Ela virou o assunto da vez depois dessa publicação, e fosse por causa da história poderosa da escavação ou por causa de sua poderosa bunda, em função desse artigo, ela conseguiu outro trabalho como professora e, por causa disso, o emprego em Berkeley. E mesmo assim, ela suspeitava que o motivo pelo qual Berkeley a havia contratado tinha mais a ver com o intuito de aumentar o número de matrículas, devido ao burburinho em torno do nome (e da foto) de Corrie, e menos a ver com suas habilidades de fato. Ela só queria que algum dia as pessoas parassem de pensar nela como a *arqueóloga latina curvilínea e sexy* e talvez pensassem nela como a *arqueóloga que ajudou a descobrir Chimalli*.

Ou, sabe, talvez até *aquela arqueóloga*.

Um dia ela provaria para aqueles velhos enfadonhos e antiquados que era corajosa *e* um gênio, e provaria tudo por si só. Nesse ínterim, se conseguissem encontrar os restos mortais de Chimalli nesta escavação, mesmo que tivesse só um asterisco ao lado de seu nome e Ford ficasse com a maior parte do crédito, talvez as pessoas enxergassem além de seus peitos, bunda e loucas aventuras.

Que droga. Era melhor não abandoná-lo na selva, então.

— Ei... — Ford disse quando finalmente a alcançou. — Olha, o que eu disse naquela hora...

Corrie o interrompeu jogando o rádio para ele.

— Jon e Memo não encontraram nada. Estão voltando agora.

— Podemos conversar um pouco?

— Nah, não quero. — Ela se levantou e caminhou até o bote, mexendo em algumas das sacolas para se certificar de que estavam bem presas.

Só porque ela não iria deixá-lo ali, não significava que precisava ser sua melhor amiga.

— Corrie, sério. — Ele ficou perto dela, bloqueando o caminho.

— Ah, sabe, já falei demais ontem.

Ela ergueu os olhos e ofereceu a ele o sorriso mais debochado que conseguiu.

— Ah, então quando você quer falar e eu não quero, você fica pressionando, mas, quando é o contrário, aí você já falou demais?

— Caramba, Ford. Olha só. Você finalmente me entendeu. — Ela se levantou, juntou as mãos sobre o coração e começou a bater os cílios. — Agora sai do caminho, por favor — ela disse, tirando-o da frente, para inspecionar um dos remos.

— Tá. Entendi. Que bom que resolvemos isso, Cor. Foi ótimo, de verdade.

Quando Jon e Memo voltaram, o sol já tinha começado a baixar. Mas *o Chefe* queria continuar, para que eles pudessem se certificar de que voltariam ao acampamento antes do pôr do sol do dia seguinte. Corrie pensou em contestar. Afinal de contas, eles não conheciam o rio, não sabiam o quanto podia ser traiçoeiro. Mas ela queria acabar logo com aquilo tanto quanto ele. Os quatro continuaram, concordando em remar até às seis horas para garantir que teriam tempo suficiente para armar as barracas e fazer o jantar.

Jon e Memo ficaram na frente do bote, falando sobre o campeonato de beisebol que não queriam perder. O amigo do primo da namorada do irmão de alguém conhecia um porteiro no Dodger Stadium, e eles poderiam, talvez, assistir às eliminatórias. Corrie não dava a mínima para beisebol, mas pelo menos a conversa animada proporcionava algum entretenimento e distração. Porque certamente não havia nada acontecendo na parte de trás do barco, onde ela estava remando com Ford.

Ela o checou com o canto do olho, com a desculpa da orientação do barco, é claro. Mas ele não deu atenção. Estava olhando para a margem do rio, focado apenas em levá-los para onde precisavam ir.

Algumas gotas de água do remo de Ford espirraram na parte interna de seu braço. Ele as enxugou e então parou seus dedos sobre as iniciais da mãe tatuadas em sua pele, obviamente perdido em pensamentos. Segundos depois, ele se endireitou e voltou a remar, mas, antes, Corrie notou que ele esfregou o canto do olho.

É, talvez ela não devesse tê-lo ignorado. Tinha sido bem infantil, para falar a verdade.

Mas a culpa era mesmo dela?

E nem era porque ele estava sendo um idiota. Ela estava chateada, principalmente, porque estava desapontada. Porque o cara com quem ela passou horas rindo no dia anterior tinha ficado lá no acampamento. Ou talvez nem existisse.

E isso era ruim porque ela tinha mesmo gostado daquele cara. Ela quase *beijou* aquele cara. Se ele não tivesse soltado a mão dela e recuado na noite passada, ela o teria beijado.

Um ruído ao longe despertou a atenção de Corrie. Os outros não perceberam. Mas... tinha algo errado.

Ela se levantou no bote, finalmente chamando a atenção de Ford.

— O que você está fazendo? — ele perguntou.

— Shh. — Ela esticou o pescoço para ver o que estava lá na frente. E lá estavam. Corredeiras.

— São corredeiras. — Ela se apressou para se sentar. — Calma, todo mundo.

— O bote vai virar? — Jon perguntou, e toda a cor de seu rosto se esvaiu.

— Não sei. Não consigo ver o tamanho delas. — Merda. Foi uma péssima ideia. Eles não tinham ideia do que havia naquele rio. Pelo que sabiam, estavam entrando em corredeiras de nível cinco. E ainda estavam longe de qualquer cachoeira em potencial.

Não é?

Merda. Corrie pegou o mapa dentro do plástico e mais uma vez verificou as linhas topográficas. Ufa. Não parecia haver queda d'água naquela parte do rio. Com sorte, isso significava que apenas passariam por algumas corredeiras e depois teriam uma navegação tranquila.

— O que vamos fazer? — Memo perguntou.

— Continuem remando. E tentem manter o bote reto. Mas, se caírem, tentem nadar até a margem. E não pulem atrás de ninguém. A última coisa de que precisamos é ter que salvar *duas* pessoas em vez de uma. — Ela olhou para Ford. — Ford, é melhor você tirar os óculos.

— Mas eu preciso deles para enxergar.

— Olha, você não vai ver nada se eles caírem no rio, então, a menos que você tenha um par reserva, é melhor tirar agora.

Ele olhou para ela por dois longos segundos antes de arrancar os óculos e tatear em direção ao equipamento para enfiá-los no bolso. Com as mãos tremendo enquanto tentava abrir a fivela, Ford derrubou os óculos no bote, mas então conseguiu encontrar um lugar seguro em sua bolsa.

— Não se esqueça de prender aquela corda para não deixar as sacolas caírem — Corrie gritou para ele.

Mas ele não conseguia se mover rápido o suficiente. As mãos dele, atrapalhadas, não obedeciam direito.

— Ford!

— Estou tentando!

— Ford, pega seu remo! Volta pra cá! Volta!

*Vupt!*

No primeiro choque contra as corredeiras, foram atingidos por um jato d'água, e Ford foi jogado para trás no bote.

— Você está bem? — ela perguntou.

— Estou.

Ele subiu em seu lugar na lateral do bote e começou a remar. Corrie gritou comandos para o grupo, mas cada solavanco e giro os tirava do ritmo. Em circunstâncias normais, a água fria teria sido refrescante em um dia sufocante como aquele. Em circunstâncias normais, porém, eles não estariam em um barco no meio da selva mexicana com suprimentos limitados e sem guia.

Gritavam *cacete* e *merda* e também *cuidado* e *atenção*. Os primeiros segundos foram um borrão caótico, com o bote girando em todas as direções, e nunca da maneira que Corrie pretendia. Ela precisava ficar no controle.

— Pessoal! Parem. Escutem. Memo, reme com força. Ford, afunde o remo para ajudar a virar. Jon, tire o remo da água.

Ela deu os comandos para que voltassem a ficar em linha reta, orientando quem deveria remar e quando. E eles a ouviram. Até mesmo Ford.

— Tá, parece que está terminando — disse ela.

As corredeiras diminuíram quando eles se aproximaram da clareira. Jon e Memo se viraram para comemorar, mas fizeram isso cedo demais. Com um baque, a frente do bote se ergueu, saindo da água. Jon e Memo se agarraram ao bote. Mas Corrie não conseguiu se segurar. Ela caiu para trás na água com uma pancada. Algo a atingiu no peito. Alguma coisa do barco. Ela tentou segurar, mas sua cabeça ficou debaixo d'água, inundando seus olhos e não a deixando enxergar. Seu corpo balançava no rio enquanto ela recuperava o fôlego entre as submersões, mas ela ainda estava engolindo um pouco de água.

Por exatamente três segundos, o pensamento de que poderia se afogar passou por sua cabeça. Até que um braço firme e forte envolveu sua cintura e a puxou para o barco. Já tendo sentido aquele braço em volta de sua cintura no mesmo dia, ela sabia exatamente quem era.

— O que você está fazendo? — ela conseguiu expelir. — Eu disse pra não pular atrás de ninguém.

— É, que bom que não dei ouvidos a você — disse Ford, estendendo o braço livre para o bote, jogando Corrie para a borda com o outro, enquanto Jon e Memo tentavam ajudá-la a subir. — Ah, e de nada.

— Eu ia conseguir — ela cuspiu, afastando o cabelo emaranhado do rosto. Aquele breve momento de pânico não importava. Ela estava de colete salva-vidas, e eles estavam bem no final da corredeira.

Ford subiu no barco sem a ajuda dos outros.

— Tá bom. Vai acreditando nessa. — Sem olhar para ela, ele atravessou o barco, foi até a bolsa e pegou seus óculos.

— Tudo bem, dra. Mejía? — Memo perguntou.

— Tudo, estou bem. — Tirando o fato de que ela parecia um rato molhado e que tinha precisado de um homem (e não qualquer homem, mas especificamente Ford) para salvá-la. — Talvez devêssemos encontrar logo um lugar para acampar à noite.

Não era muito antes do que tinham planejado parar de qualquer maneira.

Eles remaram vagarosamente por mais quinze minutos até que finalmente chegaram a um local com um ponto de saída fácil, mas que também ficava longe da margem do rio, caso chovesse. Quando chegaram à terra seca, Corrie jogou o colete salva-vidas no chão e espremeu a água do cabelo. Ela estava toda encharcada. Seu ego também.

— Jon, você pode passar a minha bolsa? — ela perguntou, enquanto Jon e Memo desempacotavam as coisas. Corrie se virou para olhar o barco e imediatamente congelou, boquiaberta ao ver Ford do outro lado, tirando a camisa encharcada.

E *meu... deus... do... céu*. Ford não só tinha um físico bom para aventuras. Ford era a própria aventura.

Corrie já tinha ficado com vários caras atraentes. Mas eram bonitos do tipo *ah, que bom, ele se parece com a foto do perfil*. Homens que não a deixaram decepcionada quando entraram no bar ou restaurante para o encontro. Mas ela nunca esteve com um cara que a fizesse olhar tanto assim. Ou babar.

Que era exatamente o efeito de Ford sobre ela agora.

Ela não conseguia desviar o olhar. Em vez disso, fixava os olhos nos ombros, depois no peito, depois nos bíceps e então no abdômen dele. Tudo muito bem definido. Macio, com um pouco de pelo no peito. Tonificado e musculoso, mas não muito volumoso. Com certeza, ele passava tempo na academia, mas não tempo demais.

Por quê? Por que ela tinha que se sentir atraída por ele? Tanta gente no mundo...

— Hum, dra. Mejía? — Jon chamou, finalmente desviando a atenção de Corrie do físico de Ford. — Eu não... não achei a sua bolsa. Na verdade, só tem três bolsas secas e as sacolas de equipamentos e alimentos.

— O quê?!

Ela correu até o bote e começou a revirar as bolsas. *Não, não, não!* A bolsa dela havia sumido e, junto, a barraca que estava amarrada a ela.

— Tem que estar em algum lugar — disse Ford, jogando a camiseta molhada sobre o ombro com um estalo quando ela fez contato com sua pele.

Ele não podia colocar a blusa? Ele tinha que torturá-la logo naquele momento?

Os olhos de Corrie se estreitaram em Ford. A culpa era dele.

— É, não está. Eu disse pra você amarrar as bolsas.

— Você vai *me* culpar por isso? Eu salvei a sua vida!

Corrie riu com sarcasmo.

— De novo, eu não precisava da sua ajuda.

Ford olhou fixamente para ela.

— Você é incapaz de aceitar, né? Aceitar que às vezes precisa da ajuda de outras pessoas?

— Olha, caso você não tenha notado, dessa vez você fez o oposto de me ajudar. Agora não tenho roupas *nem* barraca para esta noite.

— Como se você achasse mesmo que nós te deixaríamos dormir sem barraca.

Ele revirou os olhos. Então pegou a própria bolsa, desamarrou a barraca atada a ela e a jogou para Corrie.

— Pode ficar com a minha. Eu vou dormir perto do fogo. Pelo menos assim você vai ter uma coisa a menos para reclamar.

*Reclamar*? Ela abriu a boca para contestar, mas ele saiu furioso, levando consigo o restante do equipamento. Jon e Memo ficaram em silêncio, obviamente sem saber como reagir. E, sendo bem franca, olhando para a barraca em suas mãos, Corrie também não sabia o que dizer.

Claro, ela estava chateada porque tinha perdido a bolsa, embora felizmente a maioria de seus pertences ainda estivesse no acampamento principal. Mas... ele a tinha resgatado, de fato, quer ela quisesse ou não. E deu a própria barraca para ela. Por que ela estava sendo tão teimosa? Por que estava deixando que ele a afetasse?

Eles montaram o acampamento, e enquanto Jon, Memo e Corrie armavam as barracas, Ford acendia o fogo. As pequenas barracas individuais não tinham muito espaço, mas pelo menos eram fáceis de montar. Jon e Memo retomaram a conversa pré-corredeiras sobre o campeonato de beisebol.

— Aqui — disse Ford, de pé ao lado de Corrie, enquanto ela estava agachada próxima à barraca, prendendo o sobreteto. Ele segurava algumas roupas.

— O que é isso?

— Uma camiseta de manga comprida e uma samba-canção. Não é muito, mas pensei que você pudesse querer trocar de roupa pra dormir.

Ela hesitou por um instante, com a vontade de recusar na ponta da língua. Mas, para sua própria surpresa — e para a dele —, ela pegou as roupas.

— Obrigada.

— De nada. — Ele não esperou muito antes de voltar para o fogo.

A noite estava tranquila, muito mais do que o dia tinha sido. Corrie e Ford deixaram Jon e Memo falarem enquanto jantavam em silêncio. Pelo menos, Ford fora inteligente o bastante para trazer um cantil com uísque, que eles compartilharam, e Corrie conseguiu relaxar. Depois que Jon e Memo foram dormir, Corrie e Ford se sentaram perto do fogo em total silêncio, sem trocar sequer um olhar. Sinceramente, o que poderiam dizer? Praticamente toda vez que abriam a boca, eles discutiam. Esse era o problema. Corrie não estava cansada de falar. Estava cansada de discutir.

Apesar da falta de conversa e contato visual, o corpo de Corrie estava em alerta máximo, reagindo a cada um dos movimentos sutis de Ford. A flexão dos músculos nos antebraços. O estalo do pescoço quando ele se espreguiçou. A abertura dos lábios quando tomou um gole. Ele entregou o cantil a ela em silêncio, e ela levou o pequeno recipiente de cobre à boca, absorvendo o cheiro forte da bebida. Será que ela conseguiria beber uísque novamente sem pensar nele?

Ela suspirou para si mesma. Que droga. Agora ela adorava uísque.

Alguns bugios começaram a gritar, desviando a atenção deles para as árvores ali atrás. *A noite vai ser divertida*. Esperava que não houvesse nenhuma onça de verdade nesta parte da selva. Elas não costumavam ser vistas na Selva Lacandona, mas as samambaias gigantes e as orelhas-de-elefante selvagens que os cercavam eram o habitat perfeito para as onças circundarem o acampamento durante a noite.

Os dois se viraram na direção do fogo, e seus olhares se encontraram por um breve momento. As chamas refletiam nos óculos dele, mas, por trás delas, uma tristeza se escondia em seus olhos. Ela abriu a boca para falar, para dizer a ele que isso era bobagem, mas ele rapidamente desviou o olhar do dela e voltou a encarar o fogo. O uivo dos macacos, o murmúrio do rio próximo e os pios e berros das outras criaturas da selva não podiam competir com o silêncio ensurdecedor entre eles. O dia anterior parecia quase uma memória distante.

Uma gota de água atingiu o nariz de Corrie, e ela olhou para o céu. Aquilo era... chuva?

— Você sentiu isso?

— Senti o quê? — ele perguntou, como se estivesse sendo puxado para fora de um pensamento profundo.

— Uma gota de chuva.

Ele olhou para cima e viu que a escuridão envolvia o céu acima através da espessa cobertura das árvores. E *piscou*.

— Merda — ele disse, procurando por cobertura.

Outra gota. Depois outra. Um aguaceiro era inevitável.

Os dois se levantaram, apressando-se para guardar o equipamento, então Corrie correu para a barraca. Ford, por outro lado, pegou um cobertor e o colocou sobre a cabeça.

— O que você está fazendo? — ela perguntou.

— Tentando não me molhar.

Por um breve momento, ela pensou se deveria abrir a boca. Mas, independentemente de tudo o que tinha acontecido no início do dia, ela na verdade não teve escolha a não ser falar o que precisava.

— Ford, dorme na barraca comigo.

— Não, eu estou bem. — Teimoso, como ela teria sido.

— Não, você vai ficar encharcado. Vem. Antes que eu mude de ideia.

Ele olhou para ela por um instante e correu para a barraca, apenas alguns segundos antes de a chuva cair. A chuva atingiu a barraca com um estrondo, e eles quase se encharcaram antes de entrar. De novo. Mas a pequena barraca individual não tinha mesmo espaço suficiente para os dois, principalmente quando um deles tinha ombros como os de Ford. Eles se contorceram e se viraram, movendo seus corpos para se ajustar. Bateram os joelhos. As cabeças. Mas, finalmente, depois de um minuto de movimentos agitados, encontraram um meio-termo confortável e feliz: os dois apoiados de lado e de costas um para o outro.

Com isso, no entanto, o calor entre seus corpos aumentou. Como se aquele espaço de cinco centímetros entre eles fosse um inferno de fogo que ambos evitavam, com medo de se queimar. Mas ela precisou se esforçar para manter distância.

— Nossa, que chuva barulhenta — disse ela, mais para si mesma do que para Ford.

Mas ele respondeu mesmo assim.

— Você se acostuma.

*Não brinca*. Não era como se fosse a primeira vez dela em uma barraca na chuva. Mas ela não precisava acelerar a velha dinâmica de discussão entre eles.

— Você acampa na chuva com frequência?

— Já acampei muito. Não tipo "Ah, nossa, está chovendo, vamos acampar". Mais como uma consequência de acampar com frequência.

— Por que você parou? De acampar com frequência, no caso?

Ele fez uma pausa e soltou um suspiro rápido.

— Addison não gostava de acampar.

Ah.

O silêncio dentro da barraca não era páreo para a chuva que batia no sobreteto. Ou para as perguntas girando na cabeça dela.

— Por que você e Addison terminaram?

Outro suspiro.

— Precisamos mesmo falar disso?

— Sobre o que mais vamos falar?

— Não *precisamos* falar sobre nada. Podemos simplesmente dormir. — Ela podia ouvir a frustração em sua voz.

— Mas o barulho está muito alto para dormir. — Fora e dentro da cabeça dela.

— Eu te disse. Você se acostuma.

— Tá, eu nem estou cansada. — Ela deveria estar, com todo o esforço físico do dia. Mas sua mente estava muito acesa com Ford ali perto dela. — Você está?

Nada. Nenhuma resposta.

E depois um simples "Não".

— Então vamos conversar sobre alguma coisa.

Ela se virou para o outro lado para ficar de frente para as costas de Ford.

— *Agora* você quer conversar? — Ele se virou, os seios dela agora quase roçavam no braço dele, e então ele olhou para ela. — De novo, você percebe que falar agora é ir de acordo com seus termos, certo? Quando eu quis conversar, você me ignorou.

Por que ele tinha que criticá-la assim?

— Está bem. Então pode falar. Sobre o que *você* quer conversar?

— Qual é o seu problema em aceitar ajuda? Por que você sempre tem que fazer tudo?

Hum. Talvez ela *não* quisesse conversar. Ela mordeu o lábio e olhou para ele, embora mal pudesse vê-lo na escuridão da tempestade.

— Uhumm — ele murmurou, endireitando a cabeça e fechando os olhos. — Foi o que eu pensei.

Ele cruzou as mãos sobre a barriga, como se não se incomodasse nem um pouco com o fato de estarem dormindo juntos. Ele poderia mesmo fechar os olhos e dormir?

Droga. Ele estava vencendo. Ele podia não estar tentando vencer, mas não importava. Ele estava conseguindo o que queria: silêncio. Bem, Corrie não queria silêncio. Ela queria conversar. E se isso significasse que ela precisava ser a única a falar, então que assim fosse.

— Não quero que as pessoas pensem que sou fraca. Como se eu fosse uma garota indefesa e sem cérebro. Quero que as pessoas me respeitem.

— Tenho certeza de que as pessoas te respeitam — disse ele, com os olhos ainda fechados.

— Não da mesma forma que respeitam você. Eu sou a personificação da arqueóloga peituda.

Ele abriu os olhos e inclinou a cabeça para ela, com uma sobrancelha erguida. Agora ela tinha chamado a atenção dele. Os peitos geralmente conseguiam essa proeza. E esse era o problema.

— Ah, não me olha assim. Com certeza, você já ouviu isso antes.

— O quê? Você está falando daquele artigo na revista? — ele perguntou.

Era um exemplo.

— Como eu disse: com certeza, você já ouviu isso antes.

— Bom, não essa frase exata, mas...

— Então o que você ouviu? Vou adivinhar. "Sei de um osso que ela pode procurar." "Eu queria explorar esse monumento."

"Dra. Socorro Mejía, PHDelícia." Eu sei o que os homens dizem sobre mim, Ford. Eu não sou boba.

— Não tinha ouvido essa do monumento. Tenho que admitir, é bem inteligente.

— Ah meu Deus, como você é babaca — disse ela, levantando e procurando os sapatos.

Mas ele se ergueu e a puxou de volta.

— Ei, ei, eu estava brincando. Você está sempre fazendo piadas sobre sexo e eu pensei... eu pensei que talvez isso aliviasse. Mas foi de mau gosto. Desculpa.

— Faço piadas sobre sexo porque me sinto confortável com a minha sexualidade. Ou, sei lá, talvez eu faça isso como um mecanismo de defesa. E eu falo assim com você e com Ethan porque nos conhecemos. Mas eu não falo sobre sexo ou faço piadas com outras pessoas. Eu não sou uma tarada viciada em sexo. Eu *tenho* um cérebro.

— Eu sei que você tem.

— Sério? Olha, é bom saber, porque às vezes acho que outras pessoas não sabem.

— Corrie, eu não pedi pra você vir aqui por causa dos seus peitos. Eu queria você aqui porque você é a pessoa mais inteligente que conheço.

Ela fez uma pausa, deixando a atmosfera na barraca se restabelecer.

— Está falando a verdade? — ela perguntou, baixinho. Ela não estava procurando por elogios fingidos. Ela realmente queria saber: ele... ele a respeitava?

— Claro que estou. Sinceramente, Corrie, eu só me saí bem na pós porque tinha você pra competir comigo, sempre me mantendo alerta. Eu tive que trabalhar muito mais duro por sua causa. Foi meio irritante, pra falar a verdade — disse, finalizando com um tom bem-humorado.

— E mesmo assim você saiu por cima — ela disse, desviando o olhar. — E ninguém reconhece que eu estava bem atrás de você. As pessoas ficam muito surpresas quando digo que tenho doutorado. Você sabe como isso é ofensivo?

Esse era um dos principais motivos pelos quais Corrie não gostava de ter encontros com quem não conhecia. Quando saía, muitas vezes não contava a eles qual era sua profissão. Os olhares surpresos e afirmações como *você não parece uma doutora* já tinham ficado batidos fazia muito tempo. Além disso, eles não precisavam saber sobre a carreira dela se só queriam tomar umas e transar.

— Tenho certeza de que muitas pessoas reconhecem o quanto você é brilhante.

— Sério? Então por que não fui selecionada como líder para esta escavação? Quer dizer, sem ofensa, Ford, mas este é o trabalho da minha vida. Escrevi artigos e trabalhos sobre isso. Caramba, foi o tema da minha tese, a tese que *você* está usando como guia.

Ford franziu a testa, como se estivesse incomodado com os comentários dela. Ela não tinha a intenção de fazê-lo se sentir mal. Mas ele perguntou por que ela não gostava de receber ajuda, e esta era a resposta dela.

Porque, no fundo, ela sabia que nunca ganharia o mesmo respeito que alguém sem um par de peitos. Não nesta área. E, infelizmente, em muitas outras também.

— E hoje cedo — ela continuou —, quando você fez aquele comentário sobre estar no comando, aquilo me atingiu com força. Na verdade, eu estava começando a pensar que talvez você não fosse o babaca que eu achava que fosse, mas quando você disse aquilo? Bom, mudei de ideia.

Ford fez uma careta e esfregou o rosto.

— Corrie... eu sinto muito mesmo por aquilo. Foi uma coisa baixa de se dizer e, no minuto em que disse, me arrependi. Eu estava revoltado por aquele não ser o lugar certo e revoltado comigo mesmo por ter tomado a decisão impulsiva de vir até aqui por nada, desperdiçando nosso tempo. Aí você disse que precisávamos dizer a Jon e Memo que eu estava errado. Entre isso e você apontando o fato de que, nos três meses que estamos aqui, não arranjei tempo para conhecer ninguém, bem, parecia que você estava me provocando de novo. E, depois que comecei a pensar que talvez você não fosse tão ruim, isso meio que doeu. Então dei uma de babaca. Mas eu lamento. Sei que não sou melhor, mais inteligente ou mais qualificado do que você. Estou onde estou agora, e você não, simplesmente porque namorei a mulher certa na hora certa. É isso.

Uau. Talvez ela estivesse mesmo errada sobre Ford. De novo.

— Obrigada por dizer isso.

— Bem, é a verdade. E você sabe como é difícil pra mim admitir quando estou errado.

— Então, o que você está dizendo é que tudo que eu tinha que fazer era namorar Addison para ser professora em Yale e liderar escavações de alto nível pelo mundo todo? — Ela balançou as sobrancelhas, e ele riu, abaixando e sacudindo a cabeça.

— Pra ser sincero, você teria se dado melhor com ela.

A curiosidade de Corrie aumentou.

— Ah é? Ela gosta de meninas?

— Em primeiro lugar, Corrie, você não é uma menina — ele brincou. — Mas não. Ela... eu... eu não era excitante o bastante pra ela.

Excitante o bastante? *Bem, isso ficou muito mais interessante.*

A conversa deles voltou ao ponto de partida. Corrie olhou para Ford como se dissesse *explica*, e ele gemeu, deitando as costas no chão. Ela se recostou ao lado dele, apoiando a cabeça na mão. Esperando por mais.

— Conta, dr. Matthews — pediu Corrie. — Você não pode soltar essa e me deixar curiosa.

— Não acredito que vou te contar isso — disse ele, fechando os olhos e esfregando as têmporas.

— O que aconteceu?

Ele soltou um longo suspiro e finalmente começou a falar.

— Sinceramente, não sei quando as coisas começaram a dar errado com ela. Estava tudo bem, ou pelo menos era o que eu pensava. Quer dizer, eu viajava bastante, mas, como filha do dr. Crawley, isso não era novidade pra ela. Mas aí meu pai morreu quando eu estava em uma escavação, então acabei voltando pra casa mais cedo sem contar a ela. Eu estava tão chateado com a questão do meu pai que pensei que, se pudesse surpreender Addison, a empolgação dela em me ver tornaria tudo melhor. E ela ficou surpresa ao me ver, sim: eu entrei e a vi se masturbando com um vibrador.

Corrie se esforçou para manter o rosto sério. *Bem... isso foi inesperado.*

— O que aconteceu depois disso?

— Bem, primeiro ela gritou e jogou o vibrador em mim porque pensou que eu era um intruso. Fiquei com um olho roxo, na verdade.

Corrie deu uma risadinha.

— Não ria. Não é engraçado — disse ele, incapaz de conter o riso.

— Desculpa, desculpa — disse ela, acenando com as mãos na frente do rosto para se conter. — É que eu imaginei um vibrador atingindo seu olho, e você tem que admitir: é uma cena interessante.

— Não vou discordar.

— O que aconteceu depois?

— Nós conversamos sobre isso mais tarde, e ela se desculpou, mas também disse que se sentia sozinha porque eu me ausentava demais. Resolvi ficar mais presente, tentei reconstruir nosso relacionamento, tentei satisfazê-la. Tentei descobrir maneiras de reacender a paixão, então pensei que, bem, talvez pudéssemos experimentar brinquedos juntos. Nunca havíamos tentado antes, mas sempre estive aberto a explorar coisas novas. Só que sempre que a gente transava, era diferente. Ela... ela estava fingindo.

*Hum.* Talvez Corrie tivesse razão: ele não era bom de cama.

— Tipo... fingindo orgasmos?

— É. — Ele fez uma pausa. — Nossa, por que estou te contando isso? — ele murmurou balançando a cabeça, ainda olhando para cima. — Que vergonha.

— Você acha que ela sempre fingiu?

— Não sei. Acho que não. Mas, depois de tudo, vai saber? Então nós começamos a transar cada vez menos, e ela sempre estava cansada ou não estava com vontade ou estava menstruada ou tinha acabado de tomar banho e não queria se sujar de novo.

*Hum, isso não era parte da diversão?*

— Mas eu juro, Corrie, ela dizia que estava muito cansada e depois ia se deitar, e mais tarde eu a ouvia, abafando os gemidos. Você tem ideia de como isso mexe com a cabeça de alguém? Tipo, sei lá. Não que eu seja uma dádiva nem nada, mas sempre me achei razoável na cama. Ou, sei lá, pensei que nossa conexão emocional fosse mais forte do que isso. Acho que estava errado.

Isso só aumentou o interesse de Corrie.

— Vocês conversaram sobre isso? — ela perguntou, enquanto se deitava de bruços, apoiada nos antebraços.

— Ah, sim — disse ele, com uma gargalhada. — Tremendo erro. Foi quando descobri que não era excitante o suficiente pra ela. Que nossa vida sexual era sem graça. E aí ela disse que o nosso relacionamento inteiro era sem graça. O que eu faço com isso?

De certa forma, essa confissão não surpreendeu Corrie. Nem todo mundo poderia ser Indiana Jones, mesmo que tecnicamente recebesse o nome dele.

— Caramba.

— Pois é. Você consegue imaginar? Espera aí, não. Você é o oposto de sem graça.

Não, Corrie nunca foi descrita como sem graça na cama. E ninguém nunca tinha dito que ela era sem graça num relacionamento. Mas, por outro lado, ela não tinha um relacionamento desde seus vinte e poucos anos.

— Então vocês terminaram?

Ele se virou de lado, agora de frente para ela. O rosto dele estava abatido e cansado.

— É. Quer dizer, acho que sim. Pra ser sincero, nós nunca dissemos as palavras. Ela literalmente disse: "Nossa vida sexual é sem graça. Nosso relacionamento é sem graça. E você é sem graça". E depois de ficar ali parado, estupefato, respondi: "Bem, ok, então". E nós ficamos olhando um para o outro por mais alguns minutos até que ela finalmente disse que iria embora. E foi isso. Ela levou uma mala que pensei que era pra passar a noite e literalmente nunca mais voltou.

— Ai.
— É estranho que não tenha doído?
— Eu acho que não. Se, no final, o sexo estava tão ruim quanto parece que estava, você provavelmente já estava emocionalmente desconectado dela.
— É... talvez.
— Como tem sido desde o término?
— O quê? As coisas com Addison? Não falei com ela nem uma vez desde aquele dia.

Interessante. Mas não foi o que ela quis perguntar.

— Não, quero dizer, como está o sexo? O imperador recuperou a onda? — ela brincou, com um remelexo, tentando trazer um pouco de leveza para a situação.

Mas ele não riu. Piscou algumas vezes.

— Eu não transei desde então.
Não. Fode.
Literalmente. Não fode mesmo.
Corrie quase engasgou.
— Por que não?
Ele encolheu os ombros.
— Com todas as questões com meus pais e algumas mudanças no trabalho, não tenho tido tempo pra namorar.
— Mas e pra transar? Leva cinco minutos se você for eficiente — disse ela, com naturalidade.
— Pensei que as mulheres não gostassem de homens que não duravam mais do que cinco minutos.
— Serve ao seu propósito. Às vezes, tudo o que você precisa ou quer é uma transa de cinco minutos.
— Uau. Você se sente mesmo confortável com sua sexualidade, não é? — Ele não disse isso como se fosse uma pergunta. Foi definitivamente mais uma afirmação. E uma afirmação correta.
— Você não?

— Não mais.

— Talvez você precise experimentar o Tinder. É ótimo para aumentar a confiança.

— Você usa o Tinder? — ele perguntou, com a sobrancelha erguida.

Ela assentiu.

— Às vezes. O que foi? Por que está me olhando assim?

— Estou surpreso, só isso.

— Por quê? Porque é coisa de gente fácil? — Ela odiava esse estereótipo. Por que as mulheres não podiam gostar de sexo casual tanto quanto os homens?

— Não. Porque eu... acho que pensei que você estaria em um relacionamento.

Corrie riu.

— O quê? Eu? Ah não, não, não. Sem essa — ela disse, balançando a cabeça.

— Nunca?

— Faz muito tempo que não. Como você reconheceu, nosso estilo de vida não é muito compatível com relacionamentos estáveis.

— Ah, mas pode ser. Só não funcionou para mim e Addison. Muitos arqueólogos e professores são casados ou namoram.

— É, bem, esta aqui não. Pensa bem, Ford. Eu estaria aqui agora se estivesse em um relacionamento? Você me deu menos de uma semana de antecedência pra viajar. O que eu diria? "Desculpa, amor. Tenho que ir, mas vejo você talvez em algumas semanas ou meses"? E então, se você adicionar crianças à equação, só fica mais complicado. Não vejo como isso seria viável. Não com todas as coisas que quero fazer.

— Que tipo de coisas?

— Tipo encontrar Chimalli.

— Tá, e se o encontrarmos aqui? E se, em algumas semanas, estivermos empacotando uma caixa com os ossos dele e todos esses anos de pesquisa e estudo finalmente culminarem com a maior descoberta arqueológica de nosso tempo? E depois?

Corrie nunca tinha pensado na vida depois de Chimalli.

Talvez porque ela nunca pensou que realmente teria a oportunidade de encontrá-lo. O que ela queria fazer depois disso, presumindo que haveria um depois?

— Então... não sei. Mas pelo menos tenho a liberdade de explorar as opções.

— Preciso dizer, Corrie. Você nunca deixa de me impressionar.

— Você está impressionado porque eu não quero estar em um relacionamento e uso o Tinder? — ela perguntou, erguendo a sobrancelha e franzindo os lábios.

— Não, estou impressionado porque, quando penso que comecei a te entender, descubro uma coisa nova sobre você.

As entranhas dela formigaram quando ele a chamou de impressionante com o olhar em seu rosto. A verdadeira surpresa. O sorriso sexy de Ford. Ela também estava impressionada consigo mesma, com seu incrível autocontrole para não agarrá-lo e beijar aqueles lábios deliciosos.

— Bem, garanto que não sou tão interessante quanto as pessoas pensam que sou. Chego em casa do trabalho, assisto à TV, vou ao mercado, faço caminhadas, aparo a grama... — Ela tentou disfarçar.

— Você mesma apara sua grama?

— Sim, eu mesma aparo a minha grama. Caramba, Ford. Você não apara a sua?

— Não... mas moro em apartamento. — Ele parou de falar para rir. — Sério... nós dois poderíamos ser mais opostos um do outro?

Corrie sorriu.

— Provavelmente.

— Obrigado por me ouvir. Na verdade, não contei a ninguém o que realmente aconteceu com Addison, então foi bom finalmente desabafar. Obrigado por não me fazer sentir como um idiota mal equipado.

— Ei, eu não tenho ideia de que tipo de equipamento você está guardando aí e se você sabe usá-lo — ela disse, apontando para a virilha dele —, mas disponha.

— Aí está o humor típico de Corrie Mejía de novo — disse ele, com uma risada.

— Você prefere que eu seja mais séria? Porque eu também posso fazer isso.

— Não, já cansei de seriedade.

— Bem, então, eu tenho que perguntar... qual era o tamanho? Do vibrador. Preciso saber o tamanho que preciso. Para fins de autodefesa, quero dizer.

Ford riu e enterrou o rosto nas mãos por um segundo.

— Meu Deus. Corrie... era grande.

— Mas grande como? Grande assim? — ela perguntou, levantando as mãos.

Ford sentou-se e estendeu as mãos.

— Era mais assim.

Os olhos de Corrie se arregalaram.

— Sério?

— Uhum. E dessa grossura... — Ele juntou suas mãos em um círculo.

— Não.

— É. Ou seja, igualzinho ao equipamento que tenho aqui — ele disse, com um olhar malicioso.

Uma risada de Corrito Burrito escapou, e ela teve que cobrir a boca para não acordar Jon e Memo. Ainda chovia, mas a chuva não era páreo para Corrito.

— Desculpa.

— Você está diminuindo a minha virilidade, Corrie — disse ele, brincando.

— Eu sei. Sou a pior pessoa.

— É, é mesmo. — Ele sorriu, e o coração de Corrie fervilhou com todos os tipos de sentimentos que uma mulher que não gosta de relacionamentos não deveria ter. Sentimentos que a faziam se perguntar como seria adormecer na cama ao lado de Ford assim todas as noites.

Sentimentos perigosos que a fizeram questionar sua decisão de permanecer solteira.

Ela estava grata pela escuridão, porque assim ele não conseguia ver seu rubor, mas ela usou toda energia que tinha para não enterrar o rosto no saco de dormir e esconder seu sorriso bobo.

— É melhor a gente dormir um pouco. Temos um grande dia amanhã — disse ele.

— É. — Mas, caramba, ela queria continuar falando com ele a noite toda.

Ou conferir o tipo de pacote que ele tinha.

— Obrigado por ser a pior pessoa. — Ele sorriu novamente.

— Obrigada por ser a segunda pior.

— Olha só. Você me venceu em alguma coisa.

Corrie bateu no peito dele, aquele peito *firme*.

— É, e não se esqueça disso.

# Dez

Ford deixava todas as aventuras à la Indiana Jones para os sonhos. Era quando ele perseguia bandidos nos telhados, se pendurava em cipós e encontrava tesouros perdidos em pirâmides antigas. Ele estava sempre sozinho, em aventuras solo. E sempre saía por cima.

Mas não desta vez. Desta vez, ele estava com Corrie. E, agora, ela estava por cima. Ela cavalgava nele, balançando os lindos seios, com movimentos dos quadris que mais pareciam o vaivém do barco viking em um parque de diversões.

Ela se inclinou para beijá-lo, e seu cabelo cheirando a essência de coco caía em cascata ao redor dele como uma cachoeira de frutas. A pressão no pau dele cresceu. Ele estava sonhando, mas não queria que o sonho acabasse. Era real demais. Quase podia sentir o cheiro de coco...

As pálpebras dele lentamente se abriram, e em seu rosto havia uma profusão de mechas castanhas onduladas exalando coco.

E prensados contra seu pênis estavam os quadris dela: fartos e fenomenais.

*Caralho.*

Há quanto tempo eles estavam dormindo assim? De conchinha. Não pode ter sido a noite toda. Ford fez questão de manter distância, por mais difícil que fosse naquela barraca minúscula e com o magnetismo dela tentando puxá-lo para mais perto. Certamente, depois de contar sobre suas imperfeições na cama, ele perdeu qualquer chance que poderia ter com ela. Ela era uma deusa do sexo. Podia transar quando quisesse e com quem quisesse. E provavelmente ela não tinha interesse em transar com um homem cuja última namorada havia descrito sua vida sexual como *sem graça*.

Ford queria muito não ter contado nada disso a Corrie.

Mas era tarde demais para arrependimentos. Agora ele precisava descobrir como tirar o braço da cintura dela e afastar o pau antes que fosse obrigado a explicar aquele sonho erótico.

Fazendo o mínimo de movimentos possíveis, Ford levantou o braço, lentamente se afastando dela. Ela se mexeu, se contorcendo contra o corpo dele, esfregando a bunda no seu pau, que já estava rijo. *Meu Deus. Por favor, não me deixa gozar agora*. Ford fechou os olhos, tentando pensar em tudo e qualquer coisa que pudesse controlar a ereção, mas ela não parava.

E então os gemidos começaram.

— Hum... Ford...

Espera aí. O quê?

Ele ouviu direito? Ela gemeu o seu nome enquanto roçava nele dormindo?

Os gemidos ficaram mais altos e rápidos. *Ai meu Deus... ela vai ter um orgasmo.*

Ele deveria acordá-la? O que era pior? Deixá-la terminar, sem saber que ele estava acordado e ao lado dela, ou acordá-la e possivelmente arriscar outro momento como o que teve com Addison quando a flagrou no ato? Por que não ensinaram *isso* nas aulas de educação sexual?

Não... não era certo. Era uma violação de privacidade, não importava o quanto ele gostasse daquilo.

Com um tranco rápido, ele puxou o braço para trás, e o corpo dela ficou parado. Não... ficou tenso. Ela estava acordada. A cabeça dela se moveu, como se estivesse examinando os arredores... avaliando o quanto ele havia percebido.

— Ford, você está acordado? — ela sussurrou.

— Estou.

— Está acordado há muito tempo? — Sua voz estava trêmula. Talvez até um pouco nervosa.

— Não, não muito. — E era a verdade, de fato. Mas há tempo suficiente.

Ela se contorceu e se sentou, enquanto Ford se apressou para puxar o saco de dormir e cobrir a ereção. O cabelo dela estava uma bagunça. Corrie estava vestindo a camiseta gigante de Ford. Mas ainda era o ser mais lindo que ele já tinha visto. Como as pessoas que acordam perfeitas nos filmes.

— Que horas são? — Ela olhou ao redor da barraca, aparentemente evitando contato visual com ele.

Ele enfiou a mão no bolso perto do topo da barraca onde havia guardado os óculos, depois levou o pulso ao rosto para verificar o relógio.

— São seis e meia.

— Meu Deus, eu dormi dura feito uma pedra na noite passada. — Ela tinha que falar sobre coisas duras? — Que horas você acha que vamos sair?

— Hum, acho que podemos comer alguma coisa e depois ir. Não tem por que ficar aqui por muito mais tempo.

Bem, Ford poderia pensar em algumas coisas que eles podiam fazer. Ela *estava* chamando o nome dele alguns minutos atrás.

— Tá, vou encontrar um lugar para ir ao banheiro.

Ford não se mexeu até ela sair da barraca, puxando a cueca para se ajustar assim que ela o deixou sozinho. *Qual é o seu problema?* Ele podia dormir platonicamente ao lado de uma mulher. Caramba, não era como se ele nunca passasse tempo com o sexo oposto. Metade de seus colegas em Yale eram mulheres. E a maioria das enfermeiras que estavam ajudando sua mãe também. E ele esteve perto de Sunny e Agnes todos os dias nos últimos três meses.

Mas Agnes poderia muito bem ser sua mãe. E, conhecendo Sunny há alguns anos, ele tinha *certeza* de que ela estava mais interessada em Corrie do que qualquer um dos outros caras do acampamento. Não que ele pudesse culpá-la. Pena que Corrie não estava interessada em nenhum deles.

Mas era estranho... O fato de Corrie ser solteira era surpreendente e completamente esperado ao mesmo tempo. Surpreendente porque Ford imaginava que os homens estariam fazendo fila em sua porta, morrendo de vontade de tê-la só para eles. Mas era esperado porque Corrie não era do tipo que pertencia a alguém. Ela era forte, independente e podia enfrentar qualquer homem. Uma pena que ela não tinha o respeito que merecia.

Por outro lado... homens como Ford eram a razão pela qual ela não tinha fé em si mesma.

Ele a cobiçava com mais frequência do que gostava de admitir. Tinha ouvido todas aquelas "piadas" sobre ela, até a do monumento. Não a defendeu quando outro homem a sexualizou. Ele a imaginava nua e sem dúvida teve pensamentos impróprios quando leu o artigo da revista.

Quem ele queria enganar? Ele não tinha lido nada. "Comprei para ler as matérias" não era uma desculpa que se aplicava apenas à revista *Playboy*.

Mas pior do que isso: ele tinha tomado o que deveria ser dela. Ele ficou com a bolsa dada pelo dr. Crawley. Ficou com a escavação de Chimalli, apesar de saber com toda certeza que ela era a melhor pessoa para o trabalho. E ele tinha conseguido essas coisas sem fazer esforço. Eram coisas que provavelmente a teriam ajudado a ganhar o respeito que ela tanto desejava. E, para consegui-las, ele só precisara de um argumento modesto e um sorriso.

Pena que, para isso, ele tivesse desperdiçado seis anos com uma mulher que não dava a mínima para ele e qualquer chance que pudesse ter tido com Corrie. Obviamente, ela já sabia sobre a bolsa, mas não sabia da história completa. Se soubesse, talvez a superasse. E, a bem da verdade, ela podia ter pensado que a bolsa já era dela, mas não era uma garantia. Ela esteve perto de conseguir, mas se tudo o que precisou foi Addison Crawley se interessar por Ford, então Corrie provavelmente não era uma candidata tão forte quanto pensava.

Mas ela nunca o perdoaria se soubesse como ele conseguira ser escolhido para esta escavação. Ele teria sorte se ela falasse com ele de novo. A culpa que se infiltrou nele quando ela mencionou o motivo da escavação na noite anterior ainda o fazia se contorcer. Mas não pesava tanto quanto a culpa que ele sentia por não ter confessado quando teve a chance. Agora, se ela descobrisse, ele pagaria caro.

E esse seria o fim de *As aventuras de Incrível Mejía e Água de Salsicha Matthews*.

Ele tinha que admitir, era um nome bom, mesmo que destacasse seus defeitos. Mas ele adoraria ser o ajudante de Corrie. Ele adoraria ser qualquer coisa dela.

Isso significava que ela não podia descobrir. Não, agora que a tinha de volta em sua vida, não queria perdê-la de novo, mesmo que fossem apenas amigos. Porque Ford precisava desesperadamente de amigos. Amigos de verdade, pelo menos. Pessoas com quem ele pudesse conversar. Pessoas que o entendessem e compreendessem tudo o que ele tinha sacrificado para chegar onde estava. Claro, ele tinha um emprego legal e adorava ensinar, mas precisara abrir mão de conexões reais para conseguir isso. Corrie, no entanto, compreendia. Ela parecia ter feito exatamente o mesmo caminho. Mas demonstrava genuinamente gostar disso.

Talvez Ford também acabasse gostando, se tentasse.

Caramba, por que ele tinha se candidatado para esta expedição? Talvez ele devesse abrir mão de tudo e deixar Corrie levar a glória como arqueóloga principal em sua escavação dos sonhos. Talvez ela *não* precisasse saber sobre todo o esquema dele. Na verdade, era a solução perfeita para a situação em que ele estava.

Mas o fato era que ele não podia falhar. Ele precisava muito do dinheiro. A vida de sua mãe dependia dele.

Isso significava que ele precisava se levantar e colocar aquele bote no rio.

Ford calçou os sapatos e pegou seu casaco, então saiu da barraca e encontrou Jon e Memo sentados bem na frente dele, acendendo o fogo com sorrisinhos no rosto. Ótimo. Eles tinham visto Corrie sair da barraca. Ele praticamente podia ver as engrenagens girando em suas cabeças.

— Bom dia, dr. Matthews — disse Memo. — Dormiu bem? — A sugestão na voz dele era evidente.

— Eu dormi bem. — Na verdade, ele dormira maravilhosamente bem. Era a primeira noite desde que tinha chegado ao México que não ficara acordado pensando na mãe e preocupado por não terem encontrado Chimalli.

Jon e Memo trocaram olhares antes de se virarem para Ford.

— Eu sei o que estão pensando, mas parem — Ford continuou. — Não foi isso. Estava chovendo na noite passada. Onde eu ia dormir?

— Poderia ter dormido com um de nós — Jon disse.

— Naquelas barracas minúsculas? Desculpa, mas, nessa situação, escolho a dra. Mejía.

— Escolhe a dra. Mejía pra quê? — Corrie estava bem ao lado de Ford. Como ele não a ouviu chegando?

Os outros dois apertaram os lábios, com medo de comentar. *Medrosos*. Mas Corrie fazia isso com as pessoas. Ford não acreditava que nenhum de seus alunos tivesse uma queda por ela. Eles só se sentiam intimidados. E havia tanta coisa intimidante nela — a beleza, as realizações, e principalmente sua inteligência. Mas depois de tudo que tinham conversado na noite anterior, ele não queria admitir que eles estavam conversando sobre lugares onde dormir. Corrie não era tola. Ela saberia *exatamente* o que eles estavam pensando, e isso daria mais argumentos para as suas reclamações. Porque, se Corrie se parecesse menos com ela mesma e mais com qualquer um dos outros doze homens da equipe, não haveria nenhuma insinuação nas felicitações matinais de Jon e Memo.

Por Deus, os homens eram mesmo uns porcos.

— Estávamos conversando sobre o resto desta viagem de rafting — disse Ford.

Corrie avaliou o rosto de Ford, depois olhou para Jon e Memo.

— Claro que estavam. — Ela então caminhou até Ford e colocou a mão em seu ombro. — Você é um péssimo mentiroso — ela sussurrou.

Se isso fosse verdade, ela nem estaria ali. Ainda bem que ele era um péssimo mentiroso apenas em certos momentos.

A luz adornava as árvores, sinalizando que era hora de o dia começar. Depois de tomar um café da manhã leve e arrumar as coisas, eles entraram no rio. Finalmente começaram a pegar o jeito do bote, serpenteando facilmente pelas águas rápidas. A falta de corredeiras — até o momento — facilitou as coisas. Contanto que não tivessem mais incidentes de queda do barco, eles deveriam estar no caminho certo para verificar os dois locais e chegar ao acampamento antes do anoitecer. E, se tivessem sorte e o local número dois fosse o certo, poderiam nem precisar ir ao terceiro.

Mas eles não tiveram sorte. O segundo local foi um fracasso completo e total. Ford começou a pensar que se tratava de uma das piadas de mau gosto da vida: a sorte esteve ao seu lado durante os primeiros trinta e oito anos de vida, mas de repente não passava de uma lembrança distante. Os últimos dois anos não passaram de puro azar. Um evento de merda após o outro. E esta expedição de escavação e rafting parecia indicar cada vez mais que eles estavam aumentando a rede de erros.

Mesmo que o local final fosse perfeito — embora Ford não tivesse mais esperanças —, isso significava que eles poderiam simplesmente ter caminhado do acampamento até lá e economizado um dia inteiro.

Mais um item na lista de más decisões de Ford.

Eles remavam vagarosamente no rio. Os outros três observavam as imagens e os sons da selva. Aspiravam o ar. Aproveitavam o calor do sol. Brilhantes araras vermelhas cantavam nos galhos, complementando o som do fio d'água correndo. Uma mamãe anta e seu filhote procuravam comida perto da margem do rio, parando e levantando a tromba, talvez para absorver os odores humanos desconhecidos do grupo. Exatamente o cenário idílico que Ford havia imaginado antes de aceitar este trabalho. Corrie se inclinou para o lado do bote e deixou os dedos deslizarem ao longo do rio. Ela estava tranquila. Serena.

O oposto de Ford.

Corrie olhou por cima do ombro, notando que Ford a encarava.

— O que foi? — ela perguntou, com um sorriso amigável, aquecendo o interior dele e acalmando a ansiedade em seu estômago.

— Nada. Só estou me perguntando como você está tão relaxada agora.

Ela deu de ombros.

— As coisas são como são, Ford. Por que não aproveitar enquanto podemos?

— "As coisas são como são"? Não parecem as palavras de alguém que esperou a vida inteira por este momento.

— E que momento é esse? Passar um tempo com você? — ela perguntou, tirando a mão da água e jogando as gotas para ele com o sorriso mais adorável e sexy que Ford já tinha visto.

Como ele poderia não sorrir de volta?

— Fala sério. Não aja como se eu não estivesse conquistando você. — Ele sorriu.

Ela encolheu os ombros novamente com uma batida sensual dos longos cílios.

— É... Você não é tão ruim quanto eu me lembrava.

— Obrigado pelo elogio. Na verdade, essa pode ser a coisa mais legal que você já me disse.

Mas, em sua humilde opinião, a coisa mais legal que ela já lhe dissera tinha sido seu nome enquanto esfregava a bunda nele de manhã.

O sorriso dela começou a desaparecer. Ah, não. Será que ela podia ler os pensamentos sujos dele?

Ela fechou os olhos, sem dizer uma palavra.

— Corrie?

— Shh.

Jon e Memo se viraram, mas Ford balançou a cabeça, sem saber o que estava acontecendo. Corrie continuou sentada, virando a cabeça como se escutasse algo ao vento. Ou como se estivesse ouvindo um barulho que não existia antes. O que era? Mais corredeiras? Uma cachoeira?

— É aqui — ela disse por fim, abrindo os olhos e falando rapidamente. — Chegamos. Vamos parar ali. Rápido!

Os homens ficaram em posição de sentido, guiando o bote até a margem do rio. Eles se moveram tão rápido que Ford mal teve tempo de contemplar o que Corrie tinha dito. *É aqui*. Como ela sabia? Como tinha certeza?

Ford não teve oportunidade de questioná-la quando ela saltou do barco, fincando as botas firmemente na terra da margem. Ela deu vários passos à frente, então se agachou no chão, colocando a mão na terra. Corrie estava de costas para eles, mas Ford não precisava ver seu rosto para saber como ela estava. Ela estava assimilando. Absorvendo a terra. O ar. Tudo ao seu redor.

Ela levantou e partiu em direção às árvores.

— Aonde você está indo? — Ford gritou, ainda puxando o equipamento do bote.

— Vamos! — ela chamou, sem olhar para ele.

— Vai. Nós terminamos aqui — disse Memo, posicionando o barco.

Ford pegou a bolsa e um rádio comunicador e correu por entre as árvores para alcançá-la. Ela trotava como se soubesse exatamente para onde estava indo, apesar de não ter um mapa.

— Corrie, espera.

Mas ela não esperou. Ela continuou correndo. Indo direto até chegar.

Uma encosta na selva. A cratera.

Quase sem parar, ela começou a subir. Ford foi atrás, amaldiçoando baixinho a insistência dela. Ele se agarrou à encosta, se apoiando em raízes e troncos. Não podia ser o lugar certo. Não havia como Chimalli e Yaretzi terem subido e descido aquela encosta traiçoeira todos os dias em busca de água ou comida ou o que quer que estivesse lá fora.

De jeito nenhum era o...

— Meu Deus, é aqui — disse Ford, parado no topo da cratera.

Lá embaixo, uma estrutura de adobe parcialmente coberta

permanecera intacta por séculos. Metade da estrutura estava coberta de terra, musgo e trepadeiras, escondida do mundo. As imagens de satélite provavelmente não conseguiriam captar. O próprio Ford não teria captado se não fosse por Corrie.

Não, se ela não estivesse ali, ele ainda estaria cavando no lugar errado.

— Vem, vamos descer até lá — ela disse, puxando Ford pela mão.

Tendo encontrado o lugar, eles desceram a cratera com cuidado. Ford observou os arredores, imaginando como devia ter sido a vida de Chimalli ali. À direita, a terra tinha um declive mais acessível. Talvez fosse por ali que eles entravam e saíam. Árvores espalhadas por toda parte forneciam cobertura contra os elementos da natureza. E com a proximidade da água, este teria sido um ótimo lugar para criar raízes.

Eles caminharam timidamente até a estrutura, com cuidado para não danificar a área. Não sem antes tirar fotos, usando o equipamento adequado. Nunca mais ficaria assim. Não quando eles terminassem o trabalho. Eles aproveitaram o momento. Observaram a cabana de adobe pelo que pareceram horas.

— Dá pra imaginar? Chimalli... aqui? — Corrie perguntou, com a voz calma e reservada.

Sim. Dava, sim. Um esconderijo perfeito da ira de Montezuma II e do exército que ele abandonou. Longe dos perigos que esperavam por ele — e por Yaretzi, se ela realmente existiu — em Tenochtitlán. E longe da conquista arrebatadora dos espanhóis. Era idílico, de fato. Quieto. Isolado. Lindo.

Seguro.

Corrie deu alguns passos adiante e se ajoelhou ao lado da estrutura, colocando a mão no adobe gasto. Ela fechou os olhos, como se sentisse o espírito de Chimalli através dos tijolos, então abriu os olhos e olhou diretamente para Ford.

— Estou tão feliz que poderia chorar. — Ela o encarou com seus grandes e lindos olhos castanhos brilhando com a ameaça de lágrimas. — Obrigada, Ford. Obrigada por me trazer aqui.

O coração de Ford dilatou: ele era responsável por isso.

Ford Matthews deixou Socorro Mejía tão feliz que ela quase chorou. Mas ele não podia levar todo o crédito.

— Você trouxe a si mesma até aqui. Obrigado por *me* trazer.

Ela sorriu para ele, mas algo chamou sua atenção pelo canto do olho. Um movimento. Pelas vinhas.

— Corrie, cuidado!

Ford mal teve um segundo para reagir antes que uma cobra saltasse do emaranhado de trepadeiras direto para a mão de Corrie apoiada no tijolo. Com uma velocidade que nem sabia que possuía, Ford se lançou sobre ela, estendendo uma mão para agarrar a cobra logo atrás da cabeça e a outra para tirar Corrie do perigo. Ela gritou quando o impacto os fez cair. Corrie caiu de costas e Ford ajoelhado sobre ela, com uma mão no chão ao lado de sua cabeça e a outra ainda segurando a cobra, que estava de boca aberta, com as presas prontas para afundar em carne humana, enquanto revolvia a cauda, tentando se soltar. Mas Ford continuou apertando atrás da cabeça da cobra, protegendo os dois de sua fúria. Ao se erguer montado nos quadris de Corrie, Ford pegou a cobra e a lançou no ar o mais longe que pôde.

Corrie ofegava debaixo dele, ainda visivelmente em estado de choque, e ele olhou para ela. Seu peito arfava, e seu cabelo estava espalhado sobre a terra, com gravetos e outras coisas presas entre os fios.

Não tinha importância: ela ainda estava linda.

Ford estendeu a mão, delicadamente arrancando um galho do cabelo dela. Para sua surpresa, ela não gritou para ele sair de cima dela. Em vez disso, sua respiração desacelerou, seu olhar suavizou, e ela o encarou com intensidade proposital. A mão dele encontrou o rosto dela e tirou uma partícula de sujeira de sua testa, depois outra de sua bochecha, e então outra, que permitiu que o polegar dele permanecesse perigosamente perto daqueles lábios brilhantes e encantadores.

— Você literalmente agarrou uma cobra no ar pra me salvar, dr. Matthews? — a voz dela era como mel grosso e quente. Doce e viscosa, cobrindo o interior de Ford com desejo. Ela nunca tinha dito o nome dele assim antes. Nunca tinha dito *dr. Matthews* de forma tão sedutora. A única coisa que chegou perto disso foi quando ela gemeu o nome dele na barraca pela manhã.

— Acho que sim, dra. Mejía — ele disse a ela com os olhos semicerrados enquanto se inclinava, colocando uma mão em cada lado da cabeça dela. A voz profunda de Ford rugiu em sua garganta. — Mas você está admitindo que eu te salvei? Porque eu *acho* que é a terceira vez que venho em seu socorro nesta viagem. — O lábio de Ford se curvou para cima.

— Terceira? — Ela sorriu.

As mãos de Corrie alcançaram sua cintura, e um calor escaldante percorreu o corpo dele.

— É, eu te salvei de cair daquela pedra, depois te tirei do rio, e agora cá estou eu, com minhas manobras contra cobras.

Ford foi se aproximando à medida que ela puxava com força as presilhas do cinto dele.

— Nossa, Indiana Jones não é nada perto de você. Ele teria me deixado morrer se uma cobra viesse até mim.

— Então que bom que eu recebi o nome de Harrison, e não de Indiana.

Ele se inclinou para a frente, seus rostos ficaram a menos de trinta centímetros de distância. Os lábios dela, carnudos, imploravam para serem beijados. Seu corpo inteiro implorava para estar perto do dele. Oito anos. Oito anos desde que ele tinha deixado passar esse mesmo momento na biblioteca. Ele não ia deixar esse momento passar novamente.

— Câmbio! Câmbio! — A voz em pânico de Jon gritou pelo rádio comunicador. — Dr. Matthews! Dra. Mejía! Câmbio!

Porra.

Corrie e Ford se levantaram com dificuldade, pegando a mochila de Ford onde estava o rádio. Os piores cenários passaram pela cabeça dele. Perna quebrada? Furo no bote? Mais cobras? Guepardos? Merda. Enquanto ele e Corrie estavam flertando, algo ruim tinha acontecido.

Dessa vez, Corrie não brigou com Ford pelo rádio. Ele o tirou da mochila e ligou de volta.

— Jon? O que aconteceu? Está tudo bem?

*Chiado... chiado...*

—Dr. Matthews! Nós precisamos de vocês. Rápido!

— Onde vocês estão? Estão bem?

*Chiado... Chiado...*

— Ah, sim. Estamos bem. Mas achamos que encontramos algo. Ao sul do bote.

Bem? Eles estavam *bem*? Aqueles dois tinham alguma ideia do que tinham interrompido? Depois de toda a provocação daquela manhã, eles mereciam ser estrangulados.

— Vamos lá — disse Corrie, levantando e limpando a terra e a sujeira restantes da roupa e do cabelo. O coração de Ford afundou.

E assim... o momento passou. Mais uma vez.

Eles caminharam de volta para onde Jon e Memo esperavam ao lado de uma pedra coberta de musgo. Ford examinou a pedra, mas não havia nada de especial nela. Apenas outra pedra meio enterrada na terra. Nada parecido com o que ele e Corrie haviam encontrado lá em cima. Era melhor que tivessem algo bom ou Ford nunca os perdoaria.

— Então, o que vocês acharam? — perguntou Corrie, aproximando-se deles.

— Bem, você nos disse para procurar uma caverna. Algo que pudesse não ser óbvio. "Oculto pela cortina da natureza", acredito que foi o que você disse — começou Memo.

Então Jon continuou a história.

— E vimos esta pedra e todo o musgo. E, sinceramente, teríamos passado direto se Memo não tivesse tropeçado...

— E eu caí direto — concluiu Memo.

Corrie e Ford examinaram a pedra. Não havia buracos no chão. Nem rachaduras na pedra. Se foi para isso que os chamaram...

— Caiu em quê? — Ford perguntou, com a paciência se esgotando.

Memo sorriu.

— Nisso. — Ele estendeu a mão para a camada de musgo

e a puxou para trás, como uma cortina. Uma caverna. Escondida pela natureza.

— O que... — Corrie começou, caminhando em direção a ela.

— São cipós — disse Jon. — Cipós que cresceram por cima da pedra e estão cobertos de musgo.

— É, quando eu caí e estendi o braço pra me segurar, ela cedeu por baixo.

Corrie entrou na fenda escura como breu, colocando a mão na pedra molhada antes de apoiar a testa nas costas da mão. Ford se aproximou para dar uma espiada lá dentro, apontando sua lanterna para o abismo escuro. O ar frio da caverna aparentemente interminável o atingiu com força. Frio. Escuro. Úmido. Ele nunca tinha acreditado no relato de Mendoza, mas agora... bem, agora parecia ser a resposta.

A cortina da natureza.

# Onze

Ela era a mulher mais sortuda do mundo. Logo, logo, todos teriam que chamá-la de Mejía, a Fodona. Ela tinha conseguido. Tinha encontrado o túmulo de Chimalli em menos de três dias.

Bem, Ford, Jon e Memo tinham ajudado. Mas eles não estariam lá se não fosse por ela. Porque, como todo mundo, eles haviam desconsiderado a versão de Mendoza. Mas Corrie sabia. Mendoza estava certo. E logo eles *provariam* que ele estava certo ao encontrar artefatos reais. Evidências.

Ela não queria ir embora. Tinha tanta coisa para ver e explorar. Mas Ford estava certo. Eles voltariam alguns dias depois com o grupo e o equipamento. Então poderiam de fato desenterrar, sem trocadilhos, o mistério que envolvera a vida — e a morte — de Chimalli por centenas de anos.

Infelizmente, quando voltassem ao local, Corrie não teria mais a paz que havia sentido quando esteve lá com Ford. Não, quando voltassem, haveria mais de uma dúzia de pessoas com eles. Com barulho. E aglomeração. E protocolos a seguir. Ela queria estar lá sozinha, mesmo que fosse apenas por uma hora. Uma hora com a cabana de adobe e a caverna fria. Uma hora para sentir Chimalli na terra e na pedra.

Mas, se Ford quisesse ir também, ela não iria se opor.

Ela não tinha conseguido tirá-lo da cabeça a noite toda. Ele invadira seus sonhos. Comandara seus pensamentos. A ex dele pode ter dito que ele era sem graça na cama, mas com certeza não era assim nos sonhos dela. Não tinha como o pau dele na vagina dela ser maçante. Ela quase gozou enquanto dormia.

Quando acordou, achou que tivesse mesmo gozado. E por causa do comportamento de Ford naquela manhã e da mancha molhada na samba-canção dele que ela estava usando, ela não podia afirmar que não tinha acontecido.

Mas ainda pior do que isso — ou, sinceramente, melhor — foi a maneira como ele a examinara quando ela estava deitada no chão ao lado da casa de Chimalli. Ele salvara a vida dela. Sim, ele a salvara *mais uma vez*. Ela podia admitir isso. Corrie tinha estudado o suficiente sobre a flora e a fauna venenosas da região e tinha certeza de que Ford havia segurado uma cobra-coral sem saber. Aquela coisa poderia tê-la matado com uma única picada, mas Ford nem hesitou. Eles precisariam ter cuidado quando voltassem e deveriam avisar a todos sobre as cobras. Mas, por enquanto, Ford era seu herói.

Pela terceira vez.

Uma droga Jon e Memo terem interrompido aquele momento. Ela esteve tão perto... a menos de vinte centímetros de finalmente sentir o gosto dele. De finalmente dar o tão esperado beijo. O beijo que demorou oito anos para acontecer. E fosse o sexo sem graça ou não, Corrie queria experimentar por si mesma.

Uma pena que eles não tivessem que compartilhar aquela barraca minúscula de novo. E agora que estavam de volta ao acampamento, com as outras quinze pessoas da expedição, as oportunidades para ficarem a sós estavam cada vez menores.

Uma pequena parte dela se perguntava se deveria ter contado tanto a ele sobre sua vida sexual. Não era como se ela tivesse dado a ele detalhes específicos, mas ela definitivamente parecia ser mais... ativa do que ele. Nos últimos oito anos, ele só tinha estado com uma pessoa. A quantidade de homens na rotatividade sexual de Corrie, só naquele ano, era mais do que o quádruplo desse número. Ele pareceu surpreso por ela estar no Tinder e, embora tenha dito que era porque achava que ela estava em um relacionamento sério, talvez ela devesse ter esclarecido que fazia anos que não precisava usar o aplicativo por causa da tal rotatividade sexual.

Ou isso pareceria pior?

E essa era uma das razões pelas quais Corrie não namorava. Pelo menos de maneira monogâmica. Porque ter que explicar suas proezas sexuais não era algo que ela quisesse fazer. Não que ela tivesse vergonha da vida sexual que levava. Como ela disse, se sentia confortável com sua sexualidade. E pouco se importava com as pessoas que pensavam que os homens podiam pintar e bordar, mas que mulheres fazendo a mesma coisa eram vadias.

No momento, ela não estava procurando um namorado. Só queria aliviar a coceira que a incomodava havia oito anos. E Ford parecia disposto a aliviá-la, apesar do passado sexual dela.

Ela só tinha que encontrar outra oportunidade.

Eles voltaram ao acampamento por volta das quatro e meia. Demoraram mais tempo para voltar do que tinham planejado, e isso significava que teriam que levar em consideração, todos os dias, duas horas e meia de viagem de ida e volta do sítio, talvez um pouco menos nos dias em que não estivessem carregando equipamentos. Mudar o acampamento de lugar não era uma opção, a menos que eles construíssem uma estrada particular pela selva — algo que o investidor não havia dado permissão para fazer no terreno. Corrie não se importava de ter que caminhar, mas, na realidade, isso significava que passariam menos tempo na área de escavação.

— Ora, ora, ora, olha só quem chegou — Ethan gritou para eles enquanto saía de sua barraca com Sunny. Parecia que eles e os outros tinham acabado de voltar do trabalho do dia, fechando a outra escavação, porque estavam quase todos cobertos de poeira e terra, espalhados pelo acampamento, relaxando. — Digam que têm boas notícias.

— E nós temos mesmo, meu caro. Venha se juntar a nós em meus aposentos — disse Ford, com a voz estridente de orgulho e empolgação.

— Aposentos? Nossa, isso deve ser bom mesmo se estamos chamando as barracas de "aposentos" — Ethan disse, caminhando na direção deles.

Eles se aproximaram da barraca de Ford, e Jon e Memo começaram a se afastar, mas Ford os deteve.

— Aonde vocês vão? Precisamos beber para comemorar — disse ele.

Jon e Memo se animaram, não apenas surpresos... mas... felizes. Ford não os estava dispensando como dois peões. Eles faziam parte da equipe. Eram aventureiros, exploradores, amigos.

Todos largaram as bolsas no chão e se sentaram no estrado do lado de fora da barraca de Ford, enquanto ele entrou para pegar a garrafa.

— Alguém pode pegar alguns copos? — ele gritou.

Corrie correu para a tenda do refeitório e voltou, bem a tempo de presenciar Ford trocando de camisa ao sair de sua barraca. Ambos estavam imundos e não tinham tomado banho, mas Corrie ainda passaria a língua pelo abdômen dele naquele momento se tivesse a oportunidade. Por que ela estava sendo tentada por Deus dessa maneira? Por que Deus estava pendurando Ford e todos os seus frutos proibidos na frente dela?

Agora, *esse* era um romance de aventura que Corrie queria ler: *Ford e a busca por seus frutos proibidos*. Não, não. Melhor ainda: *Mejía, a Fodona, e a busca pelos frutos proibidos de Ford*. Até que soava bem. No que dizia respeito a Escolha Sua Aventura, Corrie sabia exatamente que direção tomar. *Vá para a página 42 se a dra. Mejía quiser pesquisar e examinar mapas sem graça e empoeirados.* Ou *vá para a página 69 se a dra. Mejía quiser explorar o dr. Matthews.*

— Terra para Corrie — Ethan gritou, tirando Corrie do planejamento do livro.

O olhar dela se voltou para Ford. Ele a observava enquanto abotoava o último botão da camisa, tapando a visão de seu abdômen. Mas o brilho em seu olhar disse a ela: *Eu vi você me observando*.

E Corrie não se importava. Ela queria que ele visse. Queria que ele sacasse tudo. Porque ela não podia continuar assim para sempre. Não podia continuar com essa vontade louca dentro dela.

Ela colocou os copos no estrado, e Ford serviu uma dose de uísque para cada um.

— A todos nós e ao verdadeiro primeiro dia da busca por Chimalli — disse Ford, erguendo o copo.

Os copos tilintaram, e eles beberam o líquido marrom antes que Ford recapitulasse a viagem para Ethan. Ele repassou todos os detalhes importantes, e os que deixou passar, Jon, Memo e Corrie não demoraram a contar. Como a parte das corredeiras. E a da cobra. E Jon e Memo comentaram, de maneira não tão sutil, a situação da barraca, o que gerou um olhar interessado de Ethan.

Ethan e o restante da equipe tinham terminado de fechar a antiga escavação, então traçaram o plano para o restante da semana: sairiam de manhã com todo o equipamento e se prepariam, passariam o restante do dia tirando fotos e mapeando a estrutura do sítio, fariam algumas escavações preliminares na sexta-feira, descansariam no fim de semana e depois começariam a trabalhar na semana seguinte, começando com a exploração da estrutura na cratera com uma equipe, enquanto outra equipe estaria na caverna. O cronograma de Ford era agressivo, mas factível. Para passar mais tempo na área de escavação, ele pensou em adicionar mais barracas ao pedido de suprimentos na semana seguinte, para que pudessem acampar no local durante a semana, em vez de fazer a caminhada de mais de duas horas por dia. Mas teria que formular um plano completamente novo para alimentos e outros suprimentos, e isso consumiria ainda mais orçamento.

Ford planejava fazer alguns anúncios e revelar o plano para todo o grupo após o jantar, que, a julgar pelo aroma delicioso que emanava da tenda do refeitório, sairia em menos de uma hora. Então ele pediu que todos fossem se limpar e tomar banhos muito necessários antes dos eventos da noite.

Todos os estagiários imploraram por informações durante o jantar, mas Ford insistiu em dizer que fossem pacientes. Corrie podia perceber que ele estava animado para revelar a notícia. Após o jantar, ele se levantou na frente do grupo e contou a novidade, que foi recebida com aplausos e um abraço comemorativo de Lance. Depois que a empolgação se acalmou, Ford repassou o plano para os próximos dias. Ethan tomou a palavra em seguida, discutindo técnicas específicas para examinar a estrutura. Quando ele mencionou as cobras, Ford olhou para Corrie, aquecendo seu interior. Mas quanto mais Ethan falava, mais Corrie percebia que nunca mais ficaria sozinha com a casa de Chimalli. Haveria mais de uma dúzia deles sobre a estrutura na manhã seguinte. Pegando as coisas. Tocando em tudo. Estragando tudo. Ela não seria mais a única pessoa a tê-la tocado depois de centenas de anos.

Aquilo não seria mais dela.

Só mais uma vez. Ela precisava estar lá sozinha só mais uma vez, sentindo Chimalli na alma.

Tentando não chamar muita atenção, Corrie saiu da tenda do refeitório, caminhando de maneira descontraída em direção aos banheiros, como se essa fosse mesmo sua intenção. Eventualmente, os outros se espalhariam e ninguém perceberia que ela havia sumido por um tempo. E, quando ela voltasse, todos estariam dormindo.

Depois de uma passada rápida em sua barraca para pegar uma lanterna, ela partiu para a selva, tomando cuidado para só acender a luz quando não pudesse mais ouvir ou ver o acampamento. Atitudes como essa eram geralmente proibidas. Ir a uma área de escavação sozinho pode levar a situações de ferimentos sem ninguém para ajudar ou causar degradação ao local. Ir sozinho também era um disfarce muito comum para pessoas com intenções mais nefastas, como roubo.

Corrie marchou pela selva com uma faca na cintura. Claro, caminhar por uma hora para ir e uma para voltar pela selva no breu com nada além de uma lanterna e uma faca era perigoso, mas Corrie não fugia do perigo.

E, sinceramente, ela poderia morrer feliz agora que havia encontrado Chimalli. Porém preferia não morrer.

*Créc!*

Corrie congelou e apagou a lanterna. Alguém... *alguma coisa* estava ali.

*Droga... talvez não fosse uma boa ideia, afinal de contas.* Seria uma jaguatirica? Um puma? Por favor, que não fosse uma onça de verdade. Uma coisa era correr de um jaguarundi durante o dia. Outra completamente diferente era fugir de uma onça *à noite*. Ela se escondeu atrás de uma árvore, ouvindo o arrastar de folhas e galhos em sua direção. Chegando mais perto. E mais perto. Ela fechou os olhos, tentando meditar e acalmar a respiração.

— Corrie?

*Ford?*

Os olhos de Corrie se abriram, e ela saiu de trás da árvore direto para o facho da lanterna de Ford. Ela protegeu o rosto da luz e acendeu sua lanterna na direção dele.

— Corrie, o que é que você está fazendo aqui?

Contar a verdade não era uma opção. A verdade poderia fazê-la perder este trabalho.

— Eu... eu precisava de um pouco de ar fresco.

Crível. *Com certeza*.

— Ar fresco? Corrie, por favor, me diz que você não estava fazendo o que eu acho que estava fazendo? — Quando ela não respondeu, ele suspirou. — Você *não pode* ir até lá. Não sozinha e *com certeza* não no meio da noite. Você sabe como isso é perigoso?

Ela abriu a boca para negar a acusação, mas o que poderia dizer? Ela era obcecada por Chimalli. Só podia ter uma explicação para ela estar ali.

— Eu queria vê-lo mais uma vez antes que o local estivesse cheio de pessoas. — A voz dela suplicava. Ford entenderia, certo?

— Eu não posso deixar você fazer isso. Você conhece as regras.

— Eu sei, mas só uma vez. Eu prometo. Não vou mexer em nada...

— Só de estar lá você pode alterar alguma coisa. Além disso, tem cobras e sabe-se lá que outras criaturas à solta. Vai ser muito difícil ver e se defender no escuro.

— Eu vou ficar bem. Sei me proteger.

— Sério? Porque você não fez isso hoje cedo.

Corrie jogou a cabeça para trás.

— Não preciso da sua proteção, Ford. Eu teria me virado bem.

Ele zombou.

— Ah, vamos entrar nessa de novo, né?

— *Nessa*?

— Quando você não quer reconhecer que precisa da ajuda de outras pessoas. Porque, se bem me lembro, você parecia bastante grata pela minha ajuda hoje cedo, quando eu estava em cima de você.

Ela olhou feio para ele.

— Ah, por favor. Eu estava tentando aumentar sua autoestima.

Então ele olhou feio para ela. Claro, foi um golpe baixo, mas ele a estava impedindo de ir.

*Crec-tec!*

Eles congelaram, e Ford agarrou Corrie e a puxou para trás de uma árvore.

— Você não precisa me *salvar* de novo... — começou Corrie, mas Ford cobriu sua boca.

— Shh. Tem alguém aqui — ele sussurrou.

O corpo grande de Ford a encostou na árvore. Estava perto. Tão perto que ela quase podia sentir Ford e o calor de seu corpo.

— Se for uma pessoa, é só dizer que somos nós — disse Corrie.

— E ter que explicar o que estamos fazendo aqui? Ou talvez estejam fazendo a mesma coisa que você — ele salientou.

Eles ficaram em silêncio e prestaram atenção, ouvindo vozes se aproximando. Cada vez mais perto.

— Tem certeza de que os viu passar por aqui? — uma das vozes perguntou.

— Tenho certeza, chefe. Ela se levantou do jantar e caminhou para a selva, e depois ele a seguiu alguns minutos depois. Eles devem estar tentando encontrar o túmulo no meio da noite — respondeu a outra voz.

— Merda — Ford sussurrou, reconhecendo as vozes. — São Lance e Guiles. Merda, merda, merda.

— E daí? — perguntou Corrie.

— E daí? Eles trabalham para o investidor. E parece que Guiles pensa que saímos de lá para roubar os artefatos.

— O que vamos fazer se os encontrarmos no sítio? Você vai demiti-los? — Guiles perguntou, cada vez mais perto deles.

— Merda — disse Ford. — Está feliz agora? Vamos ser demitidos.

Não. Não, eles não poderiam ser demitidos assim. E, no máximo, Corrie deveria ser expulsa do trabalho, não Ford. A culpa era dela. Se ela não tivesse entrado na selva, Ford não a teria seguido. E Lance e Guiles não o teriam seguido.

Eles precisavam de outro motivo para estar fora do acampamento. Algo plausível que não faria os dois — ou pelo menos Ford — serem demitidos.

Rápido.

Sem hesitação, Corrie colocou as mãos em volta do pescoço de Ford e puxou o rosto dele para si.

— O que está fazendo? — ele perguntou.

— Improvisando.

Ele a encarou por um instante antes de colar os lábios nos dela com uma fúria febril. *Isso*. Era por isso que ela estava esperando. O beijo que demorou oito anos para acontecer. A coceira que precisava de alívio.

Ela sentiu o gosto dele. Sentiu o gosto de sua língua, que lutava furiosamente com a dela. Sentiu seus lábios fortes e macios contra os dela. Mas ela queria mais. A coceira ainda ardia. Ainda precisava se satisfazer. Ela deixou as mãos deslizarem pelo peitoral firme e definido, pelo abdômen ondulado e pela cintura dele, puxando sua pélvis para mais perto. Pressionando o abdômen dele no dela. Sentia que ele ficava mais duro debaixo daquela calça grossa e rígida. Ele soltou um gemido baixo na boca dela, e um sorriso surgiu em seus lábios. Ele chupou seu lábio inferior antes de afastar a boca e se dirigir para o lóbulo da orelha. Lambendo. Chupando. Gemendo no ouvido dela.

Com as costas de Corrie pressionadas contra a árvore, Ford esfregou os quadris nela, massageando a ereção entre suas pernas. Ela inclinou os quadris para o ângulo perfeito. O ângulo que satisfazia tanto um quanto o outro. Um pouco mais de força. Isso. Assim.

Uma luz iluminou seus olhos, e ela soltou um grito.

Ah, é mesmo. Lance e Guiles. A mente de Corrie ficou em branco, e ela esqueceu momentaneamente a razão pela qual eles tinham começado a se beijar. Ford tirou a boca do pescoço dela, mas não se afastou, provavelmente para esconder a ereção.

— Dá pra desligar a luz? — Ford rosnou com a mão protegendo seus rostos da lanterna.

— Desculpa... — Guiles disse, atrapalhado com a luz.

— O que vocês estão fazendo aqui? — Lance então perguntou.

— Não é óbvio? — Ford respondeu.

O peito de Corrie arfava, em parte pela apreensão de ser pega, mas mais pelo incêndio causado por Ford.

— Bem, eu... eu pensei que talvez você fosse... — Guiles gaguejou, certamente perturbado por encontrá-los no meio do que quer que fosse aquilo. Ou o que quer que parecesse.

— Você pensou o quê? — Ford perguntou com confiança, como se não tivessem acabado de ser pegos em uma posição comprometedora. O rosto dele estava sério e assertivo. Caramba, muito sexy.

— Que estavam indo ao sítio — respondeu Guiles.

— Não, Guiles. Queríamos um pouco de privacidade. Privacidade que não existe em um acampamento sem paredes e portas.

— Guiles — Lance disse, dando alguns passos para a frente. — Você pode voltar para o acampamento. Eu cuido disso daqui.

Guiles olhou para um de cada vez, avaliando novamente a situação. Mas sem se mover.

— Eu disse que você pode ir agora — Lance repetiu, de maneira incisiva.

— Sim, claro. Certo. Desculpa. Eu... eu vou deixar vocês a sós.

Eles esperaram em silêncio até que Guiles saiu correndo. Quando ele estava longe o suficiente, Ford falou.

— Agradeceríamos se você não contasse isso ao investidor.

Lance fez um gesto com a mão.

— Não precisam se preocupar. Eu não fui mandado pra cá pra dedurar você. E vou falar com Guiles. Ele está... talvez um pouco ansioso demais pra impressionar o chefe — Lance disse, em um tom bem-humorado.

Corrie sentiu a tensão no peito de Ford diminuir.

— E também agradeceríamos se você não contasse aos outros sobre isso no acampamento — acrescentou ela. — Não queremos pessoas fofocando sobre isso e sem se concentrar na escavação.

— Claro. Confie em mim, eu entendo e agradeço por você querer garantir que a equipe esteja focada. Embora talvez devam ser um pouco mais... discretos — ele disse, com um sorriso amigável. Ufa. — Não que existam regras contra a confraternização, mas o investidor colocou muito dinheiro nessa escavação, e funcionários como Guiles podem estar procurando maneiras de provar seu valor.

Bom ponto. Corrie nem havia considerado que potenciais puxa-sacos poderiam estar à espreita quando ela saiu na ponta dos pés para a selva.

— Com certeza. Viemos pra cá justamente pra evitar isso, mas estaremos mais atentos no futuro — ela continuou.

— Bem, é melhor eu voltar antes que Guiles comece a tagarelar. Mas não se preocupem. Seu segredo está seguro comigo — ele disse, com um aceno de cabeça final.

— Obrigado — disse Ford, com os braços ainda em volta da cintura de Corrie.

Eles observaram Lance desaparecer entre as árvores, deixando ambos na selva escura. Então Corrie acendeu a lanterna e escapou das mãos de Ford.

— Tudo bem, vamos lá — disse ela, caminhando na direção do sítio de Chimalli, e não do acampamento.

— Aonde você pensa que está indo? — Ford perguntou. — O acampamento é por ali. — Ele apontou na direção pela qual Lance havia ido embora.
— Certo. E o sítio é por aqui.
Ford franziu a testa e balançou a cabeça.
— Você não se lembra do que aconteceu literalmente um minuto atrás? Quase fomos pegos, Corrie, fazendo exatamente o que você pretende fazer de novo. Poderíamos ter sido demitidos.
— Certo, e agora Lance e o puxa-saco do Guiles pensam que estamos aqui nos beijando, então eles estão longe e não virão nos procurar tão cedo.
Ford olhou incrédulo para ela.
— Eu não posso acreditar. Eu juro, um dia desses você vai se matar fazendo acrobacias perigosas como essa. Corrie, por favor, não me faça expulsá-la deste trabalho.
A boca de Corrie ficou escancarada.
— Eu acabei de salvar sua pele, e você está me ameaçando?
— Minha pele só precisou ser salva porque você a colocou em risco ao vir pra cá escondida!
— É, e se você não tivesse me seguido, sua pele não precisaria ser salva!
— Não vou deixar você fazer isso, Corrie.
— Não estou pedindo sua permissão.
— É, eu também não estou pedindo. Estou mandando — ele rosnou. Seus ombros se ergueram quando seus olhos se estreitaram nela como lasers.
Corrie riu.
— Ah, vamos entrar nessa de novo também. A velha dinâmica do sr. Estou no Comando.
— Corrie, eu *estou* no comando. Goste você ou não. E se você der mais um passo nessa direção, acabou. Eu não quero fazer isso e sei o quanto isso é importante pra você, então, por favor, não me teste — disse ele, com as mãos nos quadris.
— E se eu não concordar? E se eu der um passo nessa direção, você me expulsar da escavação e eu for mesmo assim?
— Ela se aproximou dele, cruzando os braços.

— Então vou arrastar você pra fora desta selva. Estou avisando. Não faça isso.

— Me arrastar? — Ela se afastou e gargalhou. — Ah, tá, você é um homem das cavernas agora? Ford, você não vai colocar essas mãos em mim.

— Sério? Porque você pareceu gostar disso alguns minutos atrás. Sério, Corrie. Não me teste.

*Não me teste?* Quem ele pensava que era? Corrie não recebia ordens de homens, principalmente de homens que impunham suas posições de poder sobre ela. Seu corpo ficou tenso lutando contra o desejo de desobedecê-lo. De mostrar que ele não podia controlá-la.

Mas então Ford seria o único nome nos livros de história ao lado da descoberta de Chimalli. E Corrie não podia deixar isso acontecer. Nem morta.

Ela podia ter gostado das mãos dele sobre ela — não, não tinha gostado, tinha saboreado as mãos dele sobre ela —, e o desejo dela ainda podia estar pulsando, desesperado para ser libertado, mas ela não iria deixá-lo colocar as mãos nela depois disso. Nesse front, ela era a única no controle.

— Está bem — disse ela, dando um passo em direção a Ford.

— E você vai voltar para o acampamento?

— Uhum. — Outro passo.

— E você vai ficar no acampamento?

— Uhum.

— E eu não vou ter que me preocupar com você fugindo no meio da noite?

— Não. Estarei muito ocupada pra isso. — Outro passo.

— Ocupada fazendo o quê?

— Ocupada deixando meu vibrador chegar a lugares que *nunca* permitirei que você explore. — Ela sorriu e passou por ele sem esperar por sua reação, marchando em direção ao acampamento. Ouvir os passos dele atrás dela fez com que um sorriso de satisfação se espalhasse por seu rosto.

A cada passo, a intensidade dentro dela aumentava. Já que não poderia — ou melhor, não iria — fazer sexo furioso com Ford, pelo menos se imaginaria fazendo isso usando seu vibrador.

Alguns membros da equipe ainda permaneciam no acampamento, mas parecia que a maioria havia ido dormir em suas barracas. Ela marchou direto para a sua e tirou as roupas. Vestiu o sexy conjunto preto de sutiã e calcinha de renda, o sutiã em que Ford havia colocado aquelas mãos nojentas de homem. Bem, essa seria a última vez que ele se aproximaria da roupa íntima dela!

Foda-se Ford e aquele beijo desagradável.

Com o vibrador na mão, a lingerie sexy e deitada na cama, Corrie se recostou e fechou os olhos, imaginando o pau duro e irritante de Ford entre suas pernas, e ligou o aparelho.

*Buzzzzzzsssssssss...*

E, assim como suas esperanças de visitar a casa de Chimalli mais uma vez sozinha, seu vibrador morreu.

# Doze

Egoísta, baita encrenqueira...

Ford ficou andando de um lado para o outro ao pé da cama, em parte tentado a ir até a barraca de Corrie para se certificar de que ela estava mesmo lá. De que estava obedecendo a ordem dele. Ele deveria tê-la mandado embora. Se fosse *qualquer outra pessoa* da escavação... *qualquer um* — Ethan, Sunny, Agnes —, já estaria a caminho do aeroporto.

Por que ele estava sendo brando com Corrie? Ele não fazia ideia.

Tá, não. Não era verdade. Ele estava pegando leve com ela por causa daqueles lábios macios que ele desesperadamente queria sentir novamente. Aqueles seios macios pressionados contra seu peito. E aquelas coxas macias, que formavam o abrigo perfeito para sua pélvis. Foram todas aquelas coisas macias — que ele nunca mais teria o prazer de experimentar — que fizeram de Ford um molequinho mole e covarde.

Ele fechou os olhos e sentiu um leve cheiro de coco. Levando a camiseta ao nariz, inspirou fundo o cheiro de Corrie impregnado no tecido. Seu pênis começou a inchar pensando nela.

Não. Não, ele não podia deixar Corrie invadir seus pensamentos dessa forma. Ford tirou a camiseta e a jogou na cama, então se preparou para dormir. De cueca, ele se deitou e pegou um livro na mesa ao lado, tentando fazer qualquer coisa para se concentrar em algo que não fosse ela. Mas seu pênis estava latejando, implorando por libertação.

Ele olhou para a camiseta ao pé da cama.

*Ah, que se dane.*

Ele se sentou, pegou a camiseta e a cheirou. Inalou o cheiro dela. Seu pau começou a inchar. Com a camiseta em uma mão e o pau na outra, ele se deitou, massageando lentamente a ereção. Imaginando a mão dela no lugar da mão dele. Imaginando como seria sentir os lábios dela descendo por sua barriga, até a cabeça inchada do seu pau.

— Ford, você tem...

Ford abriu os olhos e viu Corrie entrando na barraca usando apenas um robe roxo, com os olhos arregalados e voltados para o pau em sua mão. A boca dela formou um sorrisinho enquanto o encarava. O mais rápido que pôde, ele cobriu a virilha com a camiseta e se sentou.

— Dá o fora daqui!

— Nossa, dr. Matthews. O que está acontecendo aqui? — Ela terminou de entrar na barraca, de braços cruzados e andar debochado.

— Eu disse pra sair. — Ele apontou para a porta com a mão livre.

— Já vou, já vou. E vou deixar você voltar ao seu... afazer. Mas preciso de umas pilhas.

— Eu não tenho nenhuma porra de pilha. Agora você pode sair, por favor? — ele grunhiu.

— Mas meu vibrador morreu. E não quero ser a única sem diversão hoje à noite. Você não tem nada de onde eu possa tirar as pilhas?

— Você está falando sério? Não. Não, eu não tenho.

— Então, você pode encomendar algumas pra mim? Pilhas palito.

— Ok. Está bem. Vou encomendar algumas.

Ela ficou ali, olhando para ele; dava para ver que as engrenagens em sua cabeça estavam girando.

— Posso ver? — ela perguntou.

Ele piscou várias vezes, depois balançou a cabeça. Ela estava pedindo... para ver o pênis dele?

— Ver o quê?

— Seu pau.

Ele ergueu a cabeça e arregalou os olhos.

— Você quer que eu te mostre meu pênis?

Ela assentiu, passando levemente as pontas dos dedos no decote do robe.

Ela estava falando sério?

— Não sei dizer se você está falando sério — ele continuou.

— Muito sério. Até eu conseguir novas pilhas, meu vibrador não vai funcionar, então preciso de algo para... me estimular. Ainda está duro? — ela perguntou.

Ele piscou mais uma vez.

— O quê? É claro que está. Você está aqui usando *essa roupa* e falando sobre vibradores e paus.

A barraca ficou em silêncio enquanto eles se encaravam, um obviamente esperando que o outro agisse. Indagando o que estava na mente do outro.

— Quer mesmo que eu vá embora? — ela perguntou, seu tom mudando com a atmosfera. Ela não estava mais provocando. Estava querendo testá-lo.

— Claro que não. Você está usando *essa roupa*, falando sobre vibradores e paus — ele disse, com um sorriso.

Ela riu e, caramba, que sexy.

— Tá, então, me deixa ver. Vou te mostrar meus peitos. Estou usando aquele sutiã do qual você gostou, dr. Matthews.

Ele engoliu em seco. Aquele sutiã. O sutiã preto, rendado e delicado, no qual ele pensou várias vezes nos últimos dias.

— Você sabe que vir aqui usando só esse robe transparente é o oposto de ter discrição, né? — ele perguntou, com humor. — Menos de uma hora atrás você estava soltando os cachorros em cima de mim e agora acha uma boa mostrarmos um ao outro nossas partes íntimas como se fôssemos duas crianças aprontando escondidas?

Ela assentiu e mordeu o lábio inferior, despertando o desejo nele. A vontade que ele tinha dela. Ele nunca quis tanto uma coisa na vida. E ela não tinha ido até lá por causa das pilhas. Ela tinha ido atrás *dele*. Ela poderia negar o quanto quisesse, mas também o desejava.

Ele precisava que ela admitisse.

— Corrie, por que você está aqui? No meu quarto, quero dizer.

— Eu já te disse. Eu precisava de pilhas.

Não. Não era o suficiente. Ele tinha que ouvi-la dizer. Ford enfiou a mão debaixo da camiseta e começou a acariciar o pau por cima da cueca. Ela lambeu os lábios, praticamente salivando. É... ela queria também.

— Sei, mas você poderia ter pedido a qualquer um e, em vez disso, veio pra cá. Pra mim. Depois de tudo o que aconteceu esta noite.

Ele esfregou a ereção com movimentos longos e lentos, aumentando a intensidade com os olhares famintos dela.

— Você tinha razão. Gostei de sentir as suas mãos em mim. Gostei da sua boca em mim também.

— Você gostou?

Ela assentiu.

— Claro que sim. Ford, já que você está por fora do fato de que suas ex-alunas te chamaram pra sair porque querem trepar com você, eu vou deixar claro: você é um cara gostoso pra caralho, e sinceramente isso me faz te odiar ainda mais do que eu já odeio. Eu penso em te beijar o tempo todo... em fazer *muitas* coisas com você. Então... — ela deu um passo na direção dele — Você gostou de me beijar?

Havia um nervosismo surpreendente na voz de Corrie quando ela fez essa pergunta. Será que ela não sabia mesmo o quanto ele tinha gostado de sentir os lábios dela?

— Eu também penso em te beijar o tempo todo, muitas vezes porque acho que isso pode fazer você calar a boca — disse ele, com os lábios arrebitados. Por sorte, ela sorriu. — Mas, na maioria das vezes, eu quero te beijar porque você é linda e brilhante, e você... e você me conforta. Às vezes, essas coisas me fazem esquecer que *tenho* que te odiar. Então, sim, Corrie... sim, gostei de te beijar.

— Mostra pra mim — ela ordenou.

Mantendo o ritmo e a pressão, ele moveu a camiseta e, em seguida, enfiou a mão na cueca e puxou o pau para fora. Ele o envolveu com a mão, então começou a acariciá-lo novamente enquanto ela observava e começava a desamarrar o robe. Com movimentos lentos, ela o abriu, revelando seu corpo fabuloso para ele. Ainda melhor do que ele tinha imaginado. Seios fartos e redondos mal escondidos por aquele sutiã ridículo. Seus mamilos escuros sobressaíam. Seus quadris eram largos e robustos. Tinha a barriga macia, tonificada, mas não muito magra. Não, Corrie Mejía tinha curvas, e seu corpo era sexy pra caralho.

Os dedos dela dançavam sobre sua pele enquanto ela acariciava seu próprio corpo. Dois dedos giravam em círculos no sutiã, delineando os mamilos agora duros, enquanto a outra mão se arrastava para baixo, para a calcinha, e começava a massagear seu clitóris.

*Cacete*.

Ford se levantou e puxou Corrie para a cama de forma que as costas dela ficassem deitadas no colchão e ele, em cima dela. O robe se abriu, dando a Ford as boas-vindas ao corpo dela.

— Posso? — ele perguntou, com a mão pairando sobre o sutiã dela.

— Só se você me beijar primeiro.

Ele pressionou os lábios nos de Corrie Mejía, saboreando cada movimento de sua boca e língua, antes de ter o divino prazer de segurar os seios dela. Nenhum outro seio em sua vida poderia — ou iria — se comparar. Ele soltou a boca dela e passou para seu pescoço e busto, antes de parar naquele sutiã escandaloso. Então ele passou a língua na curva dos seios dela antes de chupar seu mamilo através do tecido praticamente inexistente. Ela arqueou as costas e gemeu quando a renda áspera se enroscou no mamilo que estava na boca dele.

Ele arrastou o tecido para baixo com os dedos, agora com os lábios no mamilo inchado. Com movimentos rápidos, ele lambeu o seio dela, enquanto apalpava seu corpo, delineando cada curva. Cada centímetro dela. Cada ponto melhor que o anterior. Ford nunca havia tocado uma mulher tão incrível. Alguém que ele quisesse agradar tanto quanto Corrie.

A mão dele roçou a barriga dela, até mergulhar em sua calcinha e entre suas dobras. Cacete. Ela estava molhada. Muito mesmo. Muito. Molhada.

Os olhos de Ford praticamente rolaram para a parte de trás de sua cabeça à medida que seus dedos deslizavam ao longo da entrada escorregadia de Corrie. Ela sempre ficava assim? *Ele* tinha deixado ela assim? O "sem graça" Ford Matthews?

Ele tirou a boca do seio dela e desceu pela cama em direção à calcinha. Ajoelhado na frente dela, deu uma boa olhada. O cabelo de Corrie se espalhava como um leque na cama. O corpo seminu deitado em cima do robe aberto. Os olhos escuros e potentes olhando para ele com uma intensidade diferente. Obviamente, Corrie estava pensando em alguma coisa.

— Eu quero que você me foda.

*Não* era isso que ele esperava que saísse dos lábios dela.

— Tá bom.

Havia outra resposta possível para aquela pergunta?

— Você tem camisinha?

Eeeeeeee não. Não, ele não tinha. E por que teria? Fazia anos que ele não transava, e as únicas duas mulheres com quem planejava interagir nesta viagem eram Sunny e Agnes, e nenhuma delas era uma opção.

— Não — ele disse, por fim.

— Droga. Você acha que Ethan tem alguma?

— Não faço ideia, mas não vou perguntar a ele.

— Então como você vai trepar comigo?

Boa pergunta. *Como* ele iria trepar com ela? Porque podia muito bem ser uma oportunidade única na vida. Quem sabia como as coisas estariam entre eles pela manhã da maneira como eles corriam feito cão e gato? Mas ele não ia sugerir que não usassem nada. Ele não tinha ideia de como Corrie receberia tal sugestão e não queria aborrecê-la.

— Posso encomendar.

Ford fechou os olhos, estremecendo no momento em que as palavras saíram de sua boca. Encomendar? Sério? Nada sexy.

— Você sabe mesmo como deixar uma mulher excitada — disse Corrie. Ele podia ouvir o sorrisinho na voz dela. Seu corpo se mexeu quando ela puxou as pernas, que estavam debaixo dele.

É. Ele tinha arruinado aquela chance. Ela estava indo embora.

Mas, quando abriu os olhos esperando encontrá-la vestindo o robe, descobriu o contrário. Em vez disso, ela se ajoelhou na frente dele, sem o robe.

— Por que está me olhando assim? — ela perguntou.

— Pensei que você fosse embora.

— Embora? Ford, quero trepar com você, mas só porque isso não vai acontecer hoje, não significa que vou embora. Estou com tesão. Estou molhada. E a ideia de ter que adiar essa trepada inevitável está me deixando ainda mais louca.

Ford não pôde deixar de rir.

— Trepada inevitável?

Ela sorriu e se aproximou.

— É. Isso vai acontecer, Ford. Mesmo que eu fosse embora agora, você sabe o que aconteceria. — Ela colocou a mão no peitoral de Ford e passou os dedos levemente por seu peito e abdômen. — Nós dois ficaríamos sexualmente frustrados. Discutiríamos por alguma coisa ridícula, porque é isso que nós fazemos. E depois um de nós acabaria beijando o outro novamente. E estaríamos aqui de volta, arrancando as roupas um do outro, porque ambos sabemos que essa é uma coceira de oito anos que precisa ser aliviada.

Ela enfiou a mão na cueca dele e segurou seu pau, fazendo Ford respirar profundamente. Os dedos delicados e finos de Corrie deslizaram na pele firme dele. Isso, juntamente com a expressão nos olhos dela... o paraíso. O paraíso absoluto.

Ford ajeitou o cabelo de Corrie atrás dos ombros dela e segurou sua nuca.

— Me chamando de coceira? Você sabe mesmo como deixar um homem excitado.

Ela apertou um pouco mais e deu um beijo nele.

— Ah, estou só começando.

Com isso, ela recuou e então se curvou, de bunda no ar. O que Ford não faria por um espelho. Mas tudo ao seu redor desapareceu assim que ela o colocou na boca. O gemido que escapou de seus lábios não pôde ser evitado. Por causa da forma como ela rolava a língua na cabeça do pau dele e como deslizava a mão lentamente por sua extensão. E definitivamente por causa da maneira como ela movia os quadris enquanto o massageava com a boca, como se estivesse imaginando seu pau dentro dela de outro jeito.

Ele passou a mão ao longo do arco de suas costas enquanto ela o chupava. A última vez que alguém tinha colocado o pau dele na boca foi... caramba. Ele nem conseguia se lembrar. Talvez porque nenhuma dessas vezes valesse a pena ser lembrada. Mas essa? Ah, com certeza ele nunca esqueceria.

Ele nunca esqueceria esse momento, nem um detalhe sequer. E também não queria que Corrie esquecesse.

É, e pra falar a verdade, ele também queria sentir o gosto dela.

Ford estendeu a mão e passou pela curva do quadril de Corrie, então puxou sua calcinha para o lado, deslizando os dedos para dentro dela. Sentir sua umidade quase o fez gozar, mas não. Ele não podia gozar antes de dar prazer a ela também.

Seus corpos se separaram, e Ford subiu na cama ao lado dela. Eles se deitaram de lado, com as cabeças em lados opostos, e ele ficou com a boca na frente da calcinha dela. Com um deslizar lento, ele baixou a calcinha, em seguida, mergulhou entre as pernas dela, alternando entre lamber o clitóris e arrastar a língua em movimentos longos e largos por sua abertura. Sentiu aquele gosto como se ela fosse a melhor sobremesa que ele já tinha provado.

— Ai, Ford. Aí... aí mesmo...

Ele agarrou a bunda dela e a puxou com força contra seu rosto. Ele tinha uma missão, uma missão apenas: satisfazê-la. Não, não apenas satisfazê-la. Adorá-la. Mas quando ela o abocanhou fazendo o mesmo, ele sabia que não conseguiria segurar muito mais. Ao ouvir aqueles gemidos, ao *sentir* ela gemer no pau dele. E com o jeito como ela rebolava no rosto dele.

— Ford... — ela disse, afastando a boca dele, mas continuando os movimentos com as mãos. — Eu vou gozar.

— Eu também — disse ele, entre lambidas.

Ela chupou a cabeça do pau dele mais algumas vezes antes de se afastar e deixá-lo gozar em seus seios. Doze anos de tensão liberados. Doze anos desde o momento em que ele pôs os olhos em Corrie Mejía. Uma onda de êxtase percorreu seu corpo, à medida que ele enterrava o rosto nela e gemia, enquanto ela se agarrava a ele, com espasmos e gritos de satisfação, enviando outra onda de calor sobre ele. Ele se deitou, tentando recuperar o fôlego e colocando a mão no próprio peito. A barraca estava silenciosa, exceto pelas respirações ofegantes.

— Não se esqueça de encomendar as camisinhas.

# Treze

Ford Matthews não tinha nada de sem graça. O beijo era bom, o sexo oral também. E o corpo, com toda certeza.

A vida romântica de Corrie se resumia majoritariamente a transas casuais — tá, *estritamente* a transas casuais —, por isso ela estava acostumada com homens sarados. Com certeza não era por causa da personalidade deles que ela deslizava para a direita. Então, às vezes, os caras com quem ela ficava estavam mais interessados no próprio corpo do que no dela. Para esses, ela recusava um repeteco.

Mas Ford se concentrava no prazer *dela* e estava indiferente ao próprio abdômen, ao peito, aos olhos cor de esmeralda e ao pau impecável.

Como esse homem não trepava com mulheres a torto e a direito? Era uma pena, de fato, que ele estivesse guardando o corpo só para si. Ele até cheirava bem, fato surpreendente para alguém que estava na selva havia mais de três meses. Provavelmente era só o desodorante ou o cheiro do sabonete dele, mas o aroma de zimbro deixava Corrie inebriada.

Por isso, foi ainda mais difícil trabalhar perto dele no dia seguinte e ter que se segurar para não procurar um lugar atrás de uma árvore ou pedra onde ele pudesse chupá-la de novo.

Ele estava agindo normalmente; disse bom dia para ela e para os outros como se fosse um dia qualquer. Cumprimentou todos com o mesmo rosto que, menos de oito horas atrás, estava mergulhado entre suas pernas. Humm... será que o rosto dele ainda estava com o cheiro dela? Mas ele estava agindo tão casualmente que ela se perguntou se ele sequer pensava nela.

Do outro lado da mesa, ele tomava o café da manhã e a tratava da mesma forma como tratava Ethan ou Sunny. Para ser sincera, Corrie estava ficando irritada. Ela podia não ser como aqueles caras convencidos do Tinder, mas sabia que tinha um corpaço. E o sexo oral que ela fazia era *incrível*. Então, por que ele não estava lançando olhares sugestivos para ela? Ou espiando seus seios, que ela estava exibindo de maneira não tão sutil, com uma regata decotada? Que droga, todos os outros caras na mesa — e Sunny — já tinham olhado *pelo menos* uma vez. Ford não tinha dado nem uma olhadinha.

Ela havia caído no jogo de Ford de novo?

— Dr. Matthews — disse Sunny, aproximando-se da mesa, segurando o telefone via satélite. — Querem saber se vamos adicionar mais suprimentos à entrega da segunda-feira.

Ford se animou e lançou um rápido olhar para Corrie antes de se virar para Sunny.

— Ah, sim. — Ele limpou a boca e começou a se levantar.

— Ah, não — disse Sunny. — Pode me dizer que eu resolvo.

Mas Ford não voltou a sentar e olhou para Corrie mais uma vez.

— Não, deixa que eu falo — disse ele, pegando o telefone e se afastando para bem longe da mesa.

Corrie não pôde evitar abrir um sorriso, enquanto continuava tomando o café da manhã. Camisinhas. Ele estava pensando nela, afinal de contas.

— Que estranho — disse Ethan para Corrie. — Por que ele não iria querer que soubéssemos quais suprimentos ele vai pedir?

Corrie deu de ombros, tentando disfarçar.

— Você sabe como ele é.

— Olha, não sei se você conseguiu fazê-lo se abrir, mas ele ainda não me disse nada.

— Ele é fechado mesmo.

— É... talvez ele precise de pomada para hemorroida.

Corrie deu risada.

— Não. Ele provavelmente vai pedir lubrificante. — Ou algo do tipo. Ela sorriu, sabendo que era quase isso.

E, pela risada de Ethan, ela compreendeu que ele não tinha ideia de como ela estava certa.

— O que é tão engraçado? — Ford perguntou, voltando para a mesa.

— Ah, estávamos tentando adivinhar o que você precisava pedir em particular — Ethan disse.

Outro olhar.

— Ah, é? E?

— Corrie acha que é lubrificante.

— Vocês dois não conseguem pensar em mais nada? — Ford perguntou, com seu típico jeito mandão.

Corrie sentiu um leve toque no dedo do pé. Ela ergueu os olhos e viu o olhar cauteloso de Ford.

— Ah, foi melhor do que o palpite de Ethan — disse Corrie, dando outra mordida na torrada.

— Não quero saber — disse Ford, esperando e depois balançando a cabeça. — Vamos lá... está na hora de sair.

Todos na mesa pegaram as bandejas e se dirigiram para as bacias, mas, quando Corrie passou por Ford, ele a puxou pelo cotovelo e sussurrou em seu ouvido.

— Tenho certeza de que você tem todo o lubrificante de que preciso. Agora para de me olhar desse jeito, porque essas camisinhas ainda vão demorar quatro dias pra chegar, e eu não posso ficar andando por aí com o pau duro até lá.

O hálito quente de Ford fez cócegas em sua orelha, enviando um arrepio por sua espinha e seus mamilos.

— Desde que você ainda esteja pensando em mim — ela disse, só para ter certeza, virando a cabeça para olhar para ele.

— Corrie, estou *sempre* pensando em você. E estarei pensando nessa sua boca linda no meu pau o dia todo até te encontrar na minha barraca hoje à noite. Mas, por enquanto, temos que nos concentrar na escavação.

— Ah, se você quer que eu me concentre, então eu preciso passar no meu quarto pra trocar essa calcinha molhada, porque, dr. Matthews, você tem lábia.

Corrie caminhou para sua barraca, sem se preocupar em

verificar a reação de Ford. Ela queria que ele sentisse a mesma agonia que ela, esperando pelo momento em que pudessem ficar sozinhos novamente.

De calcinha trocada, Corrie se juntou ao grupo na caminhada para o sítio de Chimalli. Era tão bonito quanto ela se lembrava.

O sol espreitava pela copa das árvores de mogno, conferindo uma atmosfera mística ao redor da estrutura de adobe, coberta de trepadeiras e musgo. Corrie imaginou como seria originalmente — provavelmente tinha um único cômodo com espaço apenas para dormir e pouquíssimos móveis, além de esteiras de palha trançada e uma mesa de metate. Uma lareira ficaria fora da casa. Talvez tivessem até uma pequena horta. Talvez Chimalli voltasse para a cratera com uma vasilha de água e visse Yaretzi sentada na porta da cabana, tecendo uma cesta e observando o filho brincar na terra perto dela. Uma vida tranquila e idílica, muito distante da que tinham em Tenochtitlán.

Depois de mostrarem ao grupo os dois locais e de estabelecerem as regras básicas, eles se dividiram em duas equipes e começaram a trabalhar na montagem da escavação. Tiraram fotos de cada área. Marcaram vários pontos para escavar. Montaram barracas e outras instalações, áreas para comer, fazer pausas, peneirar e ir ao banheiro. Durante a maior parte do dia, Ford revezou entre a cratera e a caverna, respondendo a perguntas e sugerindo técnicas para remover com cuidado a vegetação que havia tomado a estrutura. Quando pararam para um almoço tardio, já estavam na metade da preparação. Mas, nesse ritmo, só começariam a trabalhar de fato no dia seguinte.

A escavação era um processo meticulosamente lento. Eles não podiam simplesmente enfiar as pás na terra. Não, cada centímetro tinha que ser cuidadosamente exposto e qualquer peculiaridade, marcada. A terra precisava ser peneirada. Os artefatos eram marcados e embalados. E só depois partiam para o próximo centímetro. Considerando só o tamanho da cabana de adobe, eles ficariam lá por pelo menos mais um mês.

Mas, agora que Corrie tinha alguém para lhe fazer companhia à noite, talvez não se importasse com o tempo extra.

— Dra. Mejía? — Ford chamou, enquanto todos estavam sentados comendo o almoço embalado, cortesia de Agnes. — Você poderia vir checar algo comigo por um minuto?

Corrie parou no meio da mordida e colocou o sanduíche de volta na embalagem.

— Agora?

— É. Quero sua opinião sobre outro potencial local de busca.

Ela franziu a testa. Outro local? Talvez Chimalli tivesse uma área de armazenamento ou Ford tivesse encontrado outra caverna.

— Quer que eu vá também? — Ethan perguntou, pronto para se levantar do chão.

— Não, só a dra. Mejía por enquanto.

Ford foi na frente, seguindo para longe do resto do grupo e de ambos os locais de escavação. O que é que eles estavam procurando por ali? E como Ford encontrou esse local? Talvez fosse algo ao redor da pedra à frente deles. Mas, assim que fizeram uma curva, não havia nada.

— Ford, o que nós...

Ela não conseguiu terminar a frase, pois Ford pressionou suas costas contra a pedra dura e fria e a beijou. Com a mesma paixão e intensidade da noite anterior. Fazendo Corrie se lembrar das coisas que ele podia fazer com aquela boca extraordinária e aquela língua extremamente talentosa.

Almoçar para quê, quando podia se empanturrar de Ford?

Suas línguas se ataram em uma agitação frenética. Precisando de mais. Querendo mais. E não apenas querendo mais do beijo. Querendo mais um do outro de todas as maneiras possíveis. Corrie posicionou a perna ao redor da cintura de Ford, puxando a virilha dele contra a dela. Os quadris dele se moviam em estocadas longas e profundas na direção dela, pressionando o pau grosso e duro em sua área mais sensível.

Talvez eles não precisassem de camisinha. Afinal, fazia alguns anos que ele não transava...

Não. Corrie afastou esse pensamento da cabeça. Ela tinha

regras e não podia quebrá-las só porque estava com tesão e o pau de Ford implorava para que ela o deixasse entrar. Foi um acordo que ela fez consigo mesma quando decidiu fazer só sexo casual. Sem camisinha, sem sexo — sem exceções. A última coisa de que Corrie precisava era uma IST. Ou um bebê Mejía. Um bebê sem dúvida atrasaria seus planos.

Lentamente, ele se afastou da boca dela, finalizando com alguns selinhos, então olhou para seu rosto.

— Como vou me concentrar e fazer qualquer trabalho quando só consigo pensar em você? — ele perguntou.

Corrie foi invadida por uma doce satisfação.

— Você conseguia mesmo se concentrar antes disso? Porque não sei você, mas estou pensando em te beijar desde o aeroporto — disse ela. — Te beijar com ódio, é claro, mas ainda assim.

— É, mas era mais fácil fazer o trabalho quando eu estava competindo com você.

— Quem disse que a competição acabou? Ainda pretendo ser a primeira a segurar a faca. — Ela sorriu.

Além disso, aquela competição amigável tornava todo o resto mais satisfatório.

— Você está presumindo que eu vou *deixar* isso acontecer — Ford disse, com os olhos fixos nos dela.

— Deixar acontecer? Ai, ai, ai! Dr. Matthews, você está enganado se pensa que vou deixar você *me* deixar fazer qualquer coisa.

— Então tudo bem. Que tal uma aposta?

*Aposta*. Humm... Corrie estava começando a gostar daquilo.

— Tá... estou ouvindo.

— Então, para não ficarmos aqui por seis meses sem conseguirmos nos concentrar, que tal esquentarmos o jogo?

Corrie arqueou a sobrancelha. Ah, ela queria esquentar o jogo com Ford, principalmente na pele lisa e cheia de veias do pau dele.

— Safadinha — disse ele. — Enfim, quem encontrar a faca e segurá-la primeiro escolhe o prêmio.

— E quais são os parâmetros para o prêmio?
— O que você quiser... dentro do razoável, é claro.
— Temos que escolher a mesma coisa?
Ele balançou a cabeça.
— Como eu disse, o que você quiser. Eu vou primeiro... se eu ganhar, quero aquele sutiã e a calcinha que você estava usando ontem à noite.

Só isso? Caramba, Corrie teria lhe dado a lingerie sem a aposta. Mas ela não o deixaria saber disso. Principalmente por causa do que ela queria desse acordo.

— Safadinho. — Ela enganchou os dedos nas presilhas do cinto dele e o puxou para mais perto. Ele precisava ser agradado para o que Corrie estava prestes a dizer. Ela esfregou a mão do lado de fora da calça dele e levou a boca até sua orelha, chupando o lóbulo.

— Se eu ganhar... quero meu nome listado primeiro em cada publicação, placa de museu, livro de história, seja lá o que for, como a pessoa que descobriu Chimalli.

Ele afastou o rosto, visivelmente tenso. Queria criticá-la pelo absurdo, mas não queria que ela parasse de massageá-lo.

— Isso é bem mais do que eu pedi.
— Eu não fiz as regras, Ford. Minha proposta é razoável. E você pode pedir outra coisa, se quiser. Isso — ela disse, apontando para a própria mão em torno do pau dele — não conta como um aperto de mão, então você ainda tem tempo pra mudar de ideia.

— Tá. Se eu ganhar... quero que você dê uma entrevista me agradecendo pela oportunidade de entrar nesta escavação.

Que. Sacana.

Ela o encarou e retirou a mão.

— Você sabe que isso vai contra tudo em que eu acredito, né?

— Você sabe que não tem nada a ver com o fato de você ser mulher, e tudo a ver com a gente e esse rancor de uma década, né?

— Tem, sim. Não *estaríamos* nessa competição se eu não fosse uma mulher.

— É, e você não acha que o motivo pelo qual você quer seu nome primeiro não tem nada a ver com o fato de eu ser um homem? Isso vale para os dois lados, Corrie. Mas, enfim, é o fato de você ser *essa* mulher. *Essa* mulher que me deixa louco e me dá vontade de arrancar os cabelos ao mesmo tempo que quero arrancar suas roupas. Agora, você vai aceitar minha aposta ou não?

Sob quaisquer outras circunstâncias, os princípios dela venceriam. Mas Corrie não tinha nenhuma intenção de deixar Ford vencer a competição. Por isso, o risco de perder a aposta era quase nulo.

— Aceito. Mas precisamos de algumas regras básicas. Regra número um, você não pode usar sua posição de chefe e me atribuir uma tarefa menor para que eu nunca esteja em uma posição em que a vitória seja possível.

— Tá. Concordo. Regra número dois, nada de fugir sozinha. Se não chegarmos lá juntos, não podemos ir.

— Isso é um convite, dr. Matthews? Ou talvez outro duplo sentido? — Ela perguntou, arqueando a sobrancelha.

— É, eu nunca fui fã de orgasmos unilaterais.

Não. Com certeza, não. Ele havia provado isso na noite anterior.

— Regra número três. Quando estamos no local, nos concentramos.

— Muito bem. Então precisamos de uma revisão da regra número um. Não vou bancar o chefe, mas você tem que respeitar o fato de que eu *sou* o chefe — disse ele com naturalidade. Era justo. Ele tecnicamente era o chefe. — Não vou atribuir a você tarefas inúteis ou fazer coisas propositalmente para que você perca, mas você tem que fazer o que eu digo. Sem discussão. Sem desafiar minha direção...

— Mas e se você estiver errado? Quer dizer, vamos ser sinceros, Ford. Você já errou mais de uma vez.

Era verdade. Se Corrie não tivesse contestado as decisões de Ford, eles ainda estariam brincando de caixa de areia no primeiro local.

— Eu posso reconhecer quando estou errado, Corrie, e, sim, nesses casos, eu estava errado. Mas há uma diferença entre estar errado e discordar. Ambos podemos admitir que nossas brigas geralmente têm mais a ver com nossas diferenças de opinião do que com o fato de um de nós estar incorreto.

Ele tinha razão. Ford era mesmo uma das pessoas mais inteligentes que ela já tinha conhecido. Um verdadeiro e digno rival à altura. Ele só não fazia a maioria das coisas do jeito que Corrie faria.

— Tá. Aqui fora, você é o chefe.

— E no acampamento.

— E no acampamento? Isso significa que você é o chefe o tempo todo.

— Não, no acampamento só quando estamos com outras pessoas. Regra número quatro, quando estamos sozinhos, você pode ser a chefe.

Corrie deu risada. *Pode* ser? Isso já era um fato.

Ela estendeu a mão.

— Temos um acordo, dr. Matthews.

Eles apertaram as mãos, cada um sorrindo como se já tivesse vencido. Mas só poderia haver um vencedor, e ela sairia por cima.

# Catorze

Uma competiçãozinha nunca fez mal a ninguém.

A não ser pelo fato de que Corrie e Ford passaram a carreira inteira competindo, e, sendo bem sincero consigo mesmo, ele sabia que Corrie *definitivamente* tinha saído perdendo — a bolsa de Yale, a classificação de Ford como o melhor aluno da classe, e até mesmo a formatura: os aplausos para ele abafaram os dela quando ele cruzou o palco segundos antes. Mas desta vez era diferente. Sim, eles ainda estavam competindo um com o outro, mas ambos queriam a mesma coisa: encontrar Chimalli. E as chances de conseguirem pareciam boas. Se ele tivesse que abrir mão de ser o primeiro nome em qualquer publicação, tudo bem.

Seria um pequeno preço a pagar, considerando o *alto* valor que esses artefatos iriam render. E, agora que estavam novamente focados, e que tinham uma aposta em jogo, o processo de escavação seria muito mais ágil. E isso só fazia com que o tempo de espera por aquelas camisinhas parecesse incrivelmente longo.

A equipe inteira parecia estar pronta para ir embora. Até se ofereceram para trabalhar no fim de semana. Mas isso também pode ter sido porque ficaram animados ao encontrar uma antiga pedra de amolar na casa de adobe. Foi a primeira grande descoberta da escavação. Ford com certeza ganharia mais alguns milhares de dólares de bônus por ela. Não era a recompensa de um milhão de dólares que prometeram a ele pela tecpatl ou a recompensa de um milhão e meio de dólares caso encontrassem restos mortais, mas, com a sorte que estavam tendo, Ford aceitaria qualquer coisa que aparecesse.

No entanto, quando encontraram uma tigela e um pequeno baú esculpido à mão no dia seguinte, o ceticismo de Ford praticamente desapareceu. No ritmo em que trabalhavam, seria apenas uma questão de dias até descobrirem o restante.

Todos ficaram tão empolgados que, naquela noite, comemoraram com um brinde. E ele e Corrie tiveram uma celebração privada mais tarde naquela noite, lambendo, chupando, e com a melhor espanhola que ele havia recebido na vida.

Quando chegou a segunda-feira — o dia da entrega de suprimentos —, ele tinha parado de ficar pensando no inevitável. Pensando se ela ficaria desapontada após a espera. Ok, é verdade que eles se encontraram todas as noites nos últimos cinco dias na barraca dele de madrugada. Ela sempre voltava, e isso devia significar *alguma coisa*. Mas Ford não podia deixar de pensar que ela nunca ficava. Eles tinham concordado, sim, em manter o que estava acontecendo entre eles em segredo. A última coisa de que precisavam era que todos fofocassem a respeito disso ou que o investidor descobrisse e questionasse se Ford estava levando o trabalho a sério. E era óbvio, além disso, que Corrie estava preocupada com sua reputação, o que fazia sentido considerando tudo o que havia contado a ele a respeito dos rumores sobre ela ao longo dos anos. Mas seria bom se ela não estivesse sempre com tanta pressa de voltar para a própria barraca depois que eles se pegavam.

Seria bom se, de vez em quando, ela quisesse permanecer ali e conversar. Ou ficar abraçada. Ou dormir ao lado dele.

Mas ela era a chefe. Ela fazia as regras, dava as ordens. Então, sempre que ela se levantava para vestir a roupa e ir embora, e Ford sentia aquela vontadezinha de pedir que ela ficasse, ele não falava nada. Ele a deixava ir sem pensar duas vezes. E ficava sozinho na cama, refletindo.

Sobre o que aconteceria depois que tudo acabasse. O que aconteceria com Corrie. O que aconteceria com sua mãe. Se tudo aquilo valia mesmo a pena.

Ele olhou para Corrie enquanto todos caminhavam para o acampamento depois de um longo dia no sítio. O sorriso dela aqueceu seu coração. O sorriso que ela abria apenas para ele. Ela sorria para os outros, mas nunca daquele jeito. Nunca com aquele leve rubor nas bochechas, ou a mordidinha no lábio inferior. Isso lhe deu alguma esperança.

Sim. Ela valia a pena. Será que era horrível que ele preferisse ficar na selva com Corrie para sempre do que voltar para sua vida em New Haven? Isso fazia dele um péssimo filho?

Ele afastou esse pensamento, já sofrendo de culpa o suficiente depois de perder a ligação da mãe na última sexta-feira, porque eles trabalharam até mais tarde.

É, ele era um péssimo filho.

O sentimento foi confirmado no momento em que eles entraram no acampamento e o pau dele começou a ficar duro ao ver as caixas de suprimentos. *Você vai para o inferno, Ford.*

— Dr. Matthews — Agnes chamou, acenando para ele quando voltaram. — Vem cá, por favor. — O tom de sua voz era firme e um pouco inquieto.

*Tá... Esquisito...*

Agnes estava com um dos entregadores, Federico. Normalmente Federico deixava os suprimentos com Agnes quando eles ainda estavam em campo, e Agnes começava a organizar as coisas antes que voltassem. Eles nunca precisaram esperar que Ford assinasse nada.

Ele deu uma corridinha até os dois, Federico segurava a prancheta como se sua vida dependesse de não entregá-la a Agnes.

— Qual é o problema? — Ford perguntou.

— Ah, por alguma razão, o Federico aqui decidiu que você é o único que pode assinar pelos suprimentos dessa vez. Mesmo que eu já tenha assinado *várias* vezes — ela disse, com um olhar zangado para Federico.

Federico se aproximou de Ford e sussurrou:

— Trouxe aquela *coisa* especial que você pediu.

E na pior hora possível, Corrie passou por ali. Federico

moveu o olhar em sua direção, deu uma rápida olhada, então se voltou para Ford com um olhar malicioso e um sorrisinho. O motivo do pedido da *coisa especial* não passou despercebido por ele. Pelo menos Federico sabia que não devia dizer nada. Mas ainda assim Ford corou, com as orelhas irradiando calor.

— Estão neste caixote — disse Federico apontando para uma caixa de madeira menor ao lado dele. Felizmente era pequena o suficiente para Ford carregar sozinho e levar para a barraca.

— Ótimo. Obrigado — disse Ford, assinando o recebimento do pedido e devolvendo a prancheta a ele.

— Divirta-se.

Ah, Ford planejava se divertir. Bastante. Por isso, pediu uma caixa em vez de um pacote de camisinhas.

Sob o olhar atento de Agnes, ele levou o caixote para a barraca enquanto os outros desempacotavam o restante dos suprimentos. Lá dentro, escondeu a caixa no baú ao pé da cama e deixou algumas camisinhas na gaveta da mesinha de cabeceira para facilitar o acesso. Logo, quando todos estivessem dormindo, Corrie estaria na barraca dele, debaixo dos lençóis e, finalmente, ele entraria nela. Ele só precisava passar pelo jantar e confraternizar um pouco à noite.

Ele tomou banho. Fez uma rápida ligação para o investidor. Jantou. E relaxou junto ao fogo com o restante do grupo. Corrie estava muito tranquila naquela noite. Tão tranquila que Ford se perguntou se ela ainda se lembrava do plano. Isso até que ela se sentou ao lado dele perto do fogo e se inclinou em direção ao seu ouvido, sussurrando:

— Espero que o pacote tenha chegado, porque tenho planos pra você hoje à noite, dr. Matthews.

O cabelo de sua nuca se eriçou. Algo na maneira como ela o chamava de "dr. Matthews" sempre o impactava. Ele adorava. Amava o jeito como ela dizia o nome dele. Adorava aquela voz sexy e ronronante que ela usava quando estavam sozinhos. Mesmo agora que eles não estavam brigando todos os dias como de costume, ela ainda o afetava. Mas, agora, no bom sentido.

— Na minha barraca, dra. Mejía — ele respondeu.

— Ótimo — disse ela, inclinando-se para trás, tranquila. — Vamos torcer para que todos lembrem que é uma noite de segunda e queiram ir para a cama cedo.

Ethan se sentou ao lado deles, sem dar muita esperança de que dormiria cedo.

— Ainda acho isso estranho — disse ele, tomando um gole.

— O quê? — Ford perguntou.

— Vocês dois se dando bem. É como se eu não soubesse mais quem vocês são.

— Não estamos nos dando bem — respondeu Corrie. — Estamos nos tolerando para alcançar um objetivo mútuo. É bem diferente.

— É, além disso... é muito cansativo brigar com ela. Ela sempre vence — disse Ford.

Ela sorriu.

— Isso mesmo, dr. Matthews. Eu *sempre* venço.

*Ah, não desta vez, querida.* Desta vez, a vitória era dele.

— Dr. Matthews — disse Sunny, caminhando até eles. — Você tem uma ligação. De um hospital.

Ela estendeu o braço segurando o telefone via satélite, e o estômago de Ford afundou. *Deus, não. Não... por favor, não diga...*

Ele se impediu de pensar no pior, mas tudo ao seu redor desapareceu. A vitória. A escavação. Corrie. Nada mais importava além de sua mãe. Ele pulou do chão, pegou o telefone e saiu para ter um pouco de privacidade.

— Alô? — disse quando chegou à segurança de sua barraca.

— Aqui é o dr. Lee, de Lakeview. Desculpe por ligar tão tarde...

— Sem problema. Está tudo bem? Minha mãe está bem?

Ele prendeu a respiração, esperando a resposta do dr. Lee.

— Sim, ela está... estável... — Estável? Isso não parecia bom. — Mas a transferência do hospital para Lakeview não foi tão tranquila quanto gostaríamos. Eu gostaria de iniciar o novo tratamento imediatamente. Amanhã, se possível.

— Entendi...

Qual era o problema?

— Mas eu queria falar com você sobre algumas... opções menos caras que poderíamos experimentar primeiro.

Aí estava.

— Ah.

— Sua mãe explicou que o seguro cobriu a maior parte dos procedimentos até agora e estava preocupada com o custo do tratamento que estou recomendando porque é... bem, a despesa adicional será significativamente maior do que o que você está pagando, então ela pediu que eu ligasse para você. Existem várias outras opções de tratamento, embora não tão avançadas quanto a que eu recomendei. Mas, como médico, eu ficaria confortável com qualquer um dos tratamentos neste momento. Ela só queria ter certeza de que a escolha era boa para você.

A mãe de Ford queria ter certeza de que a escolha era boa para *ele*? Como se a conta bancária dele fosse mais importante do que a saúde dela. Era oficial: ele era um péssimo filho.

Mas, de certa maneira, não importava se ele não pudesse *pagar* pelo tratamento.

— Me diz... se os outros tratamentos não funcionarem, isso significa que aí você vai recomendar o tratamento mais caro de qualquer maneira? — ele perguntou.

— Provavelmente.

— E se isso acontecer, vai acabar custando ainda mais dinheiro no final das contas?

— Sem dúvida. É uma possibilidade.

— Então faça o que for necessário para que ela melhore.
— Certificar-se de que a mãe estava melhor, ou simplesmente confortável, era a única coisa que importava para ele.

— Ela sabia que você ia dizer isso.

— Bem, ela mesma poderia ter me ligado, e eu teria dito isso a ela. Lamento fazer você ligar para dar a mesma resposta que ela já sabia.

— Ela disse que tentou ligar, mas não conseguiu falar

com você... — Ford sentiu uma pancada violenta no fundo do estômago.

— Posso falar com ela agora? — ele perguntou, tentando aliviar um pouco a culpa.

— Lamento, dr. Matthews, mas isso não será possível. Sua mãe está muito fraca, e os tratamentos a deixam muito cansada. Fiquei surpreso por ela estar acordada quando tentou te ligar na sexta-feira passada, mas ela disse que esse é o ponto alto da semana. A única coisa que ela fica animada para fazer.

O telefone caiu meio centímetro da orelha de Ford enquanto ele o segurava tentando não chorar. Era a única coisa que ela ficava animada para fazer, e ele tinha esquecido quando decidiu ficar até tarde no sítio de escavação. Ele não era um péssimo filho. Ele era um filho *de merda*.

— Bem, você pode dizer a ela que eu a amo? — ele falou engasgado.

— Claro, dr. Matthews. E ela me pediu para te dizer o mesmo. Vou ligar no final desta semana com quaisquer atualizações. Fique bem.

No minuto em que desligou o telefone, Ford caiu na cama. O que ele estava fazendo ali? Ele não precisava arriscar tudo nesta escavação. Podia conseguir o dinheiro de outras maneiras. Podia dar mais algumas palestras. Talvez aquela série de conferências no museu que ele tinha sido convidado a fazer. Não ganharia muito dinheiro, mas pelo menos ele estaria lá com ela, não a deixaria sozinha. Ele poderia visitá-la pessoalmente e dar a ela mais do que um telefonema de trinta minutos por semana.

Caramba, ele poderia apelar para jogos de azar. Mas, do jeito que estava sem sorte nos últimos dois anos, talvez essa não fosse a melhor opção.

Então, por que ele estava lá, já que havia outras opções? Estava lá para conseguir dinheiro ou para alimentar seu ego? Estava lá porque queria ser o arqueólogo que descobriu Chimalli? Por que, mesmo depois de oito anos, e mesmo sem perceber, ele ainda tentava competir com Corrie? Por que ele queria vencê-la?

Pierre Vautour queria contratá-la. Mas Ford conseguira chegar até Vautour e garantiu sua capacidade de ser bem-sucedido na escavação. Então ele estava lá, bem, porque queria, e agora, como resultado, estava perdendo um tempo valioso com a mãe. Tempo que ele nunca teria de volta.

Adicione o item "uma pessoa de merda" à lista de atributos de Ford.

Ele poderia dizer a si mesmo que tudo o que queria era dinheiro — para sua mãe —, mas isso era mesmo verdade ou ele só tinha se convencido disso para não parecer um idiota?

— Oi. — Uma voz doce e sexy chamou da porta da barraca.

Ford não precisou olhar para saber quem era.

— Agora não é um bom momento, Corrie — disse ele, virando-se e tirando os óculos para enxugar as lágrimas dos olhos.

— Ei, você está bem? — Sem dar ouvidos ao aviso, ela entrou na barraca e se sentou ao lado de Ford. Era típico de Corrie: não dar ouvidos a ele.

— Por favor, Corrie... por favor, vai embora, tá?

— Não, Ford, não vou deixar você assim. O que aconteceu? É sua mãe? Está tudo bem?

Ele não conseguia nem fingir que não estava mais chorando. Seu corpo desabou sob o próprio peso, e ele se mexeu na cama para se distanciar dela. Mas ela não o deixaria ir longe. Corrie se aproximou dele, colocando as mãos em suas costas e pressionando a cabeça em seu ombro.

— Ford, por favor... por favor, fala comigo. Você está me deixando preocupada.

— Por que você só não me deixa sozinho? — ele perguntou.

— Porque eu me importo com você, Ford.

— Você não se importaria comigo se me conhecesse de verdade.

— Eu conheço você.

— Não conhece, não. Você só sabe o que eu escolho te dizer. E eu estou te dizendo agora: eu sou uma péssima pessoa — disse ele.

— Você não é uma péssima pessoa — ela disse, encarando Ford. — Você nem sempre foi uma pessoa polida e perfeita perto de mim, mas *mesmo assim* eu gosto de você. Você tem defeitos, Ford. Todos nós temos. Agora, por favor, me diz o que aconteceu, porque estou aqui imaginando o pior.

Ela estava pensando que a mãe dele havia morrido, mas isso não era o pior que podia pensar sobre ele. Que ele a traíra... de novo. E por mais que gostasse de pensar que tinha sido uma traição inadvertida, agora não tinha mais tanta certeza.

— Eu perdi a ligação dela na última sexta-feira — ele disse, por fim. — Perdi e sinceramente nem me lembrei até bem depois que aconteceu.

Ele não se importava que ela visse as lágrimas. Não podia segurá-las. Ela precisava ver a pessoa que ele era.

— Tenho certeza de que ela vai entender. — Corrie pegou as mãos dele. — Mas ela está bem?

— Ela está viva, sim, mas não está bem. Eles precisam começar um novo tratamento, que o seguro não vai cobrir, e mal posso pagar, e ela estava mais preocupada que eu tivesse que gastar todo o meu dinheiro do que com a própria melhora. E eu nem me dei ao trabalho de atender a ligação dela.

— Ford, foi um imprevisto.

— Não... eu não deveria estar aqui. Eu deveria estar lá, ajudando minha mãe a passar por isso.

— Bem, você pode ir passar alguns dias com ela e depois voltar pra cá?

— Mas estamos tão perto e... — ele se interrompeu. — É disso que eu estou falando. Estou mais preocupado com esta gloriosa caça ao tesouro do que com minha mãe. Eu te disse. Eu sou uma péssima pessoa.

— Isso não faz de você uma péssima pessoa, e só porque você quer estar aqui também não significa que você não ame a sua mãe. Você está sendo muito duro consigo mesmo.

Ela não sabia nem da metade.

— Nossa, que vergonha. Não acredito que estou chorando na sua frente... de novo.

— Não é vergonha nenhuma. Você ama sua mãe e sente falta dela. Eu ficaria menos a fim se você não estivesse chateado com esta situação.

A fim? Isso significava que ela estava a fim? Porque, apesar de toda aquela espera e antecipação, sexo era a última coisa na mente de Ford.

— Não foi o que eu quis dizer — ela respondeu por ele, obviamente lendo seus pensamentos. — Não de uma forma sexual, no caso. — A preocupação devia estar estampada em seu rosto. — Eu quis dizer que eu não estaria a fim de você como pessoa se você fosse indiferente.

— Desculpa... eu sei que meio que planejamos... você sabe... — Caramba, por que ele não podia falar sobre sexo como um adulto?

E *meio que planejamos*? Não se dava mais conta de que eles contaram os dias e as horas até a entrega de suprimentos para que eles pudessem ter a "inevitável trepada"?

O calor da mão dela sobre a dele, no entanto, acalmou os nervos de Ford.

— Ford, eu entendo completamente. Não é uma boa hora.
— Não parece certo, sabe? Não agora.
— Eu sei. Está tudo bem. De verdade.

O sorriso dela aqueceu o coração dele quando ela se inclinou e o beijou na bochecha antes de se levantar para sair. Mas ele agarrou a mão dela antes que ela saísse.

— Você não precisa ir embora. Você pode ficar — ele disse — e conversar um pouco.

Todo sentimento de autodesprezo e tristeza tinha sumido desde que Corrie entrara na barraca. Era curioso como alguém que antes tinha o efeito de irritá-lo agora acalmava todo o seu ser. Mas, para falar a verdade, a questão não era como ela o deixava irritado, e sim a tensão de não poder tê-la.

Ela sorriu e disse:
— Claro.

Eles se deitaram de lado na cama e conversaram. Falaram sobre a escavação. Sobre a mãe dele. Riram de coisas bobas que o fizeram esquecer que horas antes estava chorando. Mas era assim que as coisas aconteciam com ela. As horas passavam num piscar de olhos. A conversa era fácil. Como sempre que estavam a sós.

Ele não podia deixar de admirá-la quando ela falava, e não apenas porque ela era incrivelmente linda. Além disso, a mulher tinha bravura e classe. E era engraçada pra cacete. A barriga de Ford doía de tanto rir, e a boca, de tanto sorrir. Além disso, tinha os trejeitos dela. A maneira como ela batia as pontas dos dedos no ar enquanto falava. E como se virava na cama e se inclinava sempre que ficava empolgada. Ele gostava, principalmente, de como ela ficava animada ao encenar uma história.

Ele nunca tinha conhecido ninguém como ela. Sério... qualquer um que já tenha passado uma noite conversando e contando histórias na cama com Corrie Mejía sem dúvida saiu dessa experiência completamente embasbacado por ela, se é que já não estivesse obcecado por ela. Ford sentia suas entranhas formigando, e o corpo aquecendo conforme a noite avançava, quando finalmente percebeu.

*Eu sou louco por essa mulher.*

Ford nunca foi *aventureiro*. Ele nunca tinha sido louco por ninguém na vida. Embora tenha sentido aquela faísca uma vez.

E Corrie deve ter pensado a mesma coisa.

— Por que você não me beijou naquela noite? — ela perguntou.

A pergunta surgiu do nada, mas Ford sabia exatamente a que ela estava se referindo: à biblioteca. Ele tinha feito essa pergunta a si mesmo — e muitas variações dela — milhares de vezes. Quase aconteceu. Só mais alguns centímetros. Estavam perto o bastante para que ele conseguisse sentir o cheiro de coco de seu cabelo e o café em seu hálito.

Era ruim que, sempre que Addy bebia um latte de coco, ele só conseguisse pensar em Corrie?

— A biblioteca estava fechando.

Nossa. A resposta saiu ainda pior do que ele havia planejado. Pior do que ele tinha ensaiado na cabeça todos aqueles anos. E, sim, era verdade. Se o bibliotecário não tivesse interrompido para pedir que saíssem, ele *teria* beijado Corrie. Mas essa resposta não abarcava a história completa.

— Uau... — ela disse, apoiando a cabeça na mão. — Me lembra de nunca mais ir à biblioteca com você perto da hora de fechar. Não quero que você quebre as regras.

— Não foi isso que eu quis dizer — disse ele.

— Então, o que você quis dizer, dr. Matthews? Por favor, me conta — ela disse, rolando de bruços e apoiando a cabeça nas mãos com os cotovelos na cama, como uma adolescente em uma festa do pijama.

Ele se deitou de lado, de frente para ela, levantando a cabeça enquanto falava.

— Ah... é, foi porque a biblioteca estava fechando, mas quando nós saímos eu pensei... eu pensei que o momento tinha passado e que seria estranho se eu tentasse. E, sinceramente, eu não tinha certeza se você gostava de mim.

— Se eu gostava de você? Você não lembra que a gente passou quinze minutos do lado de fora depois que a biblioteca fechou? Eu estava *esperando* você me beijar.

— Pois é... — ele deixou escapar. — Percebi isso depois que cheguei em casa. Confia em mim... eu me puni por isso.

Ela suspirou e se virou de costas, deitando a cabeça no travesseiro.

— E foi isso. Nossa única oportunidade de seguirmos um caminho diferente, e nenhum dos dois sequer procurou o outro depois disso.

— Isso não é verdade.

Os olhos dela se agitaram.

— Como assim? — ela perguntou.

— Corrie... eu só fui àquela festa de gala porque você estaria lá.

Ela se apoiou nos braços novamente.

— Engraçado, porque eu me lembro de ver você grudado na cara de Addison Crawley naquela noite. — Ela franziu os lábios e arqueou a sobrancelha, mas seu tom ainda era brincalhão.

Mas, depois de todos aqueles anos... depois de todo aquele tempo sabendo que ela tinha ficado com a impressão errada, Ford precisava esclarecer as coisas.

— Foi *ela* que *me* beijou. Eu fui procurar por *você*.

A lembrança de Corrie encontrando os dois se beijando na alcova estava firmemente gravada na cabeça de Ford. Seus olhos castanhos arregalados e incrédulos. O vestido vermelho que ela usava e ressaltava suas lindas curvas. No mesmo tom, seus lábios vermelhos, tremendo, como se a visão dos lábios de Ford em outra mulher esmagasse completamente sua alma. E não qualquer mulher, mas Addison Crawley, a razão pela qual Corrie tinha ido à festa. Para bater papo com Addison e, com sorte, aumentar suas chances com o dr. Crawley em Yale.

Mas Corrie nunca teve essa oportunidade. Não depois de Ford ter chegado até Addison primeiro, sem querer. Ele podia imaginar como Corrie tinha interpretado aquilo. Ela havia contado a ele o plano de se aproximar de Addison na festa quando eles conversaram sobre esperanças e sonhos na biblioteca. Na época, Ford não tinha a menor intenção de ir à festa. Dois dias depois, porém, ele foi atrás de Corrie. Mas, para Corrie, parecia que ele tinha ido roubar seu plano. E, dado que seu relacionamento posterior com Addison o havia ajudado a conseguir o trabalho com o dr. Crawley, parecia que o plano tinha funcionado, consolidando o ódio de Corrie por ele.

— Você me deixou arrasada naquela noite, Ford. Achei que estava enganada sobre você. Eu *pensei* mesmo que gostasse de você. E aí você fez aquilo... — Dessa vez, a voz de Corrie não estava tão alegre. A dor era óbvia.

— Eu sei... eu sei o que parece — disse ele. — Na verdade, tentei evitá-la quando percebi quem ela era, mas ela continuou me encontrando na festa. Acho que ela pensou que eu estava me fazendo de difícil. Pensou que eu fosse um desafio que precisava ser conquistado. Mas, Corrie, juro por Deus que não fui lá por ela. E só começamos a namorar quatro semanas depois, quando tive a confirmação de que não havia como recuperar o que você e eu tivemos na biblioteca. Nunca planejei o que aconteceu com ela.

As sobrancelhas dela se uniram.

— Espera... quatro semanas? — Ela ficou parada, como se estivesse tentando juntar as peças, então olhou diretamente para ele. — Então como você conseguiu a bolsa?

Mais uma vez, ele sabia o que aquilo parecia aos olhos de Corrie, principalmente quando o dr. Crawley, que planejava comparecer à defesa da tese dela, não apareceu. Juntando os amassos com Addison ao fato de o dr. Crawley não ter aparecido, sim, provavelmente parecia que Ford tinha algo a ver com aquilo. Mas ele não tinha.

— Não sei por que o dr. Crawley não compareceu à sua defesa de tese, juro. Eu nem sequer vi ou falei com Addison novamente até a semana seguinte. Mas ela me levou para a casa dos pais dela para almoçar com eles logo depois que começamos a namorar, e ele mencionou a bolsa e disse que estava de olho em algumas pessoas, mas não tinha tempo para entrevistas, e então Addison perguntou se não podia ser eu, e de repente estávamos no escritório dele, conversando, e... e... sinceramente, Corrie, tudo aconteceu tão rápido — ele divagou.

Fazia oito anos que ele queria dar uma explicação a ela. Oito anos e o melhor que conseguiu fazer foi vomitar as palavras.

— Eu não fui lá com a intenção de tirar a bolsa de você — ele continuou, mais calmo. — E eu sei que só consegui a vaga por causa da Addison. Mas eu lamento. Lamento porque sei o quanto isso significava pra você.

— Você jura?

— Sim, eu juro. Corrie, nunca quis te machucar.

Ela suspirou, olhando para baixo.

— Acho que eu não estava com essa bola toda, afinal de contas. Parece que eu nem era a única na competição.

Ford não respondeu, mas era o que ele pensava também.

— Caramba, eu te odiei tanto por isso. Eu me sinto uma idiota agora. Mas eu estava tão brava, pensando que você tinha me usado para obter essa informação.

— Não foi nada disso — disse ele, se esticando por cima da cama e pegando a mão dela. — Corrie... eu gostava de você... bastante. Tá, você me apavorava e me frustrava pra caralho às vezes, o que ainda acontece, mas eu me senti atraído por você desde o momento em que você levantou a mão em nossa primeira aula de Teoria Arqueológica. E não apenas porque achei você a mulher mais bonita que já tinha visto. Embora eu tenha certeza de que você conseguiu inspirar muitas paixonites naquele dia.

— É mesmo?

— Com toda certeza. Corrie, eu sei que você pensa que, quando as pessoas olham pra você, tudo o que veem é isso — ele disse, girando a mão no ar e, num gesto, abarcando toda extensão do corpo dela —, mas eu vejo isso... — Ele pressionou o dedo indicador e o dedo médio em sua têmpora logo acima da sobrancelha. — E isso — ele então disse, tocando os lábios dela com os dedos.

— É, tenta manter essas sobrancelhas e esses lábios na selva sem acesso a cera quente — disse ela, com um sorrisinho.

Ele também sorriu.

— Não, engraçadinha. Eu estava me referindo à sua mente brilhante e à boca atrevida que não tem medo de ninguém nem de nada. Mas eu não vou mentir. Eu também gosto bastante do resto.

— Eu também gosto da maior parte de você.

— Ah, sério? Só da maior parte de mim? — ele disse, puxando Corrie, para que seus corpos ficassem nivelados na cama.

Ela assentiu.

— Uhum. Eu gosto disso — ela disse, apontando para os olhos dele. — E disso — tocando na cabeça dele, então passando os dedos levemente pelas pontas de seu cabelo. — E de *tudo* isso — ela disse, acenando com a mão sobre seu físico firme. — E na maioria das vezes, disso — ela terminou, colocando as pontas dos dedos nos lábios dele.

— Na maioria das vezes?

— É, eu não gosto quando esses lábios, por inúmeros motivos, me dizem não, mas gosto quando eles estão sorrindo. E me beijando. E pedindo desculpa.

Sem hesitar, ele a beijou. O sentimento era mútuo. Ford nunca gostou tanto do beijo de alguém como do beijo dela. Aquela boca briguenta o provocava de tantas maneiras. Com as provocações de sabichona, aqueles lábios pronunciados e sensuais e a inteligência incomparável, ele ansiava por aquela boca a cada hora do dia. E por outros talentos muito apreciados daqueles lábios.

Com as mãos por baixo da blusa dela, ele acariciava sua pele macia, e ela deslizava as mãos pelo peito de Ford sob a camisa. Seus dedos elegantes exploravam cada músculo, fazendo o corpo dele estremecer com arrepios. Ele antecipava cada movimento dela, mas sempre ficava surpreso.

— Ford? — ela perguntou, enquanto ele movia os lábios por seu pescoço.

— Uhum?

A boca dele passeava pela pele doce de Corrie, saboreando-a como se ela fosse a coisa mais deliciosa que já tinha atingido suas papilas gustativas.

— Eu sei que dissemos que hoje não ia rolar, mas...

Já ofegante, ela perdeu o fôlego.

— Uhum?

Um suave ronronar escapou da garganta dela.

— Mas... Ford... eu te quero tanto. Eu sempre te quis.

Ele parou de beijá-la e pairou sobre seu corpo, com um braço de cada lado. Aqueles olhos ávidos estavam olhando para ele, implorando para que ele a dominasse. Implorando para que ele acabasse com a tortura que os consumia há uma década.

— Eu também quero você.

— Cadê as camisinhas? — ela perguntou.

Ford desceu da cama, foi até a mesa e pegou uma camisinha da gaveta. Então, parado ali, olhando para Corrie, linda, tirou a roupa lentamente. Jogou a camiseta no chão, chutou as botas para o lado, tirou a calça e a cueca e todo o resto até ficar totalmente nu na frente dela.

De olhos atentos, Corrie observou cada centímetro de seu corpo, até se ajoelhar na cama e tirar as próprias roupas. Perfeição. Toda aquela tensão. Toda a espera... Valeu a pena para estar com ela neste momento.

Ela avançou em direção à beira da cama, então se levantou, aproximando-se dele e pegando a camisinha de suas mãos. Com movimentos delicados, ela rasgou o invólucro e desdobrou a camisinha em seu pau ávido, então se apoiou na cama, abrindo bem as pernas para ele. Uma visão que ficaria para sempre impressa em sua mente.

Como um escultor estudando seu próximo tópico, ele a encarou, absorvendo-a. Memorizando cada curva de seu corpo e cada mecha de seu cabelo. Seu próprio corpo consumido pelo prazer de contemplá-la.

— Esperando alguma coisa? — ela ronronou, arrastando as pontas dos dedos ao longo dos seios, descendo pela pele incrivelmente macia, em direção à abertura.

— Estou tentando aproveitar e me certificar de que vou me lembrar disso.

Ela sorriu e apoiou o corpo em um dos cotovelos enquanto passava a outra mão em seu sexo; seus dedos brilhavam com a própria umidade. Ele teve que apertar o pau para aliviar a pressão.

— Não se preocupa. Não vou deixar você esquecer.

Ele se aproximou dela, pegou sua mão e lambeu a umidade de seus dedos. Então, sem mais delongas, ele a penetrou, e ambos soltaram os gemidos que obviamente tinham guardado nos últimos anos. Ele sentiu o corpo inteiro aquecer. Não apenas pelo prazer físico de estar dentro dela ou pelo fato de que não fazia sexo há alguns anos. Mas por causa do desejo que escoava de seus poros. Ela o queria. Vale repetir: ela — a dra. Socorro Mejía — o queria. E pelo som de seus gemidos e a maneira como arqueava as costas, ele satisfazia a fome dela. Ser capaz de saciar uma mulher como Corrie quase fez Ford explodir.

— Por que isso é tão gostoso? — ela perguntou, se contorcendo debaixo dele.

Ford poderia ter feito a mesma pergunta. É, já fazia um tempo, mas caramba... o sexo nunca tinha sido assim. Sexo em que cada estocada, cada toque de fricção liberava uma onda de euforia por todo seu corpo. Ele sorriu para ela, depois virou o rosto corado.

— O que foi? — ela perguntou, sorrindo também.

— Eu me sinto como um adolescente bobo sorrindo pra você. Mas, caramba, Corrie, é uma delícia sentir você.

Ela abriu um sorriso sensual para ele, então estendeu a mão e puxou seu rosto para um beijo. Suas bocas se prenderam, com as línguas uma sobre a outra, e ela envolveu as pernas na cintura dele. Mas o calor do corpo dela não era páreo para o fogo que corria pelas veias dele. Cada partícula de Ford estava cheia do espírito de Corrie. Da presença dela. Cada partícula dele só queria prolongar o momento.

Eles se contorceram e viraram até que Ford estivesse de costas no colchão, com Corrie em cima de seus quadris. Com movimentos longos e lentos, ela descia com os quadris na direção dele, com as mãos firmadas em suas coxas. Como uma deusa cavalgando pelo céu, seus seios balançavam acompanhando seus movimentos. Ele não pôde deixar de observá-la, admirando-a por baixo, contemplando cada detalhe. Cada mecha de seu cabelo. Cada gemido em sua garganta. Será que ela tinha esse efeito em todos os homens ou só em Ford?

Ela se inclinou, colocando uma mão ao lado da cabeça dele e a outra em seu peito. Suas longas madeixas caíram ao redor, envolvendo o rosto de Ford naquele perfume de coco, deixando-o num estado de embevecimento que ele jamais tinha sentido antes. Ela pegou a mão dele e a colocou em seu peito, e ele massageou seu seio macio, roçando o mamilo com as pontas do polegar e do indicador. Os deliciosos gemidos dela o levavam ao limite.

— Ford... — ela murmurou. — Ford, você vai me fazer gozar.

Como se ele precisasse de mais incentivo. Com uma mão no mamilo duro e a outra guiando seus quadris, Ford a penetrou até que ambos gritaram de puro êxtase. E Ford mergulhou em completa e total paixão.

Corrie Mejía podia fazer o que quisesse com ele. Gritar com ele. Acabar com ele. Trepar com força e depois jogá-lo em uma lixeira. E ele não se importaria nem um pouco. Porque estar com ela, mesmo que por um instante, valia toda e qualquer devastação que pudesse vir depois.

# Quinze

*Só mais cinco. Mais cinco minutos e eu vou para a minha barraca.*

Mais cinco minutos no calor da cama dele, ouvindo o zumbido de sua respiração profunda enquanto ele dorme. Mais cinco minutos sentindo o perfume de zimbro.

Corrie ao menos *pretendia* descansar os olhos por apenas cinco minutos e aproveitar a satisfação pós-sexo. E foi exatamente o que ela fez. O sexo com Ford foi melhor do que ela jamais imaginara. Ele conhecia o corpo dela melhor do que qualquer homem. Sabia o que ela queria, como satisfazê-la. Talvez as preliminares dos últimos dias o tivessem ajudado a entender seu corpo, mas ela nunca havia tido uma primeira vez tão relaxada, intuitiva e prazerosa como aquela.

Ou uma segunda vez.

Ou uma terceira.

Lá se foram seus planos. A quietude do início da manhã pairava sobre o acampamento, por isso ela não tinha dúvidas, quando abriu as pálpebras, de que tinha ficado bem mais do que cinco minutos.

Mas a vista era ótima.

Ela admirou Ford, ainda dormindo ao lado dela, e seu corpo impecável. Ele dormia de um jeito sexy, se é que isso era possível. Talvez outros homens dormissem de um jeito sexy também, mas Corrie não tinha como saber. Não, ela nunca dormia com eles. Porque isso levaria a aceitar um café. E depois ao café da manhã. E, então, a ler o jornal juntos com os pés apoiados na mesa de centro, um cachorro no tapete sob os pés e crianças gritando ao fundo. Não, o estilo de vida descompromissado de Corrie não se prestava a relacionamentos profundos.

E essa coisa com Ford? Com certeza, ela *não* ia ficar dormindo com ele. E com certeza *não* era um relacionamento. É que as coisas na selva eram diferentes. As regras normais não se aplicavam. Como em Las Vegas. Além disso, um relacionamento entre ela e Ford nunca aconteceria. A Incrível Mejía e Água de Salsicha Matthews, os candidatos mais improváveis a Casal do Ano. Corrie revirou os olhos e deu risada dessa ideia.

Isso não significava que ela não podia apreciar a vista por mais uns minutinhos...

*Não! Você precisa voltar pra sua barraca!*

Com movimentos sutis, Corrie saiu da cama e procurou suas roupas entre a zona de artigos descartados espalhados pelo chão. Durante a noite, a barraca parecia tão tranquila, então por que estava tão bagunçada? Cada movimento tinha sido fluido — e tão... certo. Era engraçado ver o resultado pela manhã; a bagunça era uma metáfora para aquele relacionamento caótico.

Não. Nada de *relacionamento*. Ela precisava parar de usar essa palavra. Um relacionamento entre os dois era algo impossível. Considerando os conflitos de personalidade e a aversão de Corrie aos sentimentos — sem mencionar o fato de que eles literalmente viviam em lados opostos do país —, na melhor das hipóteses, eles poderiam se encontrar para transar em uma viagem ou outra. Nada mais.

Mas por que essa perspectiva a incomodava?

Corrie pegou a camiseta dele enquanto procurava a sua, então a levou ao nariz, fechando os olhos para sentir o cheiro. A noite anterior voltou em um atropelo. Os dois na cama. Conversando. Compartilhando. Confortando um ao outro. Seu coração se expandiu com a lembrança daqueles sentimentos. Os sentimentos de alguém que queria conhecê-la de verdade, que queria vê-la como algo mais do que um símbolo sexual ou uma chata mandona.

Ai, meu Deus.

Corrie... *gostava* de Ford. E não apenas o tipo de gostar que deixava sua calcinha molhada.

Ela tirou a camisa do rosto e a jogou a vários metros de distância, como se transmitisse uma doença infecciosa.

— Meu cheiro é tão ruim assim?

Corrie saltou ao ouvir o timbre grave de Ford e olhou para ele, que a observava da cama com a cabeça apoiada na mão. Seu sorriso malicioso provocou uma onda quente que percorreu o corpo de Corrie, induzindo-a a voltar para aquela cama quentinha e se aconchegar no corpo dele em brasa.

— Há quanto tempo você está acordado? — ela perguntou.

— Tempo suficiente para pegar você julgando minhas roupas fedorentas... — Longe disso. Ford nunca fedia. Mesmo depois de longos dias trabalhando na selva escaldante, ele ainda tinha um cheiro delicioso. — E tempo suficiente pra pegar você saindo de fininho.

— Eu não estou saindo de fininho. — Ela franziu o rosto quando disse isso, já que obviamente era o que estava fazendo. — É que... já está clareando e é melhor eu ir pra minha barraca antes que as pessoas comecem a se levantar.

— Que horas são? — ele perguntou, apontando para o relógio na mesa ao lado da cama.

— Cinco e pouquinho.

— Só isso? — ele perguntou, sorrindo e rolando para fora das cobertas, revelando seu glorioso corpo nu. Os sentimentos de Corrie afloraram novamente... mas desta vez ela ficou excitada. — Ninguém acorda tão cedo, a não ser Agnes.

Ele estendeu a mão para pegar os óculos na mesa e sentou com as pernas abertas ao lado da cama, seu pau começando a endurecer. Por quê? Por que os deuses a tentavam assim?

— Estou vendo você olhando — disse ele, com um sorrisinho.

Corrie pegou a blusa do chão, então se levantou na frente dele.

— É, Ford, é meio difícil não olhar quando você está sentado completamente nu na minha frente e com *isso aí* — disse ela, apontando para a crescente ereção dele.

— É, *Corrie*, é meio difícil *não* ficar assim quando você está de quatro pelo chão só de sutiã e calcinha. Vem cá — ele disse, puxando-a para si pela cintura. Ela ficou entre as pernas dele e o encarou, passando os dedos por seu cabelo e deixando a blusa cair na cama enquanto ele massageava o corpo dela.

— A noite passada foi legal — disse ele.

— Legal? Nossa, que elogio — ela respondeu, com um sorriso.

— Tá, o *sexo* foi incrível... — Ele abriu aquele sorriso sexy. — Mas eu estava me referindo a todo o resto. Obrigado por fazer eu me sentir melhor... por não me deixar aqui pensando sozinho.

— Disponha.

— Sério? Posso *dispor*?

Ai, ai. Essa simples pergunta era muito significativa. Ford não estava simplesmente perguntando se podia ligar para ela sempre que estivesse deprimido. Não, sua inflexão indicava que ele estava perguntando se havia algo mais na situação deles. Algo mais do que o que estava acontecendo na selva.

Como se quisesse saber o que poderia acontecer quando eles fossem embora.

Merda. Ford também estava começando a gostar dela.

— É! — ela disse, inclinando-se para beijar a testa dele e se soltar. — Mas agora não, porque eu preciso ir antes que seja tarde demais.

Como um diabo-da-tasmânia, Corrie revirou a barraca, enquanto Ford ficou sentado na cama o tempo todo, rindo silenciosamente para si, também se arrumando, mas com muito menos caos. Com uma movimentação dos pulsos, ela torceu o cabelo em um coque alto e bagunçado, depois se agachou para amarrar as botas.

— Você sabe que pode admitir — disse Ford, ao lado dela, fechando o zíper da calça.

— Admitir o quê? — ela perguntou, inclinando a cabeça para o lado olhando para ele.

— Admitir que você gosta de mim. Você não precisa fugir assim.

— Eu te disse... Não quero que ninguém me veja...

Quando ela se levantou, Ford a puxou para si e a beijou. E em um instante, o corpo de Corrie se derreteu todo. Ela deixou que ele a levasse. Que tivesse o que queria. Se entregou àquele beijo.

Ela se derreteu em seus braços, sem conseguir se afastar. Ela não precisava dizer nada: suas ações diziam tudo o que ele precisava saber. Ela gostava dele. Bastante. Se cada minuto que passava não aumentasse as chances de serem pegos, ela o teria jogado na cama e arrancado as roupas que passou tanto tempo procurando.

Seus lábios se separaram, e ele olhou para ela com um sorriso convencido.

— Eu te odeio — disse ela, com os lábios franzidos em um sorriso.

— Eu sei disso — ele deu outro beijo rápido em seus lábios e se sentou na beirada da cama para calçar os sapatos. — É melhor você ir antes que alguém te veja — ele disse, dando um leve tapinha na bunda dela.

Corrie não pôde deixar de sorrir. Mas, quando ela se virou para sair, uma batida veio do lado de fora da barraca.

— Ford? Ford, você está acordado?

Ford e Corrie congelaram com o som da voz de Ethan. Eles se entreolharam, avaliando a situação. Ambos estavam vestidos. E não era *muito* óbvio o que Corrie estava fazendo lá.

Então ela encolheu os ombros, dando a ele uma aprovação tácita para responder.

— Estou. Pode entrar, Ethan — Ford gritou.

Corrie se preparou para a inevitável confusão no rosto de Ethan. Três, dois, um...

— Oi... — ele disse, franzindo a testa ao ver os dois juntos tão cedo pela manhã, de repente parando onde estava. — O que está acontecendo?

Ford terminou de amarrar a bota e saltou da cama.

— Corrie veio para discutir o plano de hoje.

— Nunca pensei que você fosse uma pessoa matinal — Ethan disse a ela. O ceticismo na voz dele não podia passar despercebido.

— Quero terminar esta escavação antes do Natal, só isso — retrucou Corrie. Se havia uma coisa que não podia ser questionada, era a insolência dela.

— O que aconteceu, Ethan? — Ford interrompeu, obviamente tentando desviar a atenção da presença de Corrie tão cedo em sua barraca.

Ethan continuou olhando para Corrie por mais um segundo, com certeza sem acreditar naquela atuação, mas um momento depois ele voltou sua atenção para Ford.

— Temos um problema.

— Que tipo de problema?

— É melhor você vir comigo. — Ele não esperou e saiu da barraca, deixando Corrie e Ford olhando um para o outro. Mesmo que Ethan tivesse ido à procura de Ford, os dois foram atrás dele.

O que poderia ser tão importante àquela hora da manhã?

No acampamento, as pessoas começavam a se aprontar para o dia, e aqueles que estavam acordados prestavam pouca atenção a Ford, Corrie e Ethan caminhando pelo acampamento. Eles passaram pelas barracas. Pelos banheiros. E foram direto para as instalações do depósito.

Então, pararam em frente à estrutura nos arredores do acampamento, sem problemas até ali. Talvez tudo fosse um estratagema. Talvez Ethan soubesse que ela estava na barraca de Ford e simplesmente quisesse confrontá-los.

Mas isso não fazia sentido algum. É, eles tinham um histórico e provavelmente *não deveriam* dormir juntos por vários motivos. Mas sexo em escavações não era uma calamidade. Dada a postura de Corrie em relação a sexo e relacionamentos, francamente, ela ficou surpresa que a noite anterior fosse a primeira vez que ela tivesse feito isso em um trabalho.

— Tá, Ethan, qual é o problema? — Ford perguntou.

— Viu algo incomum?

Corrie examinou a estrutura. Tudo parecia estar em ordem. Sem furos na lateral. Fechadura segura. Telhado anexado.

— Tudo parece normal pra mim — respondeu Ford.

— É, foi o que eu pensei também. Mas olha aqui... — Ethan disse, apontando para a fechadura. — Alguém andou mexendo nisso.

Corrie e Ford se aproximaram, olhando para a trava de metal da fechadura. Os parafusos tinham sido arrancados e havia frestas na lateral ao redor, como se alguém tivesse tentado remover a dobradiça inteira em vez de cortar a fechadura. Como assim?

— Sunny e eu levantamos cedo hoje para catalogar alguns dos itens menores que encontramos ontem — Ethan continuou, enquanto eles inspecionavam a estrutura. — A princípio não notei, mas a dobradiça deu um leve solavanco quando a abri. Um solavanco que nunca existiu antes.

— Alguma coisa foi levada? — Ford perguntou.

Ethan balançou a cabeça.

— Não que eu tenha visto. Eu verifiquei a lista inteira. Mas é óbvio que alguém tentou entrar.

— Você acha que são ladrões de fora?

— Como saber? Alguém pode ter descoberto o que estávamos fazendo aqui. Talvez tenham seguido o caminhão de suprimentos.

— Talvez tenhamos que colocar alguém para vigiar o local.

— Pessoal — Corrie entrou na conversa. — E se for alguém de dentro? Alguém que já está no acampamento?

— O quê? É claro que não! — Ford protestou. — Eu avaliei pessoalmente a maioria dessas pessoas, e os outros são funcionários do nosso investidor. Ele não selecionaria alguém que pudesse ser um ladrão.

— Não sabemos disso. As pessoas fazem coisas estranhas quando há dinheiro envolvido — disse Corrie, notando uma leve e estranha mudança na postura de Ford. — Pode ser qualquer um neste acampamento.

— Sim, mas, exceto por nós três, que temos nossas próprias barracas, alguém poderia notar se uma das pessoas na barraca fugisse no meio da noite — Ethan disse.

A mão de Ford roçou a de Corrie, sinalizando como Ethan não tinha ideia do que estava acontecendo na barraca de Ford na noite anterior. Mas agora não era hora de flertar.

— As pessoas se levantam no meio da noite para ir ao banheiro. Quem fez isso obviamente não conseguiu. Pode ter percebido que estava demorando muito e voltou para a cama. Por enquanto — assinalou Corrie.

— Muito bem. Então o que você está dizendo? Já que não podemos confiar em ninguém, exceto talvez em nós três, mandamos todos para casa e começamos de novo com uma nova equipe? — Ethan perguntou.

Ford fez um gesto rápido com a mão enquanto se aprumava.

— O quê? Não! Isso levaria meses. Não temos esse tempo todo.

Corrie olhou para Ford com curiosidade. Obviamente, ninguém queria ficar ali mais tempo do que o necessário, mas recomeçar com uma nova equipe seria de fato a única maneira de garantir que a origem da tentativa de roubo não viesse de dentro, e algo na maneira como Ford protestou parecia estranho.

Como se o tempo dele fosse diferente do tempo dos outros.

— Tá, então, o que você acha que devemos fazer? — perguntou Corrie.

Ford olhou o espaço entre os três e a estrutura, então deu alguns passos, coçando o queixo.

— Por enquanto, isso fica entre nós. Só nós três. Não deixamos ninguém saber que pode haver um ladrão na equipe. Mas vamos ficar de olho. Observar qualquer coisa suspeita. E se acharmos a faca ou qualquer resto mortal, elaboramos um plano para mantê-los sempre vigiados. Se um de nós tiver que dormir com aquela faca debaixo da cama, que assim seja.

— Se esse é o plano, então não deveríamos mais ficar por aqui. Alguém pode notar e suspeitar — Corrie disse.

— Você tem razão. Vamos voltar. E lembrem-se: não confiem em ninguém — disse Ford.

— Podemos confiar uns nos outros, entre nós, certo? — Ethan perguntou. — Quer dizer, acho que confio em vocês dois, mas tenho certeza de que todos nós temos nossas próprias motivações para estar aqui...

Era uma pergunta justa. Mas Corrie podia confiar em Ford. Sempre que não estavam lá fora, estavam na cama dele. Ela já teria notado. Não que ela fosse contar para Ethan.

E Ethan era uma pessoa sincera. Como naquela vez que ele admitiu para o professor que não havia feito a leitura designada, em vez de enrolar a resposta como os outros alunos.

— O que você está tentando dizer, Ethan? — Ford perguntou, com a voz cada vez mais impaciente. — Eu sei onde eu estava ontem à noite. E você?

— Só estou tentando dizer... parece que algo está te incomodando ultimamente. Você tem estado ainda mais irritado do que o normal. Tem algo mais acontecendo que devemos saber?

As narinas de Ford se dilataram, e seus olhos se arregalaram. Ah, não.

— Talvez eu esteja irritado por causa desse tipo de acusação. Ou talvez eu só queira sair dessa droga de selva antes do final deste ano.

— Eu não estou acusando você de nada, eu só...

— Me poupa dessa sua preocupação fingida. Temos trabalho a fazer.

Ford saiu furioso para o acampamento, deixando para trás Corrie e Ethan, que estava perplexo. Irritadiço era pouco. Em apenas uma semana e meia, ela tinha visto todos os tipos de reações de Ford. Mas nenhuma como esta. Ethan havia questionado a integridade dele, e isso com certeza o deixara incomodado.

— Não foi o que eu quis dizer — Ethan disse a ela, quando Ford estava fora do alcance de sua voz.

— O que você quis dizer, então? Porque pra mim parecia que você estava acusando Ford de ser o ladrão.

— Ele ainda está agindo de forma estranha. E não do jeito

estranho comum dele. Como ontem à noite... de novo, com as ligações... — ele disse, com a voz falhando.

Corrie pensou por um momento em revelar as confidências de Ford. Por um lado, não era da conta de Ethan. Mas, por outro, ela tinha que limpar o nome de Ford.

— É a mãe dele. Ela está muito doente, Ethan. E ele está preocupado em não conseguir voltar antes que ela morra. Ele nunca vai se perdoar se isso acontecer.

— Ah, não... Caramba, eu sou um idiota. Por que ele não disse nada?

— Você sabe como ele é.

— Eu sei, mas pensei que éramos amigos. É, eu sei que pedi pra você falar com ele, mas não acredito que ele contou tudo isso a você, e não a mim. Dói, sabe?

Ela encolheu os ombros.

— Talvez ele sinta que já o julguei o suficiente, então não faz diferença se ele revelar suas inseguranças pra mim também.

— Você acha que essas inseguranças podem levá-lo a fazer algo extremo?

— Você quer dizer invadir o depósito para roubar os artefatos que ele foi contratado para encontrar? — Corrie ergueu a sobrancelha. — Não, Ethan, eu não acho.

— Mas como podemos ter certeza?

Ela não tinha alternativa. Ethan precisava de uma resposta, e Corrie não podia mentir para ele.

— Porque eu estava com ele.

— Espera... o quê?

Corrie suspirou.

— Na noite passada. Passei a noite com ele. Quando você chegou, mais cedo, eu estava me preparando pra sair. É assim que eu sei. Ele nunca saiu da barraca. Eu estive com ele a noite inteira e teria notado se ele tivesse saído.

Agora Ethan era o único com os olhos arregalados.

— Você vai ficar aí me encarando sem dizer nada? Pode falar. Fala — disse ela, com as palmas das mãos voltadas para cima e acenando como se dissesse: *Pode fazer as suas piadinhas.*

— Eu... eu não sei o que dizer. Só... uau. Há quanto tempo isso vem acontecendo?

Ela suspirou novamente.

— Ah, sei lá, Ethan. Tipo, sempre houve algo para acontecer entre nós, eu acho. Mas no que diz respeito a esta escavação, alguns dias.

— Não posso dizer que estou surpreso. Sempre soube que ele tinha uma queda por você. Tipo, era óbvio que a rixa entre vocês era alimentada por tensão sexual. Nunca vi duas pessoas que precisassem transar mais do que vocês dois. — Ele sorriu, fazendo Corrie rir e acalmando seus nervos. — E eu tenho que admitir, quando eu pedi pra você falar com ele, eu meio que esperava que vocês dois finalmente se acertassem. Eu amo vocês dois e sei que vocês nunca quiseram enxergar, mas são perfeitos um para o outro.

Corrie sorriu. É, agora ela podia ver também.

— Espero que você entenda por que não dissemos nada antes.

— Claro, Corrie. Sua vida sexual não é da conta de ninguém.

— Eu sei, mas as pessoas falam. E não preciso dar motivo pra confirmar a reputação que tenho.

— Ainda por causa daquela foto na revista?

Ela revirou os olhos.

— Sempre. Até parece que eu posei pra *Playboy*.

— Não leva a mal, mas, pra qualquer arqueólogo ou aspirante a arqueólogo com mais de catorze anos, foi melhor do que a *Playboy* — ele disse, tentando deixar a situação mais leve. — Sério, uma mulher viva, de carne e osso, e linda, interessada em desenterrar ossos e trabalhar na terra? Você é o sonho erótico do jovem Indiana Jones. A Elsa latina de *A Última Cruzada*. Ou, melhor ainda, uma Lara Croft da vida real.

— Você me comparou a uma nazista?

— Você entendeu o que eu quis dizer. Vai, Corrie. Estou tentando aliviar o clima.

— Eu sei disso. Mas olha... eu não quero que ninguém

saiba, tá? Já é ruim o suficiente que Ford tenha sido escolhido para este trabalho em vez de mim. A última coisa de que preciso é que saibam por aí que dormimos juntos, dando às pessoas outro motivo para não me levarem a sério.

— Seu segredo está seguro comigo. Agora, vamos lá. Vamos procurar uns ossos. A menos que você já tenha se cansado de caçar coisas "lá embaixo" por hoje — ele disse, com um olhar malicioso.

Corrie deu risada e revirou os olhos.

— Eu sempre tenho tempo pra caçar coisas lá embaixo.

# Dezesseis

Quando é que eles iam encontrar os malditos ossos nessa escavação? Ou a tecpatl? Alguma coisa? Qualquer coisa além daqueles utensílios domésticos sem graça que poderiam ter pertencido a qualquer um? Em qualquer outra escavação, talvez, Ford teria ficado eufórico ao encontrar uma tigela de madeira, mas agora, não. Não com tanta coisa em jogo.

As previsões de Corrie estavam todas certas: uma estrutura de adobe escondida em uma paisagem em forma de cratera, a caverna, o rio. Mas, depois de sete dias de escavação no novo sítio sem um único dia de folga, eles ainda não haviam tirado a sorte grande. E na caverna não havia merda nenhuma.

A não ser que o ladrão tivesse chegado primeiro.

Ford estava inquieto desde que descobriram que alguém tinha invadido a cabana do depósito. Ele não queria acreditar que alguém da equipe pudesse ser o culpado — nos últimos três meses, eles eram como uma família. Até os funcionários de Vautour. Ele gostava de conversar com Lance tanto quanto gostava de passar o tempo com Ethan. E de família não se rouba.

Bom, talvez algumas pessoas roubassem de suas famílias. Mas, até o momento, ninguém da equipe tinha desaparecido e ninguém parecia estranho, então, mesmo que o ladrão fosse realmente alguém de dentro, provavelmente também não tinha encontrado nada. Caso contrário, já teria fugido de lá.

Ford estava na cama, com a mente à toda naquela manhã, avaliando cada membro da equipe e analisando a probabilidade de que fosse o bandido, ao mesmo tempo que acariciava com as pontas dos dedos o ombro nu de Corrie ao seu lado. Aquela escavação só era tolerável por causa dela. Até mesmo nos dias mais difíceis, quando não encontravam nada na escavação e as notícias da mãe de Ford só pioravam, quando ele estava com Corrie à noite, todas as preocupações ficavam de lado. Às vezes, ele imaginava que aquela era a casa deles. Que poderiam ficar ali para sempre.

Mas isso era impossível. Algum dia, e provavelmente em breve, todos eles teriam que voltar para sua vida normal.

O que isso significaria para Ford e Corrie? Seria o fim daquele caso? Eles seguiriam caminhos separados, vivendo em lados opostos do país?

Uma coisa era certa: se ele tinha alguma esperança de construir algo mais sério com ela, teria que ser sincero sobre as circunstâncias prévias daquele trabalho. Mas nunca parecia a hora certa para contar. E quando ele achava um momento propício, Corrie fazia algo gentil e carinhoso que o levava a questionar se queria estragar um momento tão perfeito, revelando a ela que ele era um grande babaca.

Talvez fosse melhor se eles apenas se despedissem no final de tudo e ela nunca soubesse a verdade. Corrie não merecia ser magoada — mais uma vez. Ela merecia muito mais do que recebia de fato. Quem diria que por trás de toda aquela beleza e insolência estava a mulher mais inteligente, gentil e durona de todos os tempos?

Ele não a merecia.

— No que você está pensando? — a doce voz de Corrie perguntou, tirando Ford de seus pensamentos.

Era agora? Era este o momento *certo*? A oportunidade de dizer a ela a verdade?

— Eu estava pensando na tentativa de roubo.

*Covarde.* Corrie se sentou, com os seios empinados como sempre e mal escondidos naquela regata branca e fina que ela gostava de usar para dormir — e que ele gostava de vê-la usando para dormir. Ele não podia mudar de assunto agora, com ela olhando para ele assim.

— Amor, você vai ter um ataque se continuar obcecado por isso — disse ela, passando os dedos longos e macios pelo peito dele.

*Amor?*

— Você me chamou de "amor"? — ele perguntou. Nenhuma mulher jamais o chamou de *amor*, e com certeza não em apenas uma semana de relacionamento.

Espera aí. Relacionamento? Era isso que eles tinham?

Os olhos de Corrie se arregalaram, e ela abriu a boca para responder, mas uma leve batida na porta desviou a atenção deles.

— Merda — ele murmurou, levantando da cama e vestindo algumas roupas. Corrie não se preocupou em se esconder, mas Ford teve cuidado para não a expor, e se espremeu para fora da porta para encontrar Sunny parada ali com um olhar preocupado no rosto.

— Sunny, o que foi?
— Você está passando mal? — ela perguntou.

Ford balançou a cabeça, franzindo a testa. Passando mal? Por quê?

— Achamos que é intoxicação alimentar. Da sobremesa — continuou Sunny. — Metade do acampamento está na fila para as BBS.

Ford espiou pelo canto da barraca e, de fato, viu várias pessoas curvadas e segurando o estômago, esperando para usar o banheiro. Ford e Corrie se apressaram tanto para se encontrar em sua barraca na noite anterior que dispensaram a sobremesa. Pelo visto, foi uma sábia decisão.

— Você está falando sério?
— Muito sério. Agnes está fora de si, alegando que nunca mais vai cozinhar.
— Onde está Ethan?
— Vomitando até as tripas.
— E você?

Sunny encolheu os ombros.

— Eu não como açúcar.

Espera... toda aquela energia era... natural? Ford afastou esse pensamento com uma risada.

— O que nós vamos fazer? — perguntou Sunny.

Boa pergunta. O que iam fazer? Eles não podiam atravessar a selva com metade da equipe debilitada com intoxicação alimentar.

— Não sei. Preciso de um tempo pra pensar. Vou terminar de me vestir e encontro você daqui a pouco — disse ele, voltando para dentro e deixando Sunny na varanda.

Ele caminhou até a cama e caiu de costas ao lado de Corrie, então passou as mãos pelo rosto.

— O que foi? — ela perguntou.

— Está todo mundo com intoxicação alimentar — ele disse, com o som abafado pelas mãos.

— Então está resolvido. Vamos tirar um dia de folga — disse ela.

Com um movimento rápido, ele tirou as mãos do rosto.

— Não podemos tirar um dia de folga. — Eles precisavam continuar se ele quisesse o dinheiro para o tratamento da mãe.

— Ford, é intoxicação alimentar. As pessoas não vão trabalhar usando fraldas e segurando sacos de vômito. Mas ainda bem que é só isso. Em um ou dois dias, todos estarão de volta ao normal. Além disso, você precisa de um dia pra espairecer.

— Não vou conseguir tirar a escavação da cabeça. — Ou a mãe.

— Sério? Acho que sei um jeito ou outro de distrair sua mente — disse ela, enfiando a mão no elástico da cueca dele e acariciando seu pênis. Ele fechou os olhos, sentindo o toque delicado das pontas dos dedos dela em sua pele.

— É, isso com certeza está funcionando — disse ele, mordendo o lábio inferior.

— Eu posso fazer isso o dia todo. Ou podemos fazer outras coisas — ela disse, se preparando para montar nele; as roupas íntimas eram uma ínfima barreira entre seus corpos insaciáveis.

— As pessoas vão comentar com certeza se ficarmos aqui o dia todo com as abas das janelas fechadas.

Não que ele se importasse com o que as outras pessoas diziam se isso significasse que ela continuaria esfregando os quadris nele do jeito que estava fazendo agora.

— Então vamos pra outro lugar. Podemos ir explorar. Nadar.

— No rio? É muito agitado nessa área.

— Não, Água de Salsicha — disse ela, cutucando a lateral do corpo dele. — Mais pra baixo. Tem uma lagoa enorme abaixo da cachoeira. E podemos levar um cobertor pra transar nele depois.

— Gostei dessa ideia — disse ele, arqueando a sobrancelha.

— Sabia que você ia gostar. Agora, vou pra minha barraca, pegar algumas coisas, arrumar um lanche, enquanto você avisa ao pessoal que hoje é dia de folga — ela disse, pulando da cama e deixando Ford sossegado.

Bem, talvez o oposto de sossegado. Sua ereção estava à toda.

— Você tem que sair neste instante? Não pode ficar mais alguns minutos? — Entre a ereção e o desespero em sua voz, não havia como esconder a obviedade do pedido. Ele teve que puxar o tecido da cueca para aliviar a pressão.

Mas, a julgar pelo sorrisinho e pelo modo como continuou se vestindo, estava claro que Corrie tinha outros planos.

— Daqui a pouco — ela disse, com um sorriso que seria doce se Ford não soubesse o significado por trás dele. — Mas temos outros compromissos primeiro. Quero um dia inteiro com você, Ford. Não só mais cinco minutos antes de eu precisar sair escondida de novo. Eu quero você só pra mim, sem restrições de tempo. Sem obrigações. Sem pensar em astecas ou em arqueologia. Só nós dois trepando na selva sem nos importarmos com o mundo por um dia.

Por que aquele discursinho de Corrie sobre trepar na selva era a coisa mais romântica que ele já tinha ouvido?

— Mal posso esperar.

Hoje. Ele diria para ela a verdade hoje.

— Quando foi que você decidiu que queria se tornar arqueóloga? — Ford perguntou, na lagoa azul e cristalina abaixo da cachoeira.

— Não, não. Nada de arqueologia, lembra? — ela respondeu, jogando água na direção dele com o pé.

— Não estou perguntando sobre arqueologia. Estou perguntando sobre você. Quero saber o que te trouxe para esse momento da sua vida. Quero saber como você se tornou a dra. Socorro Mejía.

— Por que raios você iria querer saber disso? — ela perguntou, fazendo uma careta.

— Ah, faz parte do meu plano de curso do próximo semestre: como conseguir nadar nua na base de uma cachoeira espetacular no meio da selva mexicana com o dr. Ford Matthews. O título é provisório.

Ela riu com a gargalhada que ele amava. Excelente. Agora ela estava tranquila e relaxada. Era a oportunidade perfeita para entrar *naquela conversa*. Fazer Corrie falar sobre o início da carreira. Saber mais sobre o interesse dela por Chimalli, sobre a importância de estar nessa escavação, para que ela se concentrasse nos aspectos positivos, e não em sua decepção.

Enfim... fazê-la pensar que não era tão grave que ele tivesse roubado o trabalho dela sem que ela soubesse.

— Mas é sério. Foi por causa do Indiana, como todo mundo? Ou por causa da sua ancestralidade?

Ela franziu os lábios.

— Vamos falar de outra coisa. Melhor ainda, podemos parar de falar e fazer *outras* coisas com a boca — disse ela antes de desaparecer sob a superfície da água. Típica Corrie. Evitando qualquer conversa cujo assunto principal fosse ela. Mesmo quando ele tentava deixar as coisas mais leves com uma piada, ela nunca mordia a isca. Apesar de tudo parecer perfeito entre eles — *parecer* era a palavra mais importante aqui.

Porque... o dia em si estava *mesmo* perfeito. A equipe agradeceu o dia de folga. A caminhada até a cachoeira foi tranquila e sem estresse. A água azul cristalina era refrescante e tranquilizante, os sons da cachoeira ressoavam no ar. E Corrie... Corrie estava despreocupada e calma.

Ela era perfeita.

Mas Ford precisava dizer a verdade e, pela primeira vez, podia ter certeza de que não haveria interrupções. Hoje era o dia, mesmo que estivesse fracassando nas tentativas de facilitar uma conversa difícil. Ele não podia se dar ao luxo de adiar por mais tempo. E talvez... talvez, a atitude despreocupada de Corrie significasse que ela poderia mesmo receber bem a notícia.

Talvez chutasse um pouco mais de água em seu rosto e depois tentasse afundá-lo na água antes de transar com ele — mais uma vez — na toalha de piquenique.

É... ele não valia nada mesmo.

Não. Ele tinha que fazer isso agora.

Ela nadou em direção a ele através da água cristalina como uma sereia. Outro talento a adicionar à crescente lista de Corrie. Lentamente, ela emergiu a poucos centímetros na frente dele. As gotas se agarravam às feições delicadas de seu rosto enquanto ela sorria com aquele sorriso sexy pra cacete, destinado a fazê-lo esquecer a conversa que eles precisavam ter.

— Corrie... precisamos conversar — disse ele.

— É mesmo? — Ela se aninhou mais perto, enredando as pernas nas dele, quase esmagando sua vontade de resistir. Mas isso não impediu que a metade de baixo reagisse involuntariamente. Mulher gostosa e nua agarrada em seu corpo? É... o pau dele não poderia lutar contra o sangue bombeando em suas veias.

— Por favor, não faça isso — ele conseguiu dizer enquanto ela beijava suavemente seu pescoço e sua mandíbula. — Estou tentando ter uma conversa séria.

— Minha história de origem não se qualifica como uma conversa séria — ela brincou, mordiscando a pele dele. — Além disso, nós sempre temos conversas sérias. Vai, não quero falar de trabalho. Vamos nos soltar e relaxar enquanto temos um pouco de paz e sossego. Aproveitar um ao outro sem distrações e sem ter que se esconder.

— Também não quero falar sobre trabalho. Quero falar sobre você... e sobre mim... e o que estamos fazendo aqui.

Ela congelou e se afastou com os olhos arregalados, como um animal em pânico. Merda. Não era o que ele queria dizer.

— Não, não é isso — ele tentou explicar. — Não estou falando de relacionamento...

— *Relacionamento*? — Uma risada nervosa escapou de seus lábios. — Ford, você sabe a minha opinião sobre...

Hum. Ele não gostou nada do jeito como ela riu disso. Mas, não... não era aí que ele estava tentando chegar com essa conversa, embora, sim, eles precisassem conversar sobre isso outro dia. Se ela não o matasse antes.

— Não, não é isso que eu quero dizer...

— Então você quer dizer *o quê*?

— Bom, se você me der um minuto, posso explicar...

— Shh! — Ela se lançou para a frente e colocou a mão na boca dele. Mas, quando ele foi tirá-la, ela o silenciou novamente. — Presta atenção — ela sussurrou. — Você ouviu isso?

Ele levantou a cabeça para tentar ouvir os sons ao seu redor.

— Não ouço nada. Se está tentando mudar de assunto...

— Não. Espera...

Eles pararam, tentando ouvir através do barulho da cachoeira, quando... lá. Lá estava.

— Ford? — uma voz ao longe gritou.

— Dr. Matthews? Dra. Mejía? — chamou outra.

— Corrie? Ford?

Seus nomes estavam sendo chamados à distância.

— Parece o Ethan — disse Ford.

— E a Sunny. E eles estão chegando perto.

A possibilidade de serem pegos sempre existiu. Caramba, Ethan quase os flagrara no dia anterior. Mas não assim. Não quando completamente nu, com uma ereção que se recusava a passar. E não com uma das alunas de Ford lá para ver. E vai saber? Talvez outros também estivessem procurando por Corrie e Ford. Talvez toda a equipe aparecesse no mato a qualquer momento, flagrando Corrie no exato tipo de escândalo que ela tão desesperadamente tinha se esforçado para evitar.

Felizmente, as coisas deles estavam bem escondidas em uma árvore, onde tinham desfrutado de um descanso na sombra. Infelizmente, não tiveram a chance de correr em direção a ela a tempo de se vestir. Ford e Corrie giraram na água, cada um procurando uma rota de fuga. Mas, com as vozes se aproximando, não tiveram tempo.

— Acho que estou vendo alguma coisa — disse Corrie, puxando o braço de Ford e nadando *em direção* à cachoeira.

— O que você está fazendo? — ele perguntou.

— Olha — disse ela, apontando para a cascata. — Podemos nos esconder do outro lado.

Ford inclinou a cabeça para trás.

— Do outro lado? Corrie, você perdeu o juízo?

— Não. Olha só — ela disse, antes de desaparecer na água. Ele tentou pegar a mão dela, mas era tarde demais.

A frequência cardíaca de Ford aumentou. Com as quedas agitadas, ele não conseguia ver abaixo da superfície. As quedas não eram gigantescas, mas ainda batiam na superfície da água com um tamborilar constante. Onde ela estava? Para onde ela foi?

Ford sabia nadar, mas não *tão* bem. E ele não sabia reanimar uma pessoa. O pânico tomou conta dele. Fazia quanto tempo? Trinta segundos? Um minuto?

Ele levantou as mãos para gritar o nome dela, sem se preocupar com Ethan, Sunny ou qualquer outra pessoa que pudesse estar procurando por eles, quando, de repente, lá estava ela, acenando para ele do outro lado da torrente d'água. *O quê?*

Ela fez sinal para que ele fosse atrás dela. Era uma *péssima* ideia. Claro, Corrie tinha conseguido. Mas ela era durona e podia fazer praticamente qualquer coisa.

Bem, ou vai ou racha.

Ford tirou os óculos e os segurou firme, respirou fundo e rezou para sobreviver enquanto mergulhava na cachoeira. Com a agitação da água, era difícil ver para onde estava indo. Ainda mais difícil sem os óculos. Ele nadou com os braços estendidos à sua frente para evitar colidir a cabeça em uma rocha enquanto a água batia em sua pele. Mas as batidas diminuíram com o barulho ensurdecedor. Depois de determinar que estava fora de perigo, Ford subiu lentamente à superfície e encontrou Corrie olhando para ele com um enorme sorriso no rosto.

— Isso foi incrivelmente perigoso — disse ele, colocando os óculos no rosto, como se pudesse enxergar melhor com as lentes embaçadas. — E se algo tivesse acontecido com um de nós?

Ela revirou os olhos.

— Ford, você precisa viver um pouco, sério. Estamos bem. Não foi tão ruim assim. Agora, olha... Olha só que incrível — ela disse, levantando a cabeça e observando o lugar cavernoso.

Ford fechou os olhos e soltou um longo suspiro. *Viver um pouco*. Inclinando a cabeça para trás com o rosto voltado para o teto da caverna, ele abriu os olhos e observou o ambiente. Era uma rocha irregular e molhada. Fria, úmida. Ainda assim, um belo lugar.

— Uau...

— É isso aí — Corrie disse, deslizando ao seu lado enquanto eles olhavam para o espaço escuro.

— Como não vimos isto aqui horas atrás? — ele perguntou, incapaz de impedir que seus olhos percorressem todo o ambiente.

— Foi por causa da cachoeira. É como uma cortina.

No instante em que ela disse a palavra, Ford e Corrie se entreolharam.

— "A cortina da natureza" — disse Ford. — A verdadeira.

— Meu Deus, Ford. É aqui. *Este* é o esconderijo de Chimalli!

Fazia algum sentido, já que não havia nada na caverna que eles encontraram antes.

— Você acha que é possível? Sabe, passar pela água várias vezes?

— Não sei... talvez. O que tem lá em cima? — ela perguntou, apontando para uma rachadura na rocha.

— Está muito escuro pra ver — disse Ford. Corrie começou a subir na rocha. — Corrie, espera. Você não vai conseguir ver nada lá em cima. Sei que você quer que eu viva um pouco, mas quero que você viva também, e fazer isso é pedir por um desastre.

Ela suspirou.

— Tá. Você tem razão. Já volto — disse ela, nadando em direção à cachoeira.

— Aonde você está indo?

— Eu tenho uma lanterna à prova d'água na minha bolsa. Vou pegar. Espera aqui.

E desapareceu novamente.

A caverna parecia mais fria e escura sem ela. *Metáfora mais que apropriada*. Ele balançou a cabeça. Ótima maneira de contar a verdade. Mas a culpa era dele? Era óbvio que não se tratava de uma velha caverna qualquer. E preenchia todos os requisitos: a cortina da natureza, perto da cratera, úmida e escondida. Além disso, não haviam encontrado um único artefato na outra caverna. Eles presumiram que Chimalli simplesmente não devia ter deixado nada ali. E esse ainda podia ser o caso. Mas, com Corrie investida nessa nova descoberta em potencial, Ford teria que deixar a conversa para outra hora.

Momentos depois, Corrie saiu da água vestindo uma blusa preta.

— Aqui — disse ela, jogando para Ford uma cueca encharcada.

— Sério?

— Ei, não vou entrar no que pode ser a maior descoberta asteca em cem anos enquanto estamos nus, encarando os genitais um do outro.

Justo.

— Você viu alguém lá fora? — ele perguntou, vestindo a cueca debaixo d'água.

Ela balançou a cabeça e acendeu a lanterna.

— Não, devem ter ido para outro lugar. — Ela iluminou a caverna com a luz, observando cada centímetro do espaço úmido. — Vem.

Eles subiram cuidadosamente pelas rochas escorregadias, uma tarefa ainda mais traiçoeira sem sapatos. Se este *fosse* o lugar certo, seria horrível para trabalhar. Mas eles foram devagar, avançando lentamente pela pedra em direção à fenda estreita na superfície. Corrie estendeu o braço para iluminar o interior e respirou fundo.

— O quê? O que foi? — Ford perguntou, incapaz de ver ao redor.

Corrie se voltou para Ford, com o rosto cheio de alívio e algo mais... O que era?

Desapontamento? Derrota?

Tristeza?

— Nós achamos — ela disse, com lágrimas nos olhos. — Ford... nós achamos. Todos eles.

— Todos eles?

Ela assentiu.

— Tem três corpos lá... dois adultos e uma criança.

Uma... criança? Espera...

— Tem que ser eles. Chimalli, Yaretzi e o filho. Quero dizer, quais são as chances de que sejam outras pessoas?

— Me deixa ver — disse ele, se aproximando e pegando a lanterna.

Com o braço estendido, ele se inclinou para dentro da fenda, iluminando o espaço apertado. E lá, no chão, estavam os restos de três corpos, claramente dois adultos e uma criança, como Corrie havia descrito.

Mas, se aquele era Chimalli com a família, isso significava que eles não tinham ido para uma aldeia local viver o restante de seus dias como Corrie tinha previsto.

O que significava que Corrie não era descendente de Chimalli, afinal de contas.

# Dezessete

Corrie havia sonhado com esse momento muitas vezes desde que lera o livro de Hannah Hollis pela primeira vez. Encontrar Chimalli. Confirmar sua ancestralidade. Ser alguém. Hannah Hollis e suas aventuras arqueológicas tinham dado a Corrie algo para almejar. E, quando seu avô disse que eles eram descendentes de um guerreiro asteca, ela ficou obcecada. Precisava descobrir onde estava esse lendário guerreiro que ninguém no mundo havia conseguido encontrar. Essa descoberta provaria a todas aquelas garotas da escola que ela não era uma idiota bonitinha. Provaria a todos que a subestimaram que ela era uma ameaça tripla: beleza, músculos *e* inteligência.

Em termos de escavações arqueológicas, a descoberta era o equivalente a ganhar na loteria. Três corpos. Desenhos nas paredes que contavam a história de quem eles eram e como foram parar na caverna. E até mesmo um objeto que parecia ser o cabo de uma faca, adornado com turquesa e um mosaico de conchas, despontando de baixo da terra. Era Chimalli, sem dúvida.

Havia tanta coisa para assimilar que, naquela hora que passaram na caverna, só conseguiram fazer o básico, e metade desse tempo ficaram planejando a logística. Saberiam mais quando voltassem com uma iluminação melhor e ferramentas — e definitivamente mais roupas e sapatos —, mas um equipamento à prova d'água era imprescindível. E o espaço não comportava muitas pessoas, então eles teriam que planejar adequadamente. Mas eles tinham encontrado mais do que esperavam. Corrie estava certa: era a maior descoberta asteca em cem anos.

Então, por que, agora que tinham encontrado Chimalli, ela não sentia que havia alcançado seu objetivo? Por que parecia um fracasso?

Pelo menos ela não estava nua quando aconteceu.

Pelo menos Corrie sentiu algum alívio ao finalmente encontrar Chimalli. Agora ela poderia seguir com sua vida, quando a escavação acabasse, sem que isso continuasse martelando em sua cabeça. Como seria essa vida, entretanto, ela não fazia ideia.

A caminhada até o acampamento foi relativamente tranquila. O começo do dia havia sido perfeito, mas Ford tinha que estragar tudo com aquelas perguntas instigantes, falando sobre o *relacionamento* deles.

*Ah*. Ela não podia se irritar por ele querer falar sobre para onde estavam indo com aquilo tudo. Não é como se ela pudesse evitar o assunto e esperar que no último dia cada um seguisse seu caminho sem nunca mencionar o futuro. Ou sem que ela admitisse que tinha começado a gostar dele e não *queria* que cada um seguisse seu caminho.

Não, não foi Ford que arruinou o dia. Foi Chimalli. Ou melhor, com base no que ela deduziu dos desenhos na parede da caverna, o que quer que tivesse afetado Yaretzi e o filho tinha arruinado o dia. Com uma iluminação melhor, com sorte conseguiriam descobrir mais. Tantas pessoas haviam dito a Corrie que não havia possibilidade de ela ser descendente de um guerreiro asteca. No final das contas, apesar de todos os protestos de Corrie, eles estavam certos. E ela era uma tola que tinha acreditado.

Como o avô estava morto, ela nunca teria a chance de confrontá-lo. Felizmente, o pai dela não era de ficar se gabando da verdade. Ele nunca acreditou no avô de Corrie. E embora o irmão certamente fosse provocá-la por isso, em algum momento todos esqueceriam sua obsessão por encontrar seu *ancestral*.

Assim esperava.

Mas ela não conseguiu esconder a decepção. Corrie quase chorou quando viu os ossos pela primeira vez, e não foi de felicidade. Ford deve ter percebido: ele deveria estar muito animado com a descoberta, mas sua reação contida a fez pensar que ele entendia sua decepção. Antes, tinham sorrido, rido e feito amor. Agora, estavam pensativos, apáticos, letárgicos.

Caramba, por que eles não podiam ter passado o dia transando sem pensar em nada, como ela tinha planejado? Deveria ter sido um dia para aliviar a cabeça dos problemas por um tempo. E agora ela estava calada, evitando ter mais conversas reais com Ford, o que provavelmente só aumentava o estresse dele.

Ela era uma pessoa horrível, uma egocêntrica. Eles tinham feito uma grande descoberta, e ela ali, com pena de si mesma.

— Hannah Hollis — ela disse, quebrando o silêncio e olhando para a frente enquanto caminhavam para o acampamento.

— Hein?

— Você perguntou quando eu soube que queria ser arqueóloga. Foi depois que li *Hannah Hollis e a Busca pelo Dragão de Jade*.

— Hannah Hollis — ele repetiu, como se tentasse identificar o nome. — É daquela série da Denise Phillips, certo?

— Uhum. Dez livros no total, e devorei todos eles, começando na sétima série. Um após o outro... Hannah Hollis era a minha fuga.

— Fuga de quê?

Corrie olhou para suas botas enlameadas enquanto eles caminhavam pela selva. Essa era a parte que ela queria evitar quando ele fez a pergunta na cachoeira mais cedo. Ela mordeu o interior da boca antes de finalmente responder.

— Das outras garotas da minha escola. Eles não eram... não gostavam de mim. Eu era nova na escola e, bem, digamos que atraía muita atenção indesejada dos meninos porque era um pouco mais... desenvolvida do que as outras meninas da mesma idade.

— Implicavam com você?

Ela deu uma risada triste.

— Me atormentavam, isso sim. Quando os meninos não estavam puxando a alça do meu sutiã, as meninas estavam me chamando de "vadia" e espalhando boatos sobre eu deixar um monte de meninos me apalpar. Eu só fui beijar um garoto no verão antes do meu último ano do ensino médio, mas, no meio do sétimo ano, ganhei a reputação de vadia da escola.

Ford a deteve e a segurou pelos ombros para encará-la.

— Corrie, isso é terrível. Desculpa por ter tocado no assunto.

— Sem problema. Você não sabia.

— Mesmo assim, não foi bacana.

— Não, tudo bem, Ford. Olha, eu pressiono você o tempo todo pra falar sobre coisas que você não quer falar. Acho que é justo que você faça o mesmo comigo.

— Quando você me pressiona, é porque está tentando me ajudar. Eu estou sendo intrometido.

— Ah, talvez seja disso que eu preciso. Talvez seja bom dar uma aliviada. Sem trocadilhos — disse ela, com um leve sorriso.

— Por que você faz isso? Como você fala dessa forma do seu corpo quando ele já causou tantos problemas pra você?

— Nem sempre foi assim. Eu era insegura com meu corpo. Aquela menina de doze anos odiava a atenção que recebia. Mas a bibliotecária da escola me contou sobre Hannah Hollis, que levava uma vida dupla, uma como excluída e a outra como aventureira. No final da série, Hannah provou a todos que duvidaram dela que ela era uma verdadeira força. Então, quando percebi que aquelas garotas provavelmente eram invejosas e inseguras, decidi que iria mostrar a elas, mostrar a todos, que Socorro Mejía era uma verdadeira força. E isso significava, entre outras coisas, assumir o controle do meu corpo. Não posso evitar o julgamento instantâneo que isso atrai. Todos nós fazemos julgamentos precipitados sobre as pessoas com base na aparência delas. Os julgamentos sobre mim por acaso se concentram em minha sexualidade e, muitas vezes, em uma suposta falta de inteligência. Isso nunca vai acabar. Mas eu não odeio mais meu corpo. Acho que isso é provavelmente um mecanismo de defesa. As piadas, quero dizer. Se eu fizer as piadas primeiro, os outros perdem a chance de fazer. Faz parte de estar no controle do meu próprio corpo. A mesma razão pela qual eu não quis falar sobre isso antes, porque não foi algo que *eu* mencionei.

— Você poderia ter falado sobre Hannah Hollis sem contar o resto.

— Mas aí não seria a história toda. Entrei na arqueologia porque queria escapar das minhas inseguranças, desejando incorporar a arqueóloga durona.

— Bem, você conseguiu — disse ele, sorrindo para ela. Mas os ombros de Corrie murcharam, e ela desviou o olhar. — Corrie... eu sei que você está desapontada. Sei que você tinha certeza de sua ancestralidade.

Ele colocou uma mecha solta e ondulada atrás da orelha dela.

— Eu me sinto uma idiota. Meu avô me disse que éramos descendentes de Chimalli. Sério, por que ele faria isso?

— Talvez, porque você estava sofrendo e gostava daqueles livros da Hannah Hollis, ele tenha contado essa história pra melhorar sua autoestima.

Ele passou as mãos em volta da cintura dela.

— Mentindo pra mim? E pior ainda, me fazendo sair de mentirosa! Conto essa história há duas décadas, e era tudo um monte de mentira. Eu deveria ter ouvido meus pais. Eles me disseram pra não acreditar no meu avô, que ele gostava de histórias de fantasia. Mas, Ford, ele tinha até documentação falsa.

— Então talvez ele acreditasse. E você não *sabia* que não era verdade, então não estava mentindo. Era a sua verdade.

Corrie revirou os olhos.

— Parece algo que meu avô diria pra defender o que fez. Mas a verdade sempre aparece. E pior que um mentiroso é alguém que tenta te convencer de que a mentira foi para o bem.

Ford se deteve, suas mãos desabaram. Estava pensando em alguma coisa.

— Corrie, eu preciso...

Mas algo atrás dele chamou a atenção de Corrie.

— Espera aí — disse ela, se agachando.

Ford gemeu.

— De novo, não.

— Não, sério. Olha. Ali — ela disse, apontando por entre as árvores. — Aquela é... é a Sunny entrando escondida?

— O *quê*?

Ford se agachou ao lado de Corrie, perto das árvores. Sunny circulou o depósito de artefatos, observando ao redor como se estivesse tramando alguma coisa, verificando se ninguém a observava antes de entrar.

— Aquela... — Ford murmurou, se levantando.

— Você não acha que ela é a ladra, acha? Quer dizer, Sunny? Sério?

Lembranças das interações com Sunny nas últimas semanas giravam em sua cabeça. Aquela personalidade extrovertida. Bajulando Corrie. Não fazia o menor sentido. Sunny, não. Mas talvez esse fosse o disfarce dela. Fazer o papel da estagiária gentil e desajeitada. Fazer as pessoas a amarem para que fosse a última suspeita.

É, esse negócio de se esgueirar por ali não parecia nada bom.

— É o que parece. Achei um pouco estranho ela ser uma das únicas que não tiveram intoxicação alimentar.

— Você acha que *ela* envenenou todo mundo? — Se esconder era uma coisa, mas envenenar as pessoas?

— Espera aí... — Ford disse, com a mão no antebraço de Corrie. — Aquele ali... Ethan?

Sim. Ethan estava observando o depósito, parecendo muito bem, e não como se tivesse passado a manhã *vomitando até as tripas*. Ele e Sunny estavam envolvidos nisso? Não. De jeito nenhum. Se Corrie sentia que podia confiar em alguém nesta escavação, era em Ford, Ethan e Sunny — e possivelmente Agnes.

Ethan verificou os arredores e entrou no depósito atrás de Sunny.

— Eu... não acredito nisso — disse Corrie. Uma onda de náusea a invadiu.

— Não sei mais em que acreditar.

Ford se sentou no chão, evidentemente chateado com a

descoberta. Como Ethan havia dito, eles eram como irmãos. Se Corrie ficara arrasada ao ver Ethan entrando escondido, Ford devia ter ficado desolado.

— O que você acha que devemos fazer? — ela perguntou.

Ele saltou, como se a pergunta dela o tivesse tirado de seus pensamentos.

— Não sei, mas não vou aceitar isso — disse ele, marchando em direção ao depósito.

Ah, não.

Corrie correu para alcançá-lo, e eles seguiram direto para o depósito. Parados do lado de fora da porta, ouviram por um momento sons de rangidos e gemidos que atravessavam as paredes. O que é que ela estava fazendo lá? Tentando roubar equipamentos pesados?

Não querendo perder mais tempo, Ford abriu a porta...

E lá estava Ethan, de joelhos, com o rosto enterrado entre as pernas de Sunny. As sobrancelhas de Corrie se ergueram. *Hum, interessante.*

— Dr. Matthews! — Sunny gritou, pulando da bancada e puxando as calças para cima enquanto Ethan se levantava. — Procuramos você em toda parte.

— É o que parece — respondeu Ford, e Corrie não pôde deixar de rir.

E de se sentir aliviada, de alguma forma. Não, eles não estavam roubando. Estavam transando. Todos aqueles momentos em que viu os dois juntos e os comentários de Ethan sobre conversas extremamente pessoais com Sunny de repente fizeram sentido.

— Bom, não neste instante — continuou Sunny —, mas antes, você sabe, antes de virmos aqui pra... hã... ficar de olho no depósito. Quero dizer, não é o que você pensa. Ou, quero dizer, provavelmente *é* o que você pensa — ela disse, apontando e movendo o dedo entre ela e Ethan.

Ethan colocou a mão no pulso de Sunny para impedi-la de falar mais.

— Ford, a culpa é minha — disse ele, com a voz solene e pesarosa.

— Ethan, eu não dou a mínima pra isso, só estou um pouco surpreso. Mas vocês dois são adultos, e ela não é sua aluna.

— Surpreso com o quê? — Ethan perguntou.

— Achei que ela estivesse a fim de Corrie.

*Eu também.*

— Ah, estou — disse Sunny.

*Tá, agora estou confusa.*

— Espera... você não disse que ela não curtia homens? — perguntou Corrie a Ethan.

— Não, eu disse que *Ford* não era o tipo dela — Ethan disse, com um sorrisinho.

— Ah, é, isso aí. Eu gosto de homens, mulheres, o que for. Mas loiros não são a minha praia. Nem aquela coisa toda de professor com aluno. Sério, que clichê. Sem ofensa, dr. Matthews.

— Por que toda vez que você diz "sem ofensa" eu sinto que deveria ficar ofendido? — Ford disse, brincando, e Corrie soltou uma gargalhada à la Corrito Burrito.

— Bem, agora que resolvemos isso, você não estava com intoxicação alimentar? — Ford perguntou a Ethan.

O rosto de Ethan se contorceu como se estivesse estremecendo por dentro.

— É... então, isso não era exatamente verdade.

— Que porra é essa? — Ford perguntou, dessa vez agitado.

— Está perguntando pra mim? Onde é que *vocês dois* estiveram o dia todo? Procuramos vocês por horas — Ethan replicou.

— Nós... nós estávamos... explorando.

*Ótima resposta, Ford. Bem crível.*

— Ah, enquanto *vocês* estavam *explorando* — Ethan disse com um olhar aguçado para Corrie —, nós estávamos aqui investigando nossa situação, de olho no depósito de artefatos. Eu fingi estar doente como os outros pra ter um motivo pra ficar no acampamento, caso alguém mais estivesse fingindo estar doente pra ficar sozinho. Parece que o ladrão está de volta.

Ah, não. Então Ford estava certo em ter se preocupado naquela manhã. Corrie e Ford olharam um para o outro, depois voltaram a encarar Ethan.

— Venham. Por aqui. — Ethan disse, levando o grupo para fora do depósito e dando a volta até os fundos, ainda à vista de todos e de tudo, mas longe o suficiente para que ninguém pudesse ouvi-los. Além de alguns olhares, ninguém prestou muita atenção.

— Tá — Ethan disse, quando eles se instalaram. — Estão vendo o painel aqui na parte de trás?

Corrie e Ethan observaram, mas, novamente, nada parecia incomum ou fora do lugar.

— Sim. Qual é o problema? — Ford perguntou.

— Tudo isso foi removido. Viu? — Ethan disse, levantando com facilidade o painel de madeira da moldura.

— Levaram alguma coisa desta vez?

— Levaram. Lembra da tigela de madeira? Pois é, sumiu.

Uma sensação nauseante tomou conta do estômago de Corrie. Aquela tigela tinha sido um grande achado. Estava quase intacta e ainda tinha uma pequena quantidade de grãos no fundo.

— Bem, então é isso — disse Corrie. — Ford, você tem que mandar todo mundo pra casa.

— Está falando sério? Nós encontramos... — Ford começou a dizer, mas se conteve quando os olhos de Corrie se arregalaram e ela balançou a cabeça.

— Encontraram o quê? — Ethan perguntou, com a testa franzida.

— Talvez seja melhor conversarmos sobre isso mais tarde — disse Ford, olhando brevemente para Sunny e depois de volta para Ethan.

— Talvez seja melhor começarmos a confiar uns nos outros — Ethan disse, cruzando os braços.

Ford abriu a boca como se fosse protestar, mas logo a fechou. Que bom. Se havia uma pessoa em quem Corrie confiava na escavação tanto quanto em Ford, essa pessoa era Ethan.

— Tá — disse Ford. — Mas a confiança vale para os dois lados, cara.

— Certo. Sunny e eu temos feito... companhia um ao outro há um tempo. Eu não te contei porque, bem, porque ela é sua aluna. E, sinceramente, as coisas não têm sido as mesmas entre nós dois desde que seu pai morreu.

Corrie estremeceu internamente, pronta para que Ford explodisse. Mas, em vez disso, ele suspirou.

— Eu sei. Desculpa. Tenho passado por momentos difíceis nos últimos anos. Minha mãe... ela está doente — ele disse, afundando os ombros.

— Eu sei — disse Ethan, com a mão no ombro de Ford. — Mas estou aqui pra você. Sempre. Todos nós estamos — ele disse, apontando para o grupo.

Ford sorriu para eles, e isso aqueceu o coração de Corrie.

— Eu sei.

— Então o que é? O que vocês acharam? — Ethan perguntou, obviamente satisfeito com aquela nova informação.

Ford olhou novamente para Corrie, como se pedisse permissão. Ela assentiu.

— Encontramos Chimalli.

— O quê? Onde? — Ethan perguntou.

— *Atrás* da cachoeira.

— Atrás da cachoeira?

— A cortina da natureza — disse Sunny.

Corrie estremeceu, orgulhosa de que o relato de Mendoza sobre a vida de Chimalli estivesse certo.

— Mas isso não é tudo — continuou Ford. — Não encontramos apenas Chimalli. Havia desenhos na parede. Dois outros corpos. E parece que a tecpatl está enterrada embaixo de um dos corpos.

— *Três* corpos? — Ethan começou, mas Corrie finalmente falou.

— Chimalli e a família. De acordo com os desenhos, Yaretzi e seu filho ficaram doentes, e parece que Chimalli pode ter tirado a própria vida.

— Mas eu pensei...

— Eu também. Parece que eu estava enganada.

— Então você não é descendente de Chimalli? — perguntou Sunny.

Corrie balançou a cabeça.

— Parece que não.

— Bem, eu sei que teria sido incrível, mas vocês ainda fizeram uma das maiores descobertas arqueológicas do nosso tempo! Vão ficar famosos! — Ethan disse.

— Foi tudo Corrie — disse Ford.

Ela olhou para ele.

— Não, nós dois encontramos.

— Nem estaríamos aqui se não fosse por você. E você sabe que eu nunca teria nadado naquela cachoeira sem o seu estímulo.

— Ah, fala sério, você só não queria que ninguém visse sua bunda de fora — ela brincou, esquecendo momentaneamente que eles estavam perto de outras pessoas.

Agora era Ford quem olhava com os olhos arregalados.

— Bunda de fora? Parece que sua tarde foi... surpreendente também — Ethan disse, com um sorriso malicioso.

— Estávamos... ah... não tínhamos roupa de banho e não queríamos molhar a que estávamos usando — Ford enrolou.

Na verdade, foi meio fofo ouvi-lo tentar proteger sua honra. Mas, cara, ele mentia muito mal. Ela precisava acabar com aquele sofrimento.

— Relaxa, Ford. Ethan já sabe.

— Ethan sabe?

— Ah, Ethan sabe — disse Ethan. — E agora Sunny também sabe.

Os três olharam para Sunny.

— É... percebi hoje de manhã quando fui até sua barraca. Parecia que tinha acabado de trepar e, nossa, já estava na hora.

Corrie deu risada. Sunny não gostava mesmo desse lance entre professor e aluno, e uma evidência disso era sua total e absoluta honestidade ao falar com ele.

— Há quanto tempo Ethan sabe? — Ford perguntou a Corrie.

— Alguns dias.

— Ela me contou pra limpar sua barra depois que eu te acusei de ser o ladrão — Ethan esclareceu.

— Tá, isso é divertido e tudo o mais — Corrie disse. — Mas voltando ao problema. O que nós vamos fazer? Até sabermos quem é o ladrão, não podemos contar a mais ninguém. Essa descoberta é muito importante.

— Vamos fazer o que você sugeriu. Mandar todos pra casa — disse Ethan.

— Não podemos. Agora que fizemos a descoberta, precisamos tirá-la daqui antes que alguém mais saiba — disse Ford.

— Então precisamos confrontar todos. Dar ao ladrão a chance de confessar e, se isso não acontecer, revistaremos as coisas de todo mundo.

— Não podemos revistar as coisas da equipe — Ford rebateu.

— Podemos, se nos derem permissão. E vão nos dar permissão, a não ser que sejam culpados.

— Então vamos descobrir quem é ladrão por eliminação?

— Exatamente. Qualquer um que tenha algo a esconder vai se entregar antes de descobrirmos a verdade por conta própria — Ethan disse.

— É, porque a verdade sempre aparece. Como eu disse — Corrie acrescentou.

A verdade sempre vencia no final.

# Dezoito

A verdade sempre aparecia. Pelo visto, não bastava ouvir uma vez. Parecia que o universo queria deixar isso bem claro para Ford. Queria avisá-lo que estava trilhando um caminho perigoso, como se ele já não estivesse ciente da situação. Queria antecipá-lo sobre a reação de Corrie.

Mas o que ele podia fazer? Tentou contar a verdade duas vezes e, nas duas, foi interrompido. Deveria ter contado mesmo assim? Interromper a maior descoberta arqueológica de sua carreira dizendo *Calma aí, Chimalli, preciso contar uma coisa a Corrie?*

Mas, a cada minuto que passava, a ansiedade na boca de seu estômago crescia. Um pavor do que estava por vir. Para completar, tinha um ladrão no acampamento. Ford tinha certeza de que estava prestes a ter um ataque cardíaco por causa de todo esse estresse.

Ford e Ethan questionavam os membros da equipe, um de cada vez. Perguntavam se tinham alguma coisa para confessar. Encorajavam uma confissão voluntária. E, quando a confissão não acontecia, Ethan relatava a situação e perguntava se dariam o consentimento para uma revista em suas malas e cama.

— A verdade sempre aparece — disse Ethan todas as vezes. *Valeu pelo lembrete.*

Até o momento, todos tinham concordado, ressaltando que não tinham nada a esconder. Como Corrie suspeitava. E depois de cada interrogatório e inspeção, eles eram enviados para uma área separada do acampamento monitorada por Corrie e Sunny, para que não pudessem avisar aqueles que ainda não haviam sido interrogados. Era um processo lento, mas necessário, naquele momento da escavação. Eles não podiam arriscar que o ladrão soubesse da descoberta.

Cinco já tinham ido, faltavam oito.

Agnes se sentou no banco em frente a Ethan e Ford.

— Isso é mesmo necessário? — Ford perguntou a Ethan. Sério. A *última* pessoa de quem ele suspeitava era Agnes.

— É melhor prevenir do que remediar — respondeu Ethan.

— É sobre o quê? — Agnes perguntou, cruzando os braços e recostando-se na cadeira. — Vão me demitir pelo suposto incidente de intoxicação alimentar? Porque eu não sirvo comida estragada.

*Hum. Talvez o ladrão também fosse o culpado por isso.*

— Não, Agnes. Não é isso. Você é uma cozinheira incrível, e tenho certeza de que não poderei viver sem você em outra escavação.

Agnes lançou a Ford um sorriso provocante, evidentemente orgulhosa de si mesma.

— Muito bem. É, estou vendo você revirando a cama de todo mundo. Vai dar uma olhada nas minhas calcinhas?

Ford não pôde deixar de rir.

— É, Agnes, é isso aí. Somos a polícia das calcinhas — disse Ford. — Mas, falando sério, temos um problema no acampamento.

— Bom, se você queria minha calcinha, podia ter vindo pra minha cama depois que todo mundo estivesse dormindo. Embora você já esteja... ocupado todas as noites — disse ela, arqueando a sobrancelha.

Ford se endireitou na cadeira.

— Como você... — ele foi perdendo a voz.

Com um movimento diabólico dos lábios, Agnes inclinou a cabeça e disse:

— As pessoas esquecem rapidinho que estou aqui. Ignoram a cozinheira. Mas eu vejo tudo o que acontece neste acampamento, mesmo quando as pessoas *pensam* que ninguém está olhando.

Ethan e Ford se entreolharam, como se pensassem exatamente a mesma coisa. Uma câmera de segurança humana.

— Agnes — Ethan começou —, nós temos um problema. Parece que tem alguém no acampamento com... segundas intenções aqui.

— Se você está perguntando se vi alguém se esgueirando pelo depósito, a resposta é sim. Você não precisa fazer rodeios e bancar o tímido comigo — disse ela, e então se virou para Ford e ergueu a sobrancelha. — A menos que queira meu corpinho, claro.

— Espera... você disse que viu alguém se esgueirando pelo depósito? — Ford perguntou, ignorando a insinuação.

— Isso mesmo. Mas infelizmente não vi quem era. Chamou minha atenção porque achei estranho ver alguém vestindo um moletom preto com capuz. Está um pouco quente pra usar moletom. Mas ele foi andando para o depósito. Como se estivesse olhando bem de perto. Como se tentasse encontrar uma maneira de entrar. Mas não vi se conseguiu. É meio difícil de ver deste ângulo.

— Tinha mais alguma coisa nele, tipo, fisicamente, que você consegue lembrar?

— Não, como eu disse. Ele estava de capuz. É meio difícil observar de longe. Mas ele parecia ser menor comparado aos homens daqui.

— Menor? Quanto?

— Eu poderia acabar com ele. Talvez assim, dessa altura — disse ela, indicando com a mão um ponto mais baixo que a própria cabeça. — E com certeza não tinha ombros como os seus. — Outro sorriso sedutor.

Ford repassou mentalmente os homens do acampamento. Apenas alguns poderiam se enquadrar no perfil, embora a vaga lembrança de Agnes fosse tudo menos assertiva.

— Você se lembra de ter visto algum moletom preto nas bolsas que revistamos até agora? — ele perguntou a Ethan.

— Não. Mas, se restringirmos aos caras mais baixos, na verdade só falta Guiles.

Guiles. Aquele dedo-duro puxa-saco. Hum.

— Você notou mais alguma coisa estranha por aqui ultimamente? — Ford perguntou.

— Algumas coisas estranhas na lista de suprimentos. E não estou falando da sua entrega especial — disse ela, arqueando a sobrancelha para Ford mais uma vez. *Droga, Agnes*. Ethan ergueu as sobrancelhas.

— Camisinhas — Ford admitiu, a contragosto. Ainda bem que Ethan já sabia sobre ele e Corrie, caso contrário ele teria muito mais explicações para dar. — Você pode se concentrar agora, Agnes? Que tipo de coisas estranhas?

— Ah, eu não sei muito sobre o que vocês fazem por lá e todas as ferramentas que usam, mas os alicates de cortar parafusos e uma chave de fenda na lista me deixaram confusa. Não são ferramentas muito úteis para uma escavação.

O culpado deve ter usado essas ferramentas para arrombar o depósito.

— Por que você está nos contando tudo isso agora? — Ethan perguntou.

— Sou paga para cozinhar, não para ser babá e brincar de detetive — ela respondeu, bem insolente.

Ford abriu a boca para fazer outra pergunta quando Sunny chegou correndo carregando o telefone via satélite.

— Dr. Matthews — disse ela, sem fôlego. — É o investidor.

Agora? Que ótimo. O que ia dizer a ele? Que havia um ladrão entre eles? Ford pegou o telefone e, afastando-se de Ethan, Agnes e Sunny, se preparou para dar muitas explicações.

— Aqui é o dr. Matthews.

— Preciso perguntar: o que está acontecendo no meu acampamento? — Vautour gritou. Ele nunca tinha usado esse tom antes, mas não havia como confundir sua voz: ele não estava contente. — O que está fazendo, questionando funcionários e vasculhando seus pertences?

Ele já sabia? Como?

Ford olhou para os outros, que esperavam pacientemente que ele desligasse o telefone. Certamente Sunny não ligou para ele.

— Senhor, tivemos alguns problemas nos últimos dias. Alguém invadiu o depósito onde guardamos os artefatos.

— E você sabe quem foi?

— Não. É isso que estamos tentando descobrir, mas temo que possa ser um de seus funcionários. Talvez tenhamos que pausar a escavação por algum tempo enquanto...

Vautour o interrompeu.

— De forma alguma. Na verdade, você precisa parar com esses interrogatórios agora mesmo e começar a trabalhar.

Ford inclinou a cabeça, embora Vautour não pudesse vê-lo.

— Senhor, você não entende com o que estamos lidando. Não podemos continuar sem descobrir quem é o ladrão.

— Podem e vão. Não estou te pagando pra você tirar dias de folga interrogando *meus* funcionários... ou brincando na selva com sua assistente sexy.

Um nó ficou preso na garganta de Ford. Como ele sabia disso? Não podia permitir que Vautour pensasse que ele só estava curtindo ali. Claro, havia um pouco disso, mas tanto Ford quanto Corrie levavam seu trabalho a sério. Além disso, o que eles faziam em seu tempo livre não era da conta de ninguém. Nem mesmo de Vautour.

— Senhor, não sei o que te disseram, mas...

— Pode parar. Não preciso de suas desculpas ou mentiras. Era isso que você ia fazer, não é? Me dizer que entendi tudo errado? Que você não foi flagrado fugindo no meio da noite, apalpando aquela mulher na selva?

*Guiles.*

Ford deveria ter desconfiado do olhar atento de Guiles, aquele dedo-duro. O espião de Vautour. Pelo visto, Lance não conseguiu convencê-lo a ficar quieto.

— Você tem sorte de eu não te demitir agora mesmo. Mas talvez possamos deixar o pessoal de Yale decidir se querem te demitir por confraternizar com uma estagiária. Se você não começar a dar resultado, talvez eu tenha que avisá-los.

Espera. Vautour pensava que Ford estava com Sunny? E — espera mais um pouco — ele estava chantageando Ford?

— Senhor... está me ameaçando?

— Chame do que quiser. Estou te pagando para fazer um trabalho, dr. Matthews, e espero que seja feito. Quero aquela faca para já. Não daqui a um mês. Nem daqui a um ano. Quanto mais tempo você passa aí, mais atrai suspeitas. Se eu precisar te pressionar um pouco mais para isso, é o que vou fazer.

Que se dane. Ford não ia jogar aquele jogo.

— Então eu me demito.

Ele encontraria outra maneira de ganhar dinheiro para pagar os tratamentos da mãe. Poderia dar cursos extras. Lecionar em outras universidades. Caramba, ele até aceitaria aquela oferta para dar uma série de palestras de dez semanas recebendo apenas setenta e cinco dólares por cada se pudesse manter sua integridade. Vautour podia pegar aquelas ameaças e enfiá-las naquele rabo pomposo.

Então por que Vautour estava rindo?

— Acho que não — disse Vautour, com uma voz inabalável. — Não se trata apenas da sua reputação, dr. Matthews. Se você se demitir, vou garantir que cada pessoa da sua equipe nunca mais coloque os pés em uma escavação arqueológica. E aquele seu pitelzinho? Bem, ouvi dizer que ela não é de se jogar fora. Mal posso esperar para ver as fotos que tiraram de vocês dois na cachoeira hoje à tarde. Com certeza, outras pessoas também vão gostar de ver.

O fogo percorreu as veias de Ford enquanto ele segurava o telefone com mais força. Uma coisa era ameaçá-lo. Podia arruinar a reputação dele. Já não tinha sobrado muito mesmo depois de ter deixado o dr. Crawley irritado. Mas outra coisa era ameaçar sua equipe.

E Vautour estava muito enganado se pensava que poderia manchar a reputação de Corrie e violar sua privacidade com fotos dela pelada.

— Escuta aqui, seu filho da puta... — Ford rosnou.

Mas Vautour o interrompeu mais uma vez.

— Não! Escuta você, seu otário insignificante! — A saliva praticamente vazou pelo telefone. — Eu não dou a mínima para seus ideais hipócritas. No momento em que aceitou minha oferta, você entrou em um jogo completamente novo, dr. Matthews, e aqui não tem regras. Agora, você vai me dar aquela *porra* de faca. Mas não me teste ou vou destruir você, todos e tudo que você gosta. Você tem uma semana.

*Clique.*

O que foi aquilo? Ford ficou imóvel, atônito com a reação de Vautour. O investidor nunca tinha sido muito gentil, mas, até aquele momento, também nunca tinha aparentado uma inclinação criminosa. Ford nunca deveria ter aceitado este trabalho.

Sentindo-se impotente como nunca, olhou para o telefone. Parecia pesado e perigoso. Como se estivesse segurando o peso da vida de todos nas mãos. Um fardo para ele carregar. E sozinho.

Uma náusea profunda tomou conta dele. Não haveria como sair ileso dali. Nenhum cenário poderia garantir um resultado positivo. Porque, não importava como Ford procedesse — defendendo seus princípios ou defendendo as outras pessoas —, ele seria destruído de qualquer maneira.

Sendo sincero consigo mesmo, precisava admitir que havia comprometido seus princípios assim que assumiu o cargo. Quando tirou o trabalho de Corrie.

Ele era essa pessoa? Por acaso era melhor que Vautour?

Ford olhou ao redor do acampamento — para Ethan, Sunny, Agnes, para os outros estagiários e funcionários — e a culpa tomou conta dele. Culpa por todos eles estarem lá por causa dele. Sem saber, colocando o futuro de seu sustento nas mãos de Ford.

Ele nunca poderia deixá-los assumir a responsabilidade por seus erros.

Então Corrie entrou em seu campo de visão. Uma pontada cresceu em seu coração. Não era pelo medo de perdê-la depois daquilo. Isso ele tinha certeza de que ia acontecer. Era a ideia de ela se machucar. Ele não podia deixar isso acontecer. Não ia deixar isso acontecer.

Porque aquela pontada... era amor.

# Dezenove

— Terminamos — disse Sunny, quando finalmente voltou para o grupo monitorado.

— Terminamos? — Corrie perguntou. — Como assim? Não falamos nem com metade do acampamento — disse ela.

Sunny deu de ombros.

— O dr. Matthews disse que terminamos. — Ela, então, se voltou para o grupo que já havia sido revistado e interrogado. — Podem voltar para as barracas. Ou para o que quer que queiram fazer. O jantar será servido no mesmo horário hoje à noite.

O grupo se dispersou, resmungando. Não que Corrie fosse julgá-los. Eles ficaram ali, presos nas últimas duas horas, e por quê? Para continuar normalmente sem qualquer explicação?

Além do mais, onde estava a explicação de *Corrie*?

— Ford disse por que cancelou? Ele descobriu quem era? Isso! Só podia ser isso. Mas a última pessoa que ele e Ethan interrogaram tinha sido Agnes. E Agnes não poderia ser a culpada, de jeito nenhum. Certo?

— Não faço ideia. O investidor ligou, e então Ford voltou, disse para encerrarmos a busca e foi embora.

O quê?

Corrie examinou o acampamento, mas não avistou Ford. Tinha algo errado. Não, Ford tinha algumas peculiaridades e tudo o mais, mas deixar um bandido à solta no acampamento não fazia sentido algum. E eles não podiam arriscar. Não agora que tinham encontrado o que realmente procuravam.

Ela tinha que falar com ele.

— Já volto — disse Corrie a Sunny, e então marchou pelo acampamento em busca de Ford.

Ele não estava na tenda do refeitório. Ou em sua barraca. Ou no banheiro. Sim, ela verificou lá também. Então, onde ele estava?

Ethan não sabia de nada. Agnes não fazia ideia. Ele não tinha voltado para a cachoeira, tinha?

Não. Ford não faria isso. Sair do acampamento para continuar cavando sozinho. Não depois de ter repreendido Corrie por tentar escapar sozinha para o sítio pouco mais de uma semana antes. Eles tinham regras. Mas isso também foi antes de acharem o grande prêmio.

Ela cogitou esse pensamento por um momento, mas rapidamente o afastou. Ela confiava em Ford. Então esperou.

O restante da equipe prosseguiu como se o dia não tivesse sido perturbado por um escândalo. Com certeza, alguns murmúrios percorreram o acampamento, mas ninguém ficou chateado com o que aconteceu. Por terem sido basicamente acusados de serem ladrões. Na hora do jantar, todos já tinham superado todo aquele transtorno. Todos exceto Corrie, que não conseguia se concentrar em nada além do paradeiro de Ford.

A mente de Corrie divagava enquanto Ethan contava aos estagiários a história de uma expedição da qual ele havia participado em Belize. A história envolvente e as risadas mantiveram a concentração de todos em Ethan, então eles não estavam prestando atenção em Corrie, que estava focada nos arredores do acampamento. Observando. Esperando por Ford.

*O que era aquilo?*

Um lampejo de luz surgiu de trás das árvores. O inconfundível ziguezague de uma lanterna. E então nada.

Corrie apertou os olhos, concentrando-se nas árvores.

Bem ali. Lá estava ele, saindo da mata. Sujo e molhado. *O quê?*

O fogo percorreu a barriga de Corrie. Aquele merdinha sorrateiro. Ele tinha voltado lá. Ido até a cachoeira. Sem ela ou qualquer outra pessoa.

Corrie começou a se levantar quando Ethan chamou sua atenção.

— Não é, Corrie? — ele perguntou.

Ela se voltou para Ethan e depois olhou ao redor da mesa, todos estavam prestando atenção nela.

— Hum... desculpa. Não ouvi o que você estava dizendo — disse ela, recostando-se no banco para não chamar muita atenção para a situação.

— Eu estava contando a eles sobre aquela vez que você enganou o diretor do museu com um colar de ouro falso e o convenceu de que era uma relíquia de quinhentos anos, quando na verdade você tinha comprado, o quê, num quiosque de shopping?

— Numa loja de bijuteria — ela esclareceu, séria, embora continuasse concentrada em Ford, nos arredores do acampamento, pelo canto do olho.

Ethan e os outros riram, embora ela não estivesse tentando ser engraçada.

— Meu Deus, sim. Vocês tinham que ter visto a cara dele quando ela admitiu que era falso — Ethan explicou ao grupo.

Parecia um dom: Corrie conseguia sentir o cheiro de um trouxa a quilômetros de distância. E, sem ofensa, mas aquele diretor nunca deveria ter sido contratado se não sabia a diferença entre uma bijuteria e uma joia.

Mas essa estrepolia não tinha feito de Corrie uma queridinha entre os especialistas "sérios" da área. Ela provavelmente deveria ter pensado melhor antes de pregar essa peça no marido da diretora de conferências do Instituto Internacional de Arqueologia. Tá, tudo bem. Talvez ela tivesse alguma parcela de culpa pela reputação que tinha.

Com a conversa focada nela, no entanto, Corrie não podia sair dali para confrontar Ford. Ela esperou a hora certa, planejando mentalmente o que diria a ele quando finalmente tivesse chance. E, assim que o jantar terminou, Corrie foi direto para a barraca de Ford.

— Quer explicar onde você estava e o que é que está acontecendo? — ela exigiu, invadindo a barraca, sem bater.

Mas sua imposição dominante imediatamente se suavizou quando encontrou Ford, parado no meio da barraca vestindo apenas uma toalha enrolada na cintura esguia. Das pontas do cabelo loiro, algumas gotas pingavam em seu peito. Seu cheiro limpo e fresco de zimbro flutuou na direção de Corrie, deixando-a inebriada. Ela esfregou as pontas dos dedos na coxa, imaginando que acariciava aquele abdômen rijo. Mordeu o lábio inferior, pronta para se deliciar naquela pele. Droga. Ela deveria ter tomado banho com ele enquanto todos estavam distraídos com o jantar.

— Meu Deus, Corrie — disse Ford, assustado com a presença dela. — Que susto. Pode me dar um minuto? Quero me vestir — disse ele, segurando a toalha na cintura para evitar que caísse.

*Queria se vestir?*

— Ford, nós literalmente passamos metade do dia juntos, pelados. Não tem nada aí que eu não tenha visto.

— Tá, mas as coisas são diferentes agora.

Ela inclinou a cabeça para trás.

— As coisas são diferentes agora? Mas que merda é essa, Ford? Você vai me dizer o que aconteceu? Ou, sei lá, vai explicar por que suas roupas estão ali no canto, encharcadas e todas cobertas de lama? — Ela acenou com a cabeça na direção das roupas dele.

— A escavação acabou. Eu peguei a faca. Podemos fazer as malas e ir embora.

O queixo de Corrie caiu. Não que ela já não suspeitasse que ele tinha ido lá sozinho para investigar, mas isso? Escavar para pegar a tecpatl sozinho em algumas horas? Era bem improvável que ele tivesse seguido os protocolos adequados.

— Mas por que você faria isso? No que você estava *pensando*? — ela exigiu uma resposta.

— Eu estava pensando que já está na hora de irmos embora. Voltar para as nossas vidas. Acabar com tudo isso... essa loucura de roubo. Agora que eu peguei a faca, nós podemos finalmente ir pra casa.

— Mas e quanto a Chimalli e Yaretzi? E o filho deles? Ainda precisamos escavar...

— Não precisamos, não. O investidor quer a faca, e pronto. Ele não se importa com o resto, então nós também não.

— Você tá brincando, né? — Corrie examinou Ford como se ele tivesse contraído uma doença. — Ford, essa é uma das maiores descobertas astecas em décadas. Não podemos esquecer e ir embora.

— Bem, é isso que o investidor quer, e visto que o dinheiro e o terreno são dele, desculpa, mas você não tem escolha.

— Então é assim? — ela perguntou, observando Ford se vestir despreocupadamente como se fosse um dia qualquer, embora ele tomasse cuidado para não mostrar a bunda para ela, vestindo a cueca debaixo da toalha. Como se ela já não tivesse visto dezenas de vezes. Mas Ford estava certo... as coisas estavam diferentes agora. Como se tudo o que eles tinham vivido não tivesse mais importância.

— É assim.

— E o que acontece depois que formos embora?

— Acho que o investidor vai vender a peça para um museu ou vai guardar em sua coleção particular.

— Não é disso que estou falando. — Ela fez uma pausa, tentando acalmar o coração, que parecia prestes a saltar do peito. — Estou falando... de nós.

*Nós.* Uma palavra que Corrie nunca tinha usado ao discutir o status de relacionamento com qualquer outro homem.

Mas *status de relacionamento* também era uma expressão estrangeira no vocabulário de Corrie.

Ford parou e se virou para ela. Observou seu rosto. Evidentemente analisando os próprios pensamentos. Por que ele não dizia nada? Ela não poderia estar errada sobre a conexão que eles haviam criado. De fato, o sexo era ótimo. Fantástico, para falar a verdade. Mas havia muito mais. E era dolorosa a ideia de que ela nunca mais o veria depois disso.

— Ford... — ela disse, dando alguns passos em direção a ele, com a voz suave e tímida. — O que acontece com a gente quando sairmos daqui?

Ele olhou para ela, inabalável.

— Você volta para Berkeley, e eu volto para New Haven. É o melhor a fazer, você não acha?

— Não. Não, não acho que seja o melhor. Por favor, me diz que você não está falando sério. Você sabe que há algo mais entre nós. Não sei por que não percebemos antes.

— Nunca daria certo, Corrie. Você sabe disso. Acabaríamos discutindo o tempo todo — disse ele, como se estivesse exausto, e voltou a se vestir.

— E daí? Talvez exatamente por isso *desse* certo. Dizem que os opostos se atraem.

— Mas não somos opostos. Discutimos porque somos ambos teimosos, egoístas e sabichões...

— E nos entendemos melhor do que qualquer outra pessoa já nos entendeu antes — disse ela, aproximando-se, percorrendo com as mãos o peito e a clavícula de Ford. Ela olhou para o rosto dele, passando os dedos pela nuca e pelas pontas molhadas de seu cabelo. O calor se espalhou pelo corpo de Corrie quando ele envolveu sua cintura e sucumbiu à energia magnética dos dois. Sim... ele também queria.

— E se eu tirasse um período sabático? Poderia ficar em New England por alguns meses. — As palavras saíram da boca de Corrie sem qualquer premeditação, mas parecia certo ouvi-las em voz alta.

Uma vida com Ford já não parecia impossível.

Parecia uma necessidade.

— Corrie, o que você está dizendo? Você quer se mudar... se mudar por mim? Porque pensei que você não entrasse em relacionamentos.

— Eu não entro. Ou não entrava. Pelo menos nesses últimos doze anos. Talvez porque no fundo eu sempre quis você. Você é a única pessoa que pode ocupar a minha mente, não importa o quanto eu tenha tentado esquecer. A única pessoa que eu já quis conhecer de verdade. E a única pessoa que eu quis que me conhecesse.

Ele tocou o rosto dela, passando as pontas dos dedos em

sua pele quente, corada com a revelação. Ela não pretendia dizer tudo isso a ele. Mas sentia que precisava que ele soubesse.

— Eu... — ele começou, olhando Corrie nos olhos. — Eu quero essas coisas também...

O coração de Corrie se aqueceu, disparando de felicidade. Ela finalmente estava abrindo o coração para outra pessoa, e era recíproco.

— Mas — ele continuou, criando um nó no estômago dela — não podemos ficar juntos. Não sou o homem que você pensa que eu sou. Você merece alguém melhor.

Ele se afastou dela, deixando um vazio em seus braços.

— Isso não é verdade — disse ela. — Ford, eu conheço você. Sei quem você realmente é.

— Eu gostaria que isso fosse verdade.

— Então me diz.

— Corrie, por favor, não torne isso mais difícil do que já é — disse ele, com a voz exasperada.

— Mais difícil? Ford, você está partindo meu coração agora — disse ela, com a voz trêmula. — Por que está fazendo isso? Por que você está me afastando quando algumas horas atrás estava querendo que eu me aproximasse? O que aconteceu nesse meio-tempo?

— Amanhã eu te conto tudo. No aeroporto, de volta para os Estados Unidos.

— No aeroporto? — Ela inclinou a cabeça para trás e olhou para ele sem acreditar. — Ford, não. Seja o que for, quero saber agora. Não tem motivo pra deixar pra depois.

— Tem, sim. Porque, quando eu te contar, você nunca mais vai querer falar comigo ou me ver de novo.

— Então, por isso, você vai me deixar preocupada a noite toda? Como isso pode ser melhor?

— Simplesmente é.

— Mas como?

— Corrie, deixa pra lá.

— Não, Ford, não posso deixar pra lá. Preciso saber agora porque... porque... porque estou apaixonada por você! — ela deixou escapar.

O silêncio tomou conta da barraca, e os dois ficaram imóveis. Ele então abaixou a cabeça e falou.

— Não diz isso, por favor.

Um nó se formou na garganta de Corrie. Trinta e cinco anos de existência, e na primeira vez que ela diz "eu te amo" a alguém que não seja um membro de sua família, a resposta é: *não diz isso, por favor*? Então era assim que os homens se sentiam quando diziam que a amavam e ela não retribuía?

Mas Corrie *não* os amava e tinha certeza de que Ford, *sim*, a amava.

— Ford... por favor. Eu... — ela disse, dando um passo na direção dele. Ela precisava abraçá-lo. Para que ele pudesse sentir o amor dela.

Mas ele a interrompeu e se afastou, virando o corpo para o lado. Fechando-se para ela.

— Eu nem deveria estar aqui — disse ele, fazendo Corrie parar, aturdida.

— Do que você está falando?

— Aqui, liderando esta escavação. — Ele fechou os olhos por um instante, depois olhou diretamente para ela. — Fiquei sabendo desta escavação pelo dr. Crawley, e sabia que o investidor estava planejando contratar você, então liguei para ele e o convenci a me escolher. Disse a ele que sabia tanto sobre Chimalli quanto você.

Corrie piscou várias vezes, até que seu sangue começasse a ferver, enquanto compreendia as palavras dele. — Você... você tomou este trabalho de mim? — ela não conseguia conter a raiva confusa que surgiu em sua voz.

— Tomei.

— Por quê? Por que você faria isso? Você sabia o quanto essa escavação significava pra mim.

— Porque ele me pagaria muito dinheiro se eu conseguisse o que ele queria.

— Você fez isso... por *dinheiro*? — Ela riu com escárnio, balançando a cabeça. — Quanto? Quanto ele está te pagando?

Ele baixou os ombros.

— Um milhão de dólares. Um milhão e meio com os restos mortais, mas o que ele quer mesmo é a faca.

Uma torrente de fúria percorreu cada centímetro dela. Dinheiro? Ele estava atrás de dinheiro? Caralho!

— Em que mundo você vive? É absurdo, Ford, alguém pagar tanto a um arqueólogo pra encontrar um artefato. Ninguém faz isso. E não é por isso que fazemos o que fazemos. Fazemos isso pra preservar a história. E pela aventura. Não fazemos isso pra encher os bolsos.

— É, mas eu precisava do dinheiro! — ele respondeu. — Para os tratamentos da minha mãe.

— Então você passou por cima do código moral de arqueologia e da sua integridade pra conseguir isso?

— Minha integridade? Eu fiz isso por *ela*. Estou falido, Corrie. Completa e totalmente falido. Meu pai torrou tudo o que tinha em artefatos falsos e deixou minha mãe sem nada. Desde então, eu a sustento, mesmo depois de uma redução salarial devido a cortes no orçamento que convenientemente coincidiram com a minha separação da filha do chefe. Então, sim, eu fiz isso por ela. Fiz para poder pagar tratamentos que podem salvar a vida dela — ele argumentou.

— Ford, existem outras maneiras de conseguir dinheiro. Quando as pessoas souberem desta escavação, ficaremos com reputação de mercenários. Ninguém na área da arqueologia profissional nos respeitará depois disso.

— Por que você se importa com essas pessoas? Elas já não te respeitam mesmo.

*Vrau!*

A mão aberta de Corrie voou e acertou o rosto de Ford, enquanto no dela lágrimas rolavam. Baixa. Ele fez Corrie se sentir baixa. Confirmou todos os sussurros e piadinhas grosseiras feitas sobre ela ao longo dos anos. Mas ela quis acreditar que Ford era diferente. Que, para ele, ela era mais do que isso.

Obviamente, estava enganada.

— Corrie, descul... — Ele se aproximou, mas ela se afastou.

— Vai se foder, Ford. É por causa de pessoas como você que eu tenho essa reputação. Pessoas que me trataram como uma piada, como uma caricatura — disse ela, com a voz trêmula.

— Não foi isso que eu quis dizer. Você é melhor do que essas pessoas. Quem se importa com o que pensam de você?

— Eu me importo!

— Bom, talvez você não devesse.

Corrie riu, perplexa de descrença.

— Interessante vindo de alguém que chegou onde está rebaixando os outros. Eu confiei em você, Ford. Completamente. Dei a você partes de mim que não compartilhei com ninguém. E aqui está você, jogando tudo de volta na minha cara como se nada disso importasse.

— Eu tentei te contar. Duas vezes hoje... — ele implorou.

— Depois de ter dormido comigo.

Ele fez uma pausa, evidentemente sem resposta.

— Você mentiu pra mim — ela continuou, apontando o dedo para ele. — Desde que cheguei aqui. Não, antes mesmo disso, você estava mentindo e me manipulando pra conseguir o que queria. Era esse o seu plano o tempo todo? Me levar pra cama, fazer com que eu me *apaixonasse* por você, pra finalmente me vencer?

— O quê? Não. É claro que não — disse ele, empertigando-se. — Eu nunca faria isso.

— Sério? Como espera que eu acredite em você?

Ele suspirou.

— Eu não espero. E tenho certeza de que isso nunca vai acontecer. Mas os momentos que tivemos? Eles eram reais. E se você puder acreditar em alguma coisa, então acredite nisso.

Reais? Nada podia ter sido real. Não quando tudo havia começado com mentiras, enganos.

— Tudo bem... se os nossos momentos foram reais, por que você está fazendo isso? Por que isso agora?

— Porque podemos aceitar que isso tem que acabar. — Ele baixou a cabeça.

— Eu não vou cair nessa. Aconteceu alguma coisa. Algo

entre nosso encontro com Ethan e Sunny e sua decisão de pegar a faca sozinho. O que foi? Foi o investidor?

— Deixa pra lá. Isso não vai fazer bem pra ninguém.

*Obrigada pela confirmação.*

— Então *foi* ele, sim. O que ele disse pra você?

— Corrie... — ele disse, parecendo cansado e abatido.

— Você me deve isso. Depois de tudo o que aconteceu, mereço saber a verdade.

— Tá, você quer mesmo saber? — ele disse, levantando a voz. — Ele ameaçou você, Corrie. Ele ameaçou você, eu e todos os outros neste acampamento. Ele sabia de tudo. Me disse pra interromper nossas investigações sobre o ladrão e avisou que, se não entregássemos a faca a ele dentro de uma semana, iria atrás de cada pessoa aqui.

— E você acreditou nisso? O que ele poderia fazer com a gente? Não oferecer empregos no futuro? Ué, por mim tudo bem. Não preciso trabalhar para chantageadores babacas.

— Ele tem fotos, Corrie. Fotos de nós dois na cachoeira hoje.

Um buraco se formou no fundo do estômago de Corrie, e ela engoliu em seco. Com força.

— De nós dois... pelados? — Ela mal conseguia pronunciar as palavras.

A expressão de Ford suavizou, e ele se sentou na beira da cama.

— É — ele disse, com a voz baixa e suave. — Felizmente, ele não sabe quem você é. Mas ele acha que você é minha estagiária e planeja divulgar as fotos em Yale se eu não fizer o que ele mandar. Não será difícil as pessoas fazerem os cálculos e descobrirem que é você.

Corrie envolveu o corpo com os braços, encolhendo-se em um abismo desconhecido. Depois de todos aqueles anos tentando preservar sua reputação. Todos os esforços para combater o impacto daquela droga de foto da *Archaeological Digest*. E agora alguém tinha fotos dela e planejava usar contra ela. Fotos de *seu* corpo.

O corpo era dela. De mais ninguém.

Ford tinha razão: não demorariam muito para descobrir a identidade de Corrie. Com certeza, ninguém a confundiria com Sunny, de cabelos ruivos e pele clara. Mas, pior ainda, Corrie sabia como funcionavam essas coisas. Depois que as fotos fossem divulgadas, não haveria como controlar quem colocaria as mãos nelas. Não conseguiria proteger seu corpo.

— Isso é tudo culpa sua, Ford. Você deixou isso acontecer — disse ela, com a raiva ressoando na voz. Mas precisava tomar as rédeas da situação. Uma ova que Ford era o chefe. Corrie estava no controle agora.

Ele abaixou a cabeça.

— Eu sei. É por isso que quero entregar o que ele quer, pra todo mundo poder dar o fora daqui.

— Mas eu não vou embora.

— O quê? — Ele olhou para ela. — Não, Corrie. Por favor, não começa com isso de novo. Vamos todos arrumar tudo e ir embora. Sem discussão.

— Quem disse que vou discutir? Eu vou ficar, Ford. Não vou deixar algum idiota rico ditar minhas decisões. Se ele divulgar essas fotos, tudo bem. Mas será porque *eu* decidi ficar, e não porque ele me assustou. Vim aqui pra fazer um trabalho e não vou embora até empacotarmos todos aqueles ossos. E, pelas minhas contas, ainda temos sete dias.

— Corrie, não deveríamos mexer com ele. Ele tem várias pessoas no acampamento observando e relatando cada movimento nosso.

— E daí? O que vão dizer? Que estamos fazendo nosso trabalho?

— Olha, eu fui lá hoje à noite pra que a gente pudesse sair daqui. Pra evitar que o investidor venha atrás de você.

Ela ergueu a mão para fazê-lo parar.

— Guarda seu cavalheirismo pra outra donzela. Você fez isso pra proteger a si mesmo. E seu investimento.

— Nada do que faço aqui é por mim.

Ela deu risada.

— Então me responde uma coisa — disse ela, inclinando

a cabeça para o lado e cruzando os braços. — E se outra pessoa tivesse sido cotada para esta escavação? Um de seus colegas homens, talvez. Você teria feito a mesma coisa? Teria tomado o cargo dele? Ou você só fez isso porque era eu? Porque você sabia que podia?

— Como quer que eu responda isso? Estou aqui por causa da minha mãe. Mas não importa o que eu diga: ou você não vai acreditar em mim ou vai me odiar mais do que já odeia.

— É, nesse ponto você tem razão. Nós vamos ficar, Ford. E, em uma semana, depois que terminarmos esta escavação, você nunca mais vai me ver.

# Vinte

Levar um esculacho era horrível.

Ford não esperava nada diferente de Corrie Mejía. A mulher tinha ímpeto — e respeito próprio. Após algumas horas de escavação na manhã seguinte, a situação era nítida: era melhor Ford sair do caminho e ficar longe.

Nos dias seguintes, ele deu espaço a ela. Fez as refeições sozinho em sua barraca. Ajudou na escavação da cratera, enquanto Corrie, Sunny e Ethan se concentravam na caverna. Sunny e Ethan não fizeram perguntas, pelo menos não para Ford. Ele não fazia ideia do que Corrie tinha dito a eles. Mas, se ela tivesse contado toda a verdade, ele não acharia ruim. Eles mereciam saber. Todos mereciam saber que ele era uma péssima pessoa. Porque Corrie tinha razão: por mais que ele quisesse se convencer de que tinha feito aquilo pela mãe, havia outras maneiras de ajudá-la sem comprometer sua integridade.

Sem partir o coração de Corrie.

Seu próprio coração doía sempre que ele olhava para ela. Pensava no que eles poderiam ter tido juntos. Se lembrava de como era tocar e sentir o calor da pele dela. Se lembrava de como era sentir amor, amor verdadeiro. Amor de alguém como ele.

Mas Ford não era como Corrie. Ela não era uma cobra como ele. Não era uma mentirosa.

A escavação na caverna foi feita em segredo. Eles caminhavam até lá por caminhos sinuosos e nunca juntos. Apesar de tudo, ainda havia um ladrão à espreita, e Ford estava de olho em Guiles. Talvez Vautour não estivesse preocupado com isso, mas Ford com certeza estava. Eles tinham o que ele queria, e mais um pouco. A última coisa de que precisavam era que alguém fugisse com a faca quatro dias antes de voltarem para casa.

Ele pensou em conversar com Lance sobre isso para ver se conseguia convencer Vautour. Mas argumentar com um chantagista parecia uma perda de tempo. Afinal de contas, para Vautour, Ford nada mais era do que um *otário insignificante*. Ele se importaria em destruir a vida de Ford?

Resposta: nem um pouco.

Ford e o restante da equipe da cratera retornavam ao acampamento muito antes da equipe da caverna. Enquanto os outros passavam a tarde distraídos, Ford ficava sentado do lado de fora de sua barraca, observando aqueles que não tinham nenhuma preocupação. O que ele não daria para estar no lugar deles. Para se concentrar na escavação sem ter que pensar na mãe doente ou no chefe chantageador. Algum dia ele voltaria a ser assim? A sorrir? A ser feliz?

Encontraria o amor?

Ele afastou esse pensamento. Como poderia esperar que alguém o amasse quando havia se tornado essa pessoa?

— Ei, Ford — Ethan o chamou, quando ele, Sunny e Corrie chegavam da selva. Sujos. Molhados. E rindo e sorrindo.

Bem, pelo menos Corrie *estava* sorrindo. Sua boca rapidamente se curvou para baixo ao ver Ford.

— Oi, pessoal — ele respondeu, levantando-se na varanda à medida que eles se aproximavam. — Como vão as coisas por lá?

Não importava o quanto ele tentasse evitar, seu olhar continuava cravado em Corrie, embora ela nunca fizesse contato visual. Corrie era como uma concha diante dele. Vazia e mentalmente ausente.

— Boas, boas — disse Ethan. — Estamos avançando bem rápido. Com certeza cumpriremos o seu objetivo, talvez até um ou dois dias antes.

Ford inclinou a cabeça.

— Meu objetivo?

— É, Corrie nos contou como você queria surpreender a todos e encerrar até o final da semana, pra que a gente possa finalmente voltar pra casa. Todo mundo vai ficar feliz quando você contar a novidade. Obrigado, Ford — disse Ethan, completamente alheio à realidade.

Ford encarou Corrie, que o avistou por um instante antes de desviar o olhar. Ela mentiu. Mentiu para protegê-los. Ela os protegeu como ele havia tentado fazer. Pelo menos ela havia conseguido.

Ford falhara miseravelmente.

— Que ótimo — disse Ford, forçando sua voz a manter a fachada.

— Você deveria ver, dr. Matthews. Os ossos estão em excelentes condições porque foram protegidos pela caverna. E encontramos alguns fragmentos de roupas — disse Sunny, mal conseguindo conter a empolgação.

Parecia *mesmo* empolgante. Apesar das acusações de Corrie, ele se importava, sim, com a arqueologia, e não apenas com o dinheiro. Mas não conseguiria trabalhar tão próximo de Corrie. Na verdade, *ela* não permitiria isso.

— Incrível — respondeu Ford, tentando ao máximo fingir compostura.

— Parece também que Mendoza pode ter sido quem deixou Yaretzi e o filho doentes — acrescentou Ethan.

Ford inclinou a cabeça.

— Mendoza? Mas não foi Mendoza que escreveu sobre eles irem viver em outra aldeia?

— Bem, de acordo com os desenhos nas paredes, eles pegaram alguma coisa de Mendoza. Olha — disse Ethan, tirando uma câmera da bolsa e entregando a Ford, para mostrar os registros. Eram fotos mais detalhadas das paredes. As pinturas, sem dúvida, retratavam um homem doente, um espanhol. A família de Chimalli cuida do homem até que ele se recupere. E todos acabam ficando doentes.

— Ele deve ter mentido para encobrir a culpa. Quer dizer, é óbvio que eles não foram viver em outra aldeia.

— É, como se seus relatos posteriores fossem sua expiação. Para fazê-los viver para sempre através de suas palavras — Sunny acrescentou.

*Expiação*. Qual seria a expiação de Ford? Uma vida inteira de infelicidade sem alguém com quem compartilhar, como punição pelo desastre que causou aos outros?

— Sei que você provavelmente também quer estar lá — continuou Sunny, tirando Ford de seus pensamentos. — Mas eu agradeço mesmo por encorajar a dra. Mejía a me levar para aprender.

Outra mentira. E outro olhar de Corrie. Mentiras, mentiras por toda parte. Mendoza. Ford. Corrie. Pelo menos as mentiras de Mendoza e Corrie tinham sido usadas para o bem.

— Claro — disse Ford, devolvendo a câmera para Ethan.

— Ah, antes que eu esqueça — disse Sunny, tirando o telefone via satélite da mochila. — Você recebeu uma ligação hoje do Centro de Reabilitação Lakeview. Eles disseram algo sobre um cartão de crédito ter sido recusado.

Desta vez, Corrie não o olhou apenas de relance. Ela encarou Ford diretamente e com preocupação.

— Ah... — foi tudo o que Ford conseguiu dizer.

— É, disseram que enviaram vários avisos e precisam do pagamento até amanhã, mas não entendi o resto. A conexão na caverna não era boa. Desculpa. Eu levei o telefone sem querer.

— Não tem problema.

Tinha muito problema. Como é que ele iria conseguir o dinheiro para amanhã? Todo o seu dinheiro estava investido nessa escavação, e ele não seria pago até que entregasse tudo.

E faltavam alguns dias para que conseguisse entregar tudo.

— Está tudo bem, Ford? — Ethan perguntou.

— Está, tranquilo — ele disse, se esforçando para pronunciar as palavras sufocadas. Ele achou mesmo que parecia convincente?

— Quanto, Ford? — perguntou Corrie, e todos se viraram para ela.

Ele olhou para ela. Eram as primeiras palavras que ela dirigia a ele desde que tinha saído da barraca dele na outra noite. Em circunstâncias normais, ele ficaria chateado se alguém mencionasse suas finanças na frente de outras pessoas. Mas Ford não tinha mais orgulho. E, para falar a verdade, uma pequena sensação de esperança se formou em seu coração por ela estar falando com ele.

— Trinta mil.
— Trinta mil *dólares*? — Ethan perguntou. — Pra quê?
— Para o tratamento da minha mãe.
— Você tem? — Corrie perguntou.

Ele examinou o rosto de Corrie mais uma vez antes de responder.

— Não.
— Você não consegue um adiantamento pela escavação? — Ethan perguntou.

Um adiantamento? Ah. Ford quis dar risada. Ele estava sendo chantageado; não tinha muito espaço para pedir um adiantamento.

— Não se preocupem comigo. Eu vou resolver. Enfim — disse ele, batendo palmas e tentando mudar de assunto. — Vocês deveriam ir se limpar. Agnes está se matando pra fazer feijão vermelho com arroz, e o cheiro está ótimo.

— Vem comer com a gente — disse Sunny.
— Não, estou bem — disse ele, com um gesto. — Tentando ajeitar a papelada, já que terminaremos em alguns dias.

Corrie inclinou a cabeça para ele. Claro que era uma desculpa esfarrapada. Ford sempre foi meticuloso em manter os documentos em dia. A única coisa que ele precisava fazer para encerrar as coisas era arrumar as malas.

— Ah, vamos lá. Faz dias que a gente não conversa — disse Ethan. — E logo, logo, todo mundo vai embora. Só estaremos todos juntos de novo daqui a meses.

Ford olhou para Corrie. Não, eles nunca mais estariam todos juntos. Como ela já havia dito, ele nunca mais a veria depois que saíssem da selva.

Mas se ele esperava ver punhais nos olhos dela, ou pelo menos um aviso para ficar longe, na verdade só encontrou os doces olhos castanhos pelos quais ele tinha se apaixonado tantas vezes.

— Preciso de um banho. Vejo você no jantar, Ford — disse ela antes de finalmente ir embora.

A boca de Ford doía de tanto sorrir. As histórias do que todos planejavam fazer quando chegassem em casa variavam desde coisas práticas — tomar um bom banho quente e demorado e dormir um dia inteiro em uma cama de verdade — até o absolutamente disparatado — reservar uma viagem para o hotel de gelo na Suécia, para se recuperar do calor sufocante do México. Todos na mesa contaram seus planos. Riram. Caçoaram. Brincaram sobre voltar à vida real. Definitivamente era melhor do que comer sozinho em sua barraca, mergulhado em pena de si mesmo.

— Sua vez, Ethan — disse um dos estagiários.

Ethan inclinou a cabeça para trás, olhando para o teto da barraca enquanto torcia o rosto, pensativo.

— Humm... bom... eu vou ao cinema. Me encher de pipoca. Reclinar em uma cadeira macia. Aproveitar o ar-condicionado. Quem sabe até assisto ao filme.

Interessante. As expectativas de muitos deles ao voltar para casa tinham mais a ver com coisas banais.

— E você, dra. Mejía? — Sunny perguntou.

O ritmo do coração de Ford acelerou. Um vislumbre de Corrie. Um vislumbre de seus pensamentos nos últimos dias.

— Eu? Ah, não sei — disse ela, empurrando a comida no prato com o garfo.

Nossa, que vislumbre.

— Ah, vai, você tem que ter *algo* em mente — disse Ethan.

— Ah, eu estava pensando em tirar um ano sabático — disse ela, olhando brevemente para Ford. — Mas sei lá. Preciso de uma folga.

— Corrie Mejía sabe tirar folgas? — Ethan perguntou, com um sorriso.

— Não — ela disse, com uma risada. — Mas talvez seja hora de tentar algo novo.

*Algo novo.* Ford queria se esfolar por tudo que tinha causado, porque, se não fosse por suas decisões idiotas, um relacionamento com *ele* poderia ser algo novo para ela.

Mas agora Corrie encontraria *alguém* novo.

Pensar em Corrie com outra pessoa provocou uma onda de náusea nele. Ele a imaginou dando aquela risada estrondosa nos braços de outro homem. Passando os dedos delicados pelo cabelo de outro homem. Continuando incrível, mas voltando para casa e dando carinho a outra pessoa.

Ele não tinha o direito de sentir ciúmes. Nem mágoa. Mas caramba... ele daria tudo para voltar no tempo.

— E você, dr. Matthews? — Sunny perguntou. A pergunta tirou Ford de seus devaneios. — Qual é a primeira coisa que você vai fazer quando voltar?

Essa era fácil.

— Visitar minha mãe.

Ele contaria tudo a ela. Sobre como tinha conseguido o dinheiro. Sobre Corrie. E então pediria perdão. Ficou todos aqueles anos tão zangado com o pai, prometendo à mãe que nunca seria como ele. Passou incontáveis horas furioso que o pai tivesse feito aquilo com ela — que a tivesse deixado sem um tostão, tudo por seus próprios motivos egoístas. Mas lá estava Ford, seguindo os passos do pai e enganando a mulher que amava para conseguir o que queria.

— Bem que minha mãe gostaria de estar na minha lista — disse um dos rapazes.

— Fala sério. O dr. Matthews provavelmente está tentando impressionar as mulheres, não é, dr. Matthews? — Mateo brincou.

Uma risada sarcástica ressoou na cabeça de Ford.

— Não é tão impressionante eu destacar o fato de que sou um filhinho da mamãe — ele respondeu. Nada como lembrar

Corrie de como ele havia passado a perna nela por causa de sua mãe.

— Ah, é fofo — disse Sunny, com um sorriso.

— E para você, dra. Mejía? — Gabriel perguntou. — As mulheres engolem quando um homem fala abertamente sobre o quanto ama a mãe? Preciso saber se devo usar essa.

Por quê? Por que eles tinham que cutucar a fera? A famigerada torta de climão. Eles só estavam brincando, essas piadas eram comuns no acampamento. Juntos, pareciam mais uma família do que alunos, professores e colegas de trabalho. O único sinal de que reconheciam limites era o fato de que, depois de quatro meses, ainda o chamavam de "dr. Matthews".

— Olha... — ela começou a dizer, chamando a atenção de Ford — não há vergonha em admitir isso, não importa quem você seja. Se minha mãe ainda estivesse viva, eu também gostaria de vê-la. — Uma ponta de tristeza brilhou em seus olhos. — Mas não acho que o dr. Matthews disse isso para impressionar alguém — ela continuou. — Ele ama a mãe e faria qualquer coisa por ela. Pelo menos ele se importa com *alguma coisa*. Agora, se me dão licença, ainda preciso registrar alguns itens da escavação de hoje antes que me esqueça.

Ela se levantou da mesa, deixando um buraco no estômago de Ford. *Pelo menos ele se importa com alguma coisa.* Ai. Os outros provavelmente não tinham ideia do que estava acontecendo. Nem mesmo Sunny ou Ethan. Mas a escolha de palavras não foi acidental. Apesar dos olhares e da permissão tácita para jantar com eles, Corrie Mejía *não* havia superado o acontecimento do outro dia.

E provavelmente nunca superaria.

# Vinte e um

O problema era ela ou aquela era a noite mais quente, mais abafada e mais longa de toda a expedição?

Corrie estendeu a mão para a mesa ao lado da cama, para — mais uma vez — verificar a hora. Só uma e vinte e dois da manhã? Como era possível? Ela se virou, chutando o cobertor reserva e o lençol para o pé da cama. Era só isso: o calor. Isso, era por causa do calor que não conseguia dormir. Não tinha nada a ver com Ford. Ou com o fato de que a mãe dele talvez não conseguisse o tratamento de que precisava para sobreviver. Ou com o fato de que, mesmo depois que ele admitiu todas as coisas que tinha feito, ela ainda tivesse sentimentos por ele. Sentimentos *intensos*.

Sentimentos *calorosos*. Sentimentos eróticos do tipo *tira a minha calcinha, não consigo parar de pensar em você*.

É, a insônia dela tinha *tudo* a ver com Ford.

Mas como ela ia dormir quando ele estava a menos de trinta metros de distância? Principalmente quando ela se revirava sempre que pensava no que tinha dito no jantar. *Pelo menos ele se importa com alguma coisa.* Ela se arrependeu das palavras assim que deixou o refeitório. Por que tinha dito aquilo? Por que tinha descido a esse nível?

Ela precisava dar uma caminhada. Cansar as pernas, para, então, adormecer. Porque, depois de três noites maldormidas, precisava desesperadamente descansar.

Corrie não se deu ao trabalho de vestir algo além da regata e do short que usava (ou tentava usar) para dormir. Pois é, a regata mal comportava seus seios, e as nádegas quase escapuliam por baixo do short, mas ninguém mais estaria ali fora. Não naquela hora, pelo menos.

Os ruídos da selva preenchiam o ar, mas as barracas permaneciam em silêncio. Como ela suspeitava, o acampamento estava vazio. E, a julgar pelo silêncio, Corrie parecia ser a única pessoa que sofria com mais uma noite insone. Mas... havia um brilho fosco na barraca de Ford. Uma luz, talvez?

Ela se aproximou da barraca dele, aguçando os ouvidos, mas não captou nenhum barulho. Nem mesmo o farfalhar dos lençóis ou o ronronar suave dos murmúrios sonolentos que ela conhecia muito bem. A lona da barraca era bem espessa, então as chances de ela ouvir alguma coisa eram mínimas. Afinal de contas, ninguém parecia tê-los ouvido fazendo sexo, e Corrie não era exatamente o que a maioria das pessoas chamaria de silenciosa, embora tivesse se contido muito nas últimas semanas.

*Shh. Alguém pode ouvir*, Ford sussurrava em seu ouvido. Ela podia ouvir seu timbre profundo, o calor de sua respiração e a umidade de seus lábios, que enviavam uma onda de choque para seu interior enquanto ele se balançava em cima dela.

Um sorriso pouco a pouco foi surgindo em seus lábios antes que ela pudesse reprimi-lo. *Não. Para de pensar nele*.

Ela se afastou da barraca dele e caminhou pelo acampamento. Mas, sem desviar o olhar da luz, se perguntava se ele estava acordado, se já tinha um plano para ajudar a mãe, se estava pensando nela.

*Foda-se.*

Corrie caminhou na direção da barraca de Ford, subiu até a varanda e pressionou a orelha contra a porta, que rangeu com seu toque. Queria ouvir qualquer indício de que ele estivesse acordado.

— Tem alguém aí? — Ford perguntou, baixinho.

Esse indício bastava.

Corrie abriu a porta e entrou. Ele estava deitado na cama com um braço levantado acima da cabeça, vestindo apenas uma cueca boxer preta, com a pele brilhando de suor.

— Não consigo dormir — disse ela, cruzando os braços para cobrir os mamilos, agora duros. Talvez não tivesse sido uma boa ideia, afinal.

— Nem eu — ele respondeu, sentando-se e esfregando o rosto com as mãos.

— Sou eu ou a selva decidiu aumentar alguns milhares de graus essa noite? — ela perguntou, com um sorriso.

Uma risadinha escapou dos lábios dele. Ela sentia falta daquilo. Sentia falta de tudo nele. Bem... de quase tudo.

— Está quente pra cacete — disse ele.

*Cacete*. Por que ele não usou outra palavra? Corrie não pôde deixar de olhar para a virilha de Ford quando ele disse isso. Ela se repreendeu por não conseguir controlar sua mente poluída. Apesar dos mísseis disparando em todas as direções dentro dela ao vê-lo seminu, em total esplendor, a atração sexual que sentia por ele representava apenas uma pequena parcela de seus pensamentos.

Tá, era uma parcela bem grande. Mas não eram esses os *reais* motivos pelos quais ela não conseguia tirá-lo da cabeça.

— Desculpa pelo que eu disse mais cedo. Sobre você se importar com sua mãe — disse ela.

— Corrie, por favor — respondeu ele, baixando a cabeça. — Você não precisa se desculpar por nada. Só vai me fazer sentir pior se achar que precisa se desculpar comigo. Não depois do que fiz.

— Eu sei, mas... eu sei o quanto sua mãe significa pra você. Foi golpe baixo.

— Eu mereço coisa pior.

— Não quando se trata dela. Você não merece se preocupar com ela.

A expressão no rosto dele se suavizou quando ele olhou para ela, como se finalmente aceitasse suas palavras.

— Você já sabe o que vai fazer? — ela perguntou. — Sobre o pagamento, quero dizer.

Ele sacudiu a cabeça.

— Liguei para o banco hoje pra ver se conseguia uma

linha de crédito, mas eles disseram que demoraria algumas semanas pra processar a papelada.

— Você poderia conseguir um adiantamento com... — a voz dela falhou. — Com o dinheiro desta escavação?

— Com base na minha última conversa com o investidor, não estou em condições de pedir favores. Ainda nem contei a ele sobre a faca.

Ela inclinou a cabeça.

— Por que não? Não era isso que ele queria?

— Sim, mas era *só isso* que ele queria.

Ah. Ford não precisava mais explicar: assim que ele contasse ao investidor sobre a tecpatl, a escavação terminaria. E mesmo que, com isso, Ford tivesse o dinheiro de que precisava para os tratamentos da mãe, Corrie não conseguiria terminar o que se propôs a fazer.

Ela não podia deixar a mãe dele sofrer por causa do que estava acontecendo entre eles.

— Onde está o telefone via satélite? — ela perguntou.

— Na mesa. Por quê?

Corrie foi até a mesa, pegou o telefone e o levou para Ford, tendo que ignorar o aumento da temperatura por estar tão perto dele.

— Liga para o centro de tratamento.

Ele olhou para o telefone como se fosse um objeto estranho.

— O quê? Por quê? Eu já te disse. Não tenho o dinheiro.

— Liga pra eles — ela exigiu, empurrando o telefone para ele.

Ele olhou para ela por um instante e então obedeceu. Mas, no momento em que o telefone tocou do outro lado, ela o tirou da mão dele.

— Centro de Reabilitação Lakeview. Como posso ajudar?

— Rápido, qual é o nome da sua mãe? — ela sussurrou para Ford.

— Catherine. Catherine Matthews — disse ele, claramente sem saber o que ela estava planejando fazer.

Corrie assentiu uma vez e levou o bocal aos lábios.

— Olá, estou ligando para falar sobre o pagamento de Catherine Matthews.

— O que você está fazendo? — Ford sussurrou.

— Nosso departamento de contas e cobrança só abre às oito da manhã, mas ficarei feliz se puder ajudar — disse a voz do outro lado da linha.

— Bem, estou em um local remoto no exterior e talvez não consiga ligar nesse horário. Tem alguma possibilidade de você aceitar um pagamento agora por telefone? — Corrie perguntou.

— O quê?! Corrie, não. Você não pode... — Ford disse, tentando pegar o telefone dela. Mas Corrie deu um tapa nele, em seu corpo firme e suado.

— Claro que sim. Tenho a conta da sra. Matthews bem aqui — disse a recepcionista.

— Ótimo! — Corrie disse, afastando-se de Ford para que ele não pudesse pegar o telefone. — Tenho o número do cartão de crédito aqui.

— Pronto.

— Tá, é...

Ford tirou o telefone das mãos de Corrie.

— Não posso deixar você fazer isso.

— Me dá o telefone. — Ela se aproximou dele, e seus corpos roçaram um no outro, provocando uma descarga elétrica nela.

— Não. São trinta mil dólares, Corrie.

— E você pode me devolver assim que receber o pagamento. Agora me passa o telefone, Ford. Vou fazer isso quer você queira ou não.

Ela estendeu a mão enquanto ele examinava seu rosto, debatendo suas opções. Como se realmente tivesse alguma. Seus ombros finalmente relaxaram com um suspiro resignado. Mas depois que soltou o telefone com relutância, Corrie forneceu as informações do cartão de crédito à recepcionista e encerrou a ligação antes de finalmente entregá-lo a Ford.

— Obrigado — disse ele.

— De nada.

Eles ficaram em silêncio por um instante, enquanto Ford passava o polegar pelo telefone.

— Por que você está sendo tão gentil comigo? Você nem deveria querer falar comigo agora.

Corrie suspirou. Ele tinha razão, não? Mas ela não podia negar a dor em seu coração.

— Ford... eu odeio o que você fez. Tipo, eu fecho os olhos e imagino seu rosto em um alvo de dardos. Mas... — Ela fez uma pausa. — Mas não posso dizer que não teria feito o mesmo no seu lugar.

— Eu não acredito nisso.

— Não? Mesmo tirando toda a questão da mãe, você não acha que eu teria aproveitado a oportunidade pra me vingar de você por ter roubado minha oportunidade com Addison? Você não acha que eu teria te prejudicado pra tirar isso de você?

— Não acho, não.

Corrie teve que admitir que se sentiu um pouco insultada pela descrença em sua crueldade.

— Isso porque — continuou ele —, por baixo de todo esse ímpeto e atitude, sei que você tem orgulho demais para não conquistar seu lugar com base no mérito. É por isso que você se preocupa tanto com o que as pessoas pensam de você. Você nunca prejudicaria outra pessoa para conseguir alguma coisa. Nem mesmo eu. Não é o seu estilo. Você tem classe demais pra isso.

Ele provavelmente estava certo. É, ela havia fantasiado muitas vezes sobre como poderia se vingar dele, naquela época e agora. Mas a vingança apenas destacaria as suas próprias fraquezas, e a satisfação duraria pouco. Porque como ela poderia se sentir bem em progredir se a única razão para isso acontecer fosse o fracasso de outra pessoa, e não o seu próprio sucesso?

Além disso, ela estava errada sobre toda a história com Addison.

— Tá — disse ela, deixando os braços caírem ao lado do

corpo, com as palmas voltadas para a frente. — Fiz isso porque, depois de tudo, ainda me importo com você. Eu odeio o quanto gostaria que você nunca tivesse me contado sobre isso. Como eu gostaria que você tivesse escondido isso de mim, pra que eu pudesse te amar com uma ignorância feliz. Não é uma merda, Ford? Que eu esteja mais furiosa comigo mesma por desejar que você nunca tivesse me contado do que pelo fato de você ter me ferrado?

Ele não respondeu, mas seus olhos aflitos diziam que ele entendia.

— Ainda vamos nos separar depois disso e nunca mais precisaremos nos ver — ela continuou. — Mas isso não faz com que os outros sentimentos desapareçam. E me sinto uma idiota por dizer isso. Como se eu fosse uma garota boba apaixonada por um cara que não se importa nem um pouco com ela, mas que faria qualquer coisa por ele. Mas não posso ver você se preocupar com sua mãe e não posso deixá-la sofrer só porque me sinto idiota.

— Corrie. — Ele disse o nome dela sem fôlego. — Eu nunca disse que não me importava com você. Eu me importo com você. Muito. Tanto que me sinto escolhendo entre as duas únicas pessoas no mundo com quem realmente me importo, mas o estrago aconteceu antes que houvesse qualquer outra opção. Você diz que odeia o que eu fiz, mas garanto que eu odeio bem mais. Odeio porque eu te machuquei. Porque minha mãe vai ficar magoada ao saber como consegui o dinheiro. Porque me tornei a única coisa que prometi a mim mesmo que nunca seria: meu pai. E odeio que isso tenha plantado essa semente de dúvida em você. Socorro Mejía, você é tudo menos idiota. Eu sou um idiota por deixar você escapar.

O rosto dele ficou tenso, como se falar essas palavras tivesse doído. Ela mordeu o lábio inferior, tentando não chorar. Amor impossível. Era isso o que eles tinham.

— Me abraça? — ela perguntou.

Os olhos dele estavam cheios de dor e incerteza.

— Estou todo pegajoso e nojento.

— Eu não ligo. Até pegajoso e nojento é melhor do que o vazio que sinto ao pensar em me despedir de você em alguns dias. — A voz dela estremeceu. *Chicas* duronas não choravam.

Talvez ela não fosse tão durona, afinal.

Ele a puxou em direção a seu corpo e, sim, ela estava certa. Mesmo com a umidade e o suor, ainda era melhor estar nos braços dele.

— Desculpa — ele sussurrou em seu cabelo. — Se eu pudesse voltar atrás, àquela noite na biblioteca, eu voltaria. Voltaria e te beijaria e talvez... talvez tivéssemos uma chance.

Ela apertou os olhos com força e enterrou o rosto no peito dele, como se pudesse fazer as lágrimas sumirem. Quem dera se o tempo funcionasse assim.

Ela levantou a cabeça e olhou para ele, que a encarava. Como naquela primeira noite na biblioteca — bem, sem contar que agora ele estava seminu —, mas aquele olhar... O questionamento em seus olhos.

*Devo beijá-la?* — era esse o questionamento.

Ela ficou na ponta dos pés e respondeu colocando os lábios nos dele. Ele a abraçou, segurando-a com mais força em seus braços, enquanto suas línguas deslizavam juntas. Assim como seus corpos molhados. Ela precisava do beijo dele, precisava dele mais uma vez antes que nunca mais o visse. Precisava implantar a memória do toque dele em sua cabeça, para que pudesse julgar relacionamentos futuros com base nesse sentimento. Porque se não sentisse o que estava sentindo, não valeria a pena.

Mas ele se afastou e soltou o corpo dela, e a sensação de vazio voltou.

— Para, para. Não podemos — disse ele, recuando em direção à cama. — Estamos dificultando tudo para nós mesmos.

Eles nunca mais se veriam depois disso. Ela não podia deixar que aquele fosse o último beijo dos dois.

— Então me beija mais uma vez. Mais uma vez antes de dizermos adeus.

Ele deu dois passos lentos na direção de Corrie, com o

peito arfando e acompanhando sua respiração. O coração dela batia forte, com medo desse beijo final. Com medo de que não fosse suficiente para se lembrar dele. Levando uma mão ao rosto de Corrie e colocando uma mecha solta atrás da orelha dela, Ford a puxou para si com a outra mão mais uma vez e colou os lábios suavemente nos dela. O beijo disse tudo o que as palavras não podiam.

*Eu te amo.*
*Desculpa.*
*E adeus.*

# Vinte e dois

Como era possível ele se sentir de ressaca sem ter bebido nenhuma gota de álcool nos últimos vários dias?

Ford se sentou na cama, ainda pensando na noite anterior. A presença de Corrie facilitou algumas coisas e complicou outras. Deixou Ford aliviado em relação às preocupações imediatas sobre como pagaria pelos tratamentos da mãe. Mas quase todo o resto tornou sua vida muito mais complicada. Era complicado porque ele tinha cem por cento de certeza de que estava apaixonado por Corrie, e noventa e nove vírgula noventa e nove por cento de certeza de que nunca amaria outra mulher assim. E porque ele tinha noventa e oito por cento de certeza de que ela o amava, mas cem por cento de certeza de que ela *amaria* outro homem algum dia. Um homem que a merecia e seria digno de seu amor.

E era complicado, principalmente, porque, sem dúvida, se ele não tivesse parado, eles teriam acabado na cama dele. Ele estaria se atormentando. Teria se aproveitado dela. Momentaneamente se enganando, acreditando que ainda tinham uma chance. Era um vislumbre de esperança que não seria justo com nenhum dos dois.

Quanto mais cedo fossem embora do México, melhor. Se ficassem mais tempo, ele não poderia garantir que a noite anterior não se repetiria. Pior ainda, ele não poderia garantir que teria força de vontade para parar. Tudo o que ele queria no momento era ficar o mais longe possível dela para que nem ele, nem Vautour, nem *ninguém* a machucasse.

Todos no acampamento se arrastavam naquela manhã, sem energia devido ao calor implacável. Embora uma leve brisa tivesse finalmente soprado no meio da noite, proporcionando algum alívio, o sol da manhã já dava indícios de outro dia abrasador. Era uma pena que ele tivesse prometido a si mesmo que ficaria longe de Corrie, caso contrário se juntaria a eles na caverna da cachoeira para se refrescar. Mas pelo menos ela estaria confortável. Ele merecia o castigo do sol. Preparação para sua eternidade no submundo.

Tá, talvez ele estivesse sendo um pouco dramático. Mas, por outro lado, a vida sem Corrie seria mesmo um inferno.

A fila do chuveiro estava maior que o normal para uma manhã de dia de trabalho. A pele de Ford tinha uma fina camada de suor da noite anterior. Pelo visto, a dos outros também.

— Dormiu bem? — Ethan perguntou, dando tapinhas nas costas de Ford enquanto ele entrava na fila para tomar banho.

— Não. Dormi muito mal. E você?

— Sorte que você conseguiu dormir. Passei metade da noite na varanda com a bunda de fora.

Ford riu. Que bom que alguém ali ainda tinha bom humor.

— Ainda bem que ninguém estava acordado pra te ver.

— Ah, não sei, não. Não sobre alguém me ver, mas sobre mais ninguém estar acordado.

Ethan ergueu a sobrancelha para Ford. Corrie. Ele tinha visto Corrie.

— O que foi, Ethan? Pode falar. Estou com muito calor e exausto pra bancar o discreto.

— Por que ela estava chorando? Ela mal conseguiu chegar à barraca e desabou na varanda. O que você fez, Ford?

As entranhas de Ford pesaram. É, a noite passada tinha sido difícil para os dois, mas quando ela saiu da barraca dele, parecia bem, ou tão bem quanto poderia estar, dadas as circunstâncias. Depois daquele beijo perfeito, mas torturante, ela sorriu e disse boa noite, como tinha feito quase todas as noites nas últimas semanas.

E por que Ethan automaticamente havia presumido que a culpa era de Ford?

Ah, é.

— Nós terminamos — ele respondeu, sem dar maiores detalhes.

— O quê? Por quê? Vocês são perfeitos um para o outro.

— Nunca vai dar certo. Não quando estivermos fora deste acampamento. E ela é perfeita. Eu, não.

— Então você vai desistir dela? — Ethan perguntou, com incredulidade na voz.

— Eu não estou desistindo dela. Olha, é complicado.

— É, complicado porque você está sendo um imbecil — ele argumentou.

Ford estreitou os olhos para Ethan.

— Tá, Ethan. Talvez você devesse parar de agir como se soubesse alguma coisa sobre a situação e deixar pra lá. Além do mais, não é da sua conta.

— Olha, agora é da minha conta, já que você a fez chorar. Não vou deixar você machucar uma das minhas melhores amigas...

— É tarde demais pra isso, Ethan! — Ford gritou, virando-se para encarar Ethan de frente. Algumas pessoas se viraram para ver, e então Ford baixou a voz. — Eu estraguei tudo, tá? Eu estraguei tudo e não tem como voltar atrás. Não dá pra consertar as coisas. Então não preciso que você fique aí me dizendo como agir, porque nada disso vai fazer a menor diferença.

Ethan ofereceu um sorriso triste a Ford e disse:

— Vem, vamos dar uma volta — ele deu um tapinha no ombro de Ford, saindo da fila dos chuveiros.

Ford grunhiu para si mesmo. Por que Ethan não podia deixar pra lá?

Abriu uma vaga para o chuveiro e, por um momento, Ford pensou em deixar Ethan sair sozinho para entrar e se lavar daquela noite. Lavar a visão de Corrie chorando sozinha na noite escura. Mas, com um suspiro pesado, ele cedeu, seguindo Ethan para longe do resto do acampamento. Eles caminharam até a área da fogueira, deserta e vazia, onde Ethan se sentou no chão, apoiando as costas num tronco. A tensão encheu o ar. Ethan estava esperando — esperando que Ford contasse tudo. Que explicasse o que ele tinha feito, para que Ethan pudesse repreendê-lo. Qual era o sentido de tentar esconder por mais tempo?

Ford se estatelou no chão ao lado de Ethan e olhou para o céu por um momento antes de descarregar tudo: a dívida do pai, os tratamentos da mãe, o pagamento da escavação, a chantagem e o engano. Não deixou nada de fora. Contou sobre o relacionamento fracassado com Addy. Sobre sua tentativa frustrada de estabilidade no trabalho. Até mesmo sobre o empréstimo de Corrie na noite anterior. E a cada informação, cada falha, ele afundava ainda mais em vergonha. Será que ele tinha ao menos *alguma* boa qualidade?

— Foi isso? — Ethan perguntou, quase de brincadeira, quando Ford finalmente terminou de falar.

— É. — Ford destroçou um graveto nas mãos, girando-o várias vezes até que um pedaço se quebrasse. — Mas com certeza fiz outras coisas terríveis que estou esquecendo. Ou, mais provavelmente, que bloqueei. Como eu disse... estraguei tudo. Eu sou um egoísta de merda. Sinceramente, nem sei como você aguenta estar ao meu lado agora.

— Ah, você não é tão ruim. E você pode ter tomado algumas decisões ruins. *Péssimas*, na verdade — disse ele, fazendo Ford estremecer. — Mas você é tudo menos egoísta. Se fosse egoísta, teria aceitado esse emprego pra ficar rico. Ou deixado aquele bocó arruinar a carreira de todos nós. Ou não teria dito a verdade a Corrie. Você poderia ter escondido facilmente. E *esse* teria sido o auge da canalhice. Mas você não fez isso. E o fato de você desistir dela... é a coisa menos egoísta que você poderia fazer. Porque ela é incrível, e você nunca vai encontrar outra mulher como ela.

Ford suspirou, apoiando a cabeça no tronco caído atrás deles e olhando para a copa da árvore salpicada de verde e azul acima.

— Não me diga.

— Ok. Sabia que só vi Corrie chorar duas vezes nos doze anos que a conheço e ambas as vezes foram por sua causa?

Ford levantou a cabeça e ergueu a sobrancelha. Duas vezes?

— Isso deveria fazer com que me sentisse melhor?

— Não, isso deveria fazer você perceber que, apesar de tudo, ela provavelmente ainda quer ficar com você.

— Quando foi a primeira vez?

— Na época da faculdade. Depois de toda aquela coisa com Addison.

— Espera aí... ela te contou sobre aquilo? — Ethan assentiu. — Por que você nunca me disse nada?

— Sinceramente? Porque eu tinha uma queda por ela. Tipo, seria possível não ter?

Ethan tinha uma queda por Corrie? A mente de Ford girava em mil direções diferentes.

— Era óbvio que tinha alguma coisinha entre vocês dois, mas aí toda a situação com Addison aconteceu. Ela chorou por causa disso, tentou fingir que era por causa da bolsa, mas no fundo eu sabia que era por *sua* causa e, por um breve momento, pensei que talvez tivesse uma chance. Talvez eu pudesse mostrar a ela que *eu* era um cara legal. Mas o jeito como ela olhava pra você? Ela nunca me olhou daquele jeito. Eu sou o amigo dela. O *compadre*. Não se preocupa... eu já superei — ele continuou, balançando as mãos como se não fosse grande coisa. — Mas, assim que Corrie te viu no aeroporto, vi aquele brilho surgir nos olhos dela. Aquela mágoa ainda está lá mesmo depois de todos esses anos. Até mesmo agora — disse Ethan, apontando a cabeça em direção à outra parte do acampamento.

Ford olhou para lá e viu Corrie observando os dois à distância e rapidamente desviando o olhar.

— Eu não mereço ela — disse Ford, jogando o graveto quebrado no círculo de pedra da fogueira apagada, enquanto forçava a dor em seu coração a esquecer aquele olhar que Corrie estava lançando para ele.

— Ah, para com isso. Ford, as pessoas cometem erros. Às vezes, erros imensos. Mas é o que você faz depois disso que importa. Nada é imperdoável.

— É, mas...

O rugido de vários jipes entrando no acampamento o interrompeu. Não se deram ao trabalho de estacionar perto dos outros veículos. Não, os caras foram direto para a tenda do refeitório, levantando uma nuvem de poeira.

— O que é que... — Ford disse, levantando-se do chão.

Alguns homens saltaram do jipe e começaram a questionar aqueles que estavam no acampamento, mas Ford e Ethan estavam longe demais para entender o que diziam em meio a todo o alvoroço. Ford não reconheceu nenhuma daquelas pessoas, mas os veículos tinham um selo nas laterais da porta: DEPARTAMENTO DE ARQUEOLOGIA.

A agência reguladora para quaisquer escavações arqueológicas realizadas no México. Havia algum problema.

Ford e Ethan correram até eles, abrindo caminho pelo grupo.

— Quem é o líder aqui? — um dos homens perguntou.

— Sou eu — disse Ford, finalmente passando pelas pessoas.

— E o seu nome?

— Dr. Ford Matthews — disse ele, estendendo a mão. Mas o homem não a apertou.

— Bom, dr. Matthews, o senhor está realizando uma escavação arqueológica ilegal neste terreno. Estamos encerrando isso aqui.

Perguntas e preocupações explodiram entre todos. *Ilegal?* Não havia nada de ilegal no que eles estavam fazendo.

— Com licença, e quem é você? — Ford perguntou.

— Meu nome é Jaime Castillo, sou diretor do Departamento Nacional de Arqueologia.

— Bem, sr. Castillo, posso garantir que temos uma licença para escavar aqui.

— Ford — disse Corrie, espremendo-se no meio das pessoas. — O que está acontecendo? — Pela voz, ela parecia preocupada.

— Não se preocupe. Eu cuido disso — disse Ford. Embora o buraco em seu estômago dissesse o contrário.

— Quero ver sua licença — disse Castillo.

— Eu volto já.

Ford marchou até sua barraca, com a mente a mil. Aquilo precisava ser esclarecido. Assim que ele mostrasse a licença, tudo ficaria bem. Pegaria a licença, voltaria e então...

— Mas o que é isso? — Ford murmurou para si mesmo ao entrar na barraca. Havia papéis jogados. Roupa de cama no chão. Gavetas abertas.

Aqueles idiotas já haviam chegado antes e revirado a barraca dele? E estavam atrás de quê?

Ford foi direto para a mesa, pegou a licença, dentre uns papéis que restavam na gaveta de cima, e voltou correndo para Castillo, para acertar as coisas.

— Aqui — Ford grunhiu, chicoteando a licença para Castillo. — E da próxima vez fique longe das minhas coisas.

Castillo ergueu a sobrancelha para Ford antes de pegar e examinar o documento.

— Como você conseguiu esta licença?

— O proprietário do terreno solicitou e nos entregou antes de chegarmos aqui. Viu? — Ford disse, apontando para uma assinatura no formulário. — O nome dele está bem aqui.

— Nunca vi esse homem na minha vida — gritou outro homem, descendo de um dos jipes.

— E quem é você? — Ford perguntou. A situação estava ficando cansativa.

— Meu nome é Juan Carlos Moreno. O proprietário do terreno. E posso garantir, dr. Matthews, que não dei permissão alguma para estarem em minhas terras.

Não. Isso não podia ser verdade.

— Não, Pierre Vautour é o proprietário...

— Vautour?! — Corrie gritou. — Ford, Pierre Vautour é um contrabandista.

Ford piscou várias vezes. O que estava acontecendo?

— O quê? Não... não, você deve estar pensando em outra pessoa. Ele é amigo do dr. Crawley — disse Ford, tentando convencer Corrie. Tentando convencer a si próprio.

— Tenho certeza. Existe apenas um Pierre Vautour. Por favor, não me diga que foi ele quem contratou você para este trabalho.

Ford a encarou, e sua falta de resposta era a resposta de que ela precisava.

— Olha, esta licença é falsa — Castillo interrompeu, devolvendo o documento falso a Ford. — E talvez esse sr. Vautour tenha pensado que você passaria despercebido em centenas de hectares no meio da selva, mas tentar vender artefatos no mercado clandestino chama a atenção.

O ladrão.

Tudo estava começando a fazer sentido. A chantagem de Vautour. Sua insistência para que eles terminassem logo antes que suspeitas fossem levantadas. A grande soma de dinheiro. Dinheiro que provavelmente nem existia. Ford era um idiota ingênuo.

— Desculpa... preciso de um minuto pra processar tudo isso — disse Ford, colocando a mão na testa. — Isso... isso não faz sentido.

Eles estavam em apuros. Não... na merda. Se estivessem escavando em busca de artefatos sem permissão e sem autorização, todos poderiam ser presos. Jogados na prisão mexicana. Quem sabe quanto tempo eles ficariam confinados ali, com toda a burocracia e papelada? E o que aconteceria com a mãe dele?

— Dá pra ver que estamos tão chocados quanto todos vocês — Corrie entrou na conversa, tocando o braço de Ford. — Pode nos dar uns minutos para fazermos algumas ligações e tentarmos resolver isso?

— À vontade, mas nós não vamos embora... e vocês não vão sair para escavar — disse Castillo.

Ford ficou atordoado e foi afastado do grupo por Ethan e Corrie, que o puxaram pelos braços. Com a doença da mãe dele, os problemas legais, o potencial frenesi da mídia e a associação com criminosos, eles pareciam estar no meio de um show de horrores.

— Você tem que ligar para Vautour — disse Corrie, tirando Ford do delírio.

— E dizer o quê? "Ei, Pierre, eu sei que você está me chantageando, mas por acaso você se enganou quando disse que era dono do terreno onde estávamos escavando?"

— Use o viva-voz. Faça com que ele admita que tudo isso fazia parte de um esquema dele, para que os outros possam ouvir. Caso contrário, seremos presos, Ford. Eles estão achando que Vautour não existe. A única coisa que estão vendo é um grupo de pessoas invadindo e escavando a propriedade de Moreno.

— Estamos todos ferrados — disse Ford, andando de um lado para o outro entre eles.

— Como isso aconteceu? Achei que o dr. Crawley tivesse te indicado essa escavação — disse Ethan.

— E foi ele mesmo.

— Crawley devia saber sobre Vautour — disse Corrie.

— É claro que não. O dr. Crawley é altamente respeitado em nossa área. Ele me encorajou a lutar pela vaga — disse Ford.

Corrie piscou.

— Você quer dizer que foi ele quem te disse para convencer Vautour a não me contratar?

Ford assentiu.

— Ele disse que Vautour queria você, mas tinha certeza de que você recusaria. Então ele me contou sobre o dinheiro porque sabia que eu precisava.

— Ford, não tinha como o dr. Crawley não saber exatamente quem é Vautour. Ele armou pra você.

Ford inclinou a cabeça para trás.

— O quê? Não. Ele não faria isso.

— Por que não? É óbvio que ele está procurando uma maneira de se livrar de você. Essa foi a oportunidade. Mandar você para uma escavação falsa e te demitir quando tudo desmoronasse. Ele sabia que você estava desesperado.

Caramba, como ele podia ter sido tão ingênuo? É claro que essa escavação era boa demais para ser verdade. E caiu em seu colo bem no momento em que ele mais precisava... logo depois de ter seu salário reduzido e de ter explicado ao dr. Crawley o quanto precisava do dinheiro.

— Como você sabe tudo isso? Sobre Vautour, quero dizer? — ele perguntou a Corrie.

— Conheci Vautour na festa de Bernard Sardoni. O encontro foi breve, mas alguns dias depois nos vimos novamente. Ele sabia que era eu quem tinha pegado o colar e chegado antes dele. Ele disse que éramos farinha do mesmo saco, mas eu garanti que não queria roubar nada. Queria devolver o que já havia sido roubado. Mas ele disse que um dia me ligaria para trabalhar para ele, e eu disse que isso nunca aconteceria. Parece que eu estava enganada.

— Tá, tudo isso é fascinante, pessoal, mas o que é que vamos fazer? — Ethan perguntou.

— Talvez possamos dar a eles tudo o que encontramos? Esquece Vautour. Moreno fica com os artefatos. E sairemos daqui, assim espero, com apenas alguma advertência. Sério, ainda é uma descoberta fantástica. Vamos levá-los até o local e mostrar tudo, e, Ford, você pode dar a tecpatl para eles e depois... Ford? — Corrie perguntou enquanto Ford a olhava atônito. — Ford, o que foi?

— Minha barraca... foi saqueada.

— Como assim? Quando?

— Não sei. Quando vim buscar a licença, ela... estava toda revirada. Achei que talvez os homens de Castillo tivessem feito isso, mas agora... é, não tem como. Pela hora que chegaram, eu digo.

— Deve ter sido um dos homens de Vautour — observou Corrie.

— Guiles — disse Ford, finalmente se dando conta. — Vautour sabia daquela noite... quando Guiles nos encontrou na selva. Só pode ser ele.

Como Ford não tinha percebido antes? Guiles não apenas era um dos únicos caras mais baixos, o que condizia com a descrição de Agnes sobre a pessoa se esgueirando pelo depósito, mas também estava buscando ser o queridinho do chefe.

Todos eles se voltaram para o grupo, procurando por Guiles. Lá estava ele, aproximando-se despreocupadamente das BBS... usando um moletom preto.

— Seu filho da... — Ford resmungou baixinho, indo direto em direção a Guiles. — Você! — ele disse, agarrando um Guiles de olhos arregalados pelos ombros daquela droga de moletom preto.

Ethan correu até eles, tentando afrouxar o aperto de Ford enquanto Guiles tremia.

— Ford, Ford. Calma, cara! — Ethan disse.

— Não! Esse imbecil é um dedo-duro. E um ladrão! — A voz de Ford trovejou, retumbando de sua garganta até as pontas dos dedos enroladas no tecido preto, enquanto as veias de seu pescoço latejavam.

— Ladrão? Eu não sou um ladrão. Eu juro... eu... eu não peguei nada! — Guiles protestou. A cor sumiu de seu rosto enquanto ele gaguejava.

— Mentira! Foi você o tempo todo. Nos espionando na selva. Entrando escondido no depósito usando este moletom. E nos dedurando para Vautour! Onde estão, Guiles? Onde estão as fotos, porra?

— Fotos? Que fotos?

— Não se faça de inocente comigo. Você sabe de que fotos estou falando.

— Eu juro — disse ele, colocando as palmas das mãos trêmulas no peito. — Eu não sei do que você está falando. E... e... não conheço o sr. Vautour. Nunca falei com ele na minha vida. Fui contratado pelo sr. Soldat.

Ford franziu o rosto.

— *Quem?*

— O sr. Lancelin. O sr. Lancelin Soldat.

Corrie estreitou os olhos.

— Lance.

O quê? Ford afrouxou o aperto. Não. Não podia ser. Lance era seu amigo. Guiles estava espionando, e Lance fez questão de protegê-los. A menos que... a menos que fosse tudo mentira.

Não tinha nenhuma pessoa honesta nessa escavação?

— Ele me disse para ficar de olho nas coisas. Vigiar o acampamento. Mas é só isso, eu juro! Eu não peguei nada.

Uma agitação nauseante e devastadora percorreu o corpo de Ford. Era Lance, o tempo todo. Fingindo estar do lado deles. *Agora* ele se sentia um idiota ingênuo.

Ford se voltou para o grupo, procurando por Lance, mas obviamente ele não estava lá. Ele colocou as mãos na boca e gritou:

— Alguém viu Lance?

Memo ergueu a mão.

— Ele foi para o sítio com a mochila quando os jipes chegaram.

— Aquele filho da... — Corrie não esperou ele terminar a frase antes de correr em direção à selva.

— Corrie! Espera! — Ford gritou. Mas ele não conseguiria pará-la. Nem ir atrás dela. Ethan e Ford ainda estavam de chinelos para tomar banho.

— Merda — disse Ford, correndo em direção à sua barraca.

— O que você está fazendo? — Ethan perguntou, atrás dele.

— Eu preciso de sapatos.

E verificar mais uma coisa: o esconderijo onde tinha guardado a faca.

# Vinte e três

Aquele filho da puta.

Eles precisavam da confissão de Lance para sair daquela situação sem complicações. Ou pelo menos sem maiores problemas. Mas ela não podia deixar aquele verme do Lance sair impune. Ainda mais depois de ele ter tirado aquelas fotos.

Corrie prosseguiu pela selva. Contornando as árvores. Saltando sobre pedras e troncos caídos. Depois de três semanas na selva, Corrie conhecia cada obstáculo, cada ponto de referência. Contanto que mantivesse a velocidade, rapidamente encontraria Lance.

Ou melhor, Lancelin Soldat.

Seu coração batia forte enquanto ela corria. Batia mais rápido que seus pés, com um misto de nervosismo e esforço físico. Ela não corria tão rápido desde o episódio com o jaguarundi. Mas ela estava motivada. Estava mais do que pronta.

O barulho da cachoeira ficou mais alto, e ela diminuiu o passo ao notar uma mochila preta no chão, perto do rio. Mas Lance não estava em lugar algum. O imbecil provavelmente precisou parar para se aliviar. Ela deslizou até a mochila, avançando com cautela e precaução. *Rápido. Vasculha a mochila.*

Lentamente, ela abriu o zíper do bolso da frente, tentando não fazer barulho, e estava procurando ali dentro quando sentiu uma pontada afiada no pescoço.

— Procurando por isso? — Lance disse, atrás dela, pressionando uma lâmina contra sua pele. — Levanta devagar, com as mãos pra cima.

O sotaque tinha desaparecido, dando lugar à sua verdadeira voz francesa.

Corrie obedeceu. É... talvez ela *não* estivesse pronta para isso.

— Vira pra cá.

Ali, de frente para ela, estava uma faca de sílex branca.

— Você não é tão esperta assim, não é? — ele disse, com um sorriso malicioso.

— Cai na real, Lance. Você não vai conseguir escapar.

— Ah, não? Acho que já consegui. Peguei o que nós queríamos.

— Você acha que Vautour vai te dar um centavo do lucro que ele conseguir com essa coisa?

— Ah, gracinha, tenho muito mais do que isso. Eu avisei pra vocês serem discretos. Pra minha sorte, vocês não seguiram meu conselho. Já tenho um comprador para as suas lindas fotos. Vautour considera isso meu bônus. Além disso, ele sabe que é bom não me passar a perna.

Como ela não tinha percebido? O sotaque? A cara de presunçoso? O olhar suspeito? O homem parecia ter saído de uma história em quadrinhos de Dick Tracy.

— Tá brincando, né? Isso é o que ele faz. É o que pessoas como *vocês* fazem. Passam a perna um no outro sempre que têm chance — ela cuspiu de volta.

— Ah, como seu namorado fez com você? — Ele bateu levemente a lâmina na própria têmpora. — Eu descobri. Bom, eu escutei as conversas de vocês. Foi assim que soube dessa belezinha aqui — disse ele, passando o dedo pela faca. — Que pena que ele foi um babaca. Vocês dois... aproveitaram mesmo um ao outro. Obrigado pelo entretenimento. Fica solitário aqui às vezes — ele disse, apertando os olhos e pensando no corpo dela.

Uma súbita vontade de vomitar tomou conta de Corrie.

— Vai se ferrar.

Pelo canto do olho, Corrie percebeu uma luz. *Ford*. Ela tentou não transparecer o alívio, mas Lance deve ter notado em seus olhos. Com um puxão rápido, ele virou Corrie como um escudo e apoiou a faca contra sua garganta.

— Não chega mais perto! — ele gritou para Ford, com o hálito quente e fedorento contra a orelha dela.

— Ei, ei — disse Ford, levantando as mãos. — Lance, calma. Solta ela.

— E perder minha chance de escapar? Acho que não.

Corrie se contorceu para fugir, mas Lance se manteve firme, pressionando a faca com mais força contra sua pele, fazendo-a gritar.

— Por favor! — Ford gritou. — Por favor, não a machuque — ele implorou.

— Machucá-la? Que tipo de animal você pensa que eu sou? — ele perguntou.

— O que você quer? Seja o que for, você pode ter — disse Ford.

Mas Lance riu. Uma risada rouca e doentia que provocou um arrepio na espinha de Corrie.

— Mas você não tem nada que eu queira, dr. Matthews. Se bem que... — Ele fez uma pausa. E algo na maneira como ele parou de falar provocou uma onda de náusea na pele de Corrie. — Se bem que talvez eu precise que ela venha comigo pra garantir minha segurança.

— Seu filho da puta... — Ford começou, dando um passo em direção a eles. Mas Lance a agarrou com mais força.

— Ford, por favor — gritou Corrie, com lágrimas escorrendo pelo rosto. As escapadas anteriores pareciam brincadeira de criança agora. Em todos aqueles anos, em todas as suas aventuras, ela nunca estivera tão aterrorizada.

— Pra trás! — Lance comandou, suas palavras explodindo no ouvido de Corrie. — Se afasta ou eu vou cortar a garganta dela. Seria uma pena, mas não me provoca. Você não vai me impedir de fugir com esta faca.

— É, mas essa não é a faca certa — disse Ford. — Então, se você quiser levar a faca de Chimalli, terá que soltá-la.

Não era hora para jogos. E, com base na risada que soltou, Lance concordava.

— Boa tentativa, dr. Matthews, mas encontrei a faca em seu esconderijo supersecreto debaixo do colchão.

— Você encontrou *uma* faca debaixo do colchão. Você não encontrou *a* faca. Eu fiz uma falsa. Uma isca. Eu sabia que alguém estava à espreita. A verdadeira faca estava comigo o tempo todo.

— Prova.

O que ele estava fazendo? Ford estendeu a mão e tirou um lenço com algo enrolado dentro. Lentamente, ele desenrolou o tecido, revelando uma faca embainhada com o cabo em mosaico brilhando à luz.

— A faca por ela.

— Você não está em posição de fazer exigências — respondeu Lance.

— Pega a faca e solta Corrie, e você nunca mais nos verá. Não iremos atrás de você. Nem vamos dizer a eles em que direção você foi. Ou... eu jogo isso no rio — disse ele, erguendo a faca no ar. — É um ou outro, mas algo me diz que Vautour prefere a faca às fotos. Você escolhe.

— Ford, não — ela gritou. — Não dá a faca pra ele.

— Eu sei o que estou fazendo — disse ele, concentrando-se apenas nela.

Seus olhos de esmeralda olhavam para ela com tanta esperança. Estava agarrado à possibilidade de que a confiança dela ainda fosse uma possibilidade. Ela queria confiar nele, mas havia uma faca arranhando seu pescoço. Não era apenas questão de ter sido enganada para participar da escavação. Ela podia ser morta.

Mas a ideia de sair da situação nos braços dele era reconfortante.

Com um leve aceno de cabeça, ela disse que sim. Ela confiava nele. Os olhos preocupados de Ford relaxaram um pouco, e então ele voltou sua atenção para Lance.

— Temos um acordo?

— Ok. Traz a faca pra mim, e eu solto ela.

Ford deu alguns passos para a frente, embrulhando a faca de volta no lenço.

— Joga a faca ali — disse Ford, apontando para um local a vários metros de distância. — Solta ela, e eu dou isto a você.

Lance afastou a faca e depois a jogou no chão, antes de empurrar Corrie em direção a Ford. Ela resistiu à vontade de pegar a faca das mãos de Ford e correr para o acampamento. *Confia em mim*, os olhos de Ford lhe disseram enquanto ela caminhava para trás dele, protegendo-se com seu corpo.

— Aqui — disse Ford, estendendo o braço com o lenço.
— Pega e vai embora.

Lance avidamente arrancou a faca das mãos de Ford.

— Um prazer fazer negócios com você.
— Vamos — disse Ford, puxando Corrie.

Eles deram alguns passos hesitantes na direção do acampamento, então Ford se abaixou e pegou a faca que Lance havia jogado. O que ele estava fazendo?

— Quando eu contar até três, corre — ele sussurrou.

Correr?

— Um, dois...
— Que merda é essa? O que acha que está tentando fazer? — Lance rosnou.
— Corre!

Ford empurrou Corrie para fora do caminho, enquanto Lance o atacava com a faca, mas não foi rápido o suficiente para evitar que a lâmina enferrujada cortasse seu antebraço. Ele estremeceu, agarrando o braço cortado enquanto Corrie gritava seu nome.

— Vai! Corre! — ele gritou para ela.

E deixá-lo lá sozinho?

— Me dá! — Lance gritou.

Lance brandiu a faca para Ford, balançando-a no ar, e Ford desviou por pouco todas as vezes. Eles dançaram em círculos, atacando um ao outro, enquanto Corrie permanecia ao lado, sem se mover. Seus corpos finalmente se conectaram, lutando um contra o outro próximo ao rio caudaloso.

Ela tinha escapado de bandidos, enganado chefes da máfia, fugido de animais selvagens e descido rios de rafting. Mas, pela primeira vez em todas as suas aventuras arqueológicas, Corrie sentiu-se completamente indefesa.

Não. Corrie não era nada indefesa. Ela não podia deixar aquele animal machucar Ford. Ela era durona pra caralho.

— Deixa ele em paz! — ela gritou, procurando algo para bater nele. Um galho. Uma pedra. Qualquer coisa.

— Corrie, foge! Procura ajuda! — Ford gritou, antes de jogar a cabeça para trás com um gemido quando Lance caiu sobre ele. Seus grunhidos continuaram enquanto Lance tropeçava na mochila que estava no chão e jogava os dois no rio com um barulho alto.

— Ford! Não!

Corrie correu para a beira do rio, onde Ford se agarrou a uma raiz que se projetava da margem, com Lance agarrado às suas costas, e a cachoeira, a menos de cem metros de distância. Cem metros em direção à morte certa.

— Socorro! Socorro! — Lance gritou, com o rosto aterrorizado, empurrando a cabeça de Ford sob a água, tentando subir.

Corrie se jogou no chão, puxando os braços de Ford para ajudá-lo. Mas Lance usou o corpo de Ford como escada, lutando para escapar das corredeiras. O barulho da potente cachoeira era ensurdecedor, aumentando o caos e o alvoroço.

— Não! Sai de cima dele! — Corrie gritou, usando as pernas para chutar Lance. Ford girava embaixo dele, esforçando-se para se segurar à margem do rio, enquanto afastava Lance e tentava respirar. Finalmente, Ford se libertou das mãos de Lance, que despencou e caiu nas profundezas da água com um grito horripilante.

Ford apoiou a cabeça na margem lamacenta do rio, ofegante e exausto da luta.

— Você acha que ele sobreviveu? — perguntou Corrie, ainda segurando seus braços.

— Sinceramente... não dou a mínima.

— Vem. Vou te ajudar.

Ela usou as pernas para tirá-lo do rio, puxando-o pelas axilas enquanto ele subia para a margem. Quando ele alcançou a terra firme, os dois desabaram. Sem fôlego. Fora de perigo. Corrie olhou para o céu azul que espreitava através da copa das árvores, ofegante ao ver o quanto haviam chegado perto da morte. Tudo por causa da...

— Ford! A faca! — ela disse, sentando-se de repente.

— Não se preocupa... está bem aqui — disse ele, tirando uma faca do bolso. Aquela que Lance havia apontado para o pescoço dela.

— Espera... pensei que essa fosse a falsa.

— Não. Era a outra. Um truquezinho que aprendi com você. Além disso, eu precisava de algo pra fazer à noite — disse ele, virando a cabeça na direção dela e dando um sorrisinho.

Ela não pôde deixar de sorrir.

— Meu Deus, Ford. Você sabe como isso foi perigoso? Nós dois poderíamos ter morrido.

— Pois é, eu sabia que você nunca me perdoaria se eu deixasse ele escapar com a faca. E eu nunca me perdoaria se você se machucasse. O que mais eu ia fazer?

O coração dela batia forte. Ele a salvara. *Mais uma vez*. A Incrível Mejía precisara ser salva por Água de Salsicha Matthews e, na cabeça dele, não havia outras opções.

— Ford... eu...

— É melhor a gente voltar — ele a interrompeu. — Eles vão nos procurar em breve e não queremos que pensem que fugimos.

Ele começou a se sentar, depois gritou de dor e caiu no chão.

— O que aconteceu? O que foi? — ela perguntou, aproximando-se para examinar Ford, que havia posto o braço em volta da cintura. — É o seu braço? — ela perguntou, vendo sangue por toda parte.

Mas ele levantou a camisa, e era muito pior. O sangue se acumulava em um ferimento na lateral do corpo. — Meu Deus, Ford! Ele esfaqueou você!

Como se não fosse óbvio.

— Está tudo bem — disse ele, respirando fundo e fechando os olhos. Seus lábios se contraíram em uma linha apertada enquanto ele tentava acalmar a respiração. — Eu só preciso chegar ao acampamento.

— Não, Ford, não está tudo bem. Você está perdendo muito sangue. Aqui — ela disse, enquanto tirava a própria camisa e a enrolava para pressioná-la contra o ferimento. Mas Corrie não era médica. Ela já tinha se envolvido em brigas suficientes para saber lidar com um kit de primeiros socorros, mas nunca tinha lidado com um ferimento como aquele. Nunca algo com real risco de vida.

Ele gritou mais uma vez quando ela pressionou a camisa contra seu corpo.

— Tá, talvez não esteja tudo bem — disse ele.

— Então vamos lá. Precisamos levar você de volta — disse Corrie, tentando passar o braço dele em volta do pescoço dela. Mas o corpo de Ford era como um peso morto, impossível de ser levantado. E ele estremeceu novamente.

— Não consigo — disse ele. — Acho que não consigo me mexer.

— Então vamos esperar. Como você disse, logo vão nos procurar.

— Você deveria procurar ajuda.

— Não, não posso ir.

— Eu não... eu não acho que vou sobreviver se você não chamar alguém.

— Não, Ford! Não diz isso. Você vai sobreviver — disse ela, com lágrimas escorrendo pelo rosto. — Não vou deixar você sozinho aqui!

Seu corpo tremia enquanto ela pressionava firmemente a ferida, desejando que o sangue parasse. *Deixe-o viver. Por favor, Deus, deixe-o viver.*

— Corrie? — a voz dele estava calma. Serena. Ela examinou seu rosto, e ele pegou a mão dela. — Corrie, eu te amo.

O que era aquilo? Ele estava... ele estava se despedindo?

— Ford, por favor, relaxa. Conserva sua energia.

— Quero que você saiba — ele continuou, ignorando completamente os apelos dela — que as últimas semanas foram as melhores da minha vida. Você trouxe aventura pra minha vida. Paixão. Uma razão pra viver. Eu diria que lamento por tudo que fiz, e de muitas maneiras lamento mesmo, mas... não por nenhum dos momentos que tive com você. E não lamento por ter me apaixonado por você.

— Shh — ela disse, tocando os lábios, o peito e as mãos de Ford. — Para de falar assim. Para de falar como se isso fosse o fim.

— Mas não é? Não consigo mais sentir a dor. Ao menos não no meu estômago. A única dor que sinto é no coração, por ter que me despedir de você.

— Não! Não, Ford. Você não vai me abandonar! — Ela colocou as mãos em ambos os lados do rosto dele, forçando-o a sustentar seu olhar. — Fica comigo!

— Estarei sempre com você. Parte da lenda da Incrível Mejía. Quando Água de Salsicha Matthews salvou a vida dela meia dúzia de vezes — disse ele, com uma leve risada, seguida por um estremecimento.

Ela riu em meio ao choro. Como, mesmo depois de tudo, ele ainda conseguia fazê-la sorrir? Como ainda fazia seu coração cantar? Mesmo nos piores momentos.

— Ei... eu salvei *você* dessa vez — ela disse, fungando.

— Corrie... você me salvou de várias maneiras. — Ele pegou a mão dela e a apertou. — Promete uma coisa.

— Qualquer coisa.

— Promete que não vai mudar por ninguém. Que vai mostrar quem você é, porque você é a mulher mais incrível que já conheci.

Ela enxugou as lágrimas e sorriu.

— Eu prometo. Eu te amo, dr. Matthews. Sempre amei e sempre vou amar.

— Eu também, dra. Mejía. Você venceu, Corrie. Conquistou meu coração e ninguém jamais poderá tirá-lo de você — disse ele, sorrindo, com uma lágrima escorrendo pelo canto do olho.

Ela se inclinou e o beijou, saboreando sua boca pelo que ela tinha certeza que seria a última vez, então se deitou ao lado dele. E quando ele passou o braço ao seu redor, ela se sentiu consolada. O consolo que só ele poderia dar. Ele a amava pelo que ela era: aventuras selvagens, estrepolias ridículas e todo o resto. Não importava que ela não fosse a descendente de um grande guerreiro asteca, ou que provavelmente nunca recebesse o convite para palestrar na conferência internacional. Ele tinha orgulho dela.

Ela tinha orgulho de si mesma.

Tudo o que ela sempre quis.

# Vinte e quatro

## UM ANO DEPOIS

O tapete vermelho conduziu Corrie em direção à entrada do Museu de História Natural de Chicago. Banners pendiam do alto do prédio: DE TENOCHTITLÁN AO LIMBO: A VIDA DO GUERREIRO ASTECA CHIMALLI. Os cartazes, iluminados por holofotes situados logo abaixo, apresentavam uma ilustração de Chimalli em pé no alto da cachoeira, com Yaretzi e o filho ao seu lado. Desta vez, Ethan tinha se superado.

— Vem, vamos entrar — disse Miri, pegando Corrie pelo braço.

Dezenas de limusines alinhavam-se na frente do museu, com pelo menos cem convidados subindo as escadas para entrar — homens de smoking e mulheres em vestidos de gala. Mas nenhum era tão ousado quanto o de Corrie — um vestido vermelho intenso estilo sereia com decote coração, acentuado por um coque francês. Finalmente, uma oportunidade de tirar aquelas calças cáqui sujas e as botas de caminhada. Afinal de contas, era a noite dela. Se não fosse por sua pesquisa e crença no relato de Mendoza sobre a vida de Chimalli, seus ossos e a tecpatl provavelmente ainda estariam naquela caverna úmida. E a verdade nunca teria sido descoberta.

Também foram necessárias algumas negociações com o Departamento Mexicano de Arqueologia e Juan Carlos para convencê-los a emprestar os artefatos descobertos para uma exposição de seis meses em Chicago. Parte do acordo era que ela se voluntariasse para ajudar o departamento em outra escavação no México, gratuitamente. Mas com o seu período sabático em vigor, Corrie tinha bastante tempo. E com toda a exposição da escavação de Chimalli — artigos de revistas e jornais, aparições em programas de TV e ofertas de livros —, ela poderia oferecer seu tempo como voluntária sem preocupações financeiras. O Instituto Internacional de Arqueologia até lhe ofereceu um convite de palestra remunerada na conferência do ano seguinte.

Mas esse ela recusou.

Corrie e Miri entraram na galeria e foram imediatamente recebidas por um garçom segurando uma bandeja com taças de champanhe. Depois de duas horas de viagem de jipe em estrada de terra, seguidas de cinco horas de aviões e aeroportos, sim, ela precisava de champanhe. Corrie pegou a taça e tomou um gole, mas não. Não era aquilo que queria.

Ela alcançou o braço do garçom antes que ele se afastasse.

— Na verdade — ela disse, assim que chamou a atenção dele —, você poderia me trazer uma dose de uísque? Puro?

— Com certeza. Já volto, senhorita.

Ela sorriu para si mesma enquanto ele se afastava, relembrando seu novo amor por uísque.

— Dra. Mejía! — Corrie se virou e avistou Sunny, com um longo vestido amarelo radiante, correndo em sua direção e jogando os braços em volta de seus ombros.

— Sunny. Que bom ver você! — disse ela, recuando e abrindo um sorriso. — Esta é minha grande amiga e colega, a dra. Miriam Jacobs.

— Prazer em te conhecer! — disse Sunny, puxando Miri para um abraço caloroso. Os olhos de Miri se arregalaram, e Corrie teve que abaixar a cabeça para não rir. — Você também é uma arqueóloga fodona?

— Hum... s-sou — disse Miri, empurrando os óculos de volta para a ponte do nariz. — É, não como Corrie, mas...

Corrie varreu o ar com a mão.

— Espera pra ver. Daqui a pouco, ela vai estar se pendurando em cipós.

Miri corou e reprimiu um sorriso. Ela podia não ser tão

extrovertida quanto Sunny ou tão aventureira quanto Corrie, mas tinha potencial.

— Você não estava literalmente em uma escavação hoje de manhã? Você está maravilhosa. Esse vestido é um arraso — disse Sunny, apontando para o vestido de Corrie.

— A intenção era parecer poderosa — brincou Corrie.

— Ah, com certeza você está exalando poder. Está recebendo muitos olhares obscenos, isso posso garantir — disse Sunny, com um sorrisinho, apontando com a cabeça na direção dos outros convidados.

Corrie não se deu ao trabalho de verificar se Sunny tinha razão. O vestido havia sido planejado para atrair muitos olhares. Nenhum, porém, podia se comparar ao modo como Ford olhava para ela. Ele a olhava não apenas como se ela tivesse um rosto bonito ou um corpão, mas como se a enxergasse. Como se visse quem ela realmente era.

Ela sentia falta dos olhares dele. Sentia falta de tudo nele.

— Você já viu a exposição? — perguntou Sunny, interrompendo os pensamentos de Corrie.

— Não, ainda não. Você ajudou Ethan e Gabriel com tudo isso? Porque o que vi até agora parece incrível.

Sunny sorriu e se aprumou.

— Obrigada. Nós organizamos tudo juntos.

Sunny ficou com Ethan e não quis voltar para Yale, não depois de tudo o que aconteceu. Ford não estava mais lá. O dr. Crawley ainda estava à espreita, negando qualquer culpa pelo escândalo com Vautour. Permaneceu na universidade por causa da estabilidade, mas pelo menos sua reputação estava arruinada. Corrie torcia para que ele gostasse de sua nova posição, sentado em um escritório velho e empoeirado, afastado do mundo exterior.

— Eu não vi Ethan ainda. Onde ele está?

— Aqui, minha querida — Ethan disse, fazendo uma reverência.

Corrie começou a rir, o bom e velho Corrito Burrito estava de volta. Caramba, fazia muito tempo que ela não ria daquele jeito.

— Você está deslumbrante, dra. Mejía. Não que houvesse qualquer dúvida de que estaria — disse ele, pegando a mão dela e beijando-a antes de cumprimentar Miri, e então passando o braço em volta de Sunny e beijando-a nos lábios.

Corrie riu e revirou os olhos.

— Deixa de ser ridículo.

— De modo algum! — ele disse, estufando o peito como um cavaleiro de armadura brilhante. — No entanto, tenho uma surpresa para você — ele relaxou os ombros e lhe ofereceu o braço. — Venha comigo, milady.

— Eu já volto — disse ela para Miri e Sunny. Então pegou o braço de Ethan, e ele a acompanhou até a entrada da exposição, ainda bloqueada por uma corda de veludo vermelho.

— Eu vou depois de você. Antes de abrirmos para a grande massa — disse ele, soltando a corda para deixá-la passar.

— Tem certeza? — ela perguntou.

Ele assentiu.

— Agora é só para você, Corrie. Fique à vontade e aproveite.

Ela estendeu a mão por cima da corda de veludo e agarrou o rosto dele, beijando-o na bochecha.

— Obrigada.

Então, Corrie saiu do hall de entrada movimentado, passou pela cortina de veludo e entrou no Império Asteca. Em cada sala, a exposição detalhava as etapas desse império e da vida de Chimalli. Seus saltos reverberavam no chão enquanto ela caminhava lentamente por cada seção. Corrie parou perto da caixa de vidro onde estava a tecpatl e respirou fundo. Agora que estava limpa, finalmente dava para vê-la em seu total esplendor. Muito diferente da última vez que ela a tinha visto, ao lado do corpo ensanguentado de Ford.

A imagem dele deitado à beira do rio passou por sua cabeça, e ela rapidamente a afastou. *Não. Não pensa nisso.* Esse dia frequentemente invadia seus pensamentos, mas a visão do corpo ensanguentado de Ford não era algo que ela quisesse reviver.

Ela passou para a próxima sala, para outra exibição, intitulada "Amor Gera Amor". *Hum*. Corrie foi até a parede e viu uma foto dela e de Ford no sítio da escavação. Ela nunca tinha visto aquela foto antes, os dois ajoelhados ao lado dos alicerces da casa de adobe de Chimalli, sorrindo um para o outro como se ninguém estivesse olhando. Abaixo da foto havia uma legenda: ARQUEÓLOGA LÍDER DRA. SOCORRO MEJÍA E ARQUEÓLOGO ASSISTENTE DR. FORD MATTHEWS.

*Líder?*

Corrie se virou para perguntar, mas não havia ninguém lá.

Ela passou para a próxima foto; nesta, ela e Ford estavam rindo na tenda do refeitório. Ver o sorriso dele foi doloroso. Quem tinha tirado aquela foto? Onde a tinham conseguido? Avançando, havia dezenas de outras fotos dos dois. Fotos espontâneas da vida real. Tiradas quando eles não pensavam que alguém pudesse estar olhando. Uma placa ao lado da coleção de fotos dizia:

> Um guerreiro extraordinário e uma aldeã comum. Um par improvável unido por seus próprios ideais sobre o que a vida deveria ser. Da busca por essas duas almas perdidas surgiu outro par improvável: este professor comum e uma aventureira extraordinária. Também almas perdidas, embora de forma diferente, estes arqueólogos encontraram um no outro o que Chimalli e Yaretzi acharam na mesma selva centenas de anos antes: o amor verdadeiro.
>
> Dizem que uma imagem vale mais que mil palavras. Essas fotos foram tiradas sem a percepção deles: cada reação é completamente verdadeira. O fotógrafo planejou usar essas fotos contra eles (veja a exposição "Sexo, Contrabando e Chantagem" na sala ao lado). A única coisa que captou, porém, foi a prova de que mesmo os pares mais improváveis podem se apaixonar.

Corrie enxugou uma lágrima dos olhos enquanto olhava as fotos, pondo a mão em uma imagem dos dois na cachoeira. Felizmente, estavam *vestidos*, mas os nudes já tinham circulado bastante. Ela esperava mais julgamento moral, mas, surpreendentemente, a comunidade ficou ao lado dela. Desta vez, porém, em vez de fugir da atenção, Corrie a aceitou. O que ela tinha a esconder, afinal de contas? Que ela fazia sexo com um homem que amava e que algum tarado tentara se aproveitar dela? Claro, ela preferiria que seus colegas — ou qualquer outra pessoa com quem não compartilhasse a cama — *não* a vissem pelada, mas concluiu que essa curiosidade dizia mais sobre o caráter deles do que sobre ela.

Ela não conseguia acreditar que o traidor do Lance tivesse mesmo sobrevivido ao mergulho na cachoeira e premeditado salvar cópias digitais das fotos. Mas pelo menos ele estava atrás das grades por várias acusações, incluindo voyeurismo, sequestro e tentativa de homicídio.

— Dra. Mejía.

Um sorriso se formou em seu rosto ao som daquele timbre delicioso. Fazia apenas algumas horas desde que eles tinham se falado ao telefone, mas ouvir aquela voz pessoalmente e saber que dessa vez ela poderia tocá-lo... Bem, Corrie não pôde evitar o friozinho na barriga.

Lentamente, ela se virou, encostando-se na parede. Lá estava ele, sexy pra cacete de smoking. Com as mãos nos bolsos. Encostado na porta do outro lado da sala. Muito distante para o gosto dela.

— Dr. Matthews — ela respondeu com os olhos semicerrados e o desejo escorrendo de seus lábios.

— Espero que você não se importe — disse ele.

— Com o quê?

— Com isso — ele disse, apontando a cabeça para a parede atrás dela. — Lance estava nos observando desde que você chegou.

— Bem, exceto pelo fato de que as fotos vieram dele, eu adorei. Detesto admitir, mas ele tinha talento pra fotografia. Captou o momento exato em que me apaixonei por você.

— Ah, é? Me mostra.

Ele saiu do batente da porta e atravessou a sala em direção

a ela, provocando uma onda de calor entre suas pernas. Fazia três meses que Corrie não o via pessoalmente, desde que ela se juntara a outra escavação em Yucatán. Mesmo depois de um ano juntos, ele ainda fazia o coração dela cantar sempre que estava por perto, fosse pessoalmente, ao telefone ou apenas em seus pensamentos. Foi difícil ficar longe dele, principalmente depois que ela quase o perdeu por causa do esfaqueamento. As coisas ficaram incertas durante algumas semanas no hospital, entre a perda de sangue e uma infecção posterior, mas ele por fim conseguiu sobreviver. Eles passaram tanto tempo juntos quanto possível desde então, o que, com o período sabático de Corrie e a demissão de Ford, tornou as coisas muito mais fáceis — isto é, até ela partir novamente para o México.

Assim que ele chegou ao lado dela, ela quis agarrá-lo, e precisou se segurar com todas as suas forças para não fazer isso. Eles estavam em um ambiente público, afinal de contas. Mas ele pegou a mão de Corrie e ficou ao lado dela, olhando para as fotos na parede.

— Esta aqui — disse ela, apontando para a foto dos dois lavando a louça na primeira noite de Corrie no acampamento.

Ele esticou a cabeça e olhou para ela.

— Sério?

— Aham. Foi quando você estava falando sobre sua mãe e percebi que você era mesmo um cara legal. Aliás, falando nela?

— Ela está lá fora com Ethan. Desculpa de novo não ter ido te buscar no aeroporto. A consulta médica dela atrasou hoje, mas ela está bem e se sente ótima.

— Tudo bem. Fico feliz que você esteja aqui. Que vocês dois estejam.

Ele passou os braços em volta da cintura dela.

— Senti saudade de você.

— Eu também senti saudade.

Ele colou os lábios nos dela, provocando um fogo que rugiu por seu corpo. Nem mesmo três meses e milhares de quilômetros de distância poderiam domar o incêndio daquele beijo.

— Quando você soube? — ela perguntou.
— Soube o quê?
— Que estava apaixonado por mim?
— Na biblioteca. Quando você estava tomando aquele café. Eu soube no instante em que quis *ser* aquele café.
— Você queria ser o café? — ela perguntou, com um sorrisinho.
— Com certeza. Queria tocar seus lábios e ser consumido por você. Pode não ter uma foto desse momento pendurada nesta parede, mas está aqui — disse ele, colocando as pontas dos dedos nas próprias têmporas — e aqui — disse ele, juntando suas mãos com as dela e segurando-as sobre seu coração. — Essa imagem vai ficar pra sempre gravada na minha alma. E ninguém pode tirar isso de mim.

Assim como ninguém poderia tirar dela o coração dele.

Um murmúrio baixo de palavras e sussurros veio da outra sala. A exposição provavelmente tinha sido aberta ao público. Depois de mais um beijo rápido, eles separaram seus corpos e interagiram com os convidados. Respondendo a perguntas. Contando histórias. Capturando os olhares ansiosos um do outro durante a noite.

A exposição foi um sucesso. Apareceram especialistas e entusiastas da arqueologia do mundo inteiro — embora o dr. Crawley tivesse sido convenientemente deixado de fora da lista de convidados. Nessa área, a reputação significava tudo, e a de Crawley despencou junto com nomes como Pierre Vautour e Bernard Sardoni. Mas, pela primeira vez em sua vida, Corrie foi reconhecida por algo mais do que suas estrepolias e aparência. O velho clube dos rapazes pediu a opinião *dela*. Pediu a assistência *dela* em mistérios arqueológicos. Ford ficou para trás e observou, permitindo que ela brilhasse sozinha, no centro das atenções. Sempre que perguntavam a ele sobre a escavação de Chimalli, ele apontava para Corrie, "pois ela era a líder", explicava. Nunca recebeu o crédito pelas realizações dela. E era rápido em ressaltar os erros que ele mesmo havia cometido no início.

À medida que a noite chegava ao fim, Ford e Corrie decidiram fazer uma última passagem pela sala para se despedirem. Sunny e Ethan se ofereceram para levar Miri de volta ao hotel, embora todos tivessem planejado se encontrar para um brunch pela manhã com o restante da turma. Toda a equipe estava lá: Mateo, Gabriel, Jon, Memo e até Agnes.

— Que bom que vocês dois ainda estão juntos. Mas, dr. Matthews, se um dia você quiser sossegar, sabe onde me encontrar — Agnes disse, com uma piscadela.

— Por que você acha que eu não sosseguei? — Ford perguntou.

— Não dá pra ficar sossegado com essa aí. Algo me diz que a vida sempre será uma aventura enquanto vocês estiverem juntos. — Ela puxou os dois para um abraço a três. — Me liguem na próxima vez que precisarem de uma cozinheira para outra escavação. Foi a maior agitação que tive em anos.

Agnes foi embora, deixando-os sozinhos ao lado do estojo da faca.

— Então, você acha que Agnes está certa? Que você nunca vai sossegar? — Corrie perguntou.

Ford a puxou para si e sorriu.

— Não sei. Minha vida com certeza está mais... divertida desde que você entrou nela. Mas eu não passaria por isso com mais ninguém. E não estaria em nenhum outro lugar. — Ele então se concentrou nos olhos dela. — Exceto talvez em algum outro lugar com esse vestido incrível jogado no chão e eu entre suas pernas.

— Até que enfim você disse alguma coisa.

— Passei as últimas horas tentando me dissuadir de falar o óbvio. Sério, não é segredo nenhum que estou profunda, louca e completamente apaixonado por você. Como evidenciado não por uma, mas por *duas* exibições nesta exposição focadas no nosso relacionamento. Mas não preciso aparecer nas manchetes por ter ficado de barraca armada na gala de abertura da exposição.

Corrito Burrito soltou uma risada que ecoou no salão de exposições, tão alta que ela teve que enterrar a cabeça no peito dele.

— Eu adoro a sua risada.

— Eu te amo.

Ele a puxou para outro beijo, saboreando cada partícula dela. De vez em quando, Corrie lamentava todos os anos que haviam passado se odiando, mas, sempre que ele a beijava, esses arrependimentos iam embora. Não, eles ficaram juntos no momento perfeito e da maneira perfeita, finalizando muito bem o trabalho de sua vida sobre Chimalli. Podia não ter terminado do jeito que ela imaginava... ou até mesmo do jeito que ela esperava que terminasse quando Calvin apareceu pela primeira vez em seu escritório oferecendo o emprego. Mas ela não mudaria nada.

— Hum, com licença. Doutores?

Ford e Corrie separaram os lábios, mas não os corpos, enquanto se voltavam para aquela voz. Um homem baixo e redondo, de smoking, estava parado ao lado deles.

— Olá, sou Eugene Larity. Eu esperava poder conversar com vocês sobre uma proposta.

Corrie e Ford se entreolharam e depois se voltaram novamente para o sr. Larity.

— Lamento, estamos em período sabático — disse Corrie. — Mas podemos indicá-lo para outra pessoa.

— Não, temo que ninguém mais possa fazer isso.

— Bem, infelizmente não podemos ajudar — disse Ford. — Obrigado e tenha uma boa noite.

— Você não entendeu. Vocês acharão a proposta muito... *valiosa*.

Ah, eles entenderam muito bem.

— Não fazemos trabalhos por dinheiro — disse Ford. Pelo menos, não mais. Na verdade, tendo em vista que Ford nunca havia recebido um centavo de Vautour, tecnicamente eles nunca tinham feito trabalho algum em troca de dinheiro. Ford pegou a mão de Corrie, e eles começaram a se afastar.

— Não estou falando de dinheiro. Estou falando de vingança. Acredito que temos um inimigo em comum, doutores. Um tal Pierre Vautour?

Corrie e Ford pararam de repente.

— Desculpa, você disse Vautour? — ela perguntou.

— Disse. Ele roubou algo de mim. A pesquisa sobre a localização da Cidade da Lua Perdida.

— A Cidade da Lua não é real — disse Ford.

— Eu garanto que é, dr. Matthews. E preciso que vocês a encontrem antes de Vautour.

A Cidade da Lua Perdida. Uma cidade mitológica na Amazônia cheia de riquezas que vão além do que se possa imaginar, envolta em pedras preciosas e metais cintilantes visíveis apenas ao luar. Centenas de exploradores procuraram pela lendária civilização perdida durante muitos séculos, sem sucesso. Era como procurar por Atlântida. O que fez esse sr. Larity pensar que a havia encontrado?

Mas o interesse de Corrie tinha sido despertado.

— Como sabemos que podemos confiar em você? — ela perguntou.

— O quê? Corrie, não. Você não pode estar falando sério. — Ford sussurrou, afastando Corrie do homem.

— Foi você mesmo quem disse, Ford. Nós nunca vamos sossegar.

— Mas não fazemos ideia de quem ele é.

— Aqui estão minhas credenciais — interrompeu Larity, entregando uma pasta a eles. — Podem entrar em contato com as autoridades se quiserem. Não tenho nada a esconder.

— Quem *é* você, exatamente? — Ford perguntou.

— Sou um explorador como vocês. Mas, infelizmente, sou só um amador. Não tenho físico para expedições e lutas com facas. Preciso de profissionais. Preciso de vocês dois, não só pela força física, mas pelo conhecimento também. E por seu gosto por vingança, eu espero.

Vingança. Como seria bom ver Vautour atrás das grades, ao lado de Lance. Corrie apreciou a ideia.

— O que você me diz? — ela perguntou, virando-se para Ford. — Pronto para outra aventura, Água de Salsicha?

Ele abaixou a cabeça, balançando-a, e sorriu.

— Com você, Incrível? Com certeza.

# Nota da autora

Tudo começou com um tuíte: *Quais profissões você gostaria de ver mais em livros de #comediaromantica, tanto para o herói quanto para a heroína?*

Eu, uma amante de arqueologia e comédias românticas divertidas e sensuais, respondi: *Arqueólogos. Muita coisa para examinar "lá embaixo".*

Cresci vendo filmes como *Tudo por uma esmeralda*, *Os Goonies*, *Indiana Jones e os Caçadores da Arca Perdida* e o restante da franquia Indiana Jones. Depois, vieram franquias como Lara Croft, *A múmia*, *A lenda do tesouro perdido* e *O guardião*. Eu adorava essas histórias sobre civilizações perdidas, caças ao tesouro e mistérios antigos, e elas ficavam ainda melhores com uma pitada de romance. Sonhava em ser arqueóloga e até participei de uma escavação maia na selva de Belize — uma das experiências mais legais da minha vida. No final das contas, minha carreira me levou para uma direção diferente, mas isso não afetou meu fascínio pela arqueologia nem meu amor por filmes de aventura.

Mas de volta ao tuíte. Começou como uma piada, mas, depois de alguns dias, eu não conseguia parar de pensar nisso. Eu pensei: e se uma aventureira durona, ao estilo de Lara Croft, se unisse a um arqueólogo inflexível do tipo que pensa que os artefatos pertencem a um museu, ao estilo de Indiana Jones (sim, eu sei que Indy é durão também, mas só me acompanhe)? Imagine só: Harrison Ford — quer dizer, Indy — com aqueles óculos de aro metálico exibindo um sorriso sexy, quase tímido, para a heroína? Eu topo! E se essa personagem meio Lara Croft fosse latina e estivesse procurando os restos mortais de seu ancestral asteca? Minha origem mexicana é extremamente importante para mim, então eu queria incluir a representatividade latina — principalmente porque não há nenhuma na lista dos filmes mencionados (pelo menos não entre os protagonistas). Assim que defini a premissa, decidi imediatamente nomear a heroína de Socorro em homenagem à minha tia-avó Corrie, que também era bem durona. Além disso, o nome Socorro significa "ajuda", o que combina muito com a personalidade da dra. Mejía. E assim nasceu *Os caçadores do coração perdido*.

Embora tenha passado horas pesquisando a vida dos astecas, tomei certas liberdades com este livro para contar a história. Tenochtitlán, Montezuma II e a queda dos astecas após a chegada dos espanhóis são reais. O guerreiro asteca Chimalli e o espanhol Mendoza mencionados neste livro não são. Tentei tratar a cultura asteca com sensibilidade, reconhecendo o seu modo de vida e não condenando práticas, como o sacrifício humano e a castração, que podem parecer cruéis nos tempos modernos. Eram rituais religiosos que talvez não compreendamos hoje, mas que eram muito importantes e significativos para os astecas, garantindo que seus deuses estivessem satisfeitos e as suas terras fossem férteis. Incluí detalhes da vida asteca neste livro com o maior respeito e espero que isso transpareça na escrita.

Viajei para o México e para partes da América Central em várias ocasiões, mas não visitei a Selva Lacandona, o principal local onde ocorre a maioria dos eventos em *Os caçadores do coração perdido*. Os locais descritos neste livro são geralmente fictícios, permitindo maior flexibilidade a Corrie e Ford em suas aventuras. Além disso, embora o Império Asteca não se estendesse até Lacandona, esse era um local perfeito para o tipo de flora, fauna, território e clima que eu procurava, e não estava muito fora da área geográfica de onde Chimalli poderia ter fugido, de fato.

Em conclusão, por mais que eu quisesse, não sou arqueóloga. Sei que ser arqueólogo não é tão fácil quanto caminhar pela selva e topar com um sítio arqueológico semienterrado. Como Indy apontou em A *última cruzada*, um x nunca marca o local certo (embora, depois, ele tenha pensado o contrário no filme). O real processo de localização de um sítio requer muito estudo e bastante pesquisa, além de ser extremamente metódico. Mas não achei que você gostaria de ler sobre horas e horas de pesquisa em uma biblioteca ou meses de exploração na selva, então este livro exige que você abra mão da descrença e aceite que Corrie é simplesmente uma arqueóloga excelente mesmo.

No final das contas, *Os caçadores do coração perdido* pretende capturar todas as emoções e o encanto dos filmes de aventura mencionados, mas com um pouco de imaginação para que Corrie e Ford possam brilhar. Além disso, o que é uma aventura arqueológica sem um pouco de sorte e glória? Espero que você tenha gostado!

Com amor,
Jo

# Agradecimentos

Publicar um livro é meu sonho desde a primeira série. Embora meu primeiro livro, *The Dog and the Dog in the Pet Shop* [O cachorro e o cachorro no pet shop], não tenha necessitado da ajuda de outras pessoas, já que a história, as imagens (eu não sabia soletrar "ilustrações") e a encadernação feita à cola foram todas produzidas por mim, *Os caçadores do coração perdido* não teria sido possível sem o apoio e o trabalho árduo de tantas pessoas — e, em particular, de tantas mulheres incríveis.

Em primeiro lugar, obrigada à minha agente, Eva Scalzo, e à equipe da Agência Literária Speilburg. Quando conversamos ao telefone alguns dias após você ter curtido o meu tuíte no PitMad e já estar na metade da leitura deste livro, tive uma sensação agradável de conforto. Só o destino pode explicar o fato de termos fechado o contrato deste livro no aniversário de um ano do meu compromisso de prosseguir com seriedade toda essa história de escrever.

À minha editora, Sarah Blumenstock: obrigada por permitir que *Os Caçadores* interrompesse as suas férias (desculpa?). Adorei escrever este livro, mas, de verdade, é inacreditável o quanto o amo ainda mais depois de ter trabalhado com você e absorvido todos os seus comentários incríveis. Obrigada à editora-assistente Liz Sellers, à editora de produção Alaina Christensen e à editora-chefe Christine Legon — o ajuste fino de vocês realmente fez este livro cantar! Além disso, prometo que nos próximos vou dar menos trabalho na revisão gramatical! Assim espero. Para o resto da equipe Berkley Romance:

Kristin Cipolla, Jessica Plummer, Hillary Tacuri e a copidesque, Abby Graves, vocês são demais! E, por fim, à artista Camila Gray pela capa deslumbrante: você realmente deu vida a Corrie e Ford. Um agradecimento extra pelo pássaro.

Não consigo me imaginar chegando tão longe sem meu grupo de escritores, os Pôneis! Eu ri muito (muito mesmo) com esse grupo de gatas duronas. Agradecimentos especiais a Jen Comfort, minha extraordinária irmã-agente e parceira crítica! Seu feedback foi inestimável (e hilário), assim como você. Podemos praticar dominação/ submissão na escrita sempre que você quiser. Para Melora François: você está (presa) comigo praticamente desde o primeiro dia, quando nos sentamos na mesma mesa durante nosso primeiro *pitchfest* no Emerald City Writer's Conference (ECWC). Obrigada por sempre estar pronta para uma sessão de brainstorming e por ler todas as minhas bobagens. Nunca mais vou comer (um saco inteiro de) pretzels de mostarda e mel sem pensar em você. E ao resto das Pôneis que estão comigo desde o início da minha jornada: Elle Beauregard, Lin Lustig, Jasmine Silvera, Kelly Blake, Alexis De Girolami e Kate Wallis. Sério, vocês não são apenas escritoras incrivelmente talentosas, mas também amigas incrivelmente maravilhosas.

Obrigada a todos os Berkletes (que são muitos para citar) pelos conselhos, informações da área, feedback, compaixão, dicas de publicação e risadas impróprias. Em especial, obrigada às Latinas de Berkley (Alana Quintana Albertson, Isabel Cañas e Liana De la Rosa) por me receberem de braços abertos.

Também tive o apoio de muitos outros autores nessa jornada. Sério, muitas pessoas incríveis. Mas, como não consigo citar todas, há algumas que precisam ser reconhecidas. Obrigada à minha querida amiga Kathy Swoyer por me ensinar o que é "enviar uma proposta" e por ter me acompanhado na minha primeira conferência de escrita. Foi tão intimidante! Mas você me ensinou muito. Obrigada a Sierra Hill por entrar em contato e me apresentar a tantos autores fabulosos. E obrigada a Danica Winters por (educadamente) me desafiar no ECWC e me forçar a entrar nas redes sociais. Viu? Consegui, finalmente!

A todos os meus amigos que não escrevem e que me apoiaram e encorajaram: Obrigada, LB, por reservar um tempo para ler este livro e por sempre estar ao meu lado, mesmo quando estou sendo estranha. Obrigada, Natalia, por me incentivar a escrever aquele primeiro manuscrito e por aguentar ler tudo quando ainda estava tão ruim e ridículo! Eu não estaria aqui sem você. Obrigada, Meredith, por toda a conversa sobre o livro, por ser minha maior torcedora e por prometer comprar cem exemplares deste livro. E para aqueles que leram meus muitos outros manuscritos e deram um feedback que me ajudou a me tornar uma escritora melhor: Anna, Candace, Charli, Cindy, Elaina, Geneva, Jen e Mary. Sou muito grata a todos vocês.

À minha família, mãe, pai, Elaina e Phil: meu sonho de publicar um livro, e em particular *este* livro, não teria se tornado realidade sem as artes (cênicas, visuais e literárias) — e filmes como Indy — que foram uma grande parte de nossa vida. Como a mamãe sempre diz, "A vida é um musical", e isso com certeza parece verdade. Afinal, o que seria da vida sem música, dança, arte e livros? "Obrigada" não basta para expressar a gratidão que sinto por todos vocês, então o que acham disso? *Você... é... bom, você é bom, você é bom, você é bom!*

A Harrison (rá! rá! rá!), pela inspiração e pelo sorriso sexy, quase tímido, do qual eu já falei.

Agradecimentos ainda mais especiais aos meus cachorrinhos, Gus e Henrik, por me fazerem companhia durante muitas horas de escrita.

E, finalmente, a Nick. Obrigada por me dar corda quando falo sobre pontos da trama em nossas caminhadas para pegar "café e biscoitos", e por me trazer Gibsons e Manhattans quando estou animada em meu escritório, com meu pancadão criativo fluindo. Rumo à nossa próxima aventura!

TIPOGRAFIA Adriane por Marconi Lima
DIAGRAMAÇÃO Vanessa Lima
PAPEL Pólen Natural, Suzano S.A.
IMPRESSÃO Gráfica Bartira, maio de 2024

A marca FSC® é a garantia de que a madeira utilizada na fabricação do papel deste livro provém de florestas que foram gerenciadas de maneira ambientalmente correta, socialmente justa e economicamente viável, além de outras fontes de origem controlada.